FFENESTRI

# FFENESTRI TUA'R GWYLL

## Islwyn Ffowc Elis

*Argraffiad Cyntaf—Rhagfyr 1955*
*Ail Argraffiad—Chwefror 1956*
*Trydydd Argraffiad—Medi 1980*
*Argraffiad Newydd—Mawrth 1997*

ⓗ Islwyn Ffowc Elis

ISBN 1 85902 481 5

*Argraffwyd gan*
*Wasg Gomer, Llandysul, Ceredigion.*

Cyflwynedig i goffa
'NHAD A 'MAM
yn arwydd o'm parch
a'm diolch difesur

# 1

Trwy ffenestri ffrâm-bictiwr Trem-y-Gorwel y gwelai
Ceridwen Morgan y byd. Nid oedd ei byd hi ddim mwy na
byd pawb arall, dim ond y cylch crwn o bobol a phethau y
mae'n rhaid i bob un symud yn eu plith ac ymwneud â
hwy. Yr oedd y rhai a adwaenai lai o bobol na hi yn eu
hadnabod yn llwyrach, a'r rhai a chanddynt lai o bethau na
hi yn ymserchu ynddynt yn fwy. Ond yr un faint oedd ei
byd hi â'u byd hwythau. Yr un faint yw byd pawb. Yr un
faint â'i feddwl.

Yr unig wahaniaeth oedd mai trwy ffenestri Trem-y-
Gorwel y gwelai hi ei byd. Ffenestri wedi'u gwneud i
edrych drwyddynt oeddent. Tŷ wedi'i wneud i edrych
ohono oedd Trem-y-Gorwel. Ni feddyliodd y gŵr a'i
hadeiladodd i neb wneud fawr o ddim ynddo ond edrych.
Ac i'r sawl a edrychai, mae'n wir fod yr edrych yn
fendigedig. Y môr oedd yno, yn rhedeg i mewn i fae
Caerwenlli, a'i rimyn gwyn o dywod fel ewin amdano. O
boptu iddo yr oedd clogwyni gleision, glân, ac ynddo yr
oedd creigiau: darnau duon fel morloi disymud yn y
dŵr, hwnnw weithiau'n eu llyfu'n llariaidd ac weithiau'n
trochioni drostynt fel llaeth berwedig.

Ar y môr ar ddyddiau llonydd yr oedd llongau. Llongau
Iwerydd, cychod cimychiaid o Ffrainc, cychod pysgota Cei
Bach dan hwyliau coch a brown a du. Ar y môr ar
ddyddiau gwylltion nid oedd dim ond tonnau, yn y pellter
yn domennydd ewyn, yn nes i'r lan yn torri dros y prom ac
yn berwi i mewn i Gaerwenlli. Ac wedi nos, bob nos, ar y
bys craig du a safai i'r môr tua'r Deau, saethai golau'r
goleudy drwy'r tywyllwch i ateb pum winc goleudy Enlli
dros gromen y dŵr.

Ac oddi tanodd, rhwng y môr a'r bryn y safai Trem-y-
Gorwel arno, fel tref fodel ar fwrdd mewn arddangosfa,
gorweddai Caerwenlli. Strydoedd sythion, glân, a choed

bach gleision o boptu'r lletaf ohonynt, twr o adeiladau mwy tua'r canol, yn uwch am eu bod yn taflu cysgodion hwy pan fyddai haul, promenâd llydan yn rhedeg rownd y bae a llochesau toau gwyrddion yma ac acw hyd ei ymyl; bandstand, ffair bleser, pîr.

O ffenestri ffrâm-bictiwr Trem-y-Gorwel, dyna Gaerwenlli. Ond nid dyna'r cyfan, oherwydd o flaen y tŷ yr oedd dau deras a lawntiau arnynt, y byddai Tomos yn eu heillio â'i laddwr modur hyd na allai pryf lechu yn eu hwyneb. Trwy ganol y lawntiau ac o'u cylch rhedai llwybrau o gerrig ceimion dan fwâu coed rhosyn. Ar lwybr y lawnt isaf safai bàth-adar marmor y byddai'r haul a'r adar yn chwarae yn ei ddŵr. Ac yng nghonglau'r lawntiau, gyda'r mur castellog isel, yr oedd manwydd a'u gwyrdd yn dywyll, drwchus, fel gwylwyr ynghwsg.

Dyna'r byd o ffenest y stydi, o ffenest y stafell ginio, ac o ffenest y lolfa lle'r eisteddai Ceridwen yn awr, yn edrych arno, yn edrych fel y byddai hi'n edrych am oriau bob dydd, am nad oedd ganddi fawr ddim i'w wneud â'i hamser ond edrych. Ond yr oedd y môr yn odidog heddiw dan las tenau Tachwedd cynnar, a'r cymylau melyn yn llusgo'u cysgodion hyd-ddo ar eu hôl.

Yr oedd Ceridwen yn falch fod Trem-y-Gorwel yn y lle'r ydoedd. Hwn oedd y darn môr perffeithiaf yng Nghymru. Caerwenlli oedd y dref lanaf, dwtiaf. Oni bai am y bandstand a'r ffair bleser a'r pîr. Pe bai hi ar Gyngor y Dref fe fyddai wedi rhwystro codi'r rheini. Ni allai dynion gadw'u dwylo oddi ar ddim, leiaf oll oddi ar harddwch. Os gwelent hwy harddwch yn rhywle yr oedd yn rhaid iddynt ei brynu a'i anurddo a'i ailwerthu, pob un am yr isa'i bris i'r isa'i chwaeth. Fe fyddai traeth Caerwenlli wedi cael aros fel yr oedd hanner canrif yn ôl, heb bîr, heb brom, heb un fodfedd o goncrid o'i gwmpas, pe bai hi ar Gyngor y Dref. Ac fe fyddai ar Gyngor y Dref oni bai am ei haddewid olaf i Ceredig cyn iddo farw.

Ond erbyn hyn yr oedd hi'n dechrau dysgu peidio â gweld y pethau dur a'r pethau concrid. Yr oedd hi'n ei llongyfarch ei hun fod ei llygaid bellach yn medru pasio heibio i'r pîr a'r ffair bleser a'r bandstand ac yn gweld drwy doau sinc gwyrdd y llochesau ac yn gweld dim ond y pethau a roes Natur yno. Dim ond y creigiau a'r clogwyni a'r ewin tywod a meithder tragywydd y môr. Syniad da oedd y ffenestri ffrâm-bictiwr. Dim ond panel mawr o wydr heb nam ynddo na dim i dorri ar y byd a oedd i'w weld o'r lle'r eisteddai hi. Yr oedd Ceredig, wrth adeiladu tŷ solet anfodern, am roi ffenestri cwarel ynddo. Fe gafodd ei ffordd gyda'r tŷ, ond nid gyda'r ffenestri. Fe fu'n ffrae, ond hi a orfu. Yr oedd hi'n falch.

Er bod Ceredig wedi marw yr oedd wedi cau amdani o bob tu. Wedi'i rhwymo wrth y pethau a adawodd iddi, wedi'i llyffetheirio â'i haddewidion olaf iddo ef. Yr oedd yn dal i'w gwylio, nid yn unig o'i ddarlun olew mawr uwch lle tân y stafell ginio, ond o bob pared yn y tŷ a gynlluniodd, o bob teclyn a chelficyn drud a brynodd iddi, o bob papur punt y byddai hi'n ei godi o'r banc. Ond fe gafodd hi'i ffordd ei hun gyda'r ffenestri. Os Ceredig oedd biau popeth arall, hi oedd biau'r rhain.

Wrth ysgubo dros y byd fel yr oedd hi am ei weld o'i ffenestri hi, safodd ei llygaid ar y ffordd a oedd yn troelli i fyny o'r dref. Yr oedd rhywun yn dod i fyny ac fe wyddai Ceridwen mai dod i Drem-y-Gorwel yr oedd honno. Cododd a chroesi'r stafell i ganu'r gloch wrth y lle tân. Cerddodd yn ôl i eistedd yn ei ffenest drachefn.

Pan agorodd Martha'r drws, safodd yno am funud heb ddweud dim. Yr oedd Mrs Morgan gyda'i meddyliau. Ac er ei bod hi wedi gweini a choginio i Mrs Morgan ers blynyddoedd, a'r ddwy'n bennaf ffrindiau ac yn gallu rhannu cyfrinach a jôc, fe fyddai'n dymuno cofio mai mewn gwasanaeth yr oedd hi ac mai Mrs Morgan oedd i siarad gyntaf. Peth arall, yr oedd 'meddyliau' Mrs Morgan yn rhy gysegredig i dorri arnynt. Nid gwraig gyffredin oedd Mrs Morgan, fe allech weld hynny. Nid am ei bod hi'n canu'r piano'n fendigedig ac yn peintio lluniau ac yn croesawu pobol enwog yn ei thŷ—yr oedd hi'n gwneud y pethau yna i gyd—ond yr oedd hi'n anghyffredin ynddi'i hun. Ei ffordd hi o edrych arnoch, y ffordd y byddai'n deffro'n sydyn o'i 'meddyliau' ac yn dweud rhywbeth da na allech mo'i ddeall am eich bod yn rhy dwp. Ac yr oedd hi mor ddewr yn gwneud ei gorau i fodloni, wedi'i gadael yn weddw mor ifanc, y beth fach . . .

Ac wrth syllu arni yno, yn y ffenest, a haul prynhawn cynnar ar ei hwyneb, dyfalodd Martha tybed a wnâi hi briodi eto byth. Yr oedd wedi dweud wrthi rywdro na wnâi hi ddim, ei bod wedi addo i Mr Morgan na wnâi hi ddim. Yr oedd yn naturiol, yr oeddent yn caru'i gilydd gymaint. Ond yr oedd hi mor ddeniadol, gyda'i gwallt brown tonnog a'i llygaid llwydion mawr—prin yr oedd canol oed wedi chwythu arni. Ac fe fyddai miloedd o ferched ieuengach yn falch o'i chorff hi. Pan fyddai hi'n eistedd fel yna, fel yr oedd hi'n awr, yn y ffenest, yn edrych allan i'r môr ac yn gweld pob math o bethau na welai pobol gyffredin mohonyn nhw, yr oedd hi'n bictiwr—

'O, Martha, ydech chi yna? Chlywais i monoch chi'n dod i mewn. Fe fydd Mrs Prys-Roberts yma i de.'

'O'r gore, Mrs Morgan. Te i dri felly.'

'Nage,' meddai llais ysgafn o'r neuadd, 'te i ddwy.'

Syllodd Ceridwen drwy'r drws a gweld Cecil yn dod i mewn. Er eu bod yn hen ffrindiau bellach, yr oedd gweld Cecil yn gyrru ias fach anghynnes drwyddi bob tro, fel petai'n cyffwrdd â llyffant. Yr oedd ei wyneb a'i lais a'i osgo mor fenywaidd, yr oedd hi'n siŵr fod ei Grëwr wedi gwneud camgymeriad ynglŷn â'i ryw.

'Os yw Catrin Prys-Roberts yn dod mewn,' meddai Cecil, 'rwy i'n mynd mas.'

'Rydech chi'n anghymdeithasol, Cecil.'

'Wrth gwrs 'mod i. Ydych chi'n disgwyl i artist fod yn amgen?' Rhoes Cecil dro merchetaidd a mynd i sefyll a'i gefn at y tân.

'Te i ddwy 'te, Martha,' ebe Ceridwen. 'Mae Mr Matthews yn barticlar iawn.'

'O'r gore, Mrs Morgan.' A chaeodd Martha'r drws yn ddiplomatig ar ei hôl.

'Fe wyddoch beth wy'n feddwl, Ceridwen,' ebe Cecil, 'nid dim yn erbyn eich ffrindie chi, i chi—'

'Gwn, y gwirion, mi wn. Pa bryd y byddwch chi'n ôl?'

'Duw a ŵyr.'

'Duw'n unig. Pwy ydi o heno? Len Holland?'

Gwridodd Cecil at fôn ei wallt melyn. Yr oedd Ceridwen yn siŵr ei bod ar fin cael ateb Cecilaidd miniog pan glywodd leisiau yn y neuadd.

'Hawyr bach, dyma hi,' ebe Cecil. 'Rwy'n mynd.'

Ond cyn iddo fynd, daeth Catrin Prys-Roberts i mewn, mewn cot lewpard at ei chlustiau a chlustdlws mawr piws ym mhob clust.

'Wel, Ceridwen 'y nghariad i, sut yr wyt ti?'

Goddefodd Ceridwen y cusan, a chododd i gymryd y got lewpard oddi ar ysgwyddau noethion ei ffrind.

'O, mae Mr Matthews yma hefyd!' llefodd Catrin. 'A sut yr ydach *chi*?'

Rhoes gam neu ddau tuag at yr arlunydd, a phan welodd hwnnw ei fod yntau hefyd yn debyg o dderbyn cusan, baciodd yn nerfus i gyfeiriad y drws.

'Dwy' ddim yn . . . ddim yn dda iawn, diolch. Dydd da, ma'm.'

Ac aeth allan fel pry a'r cŵn ar ei sodlau.

'Wel, tawn i byth—!' ffrwydrodd Catrin. 'Be yn y byd oedd yn ei gorddi *o*?'

Yr oedd Ceridwen yn chwerthin.

'Swil ydi o, Catrin.'

'Swil! Mi allwn i feddwl ei fod o'n swil, a bod gen i gynifer o gyrn ar 'y mhen ag sy gen i ar 'y nhraed.'

Peidiodd Ceridwen â chwerthin. Yr oedd hiwmor Catrin bob amser ychydig yn gwrs. Er ei bod wedi troi ers blynyddoedd ynghanol diwylliant ac yng nghlyw tafodau arian, doedd hi ddim eto wedi dysgu coethi'i hymadrodd.

'Ydi o'n aros yma?' gofynnodd Catrin, gan eistedd.

'Pwy, Cecil? Ydi.'

'Am ba hyd?'

'Mae yma ers wythnos. Fe fydd yma am bythefnos arall, o leia.'

'Mae gen ti fwy o fynadd na fi.'

'O, dydw i'n gweld fawr arno. Mae o allan pan fydd hi'n braf ac i fyny yn y garat pan fydd hi'n glawio.'

'O ia, rwyt ti wedi gwneud stiwdio iddo yno, wrth gwrs. Beth mae'n ei beintio rŵan?'

'Mae o wedi cael comisiwn i beintio dau lun olew o Draeth Gwenlli, un yn yr haf a'r llall yn y gaeaf. Roedd o yma fis Mehefin i beintio'r llun haf. Mae'n peintio'r llall rŵan. Maen nhw'n dda iawn.'

'Mae'n siŵr,' ebe Catrin. 'Dydw i fawr o *gonnoisseur* ar y peintio 'ma. Rwyt ti a Cecil yn dipyn o ffrindia.'

'Wrth gwrs.'

'O ia, ti ddaeth ag o i'r amlwg, doeddwn i'n cofio dim.'

'Fuaswn i ddim yn dweud hynny—'

'Gostyngeiddrwydd, 'nghariad i. Peth neis iawn.'

Gwingodd Ceridwen ychydig. Yr oedd Catrin mor boenus o bendant ar bopeth. Ac yr oedd Catrin yn syllu'n rhyfedd arni.

'Mae'n edrych yn od, Ceri, a dweud y lleia, fod dyn di-briod fel Cecil yn aros cymaint yma a chditha'n wraig weddw,' meddai.

'Beth wyt ti'n feddwl?' ebe Ceridwen.

'Wyt ti'n siŵr nad ydach chi ddim *mwy* na ffrindia?'

'Nac yden. Does gan Cecil ddim i'w ddweud wrth ferched.'

'Mae o'n ddyn annaturiol 'ta.'

'Ydi, mae o.'

Lledodd llygaid mascaredig Catrin, ond ni ddywedodd ddim. Estynnodd Ceridwen flwch arian oddi ar ford fach yn ymyl a'i agor.

'Sigarét, Catrin?'

'Diolch.'

Caeodd Ceridwen y blwch.

'Dwyt ti ddim yn smocio, Ceri.'

'Wedi rhoi'r gorau iddi.'

'H'mm. Mae d'ewyllys di'n cryfhau.'

'Doedd hynna ddim yn garedig, Catrin.'

'Mae'n ddrwg gen i.'

Taniodd Catrin ei sigarét o'r taniwr arian ar y ford.

'Ble'r wyt ti'n cael y sigaréts blaen aur 'ma dywed? Mae'r rhein yn costio ceiniog a dima, mi wn. Rhaid imi gael rhai i'r tŷ. Ond o ran hynny, mae Harri'n cwyno 'mod i'n gwario gormod ar sigaréts fel y mae hi, sigaréts cyffredin. Dydi cyflog cynhyrchydd radio hyd yn oed ddim digon i 'nghadw i mewn baco.'

'Ydi Harri'n brysur iawn?'

'Hyrddia wsti, hyrddia. Mae o'n bygwth cynnig am y swydd deledu 'na sy'n mynd yng Nghaerdydd. Ond rydw i wedi dweud wrtho na symuda i'r un fer o Gaerwenlli.' Chwythodd Catrin fodrwy fwg o'i gwefusau mawr cochion. 'Na, Ceri, fedrwn i ddim byw heb yr hen genod. Pysgodyn allan o ddŵr fyddwn i o Gaerwenlli.'

Edrychodd Ceridwen allan drwy'i ffenest ffrâm-bictiwr ar y môr a'r creigiau a'r clogwyni, a dweud yn llonydd,

'Rydw innau'n teimlo'n debyg. Fedrwn innau ddim byw heb Gaerwenlli, er gwaetha'i phîr a'i phrom.'

'Duwc annwyl,' ebe Catrin, 'be sy o'i le ar y rheini? Y

nhw sy'n cadw'n trethi ni i lawr. Ond wrth gwrs, dydi trethi'n poeni dim arnat ti.'

Cyn i Ceridwen gael cyfle i bledio tlodi, daeth Martha i mewn â'r te. Olwynodd y wagen de rhwng y ddwy a'u gadael yno uwchben eu cyfrinachau.

'Llaeth ynte hufen, Catrin?'

'Hufen, 'y ngeneth i.'

Eisteddodd Catrin yn ôl a'i dwylo modrwyog ymhleth, a syllu o'i chwmpas ar y stafell fawr foethus.

'Wyt ti wedi newid rhywfaint ar y stafell 'ma, Ceri, er pan fûm i yma ddiwetha?'

'Wn i ddim. Ydw i?'

'Wyt. Mae gen ti gyrtans melfed marŵn. Cyrtans leilac tenau oedd gen ti o'r blaen.'

'Mi fydda i'n newid i lenni trymach yn y gaea.'

'Syniad da. Maen nhw'n edrych yn gynhesach. Rwyt ti'n lwcus dy fod ti'n gallu fforddio hefyd. Wir, hogan, *maen* nhw'n ddel, rhaid deud. Pelmets melfed hefyd, 'run lliw. Mae'r brêd aur 'na hyd eu hymyl nhw'n ddigon o ryfeddod.'

'Teisen gri, Catrin?'

'Diolch. Mmm. Henffasiwn. Neis. Diwadd, roeddwn i'n meddwl bod 'ma rywbeth yn od. Rwyt ti wedi cael un o'r byrdda bach newydd 'na. A chadeiria hefyd. *Danish* neu *Swedish* neu rywbeth. On'd ydyn nhw'n betha digri, dywed, hefo'u coesa pricia? Mi fuasat yn meddwl, petae rhywun yn eistedd arnyn nhw, y buasan nhw'n disgyn yn glwt. Wnân nhw dywed? Rhaid imi drio.'

A chododd Catrin, cwpan yn un llaw a theisen yn y llall, a mynd i eistedd yn un o'r cadeiriau digri. Wedi cael bod y gadair honno'n ei dal yn gwbwl ddiogel, aeth i eistedd mewn un arall. Yr oedd honno, hefyd, yn dal. Braidd yn siomedig, dywedodd,

'Ond wyt ti'n meddwl eu bod nhw'n blendio, dywed, hefo'r dodrefn hŷn sy gen ti yma?'

'Ydw, neu fyddwn i ddim wedi'u prynu nhw.'

'Ia. Chlywais i neb erioed yn amau dy chwaeth di, hogan. Er ei fod o'n amal yn chwaeth digon od i mi. Ond dy dŷ di ydi o. Ac mae gan bawb hawl i wneud fel fynno fo yn ei dŷ'i hun. Dyna fydda i'n ddweud. O, wel.'

A daeth Catrin yn ôl i eistedd wrth y troli ac estyn ei chwpan am ragor o de. Wrth ei dywallt, dyfalodd Ceridwen pam y byddai hi'n hiraethu cymaint am ymweliadau Catrin, ac wedi iddi ddod, pam y byddai arni gymaint o eisiau iddi fynd. Tybed a oedd pawb yn teimlo'r un fath â hi? Yr oedd Catrin Prys-Roberts yn boblogaidd gyda phawb am ryw reswm. Yr oedd hi'n hwyliog mewn cwmni ac yn barod bob amser gyda'i gwên a'i hylô. Ond am ryw reswm arall nid oedd gan neb air uchel iawn iddi, yn enwedig os oeddent newydd fod yn ei chwmni am sbel go hir.

Yr un un oedd hi yn y coleg, yr oedd Ceridwen yn cofio'n dda. Yr oedd hi'n fywyd pob cwmni ac yn rhan anhepgor o'r hwyl coleg, ond yr oedd ei ffrindiau agos yn ychydig ryfeddol. Ni allai Ceridwen ddweud ei bod hi'n ffrind mynwesol iddi'r adeg honno, mwy nag ydoedd heddiw. Rhyw wibio i mewn ac allan o fywydau pobol y byddai Catrin erioed, ac yr oedd hi'n un o'r ychydig ferched na allodd priodi a chael plant mo'u newid. Yr oedd yn dda'i gweld, bob amser; fe fyddai bywyd yn llai diddorol pe na bai hi'n bod, ond wedi ystyried popeth, yn y mesur byr yr oedd hi orau.

Wedi i Catrin wacáu'i chod straeon am hwn a'r llall yng Nghaerwenlli ac wedi i'r ddwy wacáu'u cwpanau, gofynnodd Catrin,

'Oes gen ti rywun go bwysig yn aros hefo chdi'n fuan? Rhyw benaethiaid bwrdd glo neu benaethiaid Zulu a phethau felly?'

'Mae Syr Madog a Lady Owen yn dod rywbryd.'

'Twt, mae o fel un ohonon ni.'

'Wrth gwrs ei fod o.'

'Beth mae o'n ei wneud yma? Ar wyliau?'

'Nage, mae'n annerch cyfarfod Senedd i Gymru yn y Dre 'ma.'

'Pob hwyl iddo fo. Ymhle y byddi di'n rhoi pobol fel Syr Madog a Lady Owen i gysgu pan fyddan nhw'n dŵad?'

'Yn y *suite*. Dwyt ti ddim wedi gweld honno wedi imi'i phapuro hi a'i hailddodrefnu, nac wyt?'

'Nac ydw.'

'Tyrd i fyny i weld.'

Aeth Ceridwen â'i chyfeilles i fyny'r grisiau mahogani ac ar hyd y pen-grisiau rhwng yr wynebau Rembrandt, Frans Hals, Van Eyck.

'Printiau ydi'r llunia 'ma, wrth gwrs,' ebe Catrin, fel y dywedodd droeon o'r blaen.

'Wrth gwrs.'

Cyffyrddodd Catrin â swits-olau, ac yna dadfachodd y drws i'w champwaith a gadael iddo lithro'n agored ar ei golyn. Cerddodd Catrin i mewn i'r stafell wely a safodd yn stond.

'Argoledig!' meddai.

Cyffyrddodd Ceridwen â swits wrth y gwely a ffrydiodd golau meddal hyd y derw golau a thros y dillad gwely rhosliw. Swits arall, a daeth goleuon bach uwchben tirluniau Cecil yma ac acw ar y muriau. Byseddodd Catrin y papur wal rhosliw a'r elyrch glas mewn hesg glas wedi'u codi arno, ac yna byseddu'r papur wal glas wrth ben y gwely gydag elyrch rhosliw mewn hesg rhosliw.

'Ti gynlluniodd y papur 'ma, Ceri?'

'Ie. Ydi o'n dy blesio di?'

'Mae'n olreit.'

Crwydrodd Catrin o gwmpas yr ystafell, yn bodio'r derw ac yn tynnu wynebau arni'i hun o flaen y drych ar y bwrdd ymdrwsio.

'Ti gynlluniodd y dodrefn 'ma hefyd?'

'Ie.'

Tynnodd Catrin y llenni trymion o liw hen aur ar y

ffenest, a cherdded drwy'r ffenest agored i'r balcon. Heibio iddi fe welai Ceridwen oleuadau'r dref yn brodio ymylon y bae. Clywai Catrin yn tynnu gwynt y môr yn swnllyd i'w ffroenau. Daeth yn ei hôl drwy'r llenni.

'Beth am weddill y *suite*?'

Aeth Ceridwen â hi drwodd i'r stafell wisgo ac i ymolchfa'r gwesteion. Rhythodd Catrin ar y drych hir yn hanner ucha'r stafell wisgo wrth basio, a phan ddaeth i'r ymolchfa, ffrwydrodd.

'Ble'r ydan ni?' meddai. 'Yn y sw?'

Chwarae teg iddi, yr oedd yn ymolchfa anghyffredin. Ar wahân i'r ddwy alcof rosliw lle safai'r baddon a'r cafn ymolchi yr oedd Cecil wedi peintio coedwig ar y muriau a'r nenfwd, ac yn y cogio-llyn trofannol ar hyd hanner isaf un mur nofiai nifer o bysgod aur a physgod enfys byw.

'Twt, hogan,' ebe Catrin, 'mae modd bod yn rhy fodern. Ond wrth gwrs, i rywun na ŵyr o ddim beth i'w wneud â'i arian . . .'

'Mae gen ti Harri a'r plant,' atebodd Ceridwen.

'Mi dalodd i tithau briodi'n do?' ebe Catrin, a'i thrwyn ar y gwydr lle'r oedd y pysgod.

Nid atebodd Ceridwen y tro hwn. Un peth oedd cael blas ar dynnu eiddigedd o lygaid ffrindiau, peth arall oedd cael taflu'r eiddigedd ati'n ffiaidd. I Catrin, fel i'w ffrindiau i gyd, creadigaeth ei gŵr oedd hi, ei arian ef a wariai, un o'r merched mwyaf ffodus a yfodd de. Ni wyddent hwy'n amgenach.

'Rwyt ti wedi gweld y cwbwl, Catrin.'

'Mi allwn i feddwl, wir. Llongyfarchiadau, hogan.'

Wrth fynd yn ôl drwy'r ystafell wely, methodd Catrin ag ymatal rhag gollwng dim ond un ergyd fach arall.

'Yma,' meddai, gan wynebu'r gwely dwbwl ardderchog, 'y cysgodd y Frenhines Victoria.'

A chydag urddas y Frenhines Victoria'i hun, ysgubodd ar hyd y pen-grisiau rhwng y portreadau tywyll, ac i lawr y grisiau mahogani. Galwodd ar Martha i estyn ei chot.

'Mae'n dywyll,' meddai Ceridwen wrthi. 'Gwell imi deleffonio am Jim i fynd â ti yn y car.'

'Nage,' meddai Catrin, yn dal ei drych o'i blaen ac yn plastro'i gwefusau â minlliw rhy goch. 'Os gwêl y Dre fi mewn *Rolls* mi fydda i'n dechrau cael llythyrau begio. Mi gerdda i.'

'Fel y mynnot ti, Catrin.'

Estynnodd Catrin ei llaw iddi, ond ni chynigiodd gusan y tro hwn. Synhwyrodd Ceridwen fod ysblander nid anghyffredin ei thŷ wedi oeri tipyn ar ei ffrind.

'Da bo' di, Ceri.'

Syllodd Ceridwen nes bod y got lewpard wedi toddi i'r gwyll, ac yna gwrando ar grinsh-crinsh yr esgidiau sodlau uchel yn toddi i ochenaid y môr. Caeodd y drws, a dweud,

'Mi'ch helpa i chi efo'r llestri, Martha.'

# 2

Amser brecwast, dywedodd Ceridwen wrth Cecil, 'Rwy'n teimlo, Cecil, 'mod i'n gwastraffu 'mywyd. Cecil, mi garwn i petaech chi'n *peidio* â chrensian eich tôst am funud ac yn gwrando arna i.'

'Mm? O, rwy'n begio'ch pardwn. Beth oe'ch chi'n ddweud?'

'Dweud 'mod i'n gwastraffu 'mywyd.'

'Odych chi? Mae'n flin gen i glywed. Oes rhywbeth y galla i 'i wneud?'

'Oes. Ffeindiwch bwrpas imi.'

Sychodd Cecil ei wefusau benywaidd â'i napcyn ac estyn ei gwpan am ragor o goffi, a dweud,

'Mae'n debyg na fydde dim diben ichi 'mhriodi?'

'Ydech chi'n 'y ngharu i?' ebe Ceridwen wrth dywallt y coffi.

'O, nac ydw. Fe fydde hynny'n gofyn gormod. Dwy' ddim yn deall beth yw cariad. Dwy' ddim yn meddwl bod cariad yn bosibl imi. Dim ond cariad at 'y ngwaith. A dyw hwnnw ddim ond enw arall ar gaethwasanaeth. Diolch.'

Ac ymrôdd Cecil i droi'i goffi. Syllodd Ceridwen arno ac aeth hwrdd o atgasedd annisgwyl drwyddi.

'Rhyw ddyn ciwbig ydech chi yntê, Cecil, fel llawer o'ch darluniau. Amryw o ochrau lliwgar ichi a dim y tu mewn.'

Cododd Cecil ei lygaid gwyrddion meddal.

'Rwy'n ffafriol i bob beirniadaeth, Ceridwen, ond beirniadaeth arna i'n hunan. Ydych chi'n dweud nad oes dim yn 'y mhen i?'

'Oes, gormod. Ond does dim yn eich calon chi, dyna'r diffyg.'

'Mae artist yn galon i gyd.'

'*Roedd* artistiaid yn galon i gyd pan oedden nhw'n peintio coed a blodau a cheriwbiaid a mamau efo'u plant.

Ond er pan aethoch chi bob un ohonoch chi i beintio tipiau glo a strydoedd mewn glaw a bocsys orenau mewn warws—'

'A! Ceridwen, Ceridwen, ddysgwch chi byth.'

'Dysgu beth?'

'Wn i ddim. Y peth ddysgais i, mae'n debyg. Rhaid i bawb ddysgu drosto'i hunan. A fydd y peth ddysgodd e'n golygu dim i neb arall. Pe gallwn i roi benthyg fy llygaid i chi am ddiwrnod, fe allech chi weld yn 'y narluniau i y peth rwy i fy hunan yn ei weld. A phe gallech chi roi benthyg eich llygaid i fi, mi allwn i edrych ar fy narluniau fy hunan a deall pam nad ŷch chi'n gweld dim ynddyn nhw. Mae pawb yn gweld bywyd drwy'i lygaid ei hunan, drwy'i ffenestri'i hunan, yn grwn neu'n fflat neu'n giwbig, yn fwy glas na melyn neu'n fwy melyn na glas, yn llawnach o haul neu'n llawnach o ddagrau. Ac wedyn mae'n rhaid iddo beintio bywyd fel mae'n ei weld neu beidio â pheintio o gwbwl.'

'Ond rwy'n deall rhai o'ch darluniau chi,' ebe Ceridwen. 'Rwy'n deall y darluniau rydech chi wedi'u peintio i mi, sy'n hongian ar furiau'r tŷ 'ma.'

'Ydych. Am 'mod i wedi treio benthyca'ch llygaid chi a threio gweld bywyd fel yr ŷch chi'n ei weld e. A'i beintio fel y byddech chi'ch hunan yn ei beintio pe medrech chi. Ond wyddoch chi ddim, Ceridwen, y boen a'r penyd olygodd hynny i fi.'

'Mae'n ddrwg gen i am hynny.'

'Anghofiwch e. Mae'r llunie wedi'u peintio'n awr. Ond dyna fe. Mae'r artist sy am droi'i ddawn yn arian yn gorfod peintio i bleso eraill, fel mae'r nofelydd nad yw e ddim am fod yn belican llenyddol yn gorfod gwisgo'i syniadau mewn cig a gwaed "credadwy" a hwpo prosesau'i feddwl i blot. Mae'n ddamnedigaeth, ond dyna fe. Mae ar bawb eisie byw.'

'Faint ydi'ch dyled chi yn y banc, Cecil?'

Gwingodd Cecil, a chodi a cherdded at y ffenest.

'Damo,' meddai. 'Rŷch chi'n meddwl taw er mwyn ichi roi arian i fi y dwedais i hynna.'

Astudiodd Ceridwen ef fel yr astudiodd ef ganwaith. Y dyn a lwyddodd i fyw am bymtheng mlynedd ar hugain heb falio am arian. Yn ddamcaniaethol, yr oedd dyn felly'n amhosibl. Amhosibl neu beidio, yr oedd yn sefyll o flaen ei lygaid y funud hon. Pe bai'n grefyddwr ac yn weddïwr fe ellid credu'i fod yn byw trwy ffydd. Nid oedd yn grefyddwr, fodd bynnag, ac yn siŵr nid oedd yn weddïwr, ond yn sicr yr oedd yn byw trwy ffydd. Ffydd gref hynod, mewn rhyw ragluniaeth amhersonol hynaws a fyddai'n siŵr o'i borthi fel y porthodd y cigfrain Beiblaidd Eleias.

Fe wyddai Ceridwen, wrth gwrs, mai hi a Syr Madog a masnachwr darluniau neu ddau oedd cyfryngau gweledig y rhagluniaeth honno. Rhyngddynt, yr oeddent wedi llwyddo'n wrol ers rhai blynyddoedd i'w gadw o lys dyledwyr. Eithriad fyddai iddo gydnabod eu caredigrwydd. Ac nid anniolchgarwch y byddai Ceridwen yn galw hynny. Nid oedd ond yr esgeulustod anfydol braf a oedd yn rhan o gynnwys artist, a hwyrach yn anhepgor iddo'i roi'i hunan yn gwbwl i'w waith fel priodferch lwyddiannus i'w gŵr.

'Faint ydi'ch dyled chi, Cecil?'

'Wn i ddim. Mi ges i daflen o'r banc pa ddiwrnod. Mae'n dweud yn honno.'

'Ble mae hi?'

'Rwy'n credu'i bod hi lan yng nghanol 'y mhapure i ar y llofft yn rhywle.'

'Rydech chi'n anobeithiol o flêr, Cecil.'

'Pe bawn i'n drefnus mi fyddwn wedi mynd yn fancer fy hunan. Ta p'un, peidiwch â becso am yr arian. Mae Blomberg yn dod i 'ngweld i ryw ddiwrnod. Mae'n siŵr o brynu peth neu ddau.'

'Mi wn i am Blomberg. Hwyrach na ddaw o ddim am flwyddyn.'

'Peidiwch â becso, ta p'un.'

Troes Cecil o'r ffenest a mynd i dwymo'i ddwylo godidog wrth y tân. Dilynodd hi ef â'i llygaid. Gan mai hi oedd rhagluniaeth, fe âi i'w lofft wedi iddo fynd a chwilio am y daflen banc.

'O, fe anghofiais i ddweud wrthoch chi,' ebe Cecil, yn ymunioni. 'Mae Idris Jenkins yn dod lan i'ch gweld chi pnawn heddi. Mae ganddo syrpreis ichi.'

'Beth ydi o?'

'Os dweda i, fydd e ddim yn syrpreis, fydd e?'

Curodd hi'r bwrdd â'i bysedd.

'Beth ydech chi'n feddwl o Idris Jenkins, Cecil?'

'Mae'n iawn. Rwy'n eitha cyfeillgar ag e. Tipyn o Feri Jên yw e, er ei fod e'n ŵr priod.'

Chwarddodd Ceridwen yn uchel.

'Pam rŷch chi'n chwerthin?' gofynnodd Cecil.

'Cofio adnod ddysgais i pan oeddwn i'n blentyn, dyna i gyd. "Yn yr hyn yr wyt yn barnu arall yr wyt yn dy gondemnio dy hun"—neu rywbeth fel'na.'

'Rŷch chi'n golygu 'mod inne hefyd yn Feri Jên.'

'Mae'n debyg nad oes yr un artist yn gwbwl wrywaidd, Cecil.'

Gwyliodd ef yn tynnu wyneb ac yn cerddetian yn ôl at y ffenest, yn chwilio'r awyr i'r Deau ac yna i'r Gogledd, yn tynnu wyneb drachefn, ac o'r diwedd yn dweud,

'Wel, gan ei bod hi'n ffein, mae'n well imi fynd mas. I beintio Traeth Gwenlli. O, Ceridwen, mae'n ddiawledig gorfod peintio rhyw lunie carden Nadolig i bethe fel Mrs Compton Ellis. "Mr Matthews, *mi* licwn i ichi beintio dau *landscape* imi o Draeth Gwenlli—un yn yr haf ac un yn y gaeaf. Mae Traeth Gwenlli'n lle ben-digedig! Mi fydda i'n treulio 'ngwylie yno *bob* blwyddyn, ac rwy'n mofyn cael y lle gyda fi rownd y flwyddyn yn y tŷ. Ac rwy'n gwybod y gellwch chi'i beintio fo *mor* neis." Neis! Petai'r hwyad ddim ond yn gwybod, fe alle artist iawn roi'r cyfan mewn un darlun, yr haf a'r gaeaf a phob heulwen a phob awel o wynt sy'n paso drwy'r lle. Ond dyna fe. Mae hi wedi 'nhalu i ymlaen llaw amdanyn nhw, ac mae eisie bwyd ar fancers, gwlei.'

Methodd Ceridwen â thosturio wrtho. Hwyrach am y byddai'n wastraff ar dosturi. Yr oedd artistiaid fel Cecil mor llawn o dosturi atynt eu hunain fel nad oedd le i dosturi neb arall. Nid oeddent yn gofyn am dosturi neb arall, nac yn ei ddisgwyl. Yr oedd Cecil, o leiaf, fel cath fawr fonheddig, yn llenwi'i byd ei hun ac yn mynnu'i lle'i hun ym myd pawb arall, yn hawlio'i bwyd a'i gwely ond byth yn gofyn am dosturi am mai teimlad oedd tosturi ac na allai briodoli teimlad i neb ond iddi'i hun. Cecil fel cath. Chwarddodd Ceridwen yn ddistaw rhyngddi a hi'i hun.

Nid oedd hi erioed wedi cwrdd â mam Cecil. Yr oedd ei fam wedi marw, wrth gwrs, ac yr oedd Cecil yn amharod i sôn amdani fel petai'r sôn yn agor dolur. Yr oedd yn eglur ei fod yn hoff o'i fam a'i bod hi wedi llanw cymaint o'i fywyd ag y gallai merch ei lanw. Yr oedd hynny'n ei wneud yn amharod, a hwyrach yn anabl, i briodi. Yr oedd Ceridwen wedi dyfalu llawer pa fath un oedd y fam honno. A oedd hi'n deall Cecil cystal ag yr oedd hi, Ceridwen, yn ei ddeall? A oedd unrhyw un yn deall Cecil cystal ag yr oedd hi'n ei ddeall? Yr oedd hi wedi deall pob dyn yn ei bywyd yn o dda.

Ac er na wyddai Cecil mo hynny, yr oedd yn dibynnu arni hi heddiw lawn cymaint, a mwy, nag y dibynnodd ar ei fam erioed. Hi oedd ei ragluniaeth a hi hefyd oedd y swmbwl yn ei symbylu. Hebddi hi, ni allai ef wneuthur dim.

'Rhaid,' ebe Cecil. 'Rhaid i fi fynd. I weld beth sy gyda thonnau mân y môr i'w ddweud wrthw i heddi.'

Aeth yn gyflym o'r stydi. Daeth yn ôl ymhen munud neu ddau â chot dwffwl felen amdano a chrafát at ei glustiau a chap gwlanen coch am ei ben. Gwelodd hi ei fod unwaith eto'n barod am y byd, wedi gwthio'i hunan amddifad, diymgeledd i'w boced ac wedi ailwisgo'i lais clown a'i wyneb mursen.

'Fyddwch chi'n ôl i ginio, Cecil?'

'Os bydd y gwynt yn oer, byddaf.'

'Fedrai gwraig wneud dim mwy ichi. Wn i ddim pam yr ydw i mor ofalus ohonoch chi.'

'Efalle, Ceridwen, taw dyna yw'ch pwrpas chi.'

A chyda winc a anurddodd ei wyneb i gyd, aeth Cecil allan i'r rhewynt.

Tybed? Ai dyna oedd ei phwrpas hi wedi'r cwbwl? Mewn byd lle'r oedd cynifer yn drifftio'n ddigynllun fel brigau ar li, fod bywyd wedi'i breintio hi â thynged ddefnyddiol ddi-glod fel cadw drws agored i artistiaid? Yr oedd yn braf am funud meddwl ei bod hi yn llinach yr hen uchelwyr Cymreig yn noddi gwŷr llên a gwŷr wrth gelfyddyd, a bod darluniau'n ymddangos ar furiau a miwsig i'w glywed mewn neuaddau a cherddi i'w darllen mewn llyfrau na fyddent mewn bod oni bai am ei haelwyd a'i hysbrydoliaeth hi. Yr oedd Cymru dan ddyled iddi, a hwyrach fod y byd, ac fe ddylai fod yn falch fod y llygad a oedd yng nghanol dallineb hanes wedi'i gweld hi a'i hethol a dweud wrthi: 'Ti sydd i noddi celfyddyd dy wlad fach heddiw.' Ond yr oedd arni eisiau barddoni'i hunan. A pheintio'i hunan. A chyfansoddi'i hunan. Nid bod yn ddim ond cyfrwng i eraill wneud enw, cyfle i eraill ddisgleirio.

Cerddodd yn gyflym i'r lolfa ac eistedd wrth y piano trithroed mawr ar y carped lliw gwin, ei gaead wedi'i godi a'i dannau'n rhes o ddannedd gwynion yn gwenu arni, yn gwahodd. Yr oedd hi am gyfansoddi. Yr oedd hi am greu sonata a fyddai'n llawn o dymestlwynt Tachwedd a churlaw ar ffenestri caead digroeso, yn curo fel uchelgais yn curo ar ffenestri caead siawns. Plannodd ei bysedd i'r nodau. Cord. Discord. A chord. Gyrrodd hwy i fyny, ac i lawr, ac i fyny drachefn, yn chwilio am alaw. Ond yn lle tymestlwynt ni ddaeth ond tincial; yn lle curlaw ni ddôi ond blobran dŵr tap mewn dysgl. Dim alaw. Dim dilyniant. Dim sonata.

Gollyngodd ei breichiau noeth i ganol y nodau gwynion. Dwmbwr-dambar. Gollyngodd ei phen ar ei breichiau. Ac wylodd. Heb achos, heb reswm yn y byd ond ei bod hi'r hyn oedd hi, merch fach wirion bump a deugain oed, a allasai, pe bai hi'n rhywun ond hi'i hun, fod a'i henw'n fflam mewn goleuadau neon, yn bennawd ystyrbiol ar draws papur newydd, yn ferch o filiwn . . . Cododd ei phen, a llusgo'i dwylo gloywon gan ddagrau i lawr oddi ar gaead y piano yn ôl ar y nodau drachefn. Llithrodd ei bysedd i'r *Sonata Pathétique.*

Yr oedd hyn yn dawelwch. Wrth ganu hwn yr oedd hi'n siŵr na chanodd pianydd mewn cyngerdd mohono erioed â mwy o enaid, mwy o deimlad. Yn y foment gysurol hon yr oedd Beethoven yn siarad drwyddi hi, ei galon gnotiog, gordeddog gan ddioddef, yn cael heddwch yn ei bysedd hi ac yn dweud wrth y stafell wag: 'Hyn oeddwn i am ei ddweud, ac fel hyn y dywedwn pe medrwn.' Yr oedd hi'n medru dweud neges eraill ar biano, ac fe fuasai'n ei ddweud heddiw wrth filoedd mewn neuaddau oni bai fod Ceredig wedi mynnu ganddi beidio. Yr oedd ei wraig ef uwchlaw ei gwneud ei hun yn sioe mewn cyngherddau, meddai ef. Gwnaed merched eraill a fynnent, gwisgent ffrogiau llaes ar lwyfannau a bowio a pherfformio hyd syrffed, yr oedd hi'n ddidoledig, i gadw'i chelfyddyd ar gyfer ychydig ffrindiau, rhwng pedair wal eiddigus ei gastell ef, Trem-y-Gorwel.

Fe fu hi'n ffyddlon iddo yn hynny. Ac ym mhopeth. Pob dymuniad a ddymunodd ef ym misoedd olaf ei gystudd, yr oedd hi wedi byw i'w gyflawni. Bob tro yr âi i gyngerdd a gweld un yn canu piano, hi'i hun oedd wrth y piano hwnnw, ac iddi hi yr oedd cymeradwyaeth y gynulleidfa. A phan ddôi ati'i hun a gweld nad oedd hi wedi'r cwbwl yn ddim ond un o'r gynulleidfa, yr oedd yn brifo. Ond pan wahoddwyd hi i ganu piano mewn cyngerdd, yr oedd wedi gwrthod bob tro. Am y gwyddai fod Ceredig am iddi wrthod.

Fe wyddai, fel un a fu'n gweithio gynt, mai'r unig iachawdwriaeth i un fel hi, yn weddw, yn unig, oedd gwaith. Gwaith cyhoeddus, gwaith preifat, unrhyw waith . . . Ac yr oedd gwaith yn rhythu arni bob dydd o golofnau'i phapurau newydd. Ond bob tro yr eisteddai a'i sgrifbin yn ei llaw ar fin sgrifennu, fe fyddai'n rhoi'r sgrifbin i lawr ac yn cadw'r papur. Fe fyddai'n friw i Ceredig ped âi hi i weithio. Yr oedd ef wedi gofalu nad oedd angen iddi weithio. Yr oedd hi wedi byw fel y dymunodd ef iddi fyw, yn löyn byw yn ei ffenestri.

Cododd oddi wrth y piano a cherdded yn araf i'r stafell ginio. Yno, uwchben y lle tân, yr oedd y llun olew mawr a beintiodd Cecil o'i gŵr. Anrheg oddi wrth reolwr y *Kitchen Creameries* pan ymddeolodd Ceredig. Yr oedd yr afiechyd olaf eisoes ar yr wyneb onglog. Yr oedd y croen eisoes cyn wynned â'r llaeth y bu'n ei werthu, fel ei dad o'i flaen, i filoedd o Lundeinwyr ar hyd y blynyddoedd porthiannus. Yr oedd poen eisoes yn cafnio'r llygaid, yn tynnu conglau'r geg. Ond nid oedd poen wedi llacio dim ar yr ên na thoddi'r llygaid. Llygaid na welsai hi ddeigryn ynddynt erioed. Llygaid a fyddai'n chwilio am fusnes hyd yn oed yn y byd tragwyddol.

Am flwyddyn hir y bu hi'n ei nyrsio. Ac yntau'n ddiffrwyth, yn methu symud dim ond ei wefusau cŵyr a'i lygaid holl-bresennol. Ni ofalodd cariad erioed yn fwy gofalus nag y gofalodd hi. Yr oedd y flwyddyn enbyd honno erbyn hyn fel breuddwyd, rhywbeth y byddai'n well ganddi'i anghofio pe medrai. Ond yr oedd yn annichon anghofio. Yr oedd misoedd y salwch hir ac yntau'n gorwedd yno, gobenyddiau'n ei ddal i fyny a'i lygaid yn ei dilyn i bobman, ei lais yn ei galw beunydd beunos a hithau'n gwlychu'i wefusau o hyd ac yn esmwytho'i obennydd o hyd—yr oedd y misoedd hynny wedi mynd i mewn iddi ac ni fyddai anghofio mwyach.

Yn araf y diffoddodd ef, fel marworyn wedi'i adael. A chyn diffodd, sibrwd un gyda'r nos pan oedd y môr yn tywyllu fod ganddo rywbeth i'w ddweud. Hithau uwch ei ben wrth y gwely, a'r llygaid diwaelod yn ei dal, a'r gwefusau di-waed yn crygu:

'Wnewch chi ddim priodi eto, Ceridwen. Er y bydda i yn fy medd, mi fydda i'n eich rhwystro chi.'

Ychydig o eiriau a ddywedodd ef ar ôl hynny. Yr oedd wedi dweud popeth a oedd o bwys. Hi oedd y cyntaf i'w weld yn farw. Yr oedd ei lygaid yr un mor ddiwaelod cyn iddi'u cau, a'i wefusau yr un mor ddi-waed cyn iddi dynnu'r gynfas drostynt. Ond fe wyddai, cyn cuddio'i wyneb am byth, nad oeddent yn ffarwelio.

Yr oedd hi'n dal i fyw fel petai ef yno. Byw fel y mynnodd ef iddi fyw. Nid oedd ef ddim llai o ŵr iddi am fod ei gorff wedi'i gladdu a bod beddfaen tri chanpunt arno wrth ochor ei dad a'i fam yn Llandrymlech. Byw'r bywyd a gynlluniodd ef iddi, a'i fyw i'r llythyren ingol eithaf. Nid oedd ddianc iddi mwy, pe mynnai, rhag y llygaid a guddiodd. Fe allent hwy weld trwy gynfas, trwy bridd a beddfaen, i bob cornel o'i bywyd ufudd hi. Mor hunan-aberthol ufudd fel y dywedodd ei ffrind y Dr Pritchard wrthi ryw dro pan oedd hi'n ceisio egluro, 'Y mawredd, Ceridwen! Rhaid eich bod chi'n ei garu o.'

# 3

Ar ôl te fe ddaeth Idris Jenkins. Yr oedd Ceridwen yn falch. Yr oedd wedi bod yng nghwmni Ceredig drwy'r dydd, ac er iddi geisio'i wthio'n garedig oddi wrth ei phenelin ac ymbil, a'i bron yn brifo, am lonydd, yr oedd yn ei ôl o hyd, ei lais, ei lygaid . . . Dyna pam y mynnodd gael Martha i eistedd gyda hi, i weu yn y lolfa, er na ddywedodd hi ddim wrth Martha pam. Ond fe wyddai ar ei hwyneb bochgoch teyrngar fod Martha wedi amau nad oedd pethau'n iawn gyda hi.

Pan welodd wyneb pinc ffres Idris Jenkins yn nrws y lolfa, a'r panylau yn ei fochau wrth iddo wenu arni, fe wyddai fod ganddi rywbeth diogel i afael ynddo am ychydig eto.

'Eisteddwch, Idris. Gymerwch chi rywbeth i yfed?'

'Dim heddiw, diolch. Roedd awel y môr wrth imi ddod i fyny mor hyfryd, does arna i eisiau dim.'

Aeth Ceridwen i dynnu'r llenni mawr a chynnau'r goleuon, ac yna daeth i eistedd gyferbyn ag Idris y tu arall i'r tân. Yr oedd Idris wedi gwyro'n ôl yn ei gadair ac yn edrych o'i gwmpas yn garuaidd ar y stafell.

'Wyddoch chi beth, Ceridwen? Mae'r tŷ yma'n hafan ddymunol. Yr heddwch sy yma. Dim i darfu ar neb, dim sŵn na brys na dim ond yr heddwch sy'n creu. Rwy'n siŵr eich bod chi'n ofnadwy o hapus yma.'

Gwenu'n dywyll a wnaeth hi, a dweud,

'Fe . . . fe ddwedodd Cecil fod gennoch chi syrpreis imi.'

'Mae'r cena hwnnw'n siŵr o ddifetha popeth.'

'Ddwedodd o ddim beth oedd o.'

'Wir?'

'Wir.'

Tynnodd Idris gyfrol o'r tu mewn i'w siaced a'i hestyn iddi. Yr oedd siaced lwch liwgar i'r gyfrol, cyfres o linellau tonnog mewn gwyrdd ac ambr a du, a allai fod naill ai'n fôr neu'n fynyddoedd, ac amlinellau pennau dynol yma ac acw ar eu traws. A theitl y llyfr mewn llythrennau ceimion gwyn: *Youth Was My Sin*.

'O, Idris! Eich nofel newydd chi. Allan yn barod.'

'Edrychwch y tu mewn.'

Agorodd hi'r clawr a throi dalen neu ddwy. Ac yna gwelodd y cyflwyniad. Yr oedd yn Gymraeg. *I Ceridwen Morgan, a gadwodd fy ffydd mewn llenydda yn fyw.*

Clywodd ei llygaid yn boethion a gwasgodd hwy rhag i ddagrau ddod.

'Idris . . . wn i ddim . . . mae'n rhy garedig.'

'Mae'n wir.'

Hwyrach fod Cecil yn iawn. Mai'i phwrpas hi oedd bod yn ysbrydoliaeth i eraill, ac nid oedd hynny wedi'r cyfan, bellach, yn ddi-glod. Ond y funud hon, wrth feddwl, yr oedd hi'n methu'n glir â chofio ym mha ffordd yr oedd hi wedi cadw ffydd Idris o bawb yn fyw mewn llenydda. Ni wyddai hi erioed fod angen ei chadw'n fyw. Os bu llenor sicr ohono'i hun a sicr o'i ddawn a'i genhadaeth, Idris oedd hwnnw. Neu felly yr oedd hi wedi tybio. Yr oedd wedi trafod ei nofelau gydag ef, wedi trafod pynciau nofel a thechneg nofel, ond yn rhyfedd iawn ni allai gofio iddi fod fawr o help. Fodd bynnag, yr oedd yn rhy hwyr. Yr oedd y cyflwyniad ar glawr i'r byd ei weld. Ac nid dyn yn arfer seboni oedd Idris.

'Beth mae'ch gwraig yn ei feddwl o hwn?'

'Mair? Dydi hi ddim wedi'i weld o. Yfory mae'r nofel yn dod o'r wasg. Copi gefais i ymlaen llaw ydi hwnna.'

'Fydd Mair ddim yn hoffi gweld hwn.'

'O, wn i ddim. Rydw i wedi dweud wrthi droeon am y sgyrsiau fu rhyngoch chi a fi, fel y rhoesoch chi syniad newydd imi, fel y bu ichi 'mherswadio i newid diwedd stori . . . Na, fe fydd Mair yn deall yn burion. P'un bynnag, rwy wedi cyflwyno un nofel iddi hi. Fydd ganddi ddim lle i gwyno.'

'Ond eiddigedd gwraig, Idris. Peth cwbwl naturiol, a pheth na fynnech chi ddim i Mair fod hebddo, rwy'n siŵr. Fydde'r un wraig yn *falch* o weld ei gŵr yn cydnabod mewn print mai dynes arall ydi'i ysbrydoliaeth o. Dyna ydech chi wedi'i wneud mewn gwirionedd.'

'Ceridwen, pe bawn i wedi disgwyl wrth Mair am ysbrydoliaeth, fyddwn i erioed wedi sgrifennu nofel.'

'Idris!'

'Wel, fyddwn i? Nid condemnio Mair ydi dweud hynna. Fedrwn i ddim dymuno gwraig well, fel gwraig. Ond fel ysbrydoliaeth, medrwn. Does gan Mair ddim diddordeb mewn nofelau—o safbwynt awdur; mae hi'n darllen cannoedd ohonyn nhw. Diddordeb mewn gwneud teisen, oes. Diddordeb mewn gwisgo'r plant yn ddel, oes. Ond diddordeb yng nghrefft a chelfyddyd sgrifennu nofel—dim oll. Does ganddi mo'r syniad distadlaf beth sy'n digwydd y tu mewn i 'mhen i pan fydda i'n sgrifennu. Yn wir, fe aeth mor bell â dweud unwaith neu ddwy nad oedd y sgrifennu 'ma'n ddim ond esgus i 'nghadw i o'r gwely hyd oriau mân y bore. Felly, does ganddi ddim hawl i weld bai arna i os digwyddais i gael cymar artistig mewn merch arall.'

'Mae hynna'n wrthuni, Idris.'

'Dim o gwbwl. Dyna sy'n digwydd yn y nofel yna.'

Edrychodd hi arno ac yna ar y llyfr yn ei llaw.

'Yn hon? Eich nofel newydd chi?'

Nodiodd Idris.

'Nofelydd gyda gwraig ryddieithiol ganddo yn cael ei ysbrydoliaeth mewn gwraig weddw artistig, ac yn y diwedd yn rhedeg i ffwrdd efo hi ac yn ei phriodi.'

Gwyddai Ceridwen ei bod yn gwrido, heb reswm yn y byd. Yr oedd mor flin wrthi'i hun, fe chwarddodd.

'Rŵan, fe fydd Mair yn siŵr o amau rywbeth.'

'Dydw i ddim yn meddwl. Sais ydi'r nofelydd, yn byw yn Llundain, ac er mai Cymraes ydi'i wraig o. Almaenes ydi'r wraig weddw y mae'n rhedeg i ffwrdd efo hi. Mae'r cymeriadau'n gymaint o gymysgedd a'r cefndir mor ddiarth, wnaiff hi mo'u cysylltu nhw â lle mor rhinweddol â Chaerwenlli.'

'Ond beth petai hi'n amau?'

'Fydda fo ddim yn ddolur iddi. Mae'r briodas artistig yn troi'n fethiant, ac mae'r nofelydd yn dod yn ôl at ei wraig.'

Teimlodd Ceridwen siom.

'Dyna oeddech chi'n dymuno iddo'i wneud, Idris?'

'Nage. 'Y nghydwybod gymdeithasol wnaeth imi roi'r diwedd yna i'r stori, nid fy synnwyr artistig.'

'Rydech chi'n peryglu'ch stori felly. Fe all'sech fforddio dilyn eich synnwyr artistig gan nad ydi'r stori ddim yn wir.'

'Mae hi *yn* wir, Ceridwen.'

Teimlodd hi grafanc am ei chalon. Cododd ei llygaid a gweld Idris yn syllu arni, â smotyn o wrid ar bob boch. Clywodd ei llais ei hun yn anwastad.

'Beth ydech chi'n feddwl, Idris?'

'Mae'r stori yna wedi'i sgrifennu amdanoch chi a Mair a finnau. Ac er nad ydi hi ddim yn ffeithiol wir, mae hi'n emosiynol wir. Rydw i wedi'ch caru chi ers tro.'

Ymbalfalodd Ceridwen am air, am sobrwydd.

'Ffwlbri ydi hynna,' meddai. 'Rydech chi'n caru Mair.'

'Rydw i'n caru corff Mair. Rydw i'n caru'ch meddwl chi.'

'Beth mae hynna'n ei olygu?'

'Dim, hyd yma. A dim, mae'n debyg, hyd byth. Dadl ydi hi na thorrir mohoni, am ei bod hi y tu mewn i enaid un dyn. Fedra i mo'i thorri heb eich cydweithrediad chi, a hyd yn oed efo'ch cydweithrediad chi fedrwn i mo'i thorri hi wedyn. Tra ydw i'n byw hefo Mair mae arna i hiraeth am eich meddwl chi, am ei gael o i gyd yn gyfan i mi fy hun. A phe bawn i'n byw hefo chi, fe fyddai hiraeth arna i am gorff Mair. Nid am ei fod o'n berffeithiach na'ch corff chi, ond am iddo fod yn 'y meddiant i cyhyd nes ei fod o'n estyniad anysgar o'm corff i fy hun.'

31

Cododd Ceridwen, a cherddodd ar hyd yr ystafell, gan roi'i llaw ar y dodrefn bob yn un ac un wrth eu pasio i'w sadio'i hunan. Nid oedd yn iawn fod cyffes Idris, nad oedd efallai'n ddim ond cyffes hawdd saer geiriau, wedi cyffroi cymaint arni. Eisteddodd wrth y piano a chanu arno y darn oeraf, sobreiddiaf y gallai'i gofio: ffiwg o waith Bach. Fe wyddai, heb droi i edrych, fod Idris yn gwrando a'i wyneb ffres yn ddryswch i gyd. Wedi iddi orffen, yn teimlo'n oerach, sobreiddiach, trodd ar y stôl biano a dweud,

'Dydw i ddim yn eich caru chi, Idris. Ddim hyd yn oed eich meddwl chi. Rydw i'n ffrindiau mawr â'ch meddwl chi, rwy'n ei edmygu o, mae gen i barch iddo, rydw i'n teimlo weithiau hwyrach . . . 'mod i'n rhyw fath o fam iddo. Ond . . . falle 'mod i'n anniolchgar . . .'

'Dydach chi ddim, Ceridwen. Rydach chi'n wirioneddol gall. Wna i ddim gwadu nad oeddwn i wedi gadael i'r ddilema emosiynol yma droi'n argyfwng ewyllys. Ond yr ydw i'n ddiolchgar ichi. Pe baech chi wedi digwydd dweud eich bod chi'n 'y ngharu i, fe fyddai'n rhaid imi ddewis rhyngoch chi a Mair. A dydw i ddim yn meddwl, yn y bôn, fod arna i isio dewis.'

Daeth Ceridwen yn ôl oddi wrth y piano at y tân.

'Pe baech chi yn dewis,' meddai, 'ac yn dewis yn anghywir, nid Mair yn unig fyddech chi'n ei golli, ond eich gwaith, a'ch plant.'

'Roeddwn i wedi meddwl am y pethau yna i gyd.'

'Pam, 'te, y buoch chi mor ffôl?'

'Fûm i'n ffôl? Fûm i'n ffolach na miloedd o ddynion fel fi fy hun sy'n anffyddlon i'w gwragedd yn eu meddyliau ond nad ydyn nhw erioed wedi cyfieithu'u hanffyddlondeb yn weithred? Nhw ydi cynheiliaid cymdeithas, pileri piwritaniaeth. Ond dydi'u pechod nhw, os ydi pechod yn bod, ddim gronyn llai.' Synfyfyriodd am ychydig, ac yna chwanegu, 'Fe ddywed pob Pabydd da a phob aelod selog o Grŵp Rhydychen wrthoch chi mai'r cam cyntaf mewn edifeirwch ydi cyffesu. A dyna ydw i wedi'i wneud heno.'

'Wnaethoch chi'n iawn?'

'Do, rwy'n meddwl. Yn lle bod 'y ngwanc i am eich cwmni chi'n berwi yno' i yn fy munudau segur o ddiffyg ei fynegi ac o ddiffyg gwybod beth ddigwyddai pe mynegid o, fe gaiff lonydd yrŵan i dawelu a gwaelodi, ac aeddfedu'n foeth i'w fwynhau ar funud sentimental, fel y bydd dyn yn mwynhau atgof y mae'n gwybod na fedar o ddim oddi wrtho ac na fedar o mo'i anghofio, ond nad oes dim rhaid iddo chwaith wneud unrhyw benderfyniad ynglŷn ag o.'

'A beth amdana i?' gofynnodd Ceridwen.

'Beth amdanoch chi, 'nghariad i?'

'Beth petai'r hedyn yr ydech chi wedi'i daflu ohonoch eich hun yn cael daear yno' i ac yn gwreiddio? A finnau, wrth ailfeddwl ac ail-droi'r pethau ddwed'soch chi yn 'y meddwl yn nyfnder nos, yn dyfalu beth fydde wedi digwydd pe bawn i wedi derbyn eich cariad chi, ac yn difaru?'

Syllodd Idris yn astud i'w hwyneb.

'Ydach chi'n siŵr, Ceridwen, nad cellwair hefo mi rydach chi?'

'Na, dydw i ddim yn siŵr.'

'Wel,' meddai Idris yn araf, yn myfyrio i'r tân, 'pe digwyddai ichi ddifaru, ac ailfeddwl, a ffeindio'ch bod chi wedi'r cwbwl mewn cariad â'ch ufudd was, fe fyddai'n rhaid i mi gymryd y canlyniadau.'

Syllodd eto i'w hwyneb, ac awgrym o wên yn dyfnhau'r panylau yn ei ruddiau. Ni chafodd Ceridwen amser i ddarganfod pa un ai cellwair â'i gilydd yr oeddent ai peidio o achos fe agorodd y drws a daeth Cecil i mewn fel corwynt. Yr oedd ei got dwffwl felen amdano o hyd a'i gap gwlanen coch am ei ben.

'Helô 'ma!' meddai.

'Ble buoch chi, Cecil, ers deg o'r gloch y bore?' meddai

Ceridwen. 'Mae gennoch chi ginio a the i'w fwyta cyn y cewch chi swper.'

'Oes e?' ebe'r penfelyn. 'Shw'mai, Idris?'

Ac aeth yn ei ôl i'r neuadd i ddadwisgo.

'Ceridwen,' meddai Idris, 'mae'r ffordd yr ydach chi wedi magu'r plentyn mawr yna'n arwrol, heb ddweud dim celwydd.'

'Rwy'n cael fy nhâl,' meddai Ceridwen.

'Wel, rwy'n gobeithio'n wir ei fod o'n talu ichi. Mae'n byw arnoch chi fel paraseit.'

'Na. Nid tâl fel yna ydw i'n feddwl. Gwybod yr ydw i, oni bai'i fod o yma efo mi am rannau helaeth o'r flwyddyn, a finnau'n gwybod ei gerdded o am y gweddill. mai yn nhafarnau Bute Road yn gwastraffu'i fywyd y bydde fo, ac yn peintio dim. Mi wn i rŵan, pan fydd o farw, y bydd o'n gadael rhywbeth ar ei ôl i gymdeithas heblaw dyledion.'

Gwelodd lygaid Idris arni ac yr oeddent yn addolgar.

'Ceridwen, petai pob merch wedi'i llunio yn yr un mowld â chi fe fyddai'r ddaear 'ma'n lle rhy dda i angylion.'

Cynhesodd hynny hi. Siarad yn y radd eithaf yr oedd Idris, wrth gwrs, ac nid oedd neb yn haeddu honno, yn ddrwg nac yn dda. Ond yr oedd y radd eithaf yn awgrymu'r radd gymharol, ac os oedd Idris wrth ddweud a ddwedodd yn awgrymu 'i bod hi ryw fymryn bach yn fwy rhyfeddol na'r un ferch arall a adnabu ef, yr oedd hynny'n glod digon da ganddi hi. Yr oedd ef wedi adnabod llawer. Ac nid oedd ef byth yn rhagrithio. Ac a oedd ef yn ei hadnabod hi? Yn iawn? Yr oedd hi'n credu'i fod yn ei hadnabod hi cystal ag yr oedd hi'n ei hadnabod ei hun. Wrth reswm, ni wyddai am ei munudau chwerwon anniolchgar, am ei hwyliau drwg, am ei thymer yn fflachio fel mellt. Ond yn siŵr, pe gwyddai, fe fyddai'n esgusodi'r pethau hynny. Wedi'r cyfan yr oedd rhywbeth ym mhawb, pawb dynol. Yr oedd hi'n siŵr fod pethau yn Idris ei hun na fynnai i neb wybod amdanynt, nad oedd neb yn gwybod amdanynt. Ni wyddai

Idris am y pechodau y gallai hi'u cyflawni, y dyheadau anfad y gallai hi'u dyheu, y pethau posibl a oedd yn llechu yn nhywyllwch eithaf ei bod. Ni wyddai neb. Ni wyddai hi'i hun. Ond petai Idris yn hollwybod ac yn hollweled, ac yn gweld i ddyfnderoedd tywyll ei bod hi ac yn gweld y pechodau posibl a oedd yn egino yno, a fyddai ef yn tynnu'n ôl ei deyrnged hyfryd iddi?

Ond fel nofelydd, fe ddylai fod yn gweld ac yn gwybod. Yr oedd Duw'n benthyca oriau o'i hollwybodaeth ac yn rhoi darn o'i dosturi i bob nofelydd. Yr oedd Idris yn siŵr yn gwybod ac yn deall ac yn esgusodi popeth o'i mewn, beth bynnag a fo, ac er y cwbwl yn dweud a ddwedodd. Petai pob merch fel hi, fe fyddai'r byd yn rhy dda—o leiaf bron yn ddigon da—i angylion.

Daeth Cecil yn ôl. Cwympodd yn glwt i'r gadair gyferbyn ag Idris.

'Wel, ddest ti â'r syrpreis iddi, gw'boi?'

'Do.'

'Ac mae hi wedi dwli arno fe, sbo.'

Dim ateb oddi wrth Idris. Ceridwen a ddywedodd,

'Mae'r hyn ddwedodd Idris yn ei nofel wedi 'nghyffwrdd i'n fawr, Cecil. Roedd o'n beth annwyl iawn i'w wneud.'

'Oedd, oedd,' ebe Cecil.

'Dy dro di ydi'r nesa,' ebe Idris wrtho.

'Fy nhro i?'

'Mae'n bryd i ti gyflwyno rhywbeth iddi.'

'Diawch, rwy i wedi peintio ugeinie o bictiwre iddi. 'Y ngwaith i sy ar welydd y tŷ 'ma i gyd.'

'Comisiwn Ceridwen oedd y rheini bob un, mi wn. Mae'n bryd iti *roi* rhywbeth iddi.'

'Tewch, Idris,' meddai Ceridwen.

'O, fe rodda i rywbeth iddi ryw ddiwrnod,' ebe Cecil yn awyrol. 'Fe fydda i'n gadael popeth sy gyda fi iddi yn f'ewyllys.' A chwarddodd yn fyr. Ond ychwanegodd, 'Galw di bwyllgor o'r dyledwyr, Idris, i benderfynu ar rywbeth. Fe ddo i i hwnnw. A gofala di fod Handel yno.'

'Mi wna i,' meddai Idris.

'Peidiwch chi â galw unrhyw bwyllgor ar 'y nghorn i,' meddai Ceridwen. 'Fe ellwch f'insyltio i'n hawdd wrth awgrymu bod gennoch chi rywbeth amgen i'w roi i mi nag sy gen i i'w roi i chi.'

'Does a wneloch chi ddim â hyn, Ceridwen,' meddai Idris. 'A rhag ofn ichi golli cwsg, jôc rhwng Cecil a fi ydi'r cwbwl.'

Yna trodd at Cecil.

'Beth wyt ti'n beintio rŵan?'

'O, dim ond y Traeth Gwenlli felltith 'na. Rwy wedi blino'n enaid ar Draeth Gwenlli.'

'Dydi hi ddim yn edrych yn debyg, yn ôl yr amser dreuliaist ti yno heddiw.'

'Jiw, fûm i ddim yno drwy'r dydd, w. Mi es i am ginio i'r *Royal*, ac wed'ny mi es i edrych am Len Holland, i wneud braslun ohono i'w beintio. Fachgen, dyna wyneb sy 'da'r crwt yna!'

Cododd Idris ei aeliau, a dywedodd,

'Mi wyddost fod arddangosfa o waith Gerald Soakes yn dod i'r coleg acw?'

'Oes e? Arlunydd rhy feichus, w. Mae'n ceisio modelu'i waith ar Matisse, ceisio cario'i ffurfiau haniaethol ar ei liwiau a chreu effaith o symud di-dor a dirwystr. Ond jiw, nid Matisse yw e . . .'

Gadawodd Ceridwen i leisiau'r ddau doddi'n un cwmwl sain a llithrodd hithau ohono i blith ei meddyliau'i hun. Nid bod y drafodaeth yn anniddorol iddi. Yr oedd clywed Cecil yn trafod Matisse neu Bonnard neu Léger ac eraill o'r moderniaid Ffrengig fel gwin i'w phen fel rheol. Ond yr oedd yn rhaid i'r awel fod yn dyner ac i'r wybren fod yn glir cyn y gallai hi fwynhau doethineb y penfelyn. Nid yn gymylog fel yr oedd hi heno gan gwmni Ceredig drwy'r dydd a chyffes annisgwyl Idris o'i gariad ati. Ei gariad ymenyddol, wrth gwrs. Byddai'n rhaid iddi gofio hynny. Ei gofio'n galed.

Cariad ymenyddol neu beidio, ni allai hi byth edrych ar Idris eto yn yr un golau. Yr oedd hi rywsut wedi'i siomi ynddo, er nad oedd ganddi ddim sail i'w siom. Fe allai'r dyn cryfaf, hapusaf yn ei briodas, y tad gorau i'w blant, syrthio mewn cariad newydd. Ond yr oedd Idris mor gytbwys ac mor gall. Pe bai hi'n ddrwg ei chalon fe fyddai ganddi bellach fantais arno, ac yntau wedi dinoethi gwendid iddi. Nid oedd hynny chwaith ond ei thrystio, prawf o'i ymddiried diderfyn yn ei challineb a'i chyd-bwysedd hi. Ac wedi'r cwbwl, nid cariad cyfan mohono. Cariad at ei meddwl y cafodd gymaint cydymdeimlad ynddo o dro i dro. Cariad ymenyddol. A chariad unochrog. Nid oedd arni awydd, ac nid oedd ganddi obaith, cyfarfod hyd yn oed ei gariad ymenyddol â'i chariad ei hun.

Wrth edrych ar Idris yn awr, ei wyneb ffres, golygus, a'i ben crwn tywyll, ei gorff ysgafn a'i eistedd meddylgar, fe fyddai llawer gwraig yn ei hoed a'i safle hi wedi ffoli arno gyda dim ond hyn o gymell. Fe fyddai cyffes fel ei gyffes ef heno wedi'i chwipio oddi ar ei thraed ac fe fyddai'n barod ar amnaid i'w ddilyn i bellafoedd daear. Wedi'r cyfan, yr oedd ganddi hi hanner ei hoes eto o'i blaen, a'r hanner hwnnw'n weddw bob cam. Ac er nad oedd gweddwdod heb ei ryddhad iddi pan ddaeth, yr oedd i weddwdod ifanc ei gystuddiau, yn unigrwydd ac yn oerfel ac yn flys nad oedd obaith ei ddiwallu.

Ond yr oedd gafael arni na allai oddi wrtho. Rhywbeth yn cydio yn y rhan a fu byw ohoni ac a oedd bellach yn farw, yn ei gysgodi'n giaidd rhag dod dim golau ato, na gwres, na hedyn dim bywyd. Pe deuai marchog o'r haul, yn lân fel goleuni a'i enaid ar dân yn ei wyneb, yn ifanc heb fedru heneiddio ac eto'n ddoethach na mil o flynyddoedd, a phe byddai iddo'i llosgi'n lludw â'i gariad, ni ddeffroai

37

mo'r rhan ohoni hi lle y dylai cariad fod. Fe'i gwrthodai yntau fel y gwrthododd Idris ac fel y gwrthodai bob dyn. Am nad oedd ail-garu i fod. Wedi bod gyda Cheredig drwy'r dydd, yn y tŷ a adeiladodd, yn llawn o'r pethau a brynwyd ganddo ef ac â'i arian ef, nid oedd ail-garu i fod. Yr oedd Ceredig yn cadw'i oed.

'. . . Achos wyt ti'n gweld,' ebe Cecil, 'does dim bywyd yng ngwaith y bois newydd hyn. Maen nhw'n lladd 'u gwaith â lliwiau, ac mae'r lliwiau hynny'n cnoco'i gilydd obeutu'r cynfas fel nad oes gyda ti'r un syniad beth maen nhw'n ceisio'i ddweud na pha effaith y maen nhw'n gobeithio'i gyrraedd. Bywyd sy arnon ni eisie yn ein peintio'n awr. Tipyn o wres, a goleuni, a bywyd . . .'

Daeth Martha i alw arnynt i swper.

# 4

Un o'r dyddiau tawel hynny a fydd tua chanol Tachwedd, gyda niwlen lonydd ar fôr a mynydd, sŵn y moduron yn bell ac yn fyngus yn y dref islaw, a'r mwg, hyd yn oed, wedi sefyll ar simneiau'r tai—un o'r ddyddiau hynny a dynnodd Ceridwen o'r tŷ i gerdded ar y lawntiau meirwon. Yr oedd gorwel y môr o'r golwg yn y caddug, a thu yma i'r caddug swatiai'r creigiau duon yn y dŵr â choler o ewyn o gylch pob un. Ar stryd fawr y dref yr oedd ambell un o'r coed bychain yn felyn gan ddail ola'r hydref, y lleill bron yn anweledig yn eu noethni. Yr oedd marwolaeth y flwyddyn ym mhobman.

I Ceridwen, yr oedd y marweidd-dra hwn yn gweddu i'w thymer i'r dim. Yr oedd hithau hefyd ers dyddiau yn farwaidd ac yn fud, wedi blino gan feddwl a brwydrau ysbryd. Yr oedd wedi bod yn bigog wrth Martha, yn swta wrth Tomos, ac fe wyddai hynny. Nid oedd y piano wedi'i lleddfu fawr na llyfrau wedi'i hymgeleddu ddim. Yr oedd problem Cecil wedi ildio'i lle i broblem Idris.

Dyn call, hapus i bob golwg ar ei aelwyd, llwyddiannus yn ôl pob sôn yn ei waith, a'i bedair nofel wedi ennill lle blaen iddo ymhlith nofelwyr Saesneg y dydd, wedi'i chwalu'i hun yn sydyn o'i blaen trwy ddweud, 'Rydw i wedi'ch caru chi ers tro'. Dim ond hynny, dim mwy, ond ei fod yn annisgwyl, heb iddo unwaith cyn hynny beri iddi amau dim trwy na gair nac ystum nac edrychiad. Ac fe ddarfu'r chwyldro mor sydyn ag y daeth. Fe ddwedodd hi na thyciai'i gariad ddim, fe ddwedodd yntau 'i fod yn falch o hynny, ac fe ddarfu. Bellach, yr oedd ef yr un fath ag o'r blaen ond yn fodlonach. Hithau'r un fath ag o'r blaen ond yn anfodlonach. Yr oedd ganddynt ill dau o hyn allan un atgof yn gyffredin a hwnnw, mae'n debyg, yn atgof melysbrudd iddo ef. Ac iddi hi? Nid mor brudd nac ychwaith mor felys, ond yn ystyrbiol am na allai mo'i atgofio heb gynhyrfu ychydig, bob tro y deuai. Nid am fod yn edifar ganddi ddweud na, nac am ei bod yn dychryn wrth feddwl am y tro annisgwyl y gallai'i bywyd fod wedi'i gymryd. Ond am ei bod hi o hyd yn denu dynion, ac nid yn denu fel yr oedd merched yn gyffredin yn denu.

Amdani hi ac Idris, er y byddai'r naill bellach yn newydd i'r llall, hi'n gryfach iddo ef, ef yn wannach iddi hi, yr oedd y bennod newydd y gallesid ei sgrifennu yn hanes y ddau wedi'i chau newydd ei hagor. Fe ddaeth yr amhosibl am eiliad yn bosibl, a'r eiliad nesaf aeth yn amhosibl yn ôl. Ni fyddai bywyd fawr gwahanol iddi. Ond ni fyddai chwaith yn hollol yr un fath, am fod un frawddeg wedi'i dweud a allai fod heb ei dweud.

Ar y dreif, safodd i siarad â Tomos, a oedd yn twtio ymylon y dreif â hof ac yn mwmial yn frwd wrtho'i hun.

'Bore da, Tomos.'

'Y . . . O, bore da, Mrs Morgan.'

Trueni iddi ddod ar warthaf yr hen frawd heb roi mwy o rybudd. Yr oedd Tomos yn mynd yn drymach ei glyw, a chas beth ganddo oedd cael ei ddal yn siarad ag ef ei hun. Fe fyddai'n gas gydag unrhyw un heblaw hi. Yr oedd hi'n awyddus i wneud iawn iddo am fod mor swta gydag ef y dyddiau cynt.

'Mae . . . mae'r dreif 'ma wedi tacluso'n rhyfeddol, Tomos, chwarae teg ichi.'

'O . . . y . . . thenciw, mym. Does dim byd tebyg i'r hen hof, dyna fydda i'n ei ddweud bob amser. Hof yn yr ardd, hof yn y forder, hof ar y dreif. Cadw'r hof yn fisi, chewch chi ddim llawer o chwyn, Mrs Morgan. Peidio rhoi cyfle iddyn nhw ddangos eu penne, dyna fydda i'n ei  ddweud bob amser—'

Fel meddyliau dianghenraid, meddai Ceridwen wrthi'i hun.

'Y . . . ie, Tomos, rydech chi'n hollol iawn. Yr ydw i wedi bod yn meddwl. Mae Trem-y-Gorwel 'ma'n ddigon taclus gennoch chi rŵan. Rhaid inni gofio bod gennon ni le arall i edrych ar ei ôl hefyd, yn rhaid?'

Byddai'n ofalus bob amser i gofio dweud 'ni' pan fyddai'n sgwrsio â Tomos am ei thir. Yr oedd siarad ag ef fel partner yn ei blesio y tu hwnt i bopeth. Fe wyddai hi mai fel 'ein gerddi ni' y byddai Tomos yn sôn amdanynt wrth ei gyfeillion.

'Odych chi'n meddwl am Y Bwthyn falle, Mrs Morgan?'

'Ydw, Tomos. Mae'n bryd inni wneud ein trip diwedd blwyddyn i roi trefn ar y lle dros y gaea.'

'Wel nawr, os ŷch chi'n awgrymu trip i Ddyffryn Llangollen, wna i ddim dweud na.'

'Mi fydd yn rhaid inni aros noson neu ddwy, wrth gwrs.'

'Os caf i aros gyda'r hen gwpwl rown i'n aros gyda nhw llynedd mi fydda i'n eitha cysurus, peidiwch chi â becso. Does dim tebyg i groeso'r dyffryn yna, dyna fydda i'n ei ddweud bob amser.'

'Rwy'n siŵr y bydd Mr a Mrs Morris yn barod i'ch lletya chi 'leni eto. Ac mi gaiff Martha aros efo Mr a Mrs Jones yn y Ddôl Isa. Roedd hithau wedi hoffi'i lle y gwanwyn dwytha, yn arw iawn.'

'Wyddoch chi beth, Mrs Morgan? Roedd Mr Morgan yn llygadog iawn i brynu'r Bwthyn pan oedd e, druan bach.'

'Y . . . oedd, Tomos.'

'Chi'n gweld . . . maddeuwch i fi am siarad fel hyn . . . rwy i bron yn siŵr ei fod e'n gweld ei ddiwedd yn dod, a taw meddwl amdanoch chi'r oedd e. Gweld lle bach neis i chi dreulio misoedd yr haf ynddo fe, wedi . . . y . . . wedi iddo fe'ch gadel chi, fe'i rhown ni e fel'na. Un fel'na oedd Mr Morgan. Bob amser yn meddwl am bobol eraill.'

'Y . . . ie, Tomos.'

'Ond 'na fe, Mrs Morgan fach, awn ni ddim i agor hen ddolurie nawr, a chithe wedi bod mor wrol. Lle caled yw'r hen fyd 'ma, dyna fydda i'n ei ddweud bob amser. Ond mae gydag e'i gysuron. Oes, oes. A dyma chi'n awr, Mrs

41

Morgan . . . maddeuwch i fi am siarad cyment . . . er eich bod chi wedi colli Mr Morgan, druan bach, mae pethe Mr Morgan gyda chi i gyd i'w gadw e'n fyw yn eich cof chi, on'd ŷn nhw?'

'Ydyn, Tomos. Maddeuwch i mi, mae'n rhaid imi fynd, mae gen i lythyr neu ddau i'w sgrifennu. Mae . . . mae'r dreif yn daclus iawn, Tomos.'

'O . . . thenciw, mym.'

Gobeithiai nad oedd wedi brifo Tomos wrth ei adael mor ddiseremoni. Fe wyddai'i fod yn syllu ar ei hôl, ei ael yn crychu a'i fys wrth ei gap, yn flin wrtho'i hun am agor ei briw heb fedru'i ail-gau'n ddeheuig. Ond fe fyddai wedi anghofio'i flinder cyn pen dim. Yr oedd edrych ymlaen at drip i'r Bwthyn yn ddigon i yrru pob un o flinderau Tomos ar ffo.

Pan aeth hi i'r stydi yr oedd Cecil yno'n sgrifennu llythyrau. Ymddiheurodd am dorri ar ei lonydd.

'Popeth yn iawn,' meddai'r penfelyn. 'Rwy bron â chwpla. Niwsens yw hen lythyron i'w sgrifennu. Dwy' ddim wedi sgrifennu llythyr ers misoedd. A phob tro y do i i mewn yma maen nhw'n edrych i 'ngwyneb i, ac maen nhw wedi mynd yn faich.'

Sgrifennodd rhagddo am rai munudau, ac eisteddodd Ceridwen a chodi'r *Post* i'w ddarllen. Yn sydyn clywodd sgrifbin Cecil yn tewi, a gwelodd ef yn troi ati.

'Mi fues i yn y banc bore heddi,' meddai.

'Fuoch chi?' ebe hi'n absennol.

'Mae'r ddyled oedd gen i yno wedi'i chlirio.'

'Rwy'n falch iawn,' ebe Ceridwen.

'Ie, ond jiw, dŷch chi ddim yn gweld beth ŷch chi'n ei wneud, ferch?' llefodd Cecil. Yr oedd ei ddwylo'n dynn am gefn ei gadair a'i figyrnau'n wynion. 'Rŷch chi'n gwneud i fi deimlo fel paraseit!'

Syllodd hi arno'n fwy astud. Yr oedd y meddylgarwch hwn yn beth newydd ynddo. Yr oedd yn bosibl fod homili fechan Idris y noson o'r blaen wedi peri iddo feddwl. Homili neu beidio, yr oedd yn anghredadwy fod Cecil, o bawb, yn medru amgyffred ei fod yn faich ar neb. Yr eiliad nesaf fodd bynnag fe ddaeth eglurhad ar ei feddylgarwch.

'Rwy wedi cael gweledigaeth, Ceridwen.'

'Da iawn.'

'Rwy wedi sylweddoli o'r diwedd nad wy' erioed wedi dysgu dibynnu arna i'n hunan. Mae pobol eraill wedi rhwyddhau'r ffordd imi ar hyd fy oes. Dwy' erioed wedi cael cyfle i brofi 'ngwerth. A nawr, pan ddylwn i fod yn wynebu'r byd yn sgwâr ac yn ymladd ag e am 'y mywyd, dyma chi'n dod mewn ac yn sefyll rhyngo i a'r gwaetha. Does dim eisie i reolwr y banc ond anfon ei gyfarchion imi ac rŷch chi'n hala siec iddo cyn imi gael fy anal.'

'Diolchwch fod rhywun â digon o ddiddordeb ynoch chi i'ch helpu chi, y dyn,' ebe Ceridwen yn gynnes.

'Ie, ond ŷch chi ddim yn gweld? Rŷch chi'n 'y nifetha i. A gwaeth na hynny rŷch chi'n difetha 'ngwaith i.'

'O?'

'Odych. Allwch chi ddim gweld taw gwaith dyn gwan yw 'ngwaith i? Llinellau dyn gwan, lliwiau dyn gwan . . .? Rhad arna i, fe fyddwn i'n peintio'n gryfach pe bawn i'n gorfod byw'n gryfach. Fe fyddwn i'n peintio'n well mewn dyled, byddwn, fe fyddwn i'n peintio'n llawer gwell pe bawn i wedi treulio chwe mis mewn carchar.'

'Peidiwch â siarad ffwlbri, Cecil.'

''Na fe, rwy'n siarad ffwlbri'n awr. Oes hawl gyda chi i nghadw i'n ddyn gwan ac yn arlunydd gwan, dim ond i foddio'ch greddf famol eich hunan?'

'Cecil!'

Yr oedd yr awyr yn ddifyr gan drydan y cweryla sy'n cadw bodau artistig yn ddiddig. Yr oedd Cecil yn ei ddangos ei hun unwaith eto yn ei liwiau'i hun, y maldodyn cwbwl hunanganolog ag ydoedd. Ai ynteu . . . tybed ei *fod* wedi'r cwbwl yn feddylgar, a'i fod yn cynnig ymresymiad

43

ffug iddi, er mwyn iddi atal ei nawdd iddo, rhag ei thlodi'i hun? Ond nid Cecil. Yr oedd mor amhosibl iddo ef ymresymu felly ag ydoedd i lindysyn ganu. Yr oedd heb os wedi cael y 'weledigaeth', am ei gwerth. Dywedodd Ceridwen yr hyn a ddisgwylid oddi wrthi.

'O'r gorau. Sefwch o hyn allan ar eich sodlau'ch hun. Ewch i ddyled. Ewch i garchar. Fydd gen i ddim dafn o ddiddordeb ynoch chi.'

'Reit,' ebe Cecil, gan eistedd eto wrth y bwrdd a chodi'i sgrifbin. 'Heddiw y daeth iachawdwriaeth i'r tŷ hwn.'

'Peidiwch â chablu, Cecil.'

Rhythodd hi'n galed ar dudalennau'r *Post,* heb weld dim. Yr oedd hi'n anhraethol flin ar y funud. Fe allai frifo, dryllio, lladd . . . Ond fe wyddai y byddai cyn pen awr wedi anghofio'r cwbwl. Fe fyddai Cecil yn para'n wan, yn ddyn ac yn arlunydd, ac yn para i gerdded ei thŷ hi fel dyn â hawl arno. A chyn pen deufis neu dri fe fyddai hithau'n anfon siec arall i'r banc i ddileu dyled arall . . . Yr oedd Cecil wedi gwneud ei wrthryfel, wedi carthu'i gydwybod, ac yn awr fe fyddai popeth fel cynt.

Methodd hi fodd bynnag ag ymatal rhag rhoi un ergyd olaf i'w gelyn a oedd wrthi'n sgrifennu mor frwd, er ei gasineb proffesedig at sgrifennu.

'Cofiwch fi'n annwyl at eich cariad, pwy bynnag ydi o.'

Yn hytrach na thaflu'i sgrifbin a ffrwydro fel y dylai, dywedodd Cecil yn dawel,

'Rwy'n sgrifennu at ddyn ifanc a wnâi gariad purion i chi.'

Fe ddylasai hi'n awr, y cam nesaf yn y chwarae, guddio'i diddordeb a dweud dim. Ond hi, y tro hwn, oedd yn wan.

'Pwy ydi o?' gofynnodd.

'Llanc o'r enw Alfan Ellis, nai i'r Mrs Compton Ellis yr wy'n peintio'r Traeth Gwenlli diddiwedd 'na iddi. Trwyddo fe y des i i nabod y fenyw. Trwy drugaredd, mae Alfan o ansawdd tipyn gwahanol i'w fodryb. Modryb trwy briodas yw hi iddo, wrth gwrs. Yn un peth, mae'n fardd. Cyn pen deng mlynedd, fe fydd y bardd Cymraeg pennaf yng Nghymru.'

'O?' ebe Ceridwen. 'Rhyfedd iawn na fyddwn i wedi gweld rhywbeth o'i waith o. Rydw i'n darllen pob papur a chylchgrawn Cymraeg o bwys, ac mae'i enw'n gwbwl ddiarth i mi.'

'O, dyw Alfan byth yn cyhoeddi dim.'

'Ydi o ddim wedi ennill mewn eisteddfod na dim felly?'

'Nag yw. Dyw e ddim yn credu mewn eisteddfodau. Racet yw'r cwbwl, medde fe. A dyw e ddim yn credu chwaith fod cystadlu'n gwella dim ar ddawn dyn. Mae'n ei llygru os rhywbeth.'

'O wel, aiff o ddim ymhell iawn ym myd llenyddiaeth Gymraeg os ydi o'n dirmygu'r eisteddfod ac yn esgeuluso cyhoeddi.'

'Arhoswch chi nes gwelwch chi'i waith e.'

Yr oedd Cecil yn annaturiol o siŵr. Ac nid oedd Cecil, yn ôl a welsai hi arno, yn feirniad yn y byd ar farddoniaeth, er ei fod yn darllen llawer ar waith beirdd.

'Pam yr ydech chi mor siŵr, Cecil, y bydd o'n gymaint bardd?'

Gyda thipyn o falais yr oedd hi'n gofyn, ac fe welodd fod Cecil yn esgud i'w ddiogelu'i hun.

'Wel, nid 'y marn i'n hunan yw honna. Rwy wedi bod yn siarad â'i athro Cymraeg e yn yr ysgol, a chydag un neu ddau o feirdd yr oedd e wedi digwydd dangos ei waith iddyn nhw—'

'O, mi wela—'

'Ie, ond nid yn ôl ei waith yn unig y mae ichi fesur dyn. Rŷch chi'n ei fesur e hefyd yn ôl yr hyn yw e'i hunan. Rhaid ichi gyfadde, Ceridwen, 'mod i'n eitha beirniad ar wyneb—'

'Ydw, rydw i'n gorfod cydnabod hynny.'

'Wel, 'te. Mae gydag Alfan un o'r wynebau huotlaf rwy i

45

wedi'u gweld gan fachgen ifanc erioed, ac rwy i wedi edrych ar lawer ac edrych yn feirniadol. Mae'i enaid e i gyd yn ei wyneb, ac mae'n enaid mawr. Ddwedwn i ddim ei fod e'n wyneb golygus, er ei fod e'n wyneb cwbwl gytbwys. Ond . . . mae'n wyneb hardd . . . os gellwch chi ddeall y gwahaniaeth . . .'

'Gallaf, rwy'n meddwl.'

'Yn enwedig pan fydd e'n gwenu, neu'n drist, neu mewn rhyw wewyr meddwl. Hynny yw, wyneb yw e y mae emosiwn yn gwneud gwyrthiau arno, mewn oes pan yw wynebau mor ddiemosiwn a di-ddim.'

'Wel, Cecil yr *ydech* chi'n frwdfrydig ynglŷn â'r bachgen yma. Mi garwn i 'i weld o.' Yr oedd hi braidd yn ddig wrth ei chwilfrydedd. 'Pam yr oeddech chi'n dweud y gwnâi o gariad i mi?'

'O, mae'n ifanc . . . tair ar hugain oed—'

'Cecil, rydw i'n ddigon hen i fod yn fam iddo.'

'Dyna'r pwynt.'

'Beth ydech chi'n feddwl?'

'Os byth y syrthiwch chi mewn cariad eto, fe fydd eich greddf famol chi sy'n gymaint o niwsens i rai ohonon ni yn siŵr o chware rhan fawr yn y syrthio mewn cariad hwnnw. Eisie maldodi'r bachgen fydd arnoch chi'n gynta, ac yna, cyn ichi sylweddoli, fe fydd y maldodi wedi troi'n gofleidio ac yn garu dan eich dwylo chi. Wedi'r cyfan, chawsoch chi'r un plentyn i'w fagu erioed, ac mae'r lle gwag yn eich natur chi na all dim ond plentyn ei lanw yn galw o hyd am rywbeth. Ond gan nad yw'r fam ynoch chi erioed wedi'i dihuno'n naturiol, dyw hi erioed wedi'i diffinio'i hunan yn glir yn eich bywyd chi, ac mae hi'n bownd, yn hwyr neu'n hwyrach, o gymysgu â'r wraig ynoch chi, sy *wedi*'i diffinio'i hunan, ac wedi'i dihuno, ac wedi'i hanner-bodloni.'

Yr oedd Ceridwen yn fud. Cecil wedi troi'n seicolegydd. Seicolegydd llyfr, yr oedd yn amlwg, ond yr oedd wedi bod yn hy i gymhwyso'i seicoleg llyfr ati hi, o bawb, a fu'n treulio cymaint o amser yn seicolegu ynghylch ei nodweddion a'i odweddion ef. Ni fu Cecil yn dyfalu yn ei chylch yn ystod ei oriau preifat, wrth gwrs. Ni allai gredu'i fod mor anhunanol â hynny. Tebycach oedd ei fod yn awr wedi'i demtio i'w brofi'i hun yn awdurdod ar seicoleg fel y temtid ef bob amser i wneud sŵn awdurdod ar bopeth a drafodid yn ei glyw. Ni allai Cecil oddef bod yn anwybodus mewn dim. A chan ei fod mewn hwyl awdurdodi, a hithau y gwrthrych agosaf at law, yr oedd wedi ymagor ac ymestyn ar ei chorn hi.

'Mae'ch dadansoddiad chi'n feistraidd, Cecil. Ond yn ddianghenraid. O achos wna i byth syrthio mewn cariad eto, hyd yn oed i'ch plesio chi.'

Gwenu'n bryfoclyd a wnaeth Cecil, fodd bynnag, a chilio'n ôl i'w fyd ei hun, sef Cecil. Daeth curo ysgafn ar y drws, ac agorodd Martha ef.

'Dr Pritchard ar y ffôn, Mrs Morgan.'

'Diolch, Martha. Mi ddo i yna rŵan.'

Trodd yn y drws i edrych ar Cecil. Yr oedd yn sgrifennu'n brysur fel petai wedi'i hanghofio'n llwyr. Caeodd y drws arno a cherdded ar hyd y neuadd at y ffôn. Cododd y derbynnydd,

'Helô, Bob, chi sy 'na? Sut yr ydech chi? Heb eich gweld chi ers oesoedd. Roeddwn i'n disgwyl clywed eu bod nhw'n dragio'r môr amdanoch chi.' Gwnaeth y Dr Pritchard ryw sylw smala yn y pen arall, a chwarddodd Ceridwen. 'Beth? Eisiau dod i 'ngweld i? Oes raid ichi ofyn? Dowch draw heno. Fe gymerwn ni ginio hanner awr wedi saith. Na, does dim eisiau ichi "wisgo",' ebe hi dan chwerthin, 'dyden ni ddim mor ffurfiol â hynny yn Nhrem-y-Gorwel chwaith. O'r gorau, galwch o'n swper, os ydi'n well gennoch chi. Cofiwch ddod. Na, fydd yma neb ond y fi, mae'n debyg. Mae Cecil yn aros yma, ond does wybod ymhle y bydd hwnnw erbyn hanner awr wedi saith heno. O ble'r ydech chi'n ffonio rŵan? Oes dim darlithoedd yn y coleg heddiw? Beth? Torri'ch darlithoedd a chithau'n bennaeth yr Adran Gymraeg? Wel, wel, fe gewch chi'ch danfon. Wrth gwrs, does gennoch chi fawr o amser eto cyn ymddeol, mae'n debyg mai dyna pam yr ydech chi'n llacio. Mae'n dda'ch bod chi'n fy nabod i on'd ydi, Bob? O'r gorau 'te. Mi fydda i'n eich disgwyl chi. Tan heno. Da boch chi.'

Nid oedd Cecil yn falch o gwbwl fod y Dr Pritchard yn dod i ginio.

'Hawyr bach,' meddai. 'Rŷch chi'n agor eich tŷ i adar od.'

'Os ydech chi'n cynnwys eich hun yn eu plith nhw rwy'n barod i gytuno,' meddai Ceridwen yn swta.

'Nag w i,' ebe'r penfelyn, yn llyfu amlen. 'Fi yw'r creadur callaf, mwya dymunol sy'n dod 'ma. Rwy'n cyfadde, cofiwch, fod perygl imi fynd fel y Dr Pritchard pan fydda inne'n tynnu am y trigain oed. Corfforlaeth fawr, frasterog, ac wyneb fel cosyn, a llais pontiffical yn dod ohono yn cyhoeddi anathema ar bopeth nad yw'n cyd-fynd i drwch y blewyn â'm syniade i fy hunan.'

'Dydi hwnna ddim yn ddisgrifiad cywir o Bob,' ebe Ceridwen, 'nac yn ddisgrifiad teg.'

'O ie, wrth gwrs, Bob yw e i chi. Rŷch chi ac ynte wedi dod yn agos ryfeddol i'ch gilydd. Roedd yna stori, on'd oedd, eich bod chi'ch dau yn caru y tu ôl i lenni melfed Trem-y-Gorwel?'

'Doedd dim sail i'r stori, fe wyddoch yn iawn.'

'Falle'n wir. Y trueni yw na ellwch chi ddim rhwystro pobol rhag siarad. Ta p'un i, mae'n syn na fydde fe wedi gofyn ichi'i briodi, ac ynte'n weddw fel chithe.'

'Mae ganddo'i resymau dros beidio, mae'n siŵr.'

'Mae'n siŵr.'

Wedi rhai eiliadau o ddistawrwydd sorllyd dywedodd Ceridwen,

'Alla i ddim deall beth sy gennoch chi yn erbyn Bob Pritchard, Cecil.'

48

'Na allwch chi? Wel, mi ddweda i wrthoch chi. Rŷch chi'n cofio'r arddangosfa honno o waith arlunwyr Cymreig yn y coleg. Roedd gen i ddarlun yno. Golygfa o draeth Porthcawl ar Ŵyl Banc Awst. Roeddwn i'n sefyll o flaen y darlun yn ei drafod e gydag Idris Jenkins, a phwy ddaeth heibio ond y Dr Pritchard. Dyna fe'n rhoi'i sbectol ar ei drwyn, ac yn llygadu'r darlun, ac yn gwneud shwd shape ar ei wyneb . . . "Ho!" medde fe, "Llun o Borthcawl, ia? Wel, wela i ddim golwg o'r porth, ond mae'r cawl yn amlwg".'

Rhoes Ceridwen bwff o chwerthin.

'Ond Cecil, ble mae'ch hiwmor chi? Mae hwnna'n ddigri!'

'Odi, petae e ddim mor drist. Waeth dangos y mae e fel y mae dynion o ddawn a thalent, wedi cyrraedd rhyw oedran yn eu bywyd, yn cau'u meddyliau'n glep yn erbyn pob datblygiad newydd mewn celfyddyd. Fues i erioed yn nhŷ Dr Pritchard, ond mae'n bur debyg fod yno stof drydan, a theleffon, a set radio. Mae erial teledu uwchben y tŷ, ta beth. Mae'n amlwg nad oes gydag e ddim yn erbyn cynnydd mewn gwyddoniaeth. Ond gwyliwch chi i arlun-wyr a cherddorion a beirdd wneud yr un cynnydd â'r gwyddonwyr, a chyflwyno'u gweledigaethau diweddaraf— O, na! Dishgwl yn dwp ar waith y rheini, a shiglo pen, a'i alw fe'n gawl. Pw! Does gen i ddim amynedd at 'i sort e.'

'Ond Cecil, mae Bob yn feirniad da ar arlunio. Mae ganddo brintiau o ddarluniau enwog trwy'i dŷ i gyd.'

'Gwaith pwy ŷn nhw? Constable a Turner a Joshua Reynolds, sbo.'

'Ie . . . a Van Gogh—'

'O wel, mae hwnnw'n ffasiynol bellach. Gwedwch beth fynnoch chi. Dwy' i ddim am sefyll naill ochor a chael fy sgubo o'r golwg gan bethe fel y Dr Pritchard sy'n meddwl, am eu bod nhw'n barddoni tipyn a Chymru'n eu moli nhw, fod gyda nhw wed'ny hawl i draethu gydag awdurdod ar bob celfyddyd arall.'

49

'Bob ydi un o'r beirdd mwyaf sy yng Nghymru heddiw.'

'Falle taw e. Mae'n fardd, ond fydd e ddim yn fawr shwt tra bydd e'n bychanu gwaith dynion eraill.'

'Fe ddwedodd rhywun,' meddai Ceridwen yn ddi-ildio, 'mewn dynion mawr mae popeth yn fawr—eu beiau'n ogystal â'u rhinweddau.'

'Dwy' i ddim yn awdurdod ar feiau,' ebe Cecil, 'ond pan fôn nhw mewn dynion eraill ac yn rhoi dolur i fi.'

Yr oedd yn rhaid dweud un peth am Cecil, meddai Ceridwen wrthi'i hun. Hyd yn oed yn ei hunanoldeb a'i hunan-dyb yr oedd yn gwbwl onest. Yn ddigywilydd o onest.

'Mae'n debyg na fyddwch chi ddim i mewn i ginio heno,' meddai wrtho.

'Na fyddaf. Rwy'n mynd . . . y . . . i'r pictiwrs.'

'O? Beth ydi'r llun?'

'Cowbois, trwy drugaredd.'

# 5

Pan ddaeth y Dr R. J. D. Pritchard, fe ddaeth â gŵr arall i'w ganlyn. Yr oedd Ceridwen yn adnabod y Dr Pritchard yn ddigon da i ddisgwyl pethau fel hyn ganddo. Fe wyddai hefyd ei fod yntau'n ei hadnabod hithau'n ddigon da i ddod â rhywun gydag ef i ginio heb ofyn ei chaniatâd. Yr oedd ei thŷ'n dragywydd agored i unrhyw un a oedd yn ffrind iddo ef. Ond fe fyddai'n dda ganddi petai wedi dod â rhywun gydag ef heblaw ei gweinidog. Oblegid er bod y Parchedig G. Sirian Owen yn llawer o bethau heblaw gweinidog, ni allai hi byth anghofio yn ei gwmni mai'i gweinidog ydoedd, er ei fod yn debyg mai'i bai hi oedd hynny.

'Fe alwodd Sirian acw, Ceridwen,' ebe'r Dr Pritchard, 'a phan ddwedais i 'mod i ar gychwyn yma mi ddwedodd y dôi o hefo mi. Dydach chi ddim dicach, nac ydach?'

'Nac ydw i, siŵr,' meddai Ceridwen. 'Ble mae Mr Owen rŵan?'

'Mae o drwodd yn siarad hefo Martha. Mae Sirian yn credu bod enaid morwyn cyn bwysiced ag enaid ei meistres.'

'Ac mae'n siŵr ei fod o'n iawn,' meddai Ceridwen. 'Mae gan Martha fwy o enaid nag sydd gen i, p'un bynnag.'

'Wel, dydi enaid ddim yn bopeth,' ebe'r Dr Pritchard, yn sefyll a'i gefn at y tân i lenwi'i bibell. 'Ydi'r plastrwr paent 'na i mewn heno?'

'Cecil ydech chi'n feddwl?' meddai Ceridwen. 'Nac ydi, mae wedi mynd i'r pictiwrs.'

'Diolch byth. Fydd dim rhaid inni wrando ar draethiadau husterig ar y gelfyddyd o beintio tomatos heliotrôp ar hetiau felôr a chodl felly.'

'Rydech chi wedi pechu yn ei erbyn o, Bob.'

'Rwy'n gobeithio 'mod i. Rydw i wedi trio droeon.'

'Fe ddwedsoch am ei ddarlun o Draeth Porthcawl nad oedd dim golwg o'r Porth ond fod y cawl yn amlwg. Roeddwn i'n meddwl bod hynna'n ddigri.'

'Ddwedais i hynny? Rydw i'n fy llongyfarch fy hun. Welsoch chi'r llun hwnnw, Ceridwen?'

'Naddo.'

'Roedd o'n ofnadwy. Ofnadwy!' Tynnodd y Doctor yn chwyrn yn ei bibell. 'Fe ddylai fod cyfraith yn erbyn pethau o'r fath. Fe ellwch faddau i ddyn am werthu poteliad o ddŵr a bliw glas a'i alw'n ffisig, ond ellir dim maddau i ddyn am daflu paent rywsut rywfodd ar damaid o gynfas a'i alw'n llun o draeth Porthcawl. Twyll a hoced noeth. Mae'r genhedlaeth yma'n ddigon dwl heb ei swcro i fod yn ddylach.'

'Rydech chi'n rhy drwm ar Cecil, Bob,' meddai Ceridwen, gan eistedd ar fraich y glwth a syllu'n ymbilgar ar ei harwr. Yr oedd yn ddyn hardd, yn cario'i flynyddoedd fel coron, yn bersonoliaeth enillgar o wadnau'i draed i'r trwch gwallt brith a fyddai'n llithro dros ei dalcen pan fyddai'n ffyrnig. Yr oedd mor ddogmatig â Cecil, ond heblaw'r awdurdod a roddai'i oedran iddo yr oedd rywsut yn anwylach na Cecil yn ei ddogmatiaeth.

'Yn rhy drwm arno?' ebe'r Dr Pritchard.

'O, ydech. Ydech chi'n siŵr eich bod chi wedi ymdrafferthu i ddeall beth y mae Cecil a'i debyg yn ceisio'i ddweud yn eu peintio?'

'Does dim angen ymdrafferthu. Dydyn nhw'n dweud dim.'

Lledodd Ceridwen ei dwylo. Cofiodd beth a ddywedodd Cecil, fod gwŷr fel y Dr Pritchard, wedi cyrraedd oedran arbennig, yn cau'u meddyliau'n glep yn erbyn pob datblygiad newydd mewn celfyddyd. Ond nid ail-adroddodd mohono. Fe fyddai hynny'n brifo Bob Pritchard, ac ni chymerai lawer am ei frifo ef. Y cyfan a wnaeth oedd pwyntio at ddarlun o fynyddoedd Eryri ar y pared gyferbyn a dweud,

'Welwch chi'r llun acw, Bob?'

'Ymhle? Y . . . gwelaf. Beth amdano?'

'Cecil wnaeth hwnna.'

'Ia, mi wn.'

'Fyddech chi'n dweud bod hwnna'n gawl ac yn dwyll ac yn hoced?'

'Na fyddwn. Mi alla i nabod yr Wyddfa yn hwnna, er y gallwn i beintio cystal fy hun.'

'O, tybed?'

'Ond pam na pheintith y creadur bob llun fel hwnna, yn lle—?'

'Mae Cecil yn dweud mai llun cerdyn Nadolig ydi hwnna. Nad ydi o'n cymryd dim ond hanner yr amser a gymer lluniau fel Traeth Porthcawl i'w peintio, nad oes dim enaid nac ystyr iddo, ac na fydde waeth iddo fynd i Lanberis hefo camera ddim a thynnu'r llun efo hwnnw.'

'Lol i gyd.'

Eisteddodd y Dr Pritchard yn drwm mewn cadair a mygu nes bod mwg yn codi ohono fel o ffwrnais. Ar hynny daeth Sirian i mewn. Cododd Ceridwen ac estyn ei llaw iddo.

'Sut yr ydech chi, Mr Owen? Rwy'n falch eich bod chi wedi dod.'

Fel y daeth y geiriau o'i gwefusau, teimlodd mai geiriau rhagrith oeddent, a theimlodd yn euog. Heb reswm yn y byd, dim ond bod llygaid gleision Sirian yn edrych arni, ac fel y tybiai hi, drwyddi. Ac nid yn condemnio; nid oedd llygaid Sirian byth yn condemnio. Dim ond eu bod bob amser yn deffro euogrwydd bach ynddi hi, heb fod hynny'n fwriad yn y byd ganddo, yr oedd hi'n siŵr. Dywedodd Sirian mewn llais dwfn, clir fel dŵr glân,

'Rwy'n gobeithio'ch bod chi'n iach, Mrs Morgan, er nad ydi'ch bochau chi ddim mor goch ag y dylen nhw fod.'

Fe allai hynny olygu un o ddau beth: fod ei bochau hi'n welw gan ofid, neu fod gormod o bowdwr arnynt. Ond coegni fyddai'r olaf, ac nid oedd Sirian byth yn goeg. Os y cyntaf oedd yn ei feddwl, yr oedd yn ei darllen hi fel llyfr. Yr oedd hynny lawn mor atgas ganddi. Nid oedd gan neb hawl i fedru'i darllen hi. Yr oedd hi'n annarllenadwy, yn llawer rhy gymhleth i neb dyn fedru'i deall, beth bynnag. Penderfynodd y byddai'i hateb hi y tro hwn yn rhy dywyll i fod yn rhagrithiol.

'Yr ydw i cystal ag y gwelwch chi fi, Mr Owen.'

'Cymerwch ofal o'ch iechyd, Mrs Morgan.'

Yr oedd Sirian mor denau ac mor dal, fe fyddai hi'n teimlo'i fod yn siarad â hi o'r nefoedd. Yn enwedig gan fod ei ben hefyd yn batriarchaidd gan gwmwl o wallt gwyn, yn pelydru dan lampau'r lolfa fel petai crisialau rhew ynddo. Ac yr oedd ganddo wyneb hir, gwyn, fel wyneb un o'r proffwydi yn y Beibl mawr yn ei chartref erstalwm. Er nad oedd Sirian ond ychydig flynyddoedd yn hŷn na Bob Pritchard yr oedd y byd, neu'i ymdrech â'r byd, wedi gwynnu'i wallt a'i wyneb yn rhyfeddol, ac wedi naddu cymaint o gnawd oddi ar ei gorff ef ag a chwanegodd at gorff Bob Pritchard.

'Eisteddwch, Sirian,' ebe'r Dr Pritchard, gan daflu'i law'n ddidaro at y gadair gyferbyn fel petai ar ei aelwyd ei hun.

Ond gan fod Sirian yn fonheddwr yn ogystal â gweinidog, nid oedd am eistedd heb ei gymell gan wraig y tŷ. Prysurodd Ceridwen at gefn y gadair a dweud,

'Os gwelwch chi'n dda, Mr Owen.'

Eisteddodd Sirian, ac meddai,

'Pan ddwedodd y Dr Pritchard ei fod o'n dod i'ch gweld chi, Mrs Morgan, mi feddyliais innau y galwn i'r un pryd, na fyddai waeth imi briodi busnes â phleser ddim. Mae 'nyddiau bugeilio i drosodd, mae arna i ofn, ond lle bo afiechyd neu alar. Ond mae ambell le, wyddoch chi—a dim ond ambell le—lle mae bugeilio'n bleser digymysg. Trem-y-Gorwel, er enghraifft.'

'Rydech chi'n garedig, Mr Owen,' meddai Ceridwen.

'Lle mae'r defaid colledig, e, Sirian? Hy! Hy! Hy!' Cochodd wyneb y Dr Pritchard fel y troes ei chwerthin yn beswch.

'Beth sy'n gwneud dafad yn golledig?' gofynnodd Sirian yn dawel ac yn oer.

'Mm?' ebe'r Dr Pritchard. 'Pam rydach chi'n edrych arna i?'

'Mae rhai cwestiynau mewn bywyd,' ebe Sirian, 'nad oes dim ateb terfynol iddyn nhw fel y byddai erstalwm. Ac mae'n rhaid i bawb eu hateb drosto'i hun.'

Erbyn hyn yr oedd y Dr Pritchard yn edrych yn anghysurus. Yr oedd yn amlwg y gallai'i gyfaill siarad o ddifrif ac yn bersonol ar grefydd, er ei fod yn weinidog, ac nid oedd Bob Pritchard erioed wedi 'styried crefydd yn bwnc trafod addas i lolfa. I lacio'i anghysur ac i dynnu'r sylw oddi wrtho, dywedodd Ceridwen,

'Mi wn i na fûm i ddim yn y capel ers tro, Mr Owen. Mi fedrwn i hel esgusion, ond wna i ddim. Mi ddylwn i addo gwella, ond rhagrith fyddai hynny os na alla i fod yn siŵr o gadw f'addewid.'

'Araith fach dwt iawn, 'y mach i,' ebe'r Dr Pritchard, 'twt iawn.'

Sylwodd Ceridwen fod Sirian wedi eistedd yn ôl yn ei gadair freichiau, ei ddwylo esgyrnog ymhleth dan ei ên, ei lygaid gleision yn llonydd arni hi a'r Athro. Oni bai am y dillad amdano, yr oedd yn debyg iawn ar y funud honno i gerflun marmor o ŵr doeth o un o gilfachau'r hen fyd. Ni charai ddweud mai *poseur* oedd Sirian, onid oedd felly mewn cyfrwystra mawr, ond ni allai hi lai na theimlo fod ganddo feddwl mawr o'i aeddfedrwydd a'i ddoethineb a'i brofiad costus o'r byd ac o ddynion. Hynny, bob amser, oedd yn gwneud iddi hi deimlo'n anaeddfed ac yn anorffenedig yn ei gwmni. Fe allai santeiddrwydd wneud iddi deimlo felly. Fe allai henaint cyfrwys wneud iddi deimlo felly hefyd.

Dywedodd Sirian yn dawel iawn, heb symud gewyn na syflyd amrant,

'Yr ydw i ers rhai blynyddoedd wedi peidio â gofyn i

neb ddod i'r capel. Dydi'r capel acw'n ddim ond adeilad fel pob tŷ arall, ond fod galeri ynddo, ac organ, a sêr arian ac aur wedi'u gwneud o blastar. A dyw'r hyn sy'n digwydd yno'n ddim ond siarad a chanu a hel casgliad. Mae yna dŷ bwyta yn y dref yma, a'r perchennog yn aelod efo mi. "Pam na throwch chi i mewn i'r caffe acw weithie?" meddai Rowlands wrtha i y dydd o'r blaen. "Pam?" meddwn i. "Wel, i gael pryd o fwyd," meddai. "Rowlands bach," meddwn i wrtho, "mae gen i dŷ fy hun ddim ond dwy stryd oddi wrthoch chi. A thra medra i fwyta yno, wela i ddim rheswm dros ddod i fwyta yn eich caffe chi".'

'A rŵan am y cymhwysiad,' ebe'r Dr Pritchard trwy'i bibell.

Gwelodd Ceridwen awgrym o wên yn llygaid gleision Sirian.

'Mae tŷ bwyta'n fendith i rai na allan nhw, am ryw reswm neu'i gilydd, ddim bwyta gartre. Mae 'nghapel i'n fendith i rai na allan nhw ddim addoli gartre, ac nad oes dim yn eu cartrefi nhw i'w helpu i fyfyrio ar dda a drwg a bywyd ac angau, a phroblem poen, a'u lle nhw a'u gwaith yn y byd. Ond am y rheini sy'n medru addoli gartre, ac addoli'n well, ac sy'n medru myfyrio ar wirionedd a medru mireinio'u rhinweddau heb help Efengyl, wela i ddim fod capel yn anghenraid iddyn nhw.'

Yn y distawrwydd a ddilynodd, pesychodd Dr Pritchard a syllodd Ceridwen i'r tân. Nid oedd neb o'r blaen wedi troi cadair yn ei thŷ hi'n bulpud, ac er bod Sirian, yn rhin ei sensitifedd a'i ddiwylliant eang, yn gallu traethu'n ddigon didramgwydd ar grefydd, eto i gyd yr oedd crefydd ynddi'i hun yn dramgwyddus ac yn beth na ddylid mo'i wthio ar bobol artistig. Ar Bob yr oedd y bai. Ef a dynnodd ar Sirian trwy gyfeirio ati hi fel dafad golledig. Oni bai am Bob fe fuasai'r ymweliad bugeiliol hwn fel pob ymweliad bugeiliol arall, yn ddim ond sgwrs garedig am ei hiechyd hi a thrafodaeth ddigon difyr ar beintio a llenyddiaeth a miwsig.

Oherwydd fe allai Sirian draethu ar y pethau hynny cystal â neb, a dyna sail ei holl barch hi tuag ato. Ar Bob yr oedd y bai, ac yr oedd Bob yn siarad eto.

'Wel, i fod yn hollol onest, Sirian, dydw i, fel y gwyddoch chi'n iawn, ddim yn addoli yn y capel nac yn addoli gartre. Mi fydda i'n agor y Beibil o dro i dro, ond nid i addoli. Llenyddiaeth ydi 'musnes i, a'r Beibil, fel mae'n digwydd, ydi'r llenyddiaeth odidocaf mewn bod. Ac er y bydda i'n myfyrio am y rheswm syml 'mod i'n fardd, mae arna i ofn nad myfyrio i'm perffeithio fy hun y bydda i—yn foesol ac yn ysbrydol, beth bynnag—ond i'm mynegi fy hun. Felly, yn ôl eich ymresymiad chi, mae capel yn anghenraid i mi.'

'Fe fydde'n anodd gen i, Bob, ddweud wrth fardd mawr fod yn anghenraid arno ddod i wrando arna i'n siarad ddwywaith ar y Sul. Mi allwn i darfu ar ei fyfyrdodau'n hytrach na'u cyfoethogi nhw.'

Edrychodd Ceridwen ar Sirian. Nid oedd ei ystum farmor wedi llacio dim, ond yr oedd yn siarad synnwyr uchel yn awr. Yr oedd, o leiaf, yn adnabod diffyg andwyol yr ymneilltuaeth yr oedd ef yn gymal yn ei pheirianwaith, ei bod yn gosod dynion, heb ystyried eu cymhwyster, mewn pulpudau pren i oraclu a doethinebu, yn hytrach na gadael i'r addolwr feddiannu'r Dirgelwch achubol mewn distawrwydd a hanner gwyll. Fe allai miwsig fod yn gymorth i'r addolwr, a hwyrach ddarlun neu ddelw, ond nid llais annisgybledig dyn yn traethu'n ddiderfyn . . . Rhaid bod Sirian yn adnabod ei meddwl, o achos dywedodd,

'Problem crefydd erioed, Mrs Morgan, fu cyflwyno'r un Efengyl i bobol yn gwahaniaethu cymaint mewn gallu a thymheredd a chwaeth. Mae'r Eglwys Gatholig wedi llwyddo'n well na ni Brotestaniaid am ei bod hi'n cydnabod hawl pob un i gael Efengyl ar ei lefel ddeallol ac emosiynol ei hun. Yr yden ni Brotestaniaid wedi bod yn dân am roi'r Efengyl i bawb yn ei iaith ei hun, ond wrth gydnabod ffiniau iaith yr yden ni wedi anwybyddu ffiniau deall a thymheredd. Mae pawb yn un mewn pechod, eled ei allu a'i chwaeth a'i deimladau gydag ef i ddinistr. Dyna safbwynt ein tadau ni. Ac os dyna'n safbwynt ninnau, allwn ni ddim cwyno'n bod ni'n pregethu i seddau gweigion.'

Yr oedd hyn yn agoriad llygad i Ceridwen. Nid bod y safbwynt yn newydd iddi, er na welodd hi erioed mohono yn hollol yn y golau yna o'r blaen. Ond bod dyn a oedd yn byw wrth yr Efengyl yn ei deimlo'i hun yn ddigon rhydd i feirniadu'i gyflwyniad ei hun a chyflwyniad ei eglwys o'r Efengyl honno. Ond y foment nesaf fe welodd mai paratoi i lorio y bu Sirian.

'Yn sylfaenol, wrth gwrs, mae'r pwyslais Protestannaidd yn iawn. Yr ydech chi'n wraig hardd iawn, Mrs Morgan. Ac mae'ch gallu a'ch cyfoeth a'ch synwyrusrwydd artistig yn eich gosod chi ymhell uwchlaw'r myrddiwn dwl, diniwed sy'n pryfedu'r ddaear. Ac mae'n cyfaill Bob Pritchard yntau yn perthyn i'r un radd ddidoledig. Ond yr ydech chi'ch dau, mae'n ddrwg gen i ddweud, mor farwol ag idiot pentre. Ac mae'ch pechod chi'ch dau yr un pechod yn union â phechod y bachgen sy'n iro echelydd yn y garej i lawr yn y dre, ond ei fod o wedi'i gymhlethu a'i gyfrwyso gan eich dysg chi a'ch gallu chi a'ch chwaeth. A'r un ydi'ch angen chi'ch dau yn y bôn ag angen pob Dic, Twm a Harri. Calon newydd.' Tawelodd llais Sirian, ac ychwanegodd yn ddwys, 'A finnau efo chi.'

Yr oedd pibell y Dr Pritchard wedi diffodd. Yr oedd llygaid Ceridwen wedi'u hoelio ar ddau lygad glas y dyn a fu'n siarad. Ond pan lithrodd yr amrannau dros y ddau lygad hynny, a phan glywodd y Dr Pritchard yn tanio matsien i ailgynnau'i bibell, aeth ias o ddig trwyddi. Dig cyfiawn, fod ei gweinidog, hyd yn oed, wedi meiddio'i chyplysu hi mewn unrhyw fodd â'r myrddiwn, ac wedi haeru bod ynddi hi beth mor ddi-chwaeth a diddychymyg â phechod. Petai Idris Jenkins wedi awgrymu hynny ni fuasai wedi'i hoffi. Ond fe fuasai ganddo ef hawl. Yr oedd gan nofelydd hawl i ddyfeisio pechod ar gyfer ei gymeriadau os oedd hynny'n grymuso'i stori. Ond yr oedd i weinidog wneud hynny yn mynd yn rhy bersonol, fel petai'n cerdded i mewn i ymolchfa pan oedd merch yn y baddon. Nid oedd gan weinidog hawl i briodoli pechod ond i rai nad oedd unrhyw hynodrwydd arall yn eu bywyd. Petai hi wedi ennill pechod fel ennill gradd, neu wedi disgleirio mewn pechadurusrwydd nes bod yn hynod ymhlith merched, fe fyddai hynny'n wahanol. Neu petai'i phechod yn ddamweiniol ynddi fel ei harddwch, ni fyddai cynddrwg. Ond yr oedd ei thynnu i lawr i lefel y llu trwy ddweud ei bod hi'r un fath â phob tincer mewn bod â phechod fel yr oedd hi mewn bod â thraed a dwylo—yr oedd hynny'n ormod.

Ond y dolur oedd, er ei bod hi mor ddig, na allai'n hawdd roi geiriau i'w dicter. Petai Sirian wedi dweud ei bod hi'n hyll neu'n hurt neu'n atgas, fe allai ddangos y drws iddo ac fe fyddai pawb yn curo'i chefn. Ond ni ddywedodd Sirian ddim ond yr hyn yr oedd ganddo hawl, yn ddamcaniaethol, fel gweinidog, i'w ddweud. Ac am hynny yr oedd yn rhaid goddef. Goddef yn oerllyd ffroenuchel, bid siŵr, ond goddef. Fe fyddai cael sgrechian yn rhyddhad a chael dangos y drws yn ollyngdod, ond rhaid goddef. O! Fel y câi Bob hi am gychwyn y drafodaeth yma!

Ond Sirian ei hun a drefnodd y ffordd ymwared trwy godi a dweud bod yn rhaid iddo fynd. Ac yr oedd mor dawel ac mor fwyn ac mor fonheddig, yr oedd hi'n teimlo'i dig yn wrthun. Rhaid bod y dyn yn ddidwyll. Os ydoedd, ni allai'r peth a oedd yn rhinwedd mewn artist fod yn gamwedd mewn gweinidog. Didwylledd oedd didwylledd. Yr oedd rhesymeg weithiau'n afresymol.

'Wnewch chi ddim aros i gael cinio hefo ni?'

Rhyfeddodd ei chlywed ei hun yn gofyn. Yr oedd arni eisiau i'r dyn santaidd fynd yn fwy na dim, er mwyn iddi gael troi ar Bob ac anghofio pechod a chael bod yn hi'i hun unwaith eto, ond yr oedd disgyblaeth gwestywraig ar hyd y blynyddoedd wedi ffurfio'i gwefusau fel yr oedd y cwestiwn yn awtomatig arnynt. Unwaith eto, daliodd lygaid Sirian, ac unwaith eto clywodd yr euogrwydd bach o'i mewn. Unwaith eto, y rhagrith.

'Dim diolch, Mrs Morgan. Fuaswn i ddim yn aros i ginio a minnau wedi dod yma heb 'y ngwahodd. Mae 'ngwendidau i'n lleng, ond rwy'n gobeithio nad ydi anghwrteisi ddim yn un ohonyn nhw.' Edrychodd arni fel petai'n adolygu'r sgwrs a fu rhyngddynt yn ei feddwl, ac ailadroddodd, 'Rwy'n gobeithio, beth bynnag.'

Er ei gwaethaf, dan ormes garedig y llygaid gleision, dywedodd hi,

'Nac ydi'n wir, Mr Owen. Wnewch chi ddim aros?'

'Rhaid imi fynd. Diolch yn fawr ichi. Ac unwaith eto, Mrs Morgan fach, cymerwch ofal o'ch iechyd. Mae modd gorweithio'r corff. Ond mae modd hefyd, pan fo'r corff yn rhy lonydd, gorweithio'r meddwl. Nos da, Bob.'

'Nos dawch, 'rhen ddyn. Mi alwa i heibio un o'r dyddiau nesa 'ma.'

Hebryngodd Ceridwen ei gweinidog i'r drws, er mwyn dangos iddo nad oedd hi ddim dicach wedi'i ddadansoddiad beiddgar, ac er mwyn cael ei gwynt ati cyn ymosod ar Bob. Ond pan ddaeth yn ôl i'r lolfa, yr oedd y Dr Pritchard, yn ôl ei arfer afresymegol, wedi'i blannu'i hun mewn byd arall. Wedi anghofio bodolaeth Sirian, wedi dileu sgwrs a ddylai fod wedi'i sobri i'w waelodion yn llwyr o'i ymennydd.

'Ceridwen!' meddai. 'Edrychwch beth sy gen i yma. Proflenni terfynol fy llyfr newydd.'

Ni allai hi yn hawdd yrŵan daflu dŵr oer am ben ei frwdfrydedd trwy sôn am Sirian a'i bechod. Yr oedd Bob yn gymaint o blentyn, ac yr oedd yn rhaid maddau iddo fel y maddeuid i blentyn. Nid oedd dim amdani bellach ond brwdfrydu gydag ef. Ac nid oedd yn anodd bod yn frwd. Wrth weld y proflenni treiodd dicter Ceridwen yn gyflym.

'Bob, ddwedsoch chi ddim eich bod chi'n cyhoeddi llyfr newydd. Dyma'r awgrym cynta—'

'A, roeddwn i wedi meddwl peidio â sôn gair wrthoch chi, 'nghariad i, nes byddai'r llyfr o'r wasg ac y cawn i roi copi yn eich llaw chi. Dyna pam y bûm i'n cadw mor ddiarth, rhag ofn imi gael 'y nhemtio—'

'Roeddwn i'n amau bod rhywbeth—'

'Ond pan ddaeth y proflenni 'ma, mi fethais â dal.'

Eisteddodd hi ar y *pouf* o flaen y tân ac edrych i fyny arno fel yr edrychai un ar ddelw'i sant.

'Mae'r gyfrol yma'n mynd i fod yn bwysig, on'd ydi, Bob?'

Gwenodd Bob Pritchard yn fachgennaidd.

'Fy nghyfrol bwysicaf i, gobeithio. Wedi'r cwbwl, yn hon y mae cerddi f'aeddfedrwydd i gyd.'

'Mae'r wlad yn dyheu amdani, Bob.'

'Felly maen nhw'n dweud, y tacla sebonllyd. Maen nhw wedi canmol cymaint arni cyn ei gweld hi, p'un bynnag, fedran nhw ddim yn hawdd dynnu'u geiriau'n ôl.'

'Fydd dim angen iddyn nhw. Os bydd rhywun yng Nghymru'n ddigon croes i weld gwendidau yng ngwaith un o'i beirdd mwya hi, mi fydda i'n cymryd yr awyren gynta i'r Bahamas. Fedrwn i ddim byw mewn gwlad mor anniolchgar.'

Yr oedd llygaid y Dr Pritchard yn dyner iawn.

'Ceridwen, mae'ch teyrngarwch chi'n 'y nhoddi i'n lân.'

'Nid teyrngarwch mo'no, Bob, mi wyddoch cystal â finnau. Os darllenais i'ch cerddi chi unwaith fe'u darllenais nhw ganwaith. Ac rwy'n gwybod, rwy'n *gwybod*, eu bod nhw gyda'r pethau mwya cyfareddol welodd 'y nghenhedlaeth i. Pe na bawn i erioed wedi'ch nabod chi mi ddwedwn i'r un peth. Ac mae beirniaid mwy na fi wedi ategu f'argyhoeddiad i, drosodd a throsodd.'

61

Gorffwysodd y Dr Pritchard ei lygaid arni.

'Ga i ddweud rhywbeth wrthoch chi, Ceridwen? Fe wyddoch mai'r ergyd fwya gefais i oedd colli Olwen. Roedd Olwen nid yn unig yn wraig imi, roedd hi'n ysbrydoliaeth imi.'

'Mi wn i hynny.'

'Hi oedd y goleuni roeddwn i'n sgrifennu wrtho. Hi oedd yn rhoi angerdd yn 'y marddoniaeth i. Waeth imi ddwaud y cyfan. Hi oedd 'y marddoniaeth i.' Gostyngodd ei lygaid. 'Wel. Fe'i collais hi. A chyda hi, mi gollais bob awydd barddoni. Un person a'i rhoes o'n ôl imi. Chi, Ceridwen, oedd honno.'

'Mae hynna'n dweud gormod, Bob . . .'

Anwybu Bob Pritchard ei phrotest.

'Ers deng mlynedd, er pan gollais i Olwen, a chithau wedi dod yma i fyw, eich croeso chi a Ceredig yn y tŷ yma oedd un o'r pethau cynhaliodd fi. A phob tro y down i yma, a chithau'n edrych arna i'n ddisgwylgar ac yn gofyn, "Ydech chi wedi sgrifennu cerdd eto, Bob?" a finnau'n gorfod ysgwyd 'y mhen, mi fyddwn i'n teimlo'n euog ac yn fwyfwy euog. A'r noson honno pan oedd Ceredig wedi mynd i ginio'r Seiri Rhyddion a chithau'n gofyn yr hen gwestiwn a finnau'n ysgwyd 'y mhen, fe ddwedsoch chi: "Does gan fardd mawr ddim hawl i beidio â barddoni. Yr unig beth feder roi taw ar ei awen o ydi'r bedd." O'r funud honno mi benderfynais i y buaswn i'n rhoi cynnig arall arni. A phan eis i allan i'r nos, a hithau'n chwipio rhewi, a'r sêr yn rhwyd arian dros yr awyr, dyma rywbeth imi fel ergyd. Mi wyddwn mai llinell o farddoniaeth oedd hi. *Nid du yw düwch pan fo'r sêr yn esgor.* Cyn gynted ag y cyrhaeddais i adref dyma fynd at y ddesg, a thynnu papur, a phensal, ac i lawr â'r llinell. Tri chwarter awr fûm i, ac mi wyddwn 'mod i wedi sgrifennu fy soned orau. Roedd fel petai'r ing oedd wedi'i gronni yno' i yn ystod y ddwy neu dair blynedd na chenais i ddim wedi mynnu mynegiant. Fe wyddoch chi'r gweddill, Ceridwen.'

Nodiodd hi'n araf.

'Gwn.'

'Os oes diolch i rywun fod y gyfrol yma yn y wasg, i chi y mae o, Ceridwen. Ac yr ydw i am gydnabod 'y niolch yn y llyfr.'

'O na, Bob—'

'Oes rhywun wedi cyflwyno llyfr ichi erioed, Ceridwen?' gofynnodd Bob Pritchard yn frwd, fel brenin ar fin cyflwyno hanner ei deyrnas.

Petrusodd hi. Dweud, ynte peidio â dweud? Ni wyddai Bob, ond fe ddôi i wybod.

'Oes, Bob.'

Sobrodd wyneb y Doctor.

'Pwy?'

'Idris Jenkins.'

Dweud diniwed. Ffaith ddidramgwydd. Ond fe wyddai hi, y funud y dwedodd, iddi fod yn annoeth ar y foment frwdfrydig honno. Nid oedd Idris Jenkins yn ŵr uchel gan Bob.

'Hwnnw?' meddai'r Dr Pritchard. 'Pa lyfr? Pa bryd? Pam yr oedd hwnnw'n cyflwyno llyfr ichi?'

Nid oedd dim amdani'n awr ond estyn y copi o *Youth Was My Sin* a'i ddangos iddo. Syllodd ef yn dywyll ar y cyflwyniad.

'I Ceridwen Morgan, a gadwodd fy ffydd mewn llenydda yn fyw. Felly,' meddai'n sych, a mynd ei hunan â'r llyfr yn ôl i'r silff y daeth ohono. 'Wyddwn i ddim fod unrhyw gyfathrach . . . y . . . artistig rhyngoch chi a'r Eingl-Gymro 'ma,' meddai, gan bwysleisio'r Eingl-Gymro'n anhyfryd.

Nid oedd gan Ceridwen ateb. Nid o'i dewis ei hun y daliwyd hi yng nghenfigen dau ŵr llên o bwys. Peth dibwys ar un olwg oedd fod neb yn cyflwyno llyfr iddi, er ei bod hi'n falch. Ond o'r ddau, er y byddai rhai cannoedd o filoedd yn fwy yn darllen llyfr Saesneg gan Idris, yr oedd yn fwy ganddi fod Bob yn ei henwi am mai Bob o'r ddau oedd yr athrylith, ac mai ef o'r ddau oedd ei ffefryn. Ond gan fod athrylith yn blentyn hefyd, yr oedd yn debyg y byddai Bob yn newid ei feddwl. Yr oedd wedi dyfalu'n iawn.

'Wel,' meddai Bob, yn dod yn ôl i'w gadair, 'fedra i ddim cyflwyno'r llyfr ichi rŵan. Fedra i ddim dynwared Idris Jenkins, o bawb. Y peth ola weddai i mi fyddai dynwared dyn llai na mi fy hun.'

Yr oedd hi'n barod i fodloni er gwaetha'r siom. Fe wyddai, o droi ymhlith artistiaid cyhyd, fod artistiaid yn hunanganolog ac yn medru bod yn llai na phobol gyffredin mewn rhai pethau.

'Bob . . .' meddai'n betrus.

'Wel?' Yr oedd y Doctor yn llenwi'i bibell.

'Nid eisiau i chi gyflwyno'ch llyfr i mi sydd arna i. Yn un peth, dydw i ddim yn deilwng. Ond ydi'r ffaith fod Idris wedi digwydd cyflwyno llyfr imi ychydig wythnosau o'ch blaen chi o bwys o gwbwl? Faint o'ch darllenwyr chi fydd yn darllen llyfr Idris?'

'Amryw, mae arna i ofn. Mae rhai o'r Cymry "eang" 'ma, cogio, yn cymryd arnyn gadw'n gyfarwydd â phopeth gyhoeddir yng Nghymru, Cymraeg a Saesneg, da a drwg. Does ganddyn nhw na chwaeth na safon, neu edrychen nhw ddim ddwywaith ar y ffaldirál Eingl-Gymreig 'ma.'

'Ydech chi wedi darllen nofelau Idris?'

'Nac ydw. Pam y dylwn i?'

'Os nad ydech chi, does gennoch chi ddim hawl i'w galw nhw'n ffaldirál. Mae Idris yn un o'r nofelwyr pwysicaf sy'n sgrifennu yn Saesneg heddiw. Mae'r papurau a'r radio'n rhoi sylw mawr i bob peth ddaw o'i ddwylo.'

'Dyna brofi. Mae cyflwr y nofel Saesneg heddiw mor druenus, fe all unrhyw hogyn â thipyn o hyd yn ei drwyn a thipyn o fwd yn ei inc roi Tafwys ar dân.'

'Wel, mae nofelau Idris yn dda, beth bynnag.'

'Ho, rydach chi *yn* ffrindia, on'd ydach?'

Gwasgodd hi'i dwylo'n dynn.

'Bob, gwrandwch, da chi. Yr ydw i yn deyrngar, i bob un o'm ffrindiau. Yr ydw i'n deyrngar i chi, a fedra i ddim bod yn llai na theyrngar i Idris, ac yntau'n disgwyl hynny. Ond fel y dywedais i gynnau, dydw i ddim yn gadael i deyrngarwch gyflyru 'marn i. Mae nofelau Idris yn dda, yn dda iawn. Ond mae'ch barddoniaeth chi'n fendigedig. Dyna'n union lle'r ydech chi'ch dau'n sefyll ar fy siart i.'

Tybiodd weld gïau wyneb y Doctor yn llacio ychydig.

'Wel,' meddai, 'mae'n dda gen i glywed cymaint â hynna. Ond fedra i ddim gweld sut y medrwch chi ysbrydoli barddoniaeth Gymraeg ar ei gorau a symbylu fficshion Eingl-Gymreig yr un pryd. Mae o fel byw ar gafiâr a brywes dŵr.'

Yr oedd Ceridwen yn barod i esgusodi hunan-dyb athrylith. Wedi'r cyfan, os oedd dyn yn fardd mawr yr oedd yn gwybod ei fod yn fardd mawr, ac nid oedd bardd mawr yn sant. Ond yr oedd hi'n bur ddig wrth Bob am ei monopoleiddio hi'n ysbrydoliaeth. Yr oedd hi'n falch, hefyd, er ei gwaethaf. Yr oedd pàs ar ei deall a'i chydym-deimlad a'i chwaeth. Yr oedd fod bardd mawr a nofelydd o bwys yn dibynnu arni ac yn cenfigennu wrth ei gilydd o'i herwydd yn ei chynhesu. Dim ond iddynt fod yn barod i gydnabod. Ac yr oedd Bob yn awr am wrthod cydnabod.

Edrychodd ar ei horiawr. Yr oedd yn chwarter wedi saith ac yn bryd iddi fynd ynghylch y cinio. Fe fyddai Martha wedi'i goginio, ac yr oedd hi'n mynd allan i weld ei chwaer yn y dref. Yn rhyfedd iawn, fe fyddai Martha bob amser yn gofyn caniatâd i fynd i weld ei chwaer pan ddôi'r Dr Pritchard. Nid bod ganddi ddim yn erbyn y Dr Pritchard. Yr oedd hi ac yntau i bob golwg yn ffrindiau mawr. Siglodd Ceridwen ei phen. Yr oedd Marthäod y byd yn annirnad yn eu ffyrdd.

Er hynny, yr oedd rhai o'i hatgofion hyfrytaf ynghlwm wrth y swperau bach y byddai Bob a hithau'n eu bwyta gynt wedi dod yn ôl o fod yn gweld drama neu'n gwrando cyngerdd yn neuadd y dref. A Martha, bid siŵr, wedi mynd i weld ei chwaer. Dim ond Bob a hithau yn y tŷ mawr ar ben y bryn, a dim sŵn wedi swper ond ei bysedd hi ar y piano a'r gwynt yn y ffawydd ifanc yng nghefn y tŷ. Ac weithiau, os byddai lleuad, hi ac yntau'n eistedd yn y ffenest ffrâm-bictiwr ac yn gwylio'r golau arian yn llenwi ac yn torri ac yn treio allan yn y bae. Eistedd, nid i gofleidio ac i gusanu fel y tybiai tafodau parod y dref, ond i siarad, ac i farddonoli pob sŵn a phob symud o'u cwmpas, ac weithiau i ddweud dim.

A allai hi gyflawni'r un wyrth eto heno ni wyddai. Yr oedd brwdaniaeth fachgennaidd Bob wedi'i hoeri, a'i hoeri nid gan Sirian, ond gan Idris Jenkins. Fe fyddai eisiau'i holl ddewiniaeth hi i beri iddo anghofio'i gydraddoldeb ag Idris, a chytuno—ohono'i hun, bid sicr—i gydnabod ei help a'i hysbrydoliaeth hi. Galwodd arno i'r stafell ginio. Daeth yntau, yn drwm, anfoddog.

'Mae 'na *vermouth* yn y cwpwrdd 'na, Bob. Helpwch eich hun. Fe gewch lemon a rhew yn y cwpwrdd rhew yn y gegin. A hwyrach yr agorwch chi botel o glared imi.'

Ufuddhaodd Bob, ac aeth hithau drwodd at Martha. Eglurodd Martha'r fwydlen, a rhoi'r platiau yn y stof i'w twymo.

'Fydd arnoch chi eisie canhwylle, Mrs Morgan?'

Edrychodd Ceridwen, a rhoes Martha winc araf arni. Torrodd Ceridwen i chwerthin.

'O, o'r gorau, Martha. Rydech chi'n meddwl am bopeth.'

Fe wyddai Ceridwen nad oedd diwylliant Bob Pritchard, mwy na diwylliant y mwyafrif o Gymry, ddim yn cyrraedd hyd at y bwrdd cinio. Rhamantiaeth oedd ei ramantiaeth ef na allai adael cloriau llyfr. Fe'i clwyfid yn arw pe dywedid wrtho mai lol oedd celfyddyd er mwyn celfyddyd, ond iddo ef, lol, yn sicr, oedd bwyta er mwyn bwyta. Amcan barddoniaeth iddo ef oedd diddanu, ond amcan bwyta oedd, nid diddanu'n siŵr, ond llenwi cylla. Fe fyddai'n cyfiawnhau hynny trwy ddweud ei fod ef o'r werin yn werinol, ac nad oedd gan Gymro ddim busnes i fod yn ddim ond gwerinol. Yr oedd yn dda cael amrywiaeth mewn bwyd, bid siŵr, ond yr oedd yn wrthun talu cymaint o sylw iddo ag a delid i'r pedwar mesur ar hugain.

Nid nad oedd wedi mwynhau coginio'r Ffrancwyr yn Ffrainc a choginio'r Eidalwyr ar dro yn yr Eidal. Nid na wyddai beth oedd omled a chafiâr a phast *foie-gras*. Ond ni wnaethai erioed gelfyddyd o fwyta ac o sgwrsio am fwyd. Os oedd rhamant mewn bwyd o gwbwl, mewn lobscows dall a bara ceirch a stwnsh rwdan yr oedd hwnnw. Dyna'r unig fwydydd yr oedd pleser mewn sôn amdanynt a'u hatgofio'n foethus ar y tafod.

Cyn belled â hynny yr oedd hi'n gytûn ag ef. Un o'i breuddwydion hi oedd adfer hen fwydydd gwlad Cymru a'u dyrchafu i'r un bri â danteithion enwoca'r Cyfandir. Fe welai hi ddydd yn dod y byddai ymwelwyr wrth fyrddau tai bwyta Cymru yn murmur yr un mor frwdfrydig uwchben enwau fel *Teisen Gri* a *Bara Lawr* a *Thatws Llaeth Enwyn* ag a wnaent heddiw uwch enwau fel *Lachsröllen mit Rührei* a *Bateaux de Miel* a *Goulash*. Ond ar y llaw arall, yr oedd hi'n credu nad oedd un tafod yn ddiwylliedig onid oedd, yn ogystal â medru ymddiddan yn dda ar lawer pwnc, wedi profi hefyd nifer o fwydydd a diodydd mawr y byd.

Yn gyson, felly, â'i chred, gan ei bod wedi hongian ar furiau'i thŷ brintiau o ddarluniau enwoca'r gwledydd, ac yn medru canu'u campweithiau ar ei phiano, ac wedi llenwi'i llyfrgell â'u clasuron, yr oedd wedi cael Martha i fod yn hyddysg yn eu cogyddiaeth nes gallai, gyda dim ond diwrnod o rybudd, droi i'r bwrdd ginio cwbwl Ffrengig neu Almaenaidd neu Eidalaidd neu hyd yn oed Indiaidd, er dirfawr foddhad ambell ymwelydd chwilfrydig ei dafod.

Heno, fodd bynnag, yr oedd elfennau'r cinio'n gartrefol. Y drefn a oedd iddo a dull ei osod yn unig oedd yn dangos diwylliant.

Wedi cael cefn Bob, aeth ati i weddnewid y stafell ginio. Y cyfan a wnaeth oedd diffodd y golau trydan a rhoi tân i'r canhwyllau, rhoi un rhwb i'r llestri a'r gwydrau, a rhoi llestraid o ddaffodil ar ganol y bwrdd. Pan ddaeth Bob yn ôl, edrychai fel dyn wedi baglu ar gam i fyd arall. A byd arall, yn wir, oedd hwn. Yr oedd y chwe channwyll wedi rhoi sêr ym mhob gwydryn ac ar wyneb pob llestr unlliw. Yr oedd y gwyll yn foethus ac yn drwm gan ramant. Ac er nad oedd aroglau ar y cennin Pedr annhymig a ddaethai o dŷ gwydr Tomos, am ryw reswm yr oedd aroglau daffodil lond y lle.

Yn dawedog y dechreuodd Bob fwyta. Yr oedd yn amlwg yn dal yn ei gam-hwyl, ac nid atebai sylwadau hanner cellweirus Ceridwen ond ag ie a nage. Ond wrth weithio drwy'r cinio, a'i archwaeth ar gynnydd, drwy'r cawl, drwy'r pysgodyn a'r hoc, drwy'r cig rhost a'r clared, drwy'r gellyg a'r hufen, i'r caws a'r coffi, daeth ei eiriau'n amlach, fywiocach, ddoniolach, nes ei fod o'r diwedd yn fwy o Bob Pritchard na Bob Pritchard ei hun.

Ac ebe Ceridwen wrthi'i hun: 'Mae'r wyrth wedi'i chyflawni —tybed?' Er mwyn bod yn siŵr, neu'n hytrach rhag esgeuluso rhoi cynnig ar bopeth, diflannodd i'r seler a dod yn ôl â photel yn loyw mewn papur arian ac ar ei label ymyl aur y geiriau: *Mwythdar, Trem-y-Gorwel*. Estynnodd hi i Bob i'w hagor ac edrychodd yntau arni.

'Mwythdar?' meddai, yn codi'i aeliau.

'Cyfuniad o'r ddau air "mwyar" a "neithdar",' meddai hi. 'Yn y cae tu cefn i'r tŷ 'ma mae mwyar duon mawr yn sudd i gyd. Rydech chi wedi'u canmol nhw droeon mewn tarten. Ond mae 'na beth arall y gellir ei wneud â mwyar. Dyna fo, yn bedair oed.'

Cymerodd y botel oddi ar Bob a thywallt ohoni i ddau wydryn gwirod.

'I'w yfed efo'r coffi,' meddai. 'A sigâr.' Ac estyn blwch arian agored.

Torrodd Bob Pritchard y sigâr a'i thanio. Sipiodd y mwythdar yn betrus. Llanwodd ei lygaid, a phesychodd.

'Ceridwen,' meddai, 'mae 'na galon merch yn hwn. Yn oer fel rhew ac yn llosgi popeth ddaw i gyffyrddiad ag o. Mae'n troi mwg y sigâr yma'n dân ar 'y nhafod i.'

Rhoddodd y gwydryn i lawr a rhoi'i benelinoedd ar y bwrdd, a siaradodd yn hir am ei farddoniaeth. Fe'i gwnaed yntau, meddai Ceridwen wrthi'i hun, fel y gwneir pawb gan fwyd da a gwin, yn gwbwl gyfeillgar ac yn gwbwl hunanol. Siaradodd am Olwen, am ei unigrwydd, am ei fawredd, am gymhlethdod bywyd, am freuder bywyd. Â dau ddeigryn hawdd yn ei lygaid trodd ati a dweud,

'Ceridwen. Pan fydda i farw, wnewch chi ofalu bod 'y nghofgolofn i ar sgwâr Croesowen, a'i bod hi o lechen las Meirionnydd?'

Daeth lwmp i wddw Ceridwen hithau, yn foethus, ddi-alw-amdano.

'Peidiwch â siarad am hyn'na, Bob. Eich busnes chi ydi byw.'

'Ysgwn i?' ebe'r athrylith, yn ei ferthyru'i hun yn flasus ym mhatrwm eithinog llenni'r ffenest o'i flaen. 'Ysgwn i? Ond mi alla i fod yn sicir, Ceridwen, nad anghofir mohono i tra byddwch chi byw. Rydach chi wedi dweud rhywbeth wrtha i yn gynharach heno, aiff hefo mi i 'medd. Os bydd rhywun yn beirniadu *Aeron yr Hydref,* fy llyfr newydd i, y byddwch chi'n cymryd yr awyren gyntaf i'r Bahamas.'

Yn ddirybudd a disynnwyr, chwarddodd Ceridwen. Trodd y bardd ati.

'Pam rydach chi'n chwerthin?'

'Bahamas, bananas, pyjamas!' chwarddodd Ceridwen. 'O, Bob, mae'n ddrwg gen i, allwn i mo'r help. Roedd o'n

ofnadwy o ddifrifol pan ddwedais i o gynnau, ond rŵan—
O, rydw i fel petawn i mewn angladd a phriodas wedi'u
rhowlio'n un.'

Trodd ei llygaid ar Bob, ac fe wyddai wrth yr olwg yn ei
lygaid, pe na bai hi'n ferch y byddai ef wedi'i tharo.

'Rydach chi'n atgas, Ceridwen, pan ydach chi'n chwerthin
fel'na.'

'Fory,' meddai Ceridwen, 'mi fydda i'n 'y nghasáu fy
hun am heno. Dyden ni ddim wedi meddwi o gwbwl ond
dyden ni ddim yn gall. Achos yr ydech chi'n mynd i'r
Bahamas a finne'n mynd i'r diawl.'

A thorrodd i grio'n hidl.

Clywodd law Bob ar ei hysgwydd, ac yr oedd y llaw'n
feddal gan faddau. Fe griodd yn hir ac yn hawdd, a'i
dagrau'n foethus ar ei dwylo. Ac yna fe gofiodd. Cododd ei
phen.

'Y dyn yna,' meddai.

'Pa ddyn, Ceri?'

'Y dyn Sirian. Y gweinidog ffarisead. Rydw i'n ei gasáu
o. Rydw i'n bechadures, medde fo, fel mecanic a thincar a
Dic, Tom a Harri. Cheith o byth ddod i 'nhŷ i eto.' A
chydiodd â'i dau ddwrn bychan yn y lliain bwrdd a'i wasgu'n
dynn.

Yr oedd llais Bob yn annisgwyl oddefgar.

'Peidiwch, Ceridwen. Mi wn ei fod o wedi'ch brifo chi.
Ond mae gan Sirian hawl i frifo, achos does dim malais yn
ei frifo fo. Ac mae Sirian yn ffrind cywir iawn i mi. Er ei
fod o'n ddyn da. Petai'n rhaid imi fynd i'r nefoedd, fe
fydda'n well gen i fynd yno trwy weddïau Sirian na
thrwy'r un ffordd arall.'

Treiodd y dig o gorff Ceridwen a'i gadael yn sâl. Ni allai
feddwl am ddim wedi peidio â meddwl am Sirian. Nid
oedd hi'n ddim ond merch ffôl, benwan, a'i chalon yn curo
lond ei phen. Eisteddodd yno, ni wyddai am ba hyd, ac
adfeilion ei chinio gwyrthiol a gwydrau a photeli gweigion

yn fyddin ddi-hid o'i blaen. A chyferbyn â hi yr oedd bardd mawr, a'i ben ar ei ddwylo, yn ddim ond llencyn dwl, diniwed, yn llawn ohono'i hun ac yn meddwl dim ots beth ohoni hi.

Ond yn araf, daeth cydbwysedd yn ôl. Wedi'r cyfan, nid cyfeddach a fu, ond cinio. Fe ddôi Martha i ofalu am y llestri, fe ddôi yfory i ddileu heno, ac yfory fe fyddai popeth fel cynt.

'Bob.'

Yr oedd ei wyneb fel y disgwyliodd hi iddo fod, yn llawn ac yn lluniaidd ac yn ddeall i gyd. Yr oedd enaid cudd angerddol yn y llygaid llonydd a barddoniaeth yn barod i ffrydio o'r gwefusau gwyn.

'Bob, ga i fynd yn ôl awr a hanner?'

'Fedar neb fynd yn ôl, Ceri.'

'Ga i gogio mynd yn ôl? Roeddwn i o ddifri pan ddwedais i na fedrwn i ddim byw mewn Cymru fydde'n eich difrïo chi. Rydech chi'n fy nabod i, wedi 'ngweld i'n wych ac yn wael. Ac mae'n rhaid ichi 'nhrystio i fel yr ydw i'n eich trystio chi. Chân nhw mo'ch beirniadu chi, Bob. Chaiff neb.'

'Neb, Ceri?'

'Neb. Pe bawn i'n caru rhywun fwya rioed, a hwnnw'n eich beirniadu chi, mi ddigiwn i wrtho ac fe'i gadawn i o.'

'Diolch, Ceridwen. Wna i ddim anghofio.'

Yr oedd y nos yn llawn sêr pan aeth y Dr Pritchard o'r tŷ. Trodd yn y drws a rhoi cusan cwrtais cyfarwydd ar foch Ceridwen, ac yna cerddodd, ychydig yn ansicr ond nid heb urddas, i lawr y dreif tua goleuadau'r dref. Aeth Ceridwen i'w gwely, yn fwy o ffrind i'w ffrind nag erioed, ac aeth gwefr gynnes drwyddi wrth glywed Martha ymhell i lawr yn y gegin yn golchi llestri'r noson. Diffoddodd y golau, caeodd ei llygaid, a suddodd i fôr o felfed du.

# 6

Bore drannoeth daeth Martha â brecwast iddi i'w gwely. Yr oedd Martha'n dda wrthi. Ni fyddai byth yn gofyn, ond bob tro y byddai gwin gyda chinio yr oedd brecwast yn y gwely fore trannoeth.

Agorodd Martha lenni'r ffenest.

'Mae'n fore bach ffein, Mrs Morgan.'

Yr oedd hi'n wir. Yr oedd haul oer Rhagfyr ar y bae llonydd, a'r gwely'n gynnes, gynnes.

'Ydi Mr Matthews wedi codi, Martha?'

'Odi. Fe aeth lawr at lan y môr cyn brecwast.'

'Bobol annwyl.'

'Odych chi'n mo'yn aspirin, Mrs Morgan?'

'Na, dim diolch. Rydw i'n teimlo'n reit dda.'

'Fe'ch gadawa i chi'n awr 'te.'

Caeodd y drws yn dyner ar ôl Martha a chododd Ceridwen y papur newydd a roes Martha ar ymyl yr hambwrdd. Y Rwsiaid yn anhydrin, yr Americanwyr yn ystyfnig, y byd yn ddreng. Gollyngodd y papur dros erchwyn ei gwely a thywalltodd goffi iddi'i hun.

Yr oedd ei chlustiau'n cosi. Rhywun yn siarad amdani ddywedai'r hen bobol. Ar ôl ei geiriau gwirion neithiwr doedd hi ddim gwerth sôn amdani. Yr oedd hi o bwys i lenorion ond nid oedd dim mwy o bwrpas yn ei byw.

*　*　*

Ond yr oedd Tomos a Martha'n siarad amdani i lawr yn y gegin. Gwthiodd Tomos ei gwpan gwag ar hyd y bwrdd am ragor o de, a mentro dweud,

'Smo i'n gwybod beth sy wedi dod dros Mrs Morgan 'ma'n ddiweddar.'

'Pam, Tomos?' ebe Martha, yn unionsyth ac yn wyn ei gwallt a'i blows a'i brat, ac yn tywallt te heb arlliw o gryndod. Nid edrychodd ar Tomos wrth siarad, ond yr oedd min ar ei llais yn awgrymu llewes yn barod i amddiffyn ei chenawon.

'Wel . . . smo i'n gwybod,' ebe Tomos, yn crafu'i ben, yn dechrau bod yn ochelgar. 'Ond dyw hi ddim yr un peth ag oedd hi, odi'ddi?'

'Nag yw?' ebe Martha, yn estyn ei de iddo.

'Wel . . . na-ag yw,' ebe Tomos, yn rhoi pedwar lwmp o siwgr yn ei de. 'Falle taw becso mae hi ar ôl Mr Morgan, druan bach. Ond mae tair blynedd yn amser hir i fecso. Nag ŷch chi'n meddwl 'ny, Martha?'

'Nag w i,' meddai Martha, yn mynd i roi'r tatws yn y sosban-clòs. 'Mae dolur dwfwn bob amser yn gadel craith.'

'Odi . . . rŷch chi'n reit man'na. Ond wedyn, fe fysech chi'n meddwl y byse gwraig fel hi yn . . . wel, yn . . .'

'Ailbriodi?' Rhoddodd Martha ysgydwad i'r sosban-clòs.

'Wel nawr, dyna chi wedi dwgyd y gair o 'mhen i. Mae . . . mae digon o ddynon yn troi obeutu'ddi, on'd oes e?'

'Fel pwy nawr?'

'Wel . . . dyna chi'r boi artist 'na . . . O, un rhyfedd yw hwnna, os licwch chi—'

'Does gyda Mr Matthews ddim ddiddordeb mewn menywod.'

'Dyna mae e'n weud, falle.'

'Does gydag e ddim chwaith.'

'O wel, 'na fe, Martha, os ŷch chi'n gweud. Rŷch chi'n siŵr o fod yn gwybod.'

Ciledrychodd Martha arno'n amheus.

'Ond—' ebe Tomos, yn twymo iddi, 'dyna chi—dyna i chi'r Doctor Pritchard 'na. O, boi mawr yw hwnna. Fe wedodd rhywun wrthw i 'i fod e wedi sgrifennu 'beutu ugen o lyfre mawr.'

'Odi, siŵr o fod.'

'Wel 'te, fydde . . . fydde fe ddim yn gwneud gŵr teidi iddi? Gwidman yw e, onte-fe?'

'Tomos, nid ei ffyrdd hi yw'n ffyrdd ni.'

'Mowredd, Martha, dyna ysgrythurol ŷch chi. Ond rŷch chi'n eitha reit hefyd. Odych. Mae rhywbeth yn od ynddi, on'd oes e? Fel . . . fel petai hi wedi'i magu mewn tŷ gwydyr. Petai hi'n gorfod mynd mas i'r byd i ennill 'i bara fel y rest ohonon ni, fedre . . . fedre hi mo'i ddal e.'

'Does dim eisie iddi.'

'Nac oes . . . does dim eisie iddi. Dêr, 'na lwcus yw rhai pobol, onte-fe? Odych chi'n credu mewn Rhaglunieth, Martha?'

'Pam?'

'Wel, mae'n beth od fel mae rhai yn dod i'r byd a phopeth gyda nhw. Arian, gallu, wyneb pert, a lwc. A rhai eraill ohonon ni'n dod i'r byd heb ddim, a heb ddim rŷn ni'n mynd mas ohono fe.'

'Doedd popeth ddim gyda Mrs Morgan nes priododd hi.'

'O oedd. Popeth ond arian. A phetae hi heb gael arian ei gŵr, fe fydde arian wedi dod iddi rywffordd neu'i gilydd. A dyna wy' i'n ffaelu'i ddyall. Pam mae hi'n edrych mor drist, a phopeth gyda hi—popeth y gall arian 'i brynu a phopeth y gall gallu'i wneud?'

'Rwy'n dweud eto, Tomos. Nid 'i ffyrdd hi yw'n ffyrdd ni, ac nid ei gofalon hi yw'n gofalon ni hefyd.'

'Am beth mae hi'n gofalu 'te? O, mi wn i y dwedwch chi nawr fod arian mawr yn dod â gofalon mawr. Ond dyw nhw ddim gyda Mrs Morgan, odyn nhw? Smo hi'n gwybod o ble mae'i harian hi'n dod. Maen nhw'n dod o rywle, a'r cyfan sy gyda hi i'w wneud yw 'u hala nhw.'

'Dyw hynna ddim o'n busnes ni, Tomos.'

'Nag yw, nag yw. Ond y cyfan mae hi'n becso yn 'i gylch—ar wahân i'w phrofedigeth, wrth gwrs—yw ble i hongian y pictiwr hyn a ble i ddodi'r ornament arall, a phwy ma hi i'w wahodd i gino heddi a—'

'Tomos, peidiwch chi â siarad yn amharchus am Mrs Morgan, da chi.'

'Na, Martha, rŷch chi'n 'y nghamddyall i. Nid siarad yn

amharchus wy' i'n awr, ond ceisio dyall beth yw 'i phroblem hi. Rwy'n gweud 'thoch chi, alla i ddim o'i anghofio fe. Rwy'n meddwl amdeni pan fydda i mas yn glanhau'r dreif ac yn potshian yn y tŷ gwydyr. Rwy'n becso amdeni, ac yn treial meddwl ffordd y galla i 'i helpu 'ddi, druan.'

Eisteddodd Martha wrth y bwrdd, a phlethu'i dwylo, ac edrych yn ddwys ar Tomos.

'Tomos. Dŷch *chi* damed gwell o fecso, na finne hefyd. Chi'n gweld, smo Mrs Morgan yn perthyn i'r un hiliogeth â ni. Mae hi, a'r Dr Pritchard, a Mr Matthews, a Mr Jenkins—wel, odyn, maen nhw'n od—i ni. Ellwn ni mo'u dyall nhw. Maen nhw'n beth mae'r Saeson yn 'i alw'n ecsentric. Falle nag ŷn nhwthe ddim yn ein dyall ninne hefyd. Ond mae'n rhaid cael eu sort nhw a'n sort ninne yn y byd. Allan nhw ddim o'r help eu bod nhw'n dwlu ar bictiwre a miwsig a llyfre a phethe fel'ny. Fel'ny maen nhw wedi'u creu. Allan nhw ddim bod yn wahanol. Petaech chi'n dodi'r Doctor Pritchard lawr pwll glo a Mr Matthews i drwsio moto-cars a Mrs Morgan i weitio mewn caffi, fe . . . fe dorren eu c'lonne. Fydde waeth ichi'u dodi nhw i bori gwellt mewn ca'. 'Run peth â phetae rhywun yn trio gwneud i fi sgrifennu llyfr, a'ch dodi chithe mewn coleg i ddysgu stiwdents i whare'r feiolin—'

'Mowredd annw'l!' ebe Tomos.

'Chi'n gweld? Petaen nhw'n 'y nhynnu i oddi wrth y stof a'r sinc 'ma, mi fyddwn i farw cyn pen whech mish. A phetaech chi'n cael eich tynnu mas o'r ardd, fyddech chi ddim yn rhyw hapus iawn, fyddech chi?'

'Mi fyddwn yn y seilam.'

'Dyna fe. Rhaid i bawb fyw yn ôl 'i natur.'

A chododd Martha, wedi pregethu'i phregeth rymusaf ers ni allai gofio pa bryd. Ond trodd at Tomos i glensio'i dadl.

'Fel, rŷch chi'n gweld, mae dweud y peth iawn yn y lle iawn mor bwysig i Mrs Morgan ag yw rhoi'r fejitabl iawn yn y sosban iawn i fi. Ac mae'n gyment rhan o'i natur hi i ofalu bod y pictiwre gore ar welydd y tŷ 'ma ag yw e o'n natur i i ofalu bod gwelye'r tŷ 'ma'n galed. A falle'i bod hi'n becso am rywbeth nad oes gyda chi a fi mo'r syniad lleia amdano. A wnelen ni ddim ond niwed wrth drio'i helpu 'ddi.'

Yr oedd Tomos yn fud. Nid na wyddai'r pethau hyn eisoes, wrth gwrs. Ond yr oeddent gymaint eglurach iddo'n awr nag y buont erioed o'r blaen. Yr oedd Martha'n hynod alluog, mae'n rhaid, ac nid oedd Tomos yn rhyw siŵr iawn pa un ai perthyn i hiliogaeth Mrs Morgan ynteu i'w hiliogaeth ef yr oedd hi. Ni allasai ef byth resymu fel yna. Nid oedd am i Mrs Morgan ddianc yn groeniach ychwaith, er cymaint meddwl oedd ganddo ohoni. Rhyw deimlo braidd yn flin yr oedd mai Martha, ac nid efô, oedd wedi cael y pleser o'i hamddiffyn i gyd y bore hwn. A phigodd un pigiad arall.

'Fuodd Mrs Morgan yn yfed neithiwr 'to?'

Trodd Martha ato.

'Dyw hynny, chwaith, ddim o'ch busnes chi.'

Cododd Tomos yn drwsgwl, a dweud,

'Mae gyda'r bobol ecspentrig hawl i hynny hefyd, debyg iawn.'

Ni chymerodd Martha arni glywed. Fe wyddai'n iawn fod Tomos yn mwy na hanner addoli Mrs Morgan, ac mai dim oll ond mymryn o surni oedd wedi codi ysbryd beirniadaeth ynddo. Efallai iddi hi fod yn rhy huawdl. Fe wyddai am un peth, fodd bynnag, a wnâi i Tomos faddau'r cwbwl. Iddi hi, i Mrs Morgan, ac i bob chwynnyn yn ei ardd.

'Tomos.'

Trodd Tomos yn y drws ar ei ffordd allan.

'Wel?'

'Mae Mrs Morgan yn dweud ein bod ni'n mynd i Ddyffryn Llangollen ddydd Mawrth.'

Diflannodd pob rhych yn wyneb wyth a thri ugeinmlwydd Tomos fel petai artist wedi tynnu'i rwber ar hyddo.

'I'r Bwthyn?' meddai.

'Ie.' Trodd Martha'n ôl at y sinc. 'Bant â chi'n awr. Mae Mrs Morgan yn disgwyl posi o grocws o'r tŷ gwydyr 'na erbyn cino.'

A diflannodd Tomos i gyfeiriad y tŷ gwydr, yn dirgel obeithio y byddai pob crocws o leiaf ddwywaith cymaint ag ydoedd pan welsai hwy hanner awr ynghynt.

\* \* \*

Ar yr un awr o'r dydd yr oedd dwy wraig yn eistedd uwch eu coffi yn nhŷ bwyta Rowlands. Un mewn cot a het a sgidiau o lwyd mynachaidd, y llall mewn cot lewpard at ei llygaid a chlustdlws mawr piws ym mhob clust.

'Mae'n bryd i Rowlands beintio tipyn ar y lle 'ma,' meddai Catrin Prys-Roberts trwy gwmwl o fwg sigarét.

'Odi,' ebe Miranda Lewis, a'i llygaid meinion miniog yn crafu'r hen baent oddi ar y parwydydd. 'Mae'n gwilydd i'w wyneb e. Ond dyna fe, mae'n meddwl y gwnaiff e'r tro i'n tebyg ni, sbo. Dŷn *ni* ddim llawer o glàs, odyn ni?' Yr oedd llais Miranda Lewis mor finiog â'i llygaid, a'r un mor undonog. 'Petai rhywun fel ein hannwyl ffrind Ceridwen Morgan yn mynychu'r lle hyn, fe fydde'n dawnsio i newid ei liwie a'i gelfi i gyd.'

'Pyh!' meddai Catrin, gan ollwng modrwy fwg i wyneb ei ffrind. 'Pa bryd y gwelaist ti honno'n bwyta allan yn unman ond mewn hotel, a honno'n ffyrst-clas? Petai Ceri'n cael bil o lai na chweugian am bryd o fwyd mi fasa'n teimlo'i bod hi wedi'i thwyllo.'

Ystumiodd Miranda'i gwefusau.

'Yr holl arian yna,' meddai. 'Yn pwdru man'na ar ben y bryn. A chymaint o angen yn y byd. Fydda i byth yn sosialydd ond pan fydda i'n dishgwl ar Drem-y-Gorwel. Odi 'ddi wedi cael car newydd 'to?'

'Nac ydi,' meddai Catrin. 'Mi ddwedodd wrtha i rywdro nad oes byth angen newid *Rolls-Royce*.'

'Nac oes, tra bydd gyda hi ddreifiwr fel Jim bach i'w yrru e. Pam na roiff hi gyflog iawn i'r crwt 'na, a'i gadw'n amser llawn, yn lle cadw rhyw artistied a phethach di-fudd o'r fath? Mae hi'n folon cadw pob math o ddynon ffansi obeutu'r lle nag ŷn nhw ddim lles i neb, ond mae hi'n rhy fên i gadw crwt sy fel petai e heb gael cinio iawn ers misoedd.'

'Mi ddwedodd wrtha i fod yn well gan Jim weithio yn y garej, na fydda ganddi ddim digon o waith i'w gadw o'n ddiddig.'

'Dyna jyst y peth ddwede hi. Sylwest ti ddim mor gyfrwys yw hi? Mae hi'n meddwl y gall hi droi pawb ohonon ni rownd 'i bys bach. Edrychith hi ddim arnon ni am fisoedd. Mae hi'n anghofio'n llwyr am ein bodolaeth ni. Ac wed'ny, ryw ddiwrnod, mae hi'n cofio, ac mae hi'n dweud wrthi'i hunan, "Wel nawr, mae'n bryd i fi roi parti bach i'r menywod 'na, jyst i'w cadw nhw'n ddiddig." Ac mae hi'n gwneud parti, ac yn hala cardie swel rownd inni i gyd, ac wedi'n cael ni yno fe wnaiff shwd ffŷs ohonon ni, fel petai hi heb ein gweld ni ers blynydde a ninne wedi hedfan o Dimbyctŵ i'w pharti hi. A ninne'n byw man hyn yn ei hymyl hi rownd y flwyddyn. Does gyda fi ddim amynedd ati.'

Aeth Catrin ati i ffeilio'i hewinedd.

'Ddwedais i wrthat ti am y *suite* sy ganddi i fyny'r grisia?' gofynnodd.

Nid atebodd Miranda. Ni fyddai byth yn ateb cwestiwn. Ond yr oedd ei haeliau wedi codi'n chwilfrydig.

'Mae ganddi dair stafell,' ebe Catrin, yn gymaint wrth ei hewinedd ag wrth Miranda, 'yn sbesial i'r ymwelwyr. Yn y bedrwm mae ganddi ddodrefn derw. Derw Cymreig, medda hi, fel petae rhyw wahaniaeth rhwng hwnnw a rhyw dderw arall—'

'Mae gyda hi ryw ffad Gymreig fel'na,' ebe Miranda. 'Dyw e'n mynd ddim dyfnach na'r croen. Cer mla'n.'

'Llenni a charped *old gold*.'

'H'm!' ebe Miranda.

'Goleuada bach yn ymddangos ar y walia pan wyt ti'n cyffwrdd swits.'

'Shwd wastraff.'

'Wedyn, rwyt ti'n mynd drwy'r drws i'r stafell wisgo, chwadal y hi. Nenfwd derw, drych mawr ar hyd un wal, cypyrdda ar hyd y llall o'r top i'r gwaelod. Derw Cymreig eto. Ond y bathrwm, Miranda!'

'Llyn nofio, mae'n debyg.'

'Dim cweit. Bàth a lle molchi mewn dau alcof *rose*, ac *aquarium* ar hyd hanner isa un wal—'

'Mawredd annwyl!'

'Ffaith iti. Ond y peth rhyfedda welais i erioed ydi hanner ucha'r walia. Mae hi wedi cael y dyn Cecil 'na—'

'Ych!'

'Hwnnw. Wedi'i gael o i beintio *jungle* drostyn nhw i gyd. Coed a *creepers* a *cockatoos*—'

'Mae'n hala ofan arno i.'

'Ac . . . wel, dyna fo. Mae 'na bobol od, a . . . phobol od.'

Ar hynny, daeth Mair, gwraig Idris Jenkins, atynt, yn ffres ac yn ddel mewn cot a sgidiau cochion a chapan coch yng nghanol ei gwallt.

'Hylô'r Hugan Goch Fach,' ebe Miranda'n rhewllyd.

'Helô, ferched,' ebe Mair, yn gwenu'n ddihitio ac yn tynnu'i menig yn frwd wrth eistedd gyferbyn â hwy. Gwgodd Miranda. Nid oedd hi byth yn tynnu'i menig i yfed coffi canol bore.

'Rydech chi'ch dwy'n edrych fel petaech chi mewn claddedigaeth!' Yr oedd llais Mair yn grwn ac yn gynnes fel hi'i hun, ac yr oedd fel clychau i rywun a fu'n gwrando'n hir ar grawcian Catrin ac undonedd oer Miranda.

'Be sy 'na i lonni dynas ar fora fel hyn?' ebe Catrin, gan bwnio bôn ei sigarét i'r soser lwch.

'Digon, os chwilith hi amdano,' ebe Mair yn braf, gan droi i roi'i harcheb.

Daeth merch weini ati ar unwaith. Yr oedd yn amlwg ei bod hi'n boblogaidd yn nhŷ bwyta Rowlands. Yr oedd yn bleser cymryd archeb ganddi.

'Coffi fel arfer, Mrs Jenkins?'

'Os gwelwch chi'n dda.'

'Pa fisgedi gymerwch chi heddi?'

'Rhywbeth sy gennoch chi.'

'O'r gore 'te.'

Trodd Mair eto at ei dwy ffrind ac edrych yn holgar ar y naill ac yna ar y llall.

'Wel?' ebe Catrin. '*Beth* sy 'na i lonni dynas ar fora fel hyn?'

'Wel,' meddai Mair, gan edrych yn sionc athronyddol ar y bwrdd o'i blaen. 'Yn y lle cynta, cael bod yn fyw o gwbwl.'

'Hm!' ebe Miranda.

'Wedyn, cael bod yn iach.'

'Mae iechyd di-dor,' ebe Catrin, 'y peth mwya anniddorol dan haul. Y newid brafia y galla i feddwl amdano fuasa bod yn 'y ngwely yn gwella o'r ffliw, a'r set radio wrth 'y mhenelin a'r cwilt o'r golwg dan lyfra a chylchgrona, a Harri'n dod â bwyd imi i'r gwely.'

Syllodd Mair arni'n gyfeillgar gyhuddol.

'Paid â dymuno'r ffliw, Catrin fach, rhag iti gael rhywbeth na elli di ddim gwella ohono.'

'Tysh! Ofergoeledd!' ebe Catrin.

'Na, ffrindie bach,' ebe Mair, 'alla i ddim meddwl am ddim byd brafiach na chael bod yn iach i dendio ar Idris a'r plant. Yn enwedig y plant. Fe allai Idris ofalu amdano'i hun petai raid, ond am y plant . . . Gan fod bywyd mor garedig â'u rhoi nhw imi, y peth lleia y galla i 'i wneud ydi edrych ar f'ôl fy hun er mwyn medru edrych ar eu holau nhw.'

Yr oedd hyn yn wermod i Miranda. Nid oedd ganddi blant, nid oedd arni eisiau plant, ac ni allai gael plant petai arni eisiau. Ac yr oedd gwybod bod Mair yn ei hergydio'n ddiarwybod yn gwneud yr ergyd yn anos ei dwyn. Tra bu'r ferch weini'n gosod coffi a bisgedi o flaen Mair, paratôdd ei hergyd hithau.

'Roeddet ti'n dweud y gallai Idris edrych ar ôl 'i hunan.'

'Oeddwn, Miranda, pam?'

'Wyt ti'n siŵr y gall e?'

'Wel . . . fe all wneud cinio iddo'i hun, fe all hyd yn oed drwsio'i sane'i hun—'

'Nage. Nid dyna oeddwn i'n feddwl.'

'Beth 'te?'

'Dyw e ddim o 'musnes i, wrth gwrs, ond . . . fe brynes ei nofel newydd e ddoe.'

'Mi fydd Idris yn falch o glywed. Beth oeddet ti'n feddwl ohoni?'

'Roedd hi'n olreit. Ddim cystal â'r lleill. Ond roeddwn i'n sylwi ar un peth go od ynddi.'

'O? Beth?'

'Y cyflwyniad.'

Chwarddodd Mair yn ddibryder.

'Ddyle fe ddim bod yn fater wherthin i ti,' ebe Miranda.

'Fuaswn inna ddim yn meddwl chwaith,' ebe Catrin yn heriol.

'Diar annwyl, pam?' Edrychodd Mair yn syn ar y ddwy. 'Fe gaiff Idris gyflwyno'i lyfrau i bwy bynnag fynn o o'm rhan i. Mae'n iawn iddo gydnabod unrhyw help gafodd o gan unrhyw un.'

'Odi,' ebe Miranda, 'os taw cydnabod help yn unig mae e.'

Astudiodd Mair yr wyneb llwyd anniddan.

'Beth wyt ti'n feddwl, Miranda?'

'O . . . dim. Licwn i ddim i Arthur gyflwyno llyfyr i fenyw arall—a bwrw, wrth gwrs, fod y pwdryn yn gallu sgrifennu llyfyr. Ond rwy'n cyfadde dy fod ti'n fwy di-feddwl-ddrwg na fi.'

'Oes gen i le i feddwl drwg?' meddai Mair.

Unig ateb Miranda oedd codi'i hysgwyddau a dweud,

'Beth wyt *ti*'n feddwl, Catrin?'

Yr oedd Catrin yn tanio sigarét arall. Wedi ysgwyd y fatsen nes iddi ddiffodd, a'i dodi'n rhwysgfawr yn y soser lwch, dywedodd,

'Nid bod gŵr priod yn cyflwyno'i lyfr i wraig dyn arall sy'n bwysig—er ei bod hi'n wraig weddw. Y cwestiwn ydi: *pwy* ydi'r wraig honno? A'r ateb yn y cyswllt yma, wrth gwrs, ydi: Ceridwen Morgan.'

'Wel?' meddai Mair.

'Fuaswn i ddim yn poeni am gysylltiadau Harri acw â naw o bob deg o ferched,' ebe Catrin. 'Mae gynno fo ysgrifenyddes. Hogan bach ddel, ond tydw i'n poeni dim. Mae o'n gorfod ymwneud, fel cynhyrchydd rhaglenni radio, â rhai cannoedd o ferched mewn blwyddyn. Tydw i'n colli'r un noson o gwsg. Ond fuaswn i ddim yn ei drystio o fewn canllath i Ceridwen Morgan. Nid am 'y mod i'n amau Harri. Ond am 'mod i'n amau Ceridwen.'

'Ie,' ebe Miranda'n wastad, 'dyna'r pwynt.'

Syllodd Mair yn anghrediniol ar y naill ac yna ar y llall.

'Ond . . .' meddai, 'rydech chi'n gwirioni, ferched bach. Rydech chi'n siŵr o fod. Ceridwen fuase'r olaf i drio tynnu gŵr oddi ar ei gartre. Roedd hi . . . roedd hi'n caru Ceredig gymaint. Fe wyddom i gyd faint o ergyd iddi oedd ei golli o.'

'Gwyddom,' ebe Miranda. 'Ond wyddon ni ddim faint o ergyd iddi oedd ei briodi e. Faint o fywyd rhywiol normal gafodd Ceridwen gydag e?'

'Wel!' ebe Mair. 'Dyna gwestiwn i ofyn!'

'Mae arna i ofn fod Miranda'n iawn,' ebe Catrin. 'Toes dim modd fod bywyd Ceridwen hefo Ceredig wedi bod yn fêl i gyd, o bell ffordd. Ac ar ôl nyrsio dyn sâl am fwy na blwyddyn, ac wedyn bod yn weddw am dair blynadd arall—fuasa fo'n rhyfedd i ddynas ifanc fel hi syrthio'n fflat am ddyn ifanc iach hefo cymaint o brofiad priodasol â hi'i hun?'

Am y tro cyntaf yr oedd Mair heb ateb. Yr oedd yn annichon fod ei dwy ffrind yn hau amheuon yn ei meddwl o fwriad. Beth oedd ganddynt i'w ennill wrth hynny? Ond yr oedd yr un mor annichon fod dim gwir yn eu dyfalu. Tebyg mai'r peth gorau iddi hi oedd anwybyddu'r cyfan a chwerthin am ei ben. Eto, os oedd ganddynt ryw sail i'w hamheuon yr oedd yn iawn iddi hi wybod amdano. Ei chartref hi oedd yn y glorian, ei phriodas, ei phlant—

'Ydech chi'n gwybod rhywbeth na wn i mohono?' gofynnodd.

'Na . . . dim yn arbennig,' ebe Miranda, heb godi'i llygaid.

'Dim yn neilltuol, am wn i,' ebe Catrin, yn astudio'i hewinedd.

Daeth Mair mor agos at golli'i thymer ag y gallai hi.

'Dim yn arbennig, dim yn neilltuol—Neno'r brenin, eich dwy! Os ydech chi'n cuddio rhywbeth, da chi, allan ag o.'

Edrychodd Miranda'n dosturiol arni, a dywedodd Catrin, 'Na, Mair, toes gin i ddim prawf o ddim. Ond *mae*'r cyflwyniad 'na'n beth rhyfedd. Ac mae'n hawdd gin Idris fynd i fyny am dro i Drem-y-Gorwel, yn tydi?'

Nodio'i phen a wnaeth Mair. Yr oedd lwmp yn ei gwddw.

'Wrth gwrs,' ebe Miranda, 'mae'n debyg ei fod e'n cael help gan Ceridwen gyda'i sgrifennu. Mae hi'n fenyw eitha artistig, fel rŷn ni'n gwybod.'

'Ydi,' meddai Mair yn aneglur. 'Mae hi'n gallu helpio Idris efo'i lyfre. Fedra i ddim.'

'Dyna fe, chi'n gweld,' ebe Miranda. 'Ond dŷn ni ddim yn gwybod pa mor bell y gall peth fel'na fynd, odyn ni?'

Daeth y dagrau i lygaid Mair. Pwniodd hwy'n ôl â'i hances poced, ond yr oedd y lleill wedi gweld.

'Wel, genod bach,' ebe Catrin, gan hel ei phethau, 'rhaid i mi fynd. Paid â phoeni, Mair,' gan dapio Mair ar ei braich.

'Mae'n bryd i finne fynd hefyd,' ebe Miranda, gan godi. 'Na, Mair fach, dyw bod yn fyw ac yn iach ddim *mor* bleserus wedi'r cyfan, odi e? Ond 'na fe, falle taw dyfalu rŷn ni. Bore da.'

Aeth Catrin a hithau draw at y ddesg i dalu, gan adael Mair wrth y bwrdd, yn dal ei hances poced yn ddygn rhwng ei dannedd. Dwy ddistaw iawn a dalodd wrth y ddesg, a dwy dawedog, ychydig yn euog, a aeth allan drwy'r drws i'r stryd.

* * *

Y noson honno ysbonciodd Cecil ar hyd Heol Buckingham a throi i mewn trwy ddrws mawr gwyrdd ac i fyny'r grisiau i fflat Dr Handel Evans. Aeth i mewn yn ôl ei arfer heb guro, ac yr oedd y Dr Handel Evans ac Idris Jenkins yno'n ei ddisgwyl.

'Wel?' meddai'n awelog, 'a shwd mae'r academyddion?'

Ac eisteddodd yn glap ar gadair wellt o flaen tân trydan Handel Evans. Syllodd Handel Evans arno'n dywyll, a symud ei bibell o gornel chwith ei geg i'r gornel dde. Yr oedd ffrâm ei sbectol yn ddu ac yn drwchus, ei wisg yn ddu, a'i wallt yn ddu—yn doreithiog ar ei wegil ac yn absennol ar ei gorun. Ni ddywedodd air.

'Roedden ni bron wedi rhoi'r gorau i dy ddisgwyl di,' meddai Idris Jenkins.

Yr oedd Cecil yn astudio'r darluniau ar y parwydydd.

'Dyw'r darlun dyfrlliw 'na uwch y lle tân ddim yn cyd-fynd â'r darlunie olew ar y welydd eraill, Handel,' meddai.

'Gad ti nene i mi, câr,' ebe Handel, gydag acen nid anadnabyddus pentref yn nwyrain Sir Ddinbych.

'Beth ddwedet *ti*,' ebe Cecil wrtho'n heriol, 'pe bawn *i*'n whare'r *Minuet yn G* yn Ff?'

'Dweud dy fod ti wedi datblygu'n wyrthiol fel cerddor,' ebe Handel, yn symud ei bibell yn ôl i'r gornel chwith.

Rhoes Idris Jenkins bwff o chwerthin, a suddodd Cecil yn ddyfnach i'w grys coch.

'Wel rŵan,' ebe Idris, 'i fynd yn syth at fusnes. Rydw i wedi'n galw ni'n tri at ein gilydd heno am reswm arbennig. Mae rhywbeth wedi bod yn pwyso ar 'y meddwl i ers tro. Rhyw ddyled sy ganddon ni'n tri i'w thalu, mae'n ymddangos i mi.'

'Ddyle neb fynd i ddyled,' ebe Cecil yn athronyddol.

Tynnodd y Dr Handel Evans ei bibell o'i geg i ddweud rhywbeth, ond rhoddodd hi'n ôl drachefn. Aeth Idris yn ei flaen.

'Mae 'na un yr ydan ni'n tri yn ei dyled hi, p'un a ydan ni'n ddigon onest i gydnabod hynny ai peidio.'

'Yr Awen,' ebe Cecil.

Tynnodd y Dr Handel Evans ei bibell eto o'i geg, a'r tro hwn dywedodd,

'Un gair arall gen ti, Cecil, ac mi fydda i'n dy daflu di allan.'

Nid oedd Cecil yn ymladdwr mewn unrhyw gyfrwng, ac felly bu'n fud.

'Yr ydan ni'n tri,' meddai Idris eto, 'wedi llwyddo yn ein meysydd i fesur mwy neu lai. Yr ydan ni'n cynrychioli, yn fras, dair cangen y celfyddydau cain, a dydw i ddim yn meddwl y byddai gan ein celfyddydau gywilydd o'n cyfraniad ni iddyn nhw. Mae Handel yma wedi cyfansoddi nifer ddel iawn o driawdau a phedwarawdau llinynnol a chorawdau a hyd yn oed un opera. Ac wedi creu côr yn y dre 'ma sy'n batrwm, hyd y galla i farnu, i gorau'r wlad. Rwyt tithau, Cecil—gyda pheth lwc a llawer o bwnio, rhaid cyfaddef—wedi peintio nifer fawr o ddarluniau ac wedi dangos amryw ohonyn nhw bellach mewn lleoedd o bwys. Ac yr ydw innau wedi cyhoeddi tipyn bach.'

'Mae nene'n rhy ostyngedig, câr,' ebe Handel.

Gwenodd Idris.

'A siarad drosof fy hun,' meddai, 'fuaswn i ddim yr hyn ydw i heddiw oni bai am y wraig yr ydw i'n sôn amdani. Mae'n ddigon tebyg y buaswn i'n sgrifennu nofelau yn Saesneg fel yr ydw i. Ond dydw i ddim yn credu y bydden nhw cystal nofelau o gryn dipyn oni bai am ei hysbrydoliaeth a'i beirniadaeth hi. Ac rwy'n sicir o beth arall. Na fuaswn i ddim wedi cymysgu fel y gwnes i â chymdeithas artistig Caerwenlli pe bai hi heb 'y nghyflwyno i iddi a rhoi hyder imi pan oeddwn i'n neb.'

Yr oedd Handel yn cnoi'i bibell a Cecil yn darllen ei ewinedd.

'Wel?' meddai Idris, 'oes neb am ddweud rhywbeth?'

'Y cwestiwn i mi ydi.' meddai Handel, 'sut y gallwn ni fesur ein dyled i neb? Wedi'r cwbwl, dydi'n bywyd ni o'r crud i'r bedd yn ddim ond un daflen ddiderfyn o ddyledion na allwn ni byth obeithio'u talu.'

'Gwir,' meddai Idris, 'ond dydi hynny ddim yn esgus dros inni beidio â dangos ein gwerthfawrogiad lle a phan fedrwn ni.'

'Sôn am Ceridwen Morgan yr wyt ti, 'ntê?' ebe Handel.

'Ie?'

'Wel rŵan, pe baet ti'n gofyn i mi enwi 'nyledion iddi hi, mae'n amheus gen i fedrwn i. Pe bawn i'n eithriadol hoff ohoni—a dydw i ddim, rhaid imi gyfadde—mi fuaswn i'n dychmygu dyledion ac yn creu dyledion o ddim. Ond i fod reit onest, alla i ddim gweld ei bod hi wedi cyfri mwy yn 'y mywyd i nag unrhyw gydnabod arall y gellais i godi fy het iddi ar daith bywyd.'

'Rydw i'n synnu atat ti'n dweud hynna,' meddai Idris. 'Rwyt ti'n cofio'n siŵr yr adeg y doist tithau i Gaerwenlli, yn nabod neb a neb yn dy nabod ditha, a Ceridwen yn cymryd diddordeb ynot ti ac yn dy dynnu di allan ac yn dy wneud di'n rhywun—'

'Ydw, ond—'

'Ac yn siŵr, dwyt ti ddim wedi anghofio bod ei gŵr hi ar Gyngor y coleg 'ma, ac mai trwy'i ddylanwad o i raddau mawr y doist ti fel finna i fod yn ddarlithydd ar y staff.'

Tynnodd Handel goes ei bibell ar hyd ei ddannedd.

'Dydw i ddim yn siŵr,' meddai, 'fod eisio cofio pethe fel'na. Mae dyn yn hoffi meddwl mai trwy'i ymdrechion ac ar gyfri'i allu'i hun y daeth o i'r lle mae o.'

'Ond ellir ddim newid yr hyn a fu, Handel.' Yr oedd Idris yn cynhyrfu tipyn. 'Dydw i ddim yn amau na fuaset ti'n ddarlithydd mewn cerddoriaeth yng Ngholeg Caerwenlli hyd yn oed pe na bai Ceredig a Cheridwen mewn bod. Ond ffaith ydi ffaith. Nhw oedd cyfrwng dy lwyddiant di pan ddaeth o.'

Cydsyniodd Handel.

'Ac mae'n bosibl mai i Ceridwen yr wyt ti i ddiolch fod Handel Evans wedi dod yn enw cenedlaethol yng Nghymru bum mlynedd yn gynt nag y gallasa fo.'

Cydsyniodd Handel eto. Ac yna trodd Idris at Cecil.

'Beth sy gen ti i'w ddweud, Cecil? Ond o ran hynny, does raid i ti ddweud dim. Rwyt ti'n ddyfnach yn nyled Ceridwen na'r un ohonon ni, ac mewn ystyr fwy llythrennol hefyd.'

Sgowliodd Cecil yn enbyd.

'Nid o 'newis i'n hunan y mae'r ddyled honno,' meddai'n swta.

'Ond fe fyddet ti'n falch o fedru dangos dy werthfawrogiad pe gallen ni ddyfeisio ffordd?' ebe Idris.

'Does gyda fi ddim syniade,' ebe Cecil.

Cododd Idris a rhoi tro o gylch y stafell. Yr oedd wedi dychmygu'r cyfarfod hwn a'i gyfeillion yn derbyn ei awgrymiadau yn eu crynswth, a'i frwdfrydedd ef yn ysgubo popeth o'i flaen. Ond yr oedd cyfeillion dyn yn ei siomi. Tebyg fod ganddynt hawl, fel cyfeillion, i roi'r brêc ar ei weledigaethau. Ond yr oedd yn beth siomedig fod dau a fu'n dibynnu ar Ceridwen ar adegau tyngedfennol yn eu gyrfa mor oeraidd pan ddaethai'n bryd dangos eu gwerthfawrogiad. Hawdd iawn oedd ei moli hi a'i hedmygu hi mewn sgwrs, ond anos oedd troi'r moli a'r edmygu'n weithred. Yr oedd Idris. yn wahanol i'r ddau arall, yn ddyn digon cyffredin i fynnu ac i fedru dod â'i freuddwydion ei hun yn wir.

'Gwrandwch rŵan,' meddai, gan sefyll a gwthio'i ddwylo i bocedi'i siaced. 'Yr ydw i'n benderfynol, beth bynnag ddwedwch chi'ch dau a beth bynnag wnewch chi, o gorffori 'ngwerthfawrogiad i ac eraill o gymorth Ceridwen i artistiaid mewn rhyw ffurf barhaol. Rydw i'n benderfynol o'i wneud o'n fuan ac rydw i'n benderfynol o'i wneud o'n dda.'

'Tebyg i beth?' ebe Handel.

'Mi ddweda i, ar un amod. Eich bod chi'ch dau yn ymatal rhag ei wfftio heb roi ystyriaeth drylwyr iddo. Rydw i'n disgwyl ichi barchu'r syniad sydd gen i, ac os medrwch chi rywsut yn y byd, ei gefnogi.'

'Wel,' ebe Handel, yn gwacáu'i bibell ar ystlys y grât wag, 'mi ro i bob sylw caredig i beth bynnag sy gen ti, cyn belled ag nad ydi o ddim yn rhy chwyldroadol. Ond os ydw i'n dy nabod di, fydd o ddim. Beth wyt ti'n ddweud, Cecil?'

'Gad inni'i glywed e gynta,' ebe Cecil, a'i feddwl wrthi'n cynllunio darlun newydd.

'Cer ymlaen, Jenkins,' ebe Handel.

Eisteddodd Idris ar fraich ei gadair.

'Rhywbeth fel hyn oedd yn 'y meddwl i,' meddai. 'Ein bod ni, ar ben-blwydd nesa Ceridwen, yn llogi rhywle tebyg i'r *Royal*, ac yn cynnal cyfarfod yno. Ac yn gwahodd i'r cyfarfod ryw gant o gyfeillion ac edmygwyr Ceridwen, ac yn codi dwy gini ar bob un am fynd i mewn.'

'Hawyr bach,' ebe Cecil.

'Rwyt ti braidd yn rhy hafing, câr,' ebe Handel.

'Rhoswch imi orffen,' ebe Idris. 'Fe fydd rhan o'r ddwy gini'n mynd i dalu am ginio i bob un o'r gwahoddedigion. A'r gweddill yn mynd at yr achos.'

'Yr achos?' Daliodd Handel fatsen ar hanner ffordd i'w bibell.

'Fe fyddan yn fodlon iawn i dalu cymaint,' aeth Idris rhagddo, 'o achos fe fydd yr adloniant yn werth chweil. Yn un peth, fe fyddan yn cael gwrando ar berfformiad cynta darn newydd o gerddoriaeth o'th waith di, Handel—'

'Rŵan, hanner munud, câr—'

'Rhywbeth fel sonata y byddi di dy hun yn ei chanu iddyn nhw ar y piano, neu bedwarawd llinynnol newydd y byddi di wedi'i ddysgu i offerynwyr y coleg. Ac fe fydd y darn newydd yma wedi'i gyflwyno i Ceridwen—'

'Aros di—'

'Wedyn. Cyfraniad Cecil.'

'Jiw, odw inne i sefyll ar 'y mhen yno neu rywbeth?'

'Ddim yn llythrennol. Fe fyddi di wedi peintio portread olew o Ceridwen, ac fe fydd hi'n ei ddadorchuddio yn y cyfarfod.'

'Faint mae hi'n dalu imi am ei beinto fe?'

'Dydi hi'n talu dim iti. Na neb arall chwaith. Fe fydd hwn y gwaith cynta wnest ti am ddim i neb ers amser maith. Arwydd o'th werthfawrogiad di'n bersonol o'r cwbwl y mae Ceridwen wedi'i wneud iti. Ac yn hen bryd hefyd.'

'A beth fydd dy gyfraniad di?' ffalsetiodd Cecil. 'Casglu *tips* i'r *waiters*, sbo.'

'Mi fydda i,' meddai Idris, 'yn rhoi darlleniadau o'r nofel yr ydw i eisoes wedi'i chyflwyno i Ceridwen. Ac mi ofala i hefyd y bydd gen i gerdd newydd ar gyfer yr amgylchiad. Ac mi ofynnaf i'r Dr R. J. D. Pritchard am gerdd newydd hefyd, os daw o yno.'

'A'r dwthwn hwnnw yr aeth Herod a Pheilat yn gyfeillion,' ebe Cecil.

Gwridodd Idris beth, ond ni wnaeth unrhyw sylw.

'Os bydd tua chant o bobol wedi derbyn y gwahoddiad,' ebe Handel, 'ac os byddan nhw'n barod i dalu dwy gini am eu cinio ac am yr "adloniant" bondigrybwyll, fe fydd elw o ryw gant a hanner o bunnau. Wyt ti'n bwriadu rhoi hwnnw'n rhodd i Ceridwen Morgan?'

'I'r pant y rhed y dŵr,' ebe Cecil.

'Nac ydw,' meddai Idris, a'i ddirmyg at Cecil yn dechrau troi'n gasáu. 'Rydw i'n ddigon effro i weld nad oes arni ddim o angen yr arian, ac mai athrod arni fyddai'i gynnig o iddi. Yr ydw i'n awgrymu gwneud yr arian yn sylfaen ysgoloriaeth yn y coleg yma, i'w galw'n Ysgoloriaeth Ceridwen Morgan, neu'n wobr am unrhyw waith nodedig gan fyfyriwr yn unrhyw un o'r celfyddydau.'

'Pam na wnaiff hi sefydlu ysgoloriaeth ei hunan?' ebe Cecil. 'Mae gyda hi ddigonedd o fodd.'

'Rydw i wedi awgrymu iddi,' meddai Idris. 'Wnaiff hi ddim. Mae hi'n rhy wylaidd.'

'Ond fe all wneud 'ny yn ei hewyllys, os ofan poblogrwydd sy arni.'

'Efallai na fydd dim gwerth ar gelfyddyd erbyn y darllenir ewyllys Ceridwen,' ebe Idris. 'Heddiw y mae angen peth fel hyn.'

'Ond gwrando, Jenkins,' ebe Handel. 'Chei di ddim llawer o log heddiw ar gant a hanner o bunnau. Fydd o prin ddigon i'r ymgeisydd am yr ysgoloriaeth neu'r wobr neu beth bynnag fydd hi brynu potel inc.'

'Os ydw i'n nabod Ceridwen,' meddai Idris yn ddygn, 'unwaith y bydd yr ysgoloriaeth wedi'i sefydlu, mae hi'n siŵr o chwanegu at y swm i'w gwneud hi'n ysgoloriaeth werth chweil.'

'Ydi'n deg disgwyl iddi wneud hynny?'

'Er ei chlod hi y bydd o. A'i chlod hi ydi amcan y cynllun yma i gyd.'

Bu distawrwydd am ysbaid. Distawrwydd anesgor, yr oedd yn amlwg, o achos dywedodd Idris, gan godi,

'Wel, mae'n amlwg mai ar ddaear greigiog y disgynnodd yr hedyn, ac felly waeth imi'i tharo hi yn ei thalcen na pheidio—'

'Aros, Jenkins,' ebe Handel. 'O ble'r ydw i'n mynd i gael na sonata na phedwarawd llinynnol eto, wn i ddim. Ond mae'n amlwg fod y cynllun yma'n argyhoeddiad gen ti, ac er dy fwyn di rydw i'n barod i wneud beth alla i.'

Toddodd y siom y tu mewn i Idris.

'Diolch, Handel,' meddai, 'roeddwn i'n rhyw feddwl na wnaet *ti* mo 'ngollwng i lawr, beth bynnag. Beth ydi d'agwedd di, Cecil?'

Ysgrwtiodd y penfelyn.

'Does gyda fi ddim agwedd,' meddai.

'Gad ti Cecil i mi, Jenkins,' ebe Handel, 'rwy'n meddwl y galla i'i gael o i gydsynio. Pa bryd y mae Ceridwen yn chwech a deugain? Ynte saith fydd hi nesa?'

'Chwech,' meddai Idris, yn swil braidd o fod mor sicr. 'Fis Hydref nesa. Dydw i ddim yn cofio'r dyddiad ar y funud.' Yr oedd yn cofio'n burion.

'Alla i ddim gadael ichi'ch dau fynd heb gwpaned o goffi,' ebe Handel, ac aeth drwodd i'r gegin fach ym mhen pellaf ei fflat.

Aileisteddodd Idris, a syllu ar Cecil yn cwafrio'r awyr gyda phensil uwchben y pad arlunio ar ei lin. Ni allai wneud na rhych na gwellt ohono. Yr oedd mor atgas yn ei hunanoldeb smyg, anghyfrifol. A thrwy'r cwbwl yr oedd rhyw hoffuster ynddo, fel hoffuster plentyn na lwyddodd na cherydd na chariad i'w wareiddio'n iawn. O! 'r criw rhyfedd a daflodd celfyddyd ynghyd mewn tref farwanedig ar lan môr. A'r mamoli rhyfedd a fu ar bob un o'r criw gan ferch na fyddai, efallai, ddim coffa amdani ond wrth ewyllys frau y criw a famolodd hi.

# 7

Yr oedd yn hawdd bod yn anniolchgar, meddai Ceridwen wrthi'i hun, pan oedd gan ddyn ormod i ddiolch amdano. Fe fyddai hi weithiau, yn un o'i munudau moesol, yn ceisio cyfri'i bendithion. Ond ni allai ddod o hyd i'r un fendith nad oedd hefyd yn felltith. Yr oedd yn dibynnu, mae'n debyg, ar eich ysbryd chi'ch hun ac ar y ffordd y byddech yn edrych ar fywyd. Yr oedd cyfoeth yn ymddangos yn fendith fawr i'r sawl a oedd hebddo, ond i'r sawl yr oedd ganddo, yr oedd yn gymaint o felltith ag ydoedd i Farcsydd. A'r un mor hanfodol ag ydoedd i Farcsydd. Ni allai Marcsydd fodoli heb gyfoeth; cyfoeth oedd yr unig reswm dros ei fod ef. Ac ni allai hithau, Ceridwen, fodoli bellach heb gyfoeth. Yr oedd hi wedi'i chornelu ganddo a'i chyflyru ganddo fel y byddai bod hebddo'n gyfystyr â marw. Ac yr oedd hi'n ei gasáu ac yn ei ddirmygu ac yn ei dirmygu'i hun am hynny. Sut, felly, y gallai dyn ddiolch am rywbeth yr oedd yn ei gasáu am fod yn rhaid iddo wrtho?

Talent ddisglair. Bendith fawr i'r didalent. Fe allai hwnnw wneud cymaint mwy â thalent na'r sawl yr oedd talent ganddo. Ond yr oedd talent lafar yn darostwng popeth arall iddi'i hun, yn bwyta amser ac egni a gorffwys a dim digoni arni. Ac yr oedd talent fud yn faich. Fe wyddai mor ddrud oedd talent i'w chadw dan lestr. Mor ingol oedd gallu a medru a gorfod ymatal.

A ffrindiau hefyd. Yr oedd rhai'n troedio taith unig drwy'r byd; oherwydd tlodi neu dafod sur neu argyhoeddiadau anystwyth yn gorfod teithio heb ffrindiau. Ac er gwaetha'r unigrwydd, yn wyn eu byd am nad oedd arnynt ddyletswydd i neb nac ar neb iddynt hwythau. Os caffent ffrind, fe'i caffent ar eu telerau'u hunain ac ni ddisgwyliai'r ffrind ddim mwy na dim llai nag y gallent ei roi. Ond am hwnnw neu honno y gwenodd y planedau arni eu gwên ffrwythlon, ffals, a rhoi iddi bopeth byd, yr oedd ei ffrindiau'n dorf. A Duw'n unig a wyddai beth oedd hyd a dyfnder eu cyfeillgarwch hwy. Yr oeddent yn ei charu— am ei hwyneb del a'i chorff? Am ei bysedd soniarus? Am ei harian hael? Am ei thŷ agored? Pe tarewid hi â pharlys, pe ffrwydrai'r diwydiant olew neu'r fasnach laeth, pe rhwygid ei bysedd oddi ar ei dwylo neu pan greithid ei hwyneb gan henaint, fe doddai'r dorf ffrindiau fel eira pen mynydd o flaen haul.

Fe fyddai'n meddwl yn aml mai cyfeillion gorau'r hen uchelwyr oedd eu cŵn. Nid eu cyd-uchelwyr, yn byw yn y plasty i'r gogledd a'r plasty i'r deau, yn dod i ginio ac yn siarad yr un iaith ac yn dangos yr un wyneb i'r byd. Ond y cyffredin mud, y gwasanaethyddion pendew, calonagored yr oedd eu harglwyddi'n dduwiau iddynt, gyda hawl i bechu pob pechod ac yn medru cosbi a thrugarhau gydag awdurdod Duw ei Hun. A'r cŵn, nad oeddent yn deall dim ond pa mor gas neu mor gynnes oedd llais eu harglwydd, ac mor arw neu mor ffeind oedd ei law. Nid oedd y byd hwnnw mwy, ond yr un oedd cyfeillgarwch, a'r un mentaliti oedd i ffyddlondeb.

Fe fyddai'n haws gan Ceridwen, wedi'r holl sôn a siarad, ymddiried ei bywyd i'r tri a oedd gyda hi'n awr yn y car nag i Idris Jenkins, er ei barodrwydd i roi'i galon i'w sathru ganddi, nac i Bob Pritchard, er ei fawredd, nac i Cecil yn siŵr. Ni allai artist byth anghofio'i werth ef ei hun i'r byd ddigon i'w aberthu'i hun er mwyn arall. Yr oedd yn rhaid i artist fod yn hunanganolog neu fod yn ddim, a'r pris am hynny oedd anallu i garu hyd yr eithaf ac i farw er mwyn i arall fyw. Gan y sant yr oedd gofyn hynny, neu gan y dyn nad oedd ganddo ddim i'w roi ond ffyddlondeb, a'r wraig na fedrai ddim ond caru.

Ac wrth feddwl felly, fe ddaeth rhyw radd ryfedd o glydwch dros Ceridwen wrth suddo'n is i'w sedd yn y modur mawr, a syllu drwy'r gwydr ar gefnau Tomos a Jim yn y sedd o'i blaen a gwybod bod Martha wrth ei hochor.

Yr oedd y car yn gynnes ac yn gyfforddus ac yn murmur i lawr Dyffryn Llangollen fel lolfa ar olwynion. Ac er bod y byd yn rhewi oddi allan, ac yn llawn o ddynoliaeth ffals ac achosion coll a delfrydau'n friw neu'n aros i'w briwio, yr oedd hi'n gynnes ac yn saff yng nghwmni tri enaid triw a fuasai'n llosgi drosti petai'n rhaid, am eu bod yn credu y buasai hithau'n llosgi drostynt hwy. Hwyrach y buasai. Pwy a allai ddweud?

Wrth droi ei llygad ar Martha, yn eistedd yn syth yn ei hymyl a'i dwylo ymhleth ar ei harffed, ac yn syllu weithiau drwy'r ffenest, weithiau'n syth o'i blaen, heb weld dim diddorol, fe garai Ceridwen wybod beth oedd yn ei meddwl. A oedd gan Martha feddwl? Yr oedd yn debyg fod, fel pawb arall, ond os oedd, nid oedd hi byth yn ei ddatguddio. Ni chlywodd erioed mohoni'n sôn ohoni'i hun am ddim nad oedd a wnelo â'i gwaith, neu â chysur Ceridwen. Yr oedd ganddi deulu, chwaer yng Nghaerwenlli, brawd yng Nghaerdydd, ond ni fyddai byth yn eu crybwyll heb ei holi. Yr oedd cael gwybod rhywbeth gan Martha amdani'i hun, neu am ei hamgylchiadau a'i hiliogaeth, fel cael ffortiwn. Yr oedd hi gymaint am ei theulu â neb, ond yr oedd hi'n rhy gwrtais i dybio bod gan neb arall ddiddordeb yn ei diddordebau hi.

Ac yr oedd yn annichon gwybod beth oedd yn ei meddwl yn awr. Posibl mai dyfalu yr oedd pa fath olwg oedd ar Y Bwthyn, wedi'i gau er mis Medi. Pa mor llaith oedd y gwely, pa mor fudr oedd y llenni, pa mor isel yr oedd y stoc lo. Yr oedd, digon tebyg, yn brysur eisoes uwchben y sinc fach yn y cefn, yn golchi, neu'n plicio tatws. A hwyrach nad oedd ei meddwl yn yr un o'r pethau hyn.

Yr oedd Tomos yn wahanol, meddai Ceridwen wrthi'i hun, wrth edrych ar ei gefn du, llydan, y tu arall i'r gwydr. Yr oedd yn llydan, ond yn fyr, yr un fath â'i ddynoliaeth. Yn wahanol i Martha, fe ddôi Tomos ati o bryd i'w gilydd gyda'i stori fach am grydcymalau'i wraig a llwyddiant diweddara'i fab yn y banc, neu gyda'i gŵyn am y gwynt a chwythodd ei afalau gorau oddi ar y coed neu'r pryfed a aeth i'w datws. Yr oedd Tomos yn gwbwl sicr fod ei bopeth ef yn ddiddorol i Ceridwen, a'i bod yn ddyletswydd arno fel dyn yn ei gwasanaeth ei hysbysu am bob ffawd ac anffawd a ddigwyddai iddo ef neu i'w anwyliaid. Fe'i gwnâi hyn ef weithiau'n dipyn o boen. Ond yr oedd y boen hon yn llai i Ceridwen na'r boen o roi cerydd iddo a'i wylio'n cilio'n ddryslyd i'w gragen. Yr oedd yn well ganddi gwynion Tomos na'i fudandod. Ac fe wyddai fod gwrando ar ei adrodd a'i gwyno wedi talu iddi hi ar ei ganfed. Fe fyddai Tomos yn driw iddi hyd ei fedd.

Ac wedyn, dyna Jim. Yn ugain oed, a bywyd yn flêr ac yn ddiramant o'i flaen, fel yr oedd, mae'n debyg, i bob llanc o'i oed ar ganol yr ugeinfed ganrif. Newydd orffen ei wasanaeth milwrol, lle y byddai wedi colli'i enaid oni bai iddo ddysgu gyrru lorïau a'u gyrru mor fedrus nes cael gyrru car y cyrnol. Fe allai'r nerfusaf fod yn gwbwl dawel ac yn gwbwl gysurus mewn unrhyw fodur yr oedd Jim wrth ei lyw. A phe torrai'r modur ni fyddai Jim yn hir cyn ei berswadio i ailgychwyn.

Fe garai hi gadw Jim yn yrrwr amser llawn. Ond yr oedd hi'n teithio cyn lleied yn y car fel na fyddai digon o waith iddo, heblaw fod cadw Tomos a Martha yn tolli'i hincwm yn drwm. Ond ni fynnai byth weld Jim ar y clwt. Yr oedd hi'n hoff o Jim, ac fe wyddai fod Jim yn hoff ohoni hithau. Fe glywodd ei fod wedi gwaedu ceg rhyw laslanc llac ei dafod yn y dref am i hwnnw awgrymu y dylid rhoi Trem-y-Gorwel a'i berchennog ar dân. Ni ddeallodd Ceridwen pam y dylid ei rhoi hi ar dân, na phwy oedd y llanc a fynegodd ei farn mor ddifeddwl. Pan soniodd hi am y peth wrth Jim ni chafodd ddim allan ohono. Ond yr oedd ei deyrngarwch, er iddo fod yn deyrngarwch braidd yn waedlyd, wedi gosod Jim yn o agos i ben rhestr ei chyfeillion.

Ac er na welai ddim ond ei gefn yn awr, a hwnnw'n gefn

pur ifanc a chul i gario sifalri mewn byd mor ddreng, yr oedd yn amlwg fod Jim ar y funud yn frenin. Ef, o holl lanciau Caerwenlli, a etholwyd i yrru *Rolls* Trem-y-Gorwel. Ef, ar y funud, oedd yn gyfrifol fod boneddiges o bwys a dau o'i gwasanaethyddion yn cyrraedd man arbennig mewn pryd ac yn ddiogel a heb flino. Ac ef yn unig a wyddai rym y peiriant a oedd yn ardderchog ufudd i bob cyffyrddiad ei ddwylo a'i draed. Gyrru'r cerbyd hwn â medr nid cyffredin oedd *raison d'être* Jim.

Dyna, o'r hyn lleiaf, feddyliau Jim fel y distyllid hwy trwy feddwl Ceridwen a hithau'n syllu arno o'i sedd ddrudfawr yng nghefn ei char. Yr oedd hi'n fodlon. Yn gwbwl fodlon nad oedd gan fywyd ddim mwy na dim gwell i'w gynnig iddi na ffyddlondeb y tri hyn. Eled y celfyddydau cain ble mynnent dros dro. Yr oedd rhywbeth i'w ddweud, beth bynnag, dros y cyffredin mud. Yr oedd eu calonnau ar eu llewys a'u heneidiau yn eu llygaid, ac ni allent ac ni fynnent eich twyllo. Cyhyd ag yr oeddech yn deilwng o'u hymddiried.

Gyda throi'r tro crwn yn y ffordd daethant i olwg Y Bwthyn. Nid oedd ei olwg yn groesawus. Yr oedd y llechwedd y safai arno wedi'i flingo gan aeaf, a'r dyrfa o goed o'i gwmpas yn rhynnu heb eu dail. Ond nid hynny a wnaeth i galon Ceridwen suddo. Ond gwybod y byddai'n rhaid iddi y tro hwn eto, fel pob tro o'r blaen, ymladd yr un frwydr ar garreg y drws a'i gorfodi'i hun i roi'r allwedd yn y clo, a thynnu anadl ddofn cyn gwthio'r drws yn agored. Fe fyddai'r ysbrydion yno eto yn ei chyfarfod, ac fe fyddai'n rhaid iddi'u gostegu eto bob yn un ac un cyn y gallai fod yn feistres yn y tŷ yr oedd hi'n berchennog arno.

Yng ngwaelod y ffordd fach a arweiniai i fyny drwy'r coed at Y Bwthyn, curodd ar y gwydr o'i blaen, a stopiodd Jim y modur. Trodd ei ben ac agor y gwydr.

'Ie, Mrs Morgan?'

'Ewch â Tomos i'r Dyffryn a Martha i'r Ddôl Isa, ac yna

96

fe gewch fynd yn ôl. Mae Martha a Tomos yn gwybod y ffordd.'

'O'r gore, Mrs Morgan. Ond . . . beth amdanoch chi?'

Tynnodd Martha wep flin, fel un yn rhyfeddu at anwybodaeth yr hogyn. Ond wrth gwrs, ni fu Jim gyda hwy o'r blaen.

'Yr ydw i'n mynd i fyny at Y Bwthyn fy hun,' ebe Ceridwen, 'i . . . i ddatgloi'r drws.'

'O, rwy'n gweld 'te. O'r gore, Mrs Morgan.'

Neidiodd Jim allan i agor y drws iddi, ac aeth hithau o'r car, a'r hen gryndod wedi dechrau'i waith arni eisoes. Fe fyddai Martha a Tomos yn siŵr o egluro i Jim. Fe ddoent hwy'u dau i fyny ymhen yr awr i ddechrau gwneud trefn ar y lle, wedi iddi hi gael amser i fwrw'i hatgofion.

Ymlwybrodd i fyny'r ffordd garegog, gul, a'r gwynt yn tynnu'r nos gerfydd ei barclod dros gopaon y Berwyn. Ymystwyriai'r coed tal a gwichian ar eu gwreiddiau, ac yng nghangau un ohonynt yr oedd tylluan biwis yn hwhwian ei hanfodlonrwydd ar y byd. Cododd Ceridwen ei llygaid a gweld y bwthyn gwyrdd a gwyn yn llechu yn ei goed, yn union fel petai'n ceisio ymguddio rhag unrhyw dresmaswr ar ei acer sinistr, a rhagddi hithau. Gydag ymdrech y gwthiodd hi'r llidiart fach yn agored, honno'n crician yn ddigroeso ar ei cholyn. Symudodd at y drws, a'r allwedd yn ei llaw.

Cododd yr allwedd at dwll y clo, a disgynnodd ei llaw drachefn. Trodd i edrych ar y dyffryn oddi tani, a chwipiodd y gwynt ei gwallt ar draws ei hwyneb. Â llaw chwyslyd gwthiodd ei gwallt yn ôl, a'i sadio'i hun yn erbyn y drws. Ar waelod y dyffryn disgleiriai Dyfrdwy, darn yma, darn acw, fel y delid ei dŵr gan sglein ola'r dydd. Yma a thraw ar y llechwedd du gyferbyn yr oedd ambell ffermdy gwyn a thŷ gwair sinc yn oleuach yn erbyn y tywyll. Ac uwchlaw'r cwbwl rhowliai'r awyr gymysglyd yn bendramwnwgl i'r cyflychwyr.

Ymwrolodd, a throi, a chydag ystum sydyn gwthio'r

allwedd i dwll y clo. Cliciodd yr allwedd i'w lle. Yn araf, araf, agorodd y drws gwyrdd, isel, gan ollwng sgwâr o ddüwch i'r gweddill golau dydd. Yn husterig, estynnodd am y swits drydan y tu fewn i'r orsin gan weddïo am i'r trydan weithio, a llamodd y gegin i'r golau.

Yr oedd popeth fel y gadawsai hwy ym mis Medi. Pob dodrefnyn a defnydd yn dwt yn ei le. Ond cymaint fu'r straen arni fel yr oedd hi'n gweld Ceredig yn sefyll yno, a'i gefn at y lle tân, mor eglur ag y gwelsai ef yno bedair blynedd ynghynt. Ceisiodd rwbio'r ddrychiolaeth o'i llygaid â chefn ei llaw, a chwympodd yn ddiymadferth i'r gadair agosaf.

Yr oedd hi'n gwbl sicr fod Ceredig yno'n disgwyl amdani. Yn sicrach y tro hwn nag unrhyw dro o'r blaen. Er dadlau a dadlau â hi'i hun nad oedd bywyd y tu draw i'r bedd, nad oedd y peth yn bosibl, yr oedd pob ymweliad â'r bwthyn yn briwsioni'i hanffyddiaeth fwyfwy. Yr oedd hi'n teimlo Ceredig yn Nhrem-y-Gorwel, ond yr oedd hi'n ei deimlo'n fwy llethol yma am mai yma yr ymwybu hi'n fwyaf arteithiol ag ef. Ac mai yma y cychwynnodd y flwyddyn olaf enbyd y bu ef byw.

Ni wyddai am ba hyd y bu hi'n eistedd yno, yn ail-fyw'r noson fawr honno bedair blynedd yn ôl. Ni wyddai neb beth a ddigwyddodd ond Ceredig a hithau, ac ni siaradai Ceredig mwy. Nid oedd dim a fedrai'i chael hi i yngan, na neb y gallai yngan wrtho. Os gwelai hi ddydd byth y byddai hi'n gollwng y gyfrinach, fe fyddai'r dydd hwnnw naill ai'n gychwyn neu'n ddiwedd pethau iddi hi. Hyd y dydd hwnnw yr oedd hi dan glo, a chyda Ceredig yr oedd yr allwedd.

Ni wyddai am ba hyd y bu hi'n eistedd yno, yn atgofio. Clywodd sŵn traed ar y graean y tu allan i'r drws, a phan ddaeth Martha a Tomos i mewn yr oedd ganddi wên fach bruddaidd ar ei hwyneb a deigryn bach ar bob amrant, yn union fel y byddent hwy'n disgwyl.

# 8

Buont yn Y Bwthyn am dridiau. Martha'n brysur y tu mewn, Tomos yn brysur y tu allan. A Ceridwen yn ei pherswadio'i hun ei bod cyn brysured â hwythau, er na wnaeth hi fawr ddim tra fu hi yno ond mynd trwy'r droriau a'r cypyrddau a phensynnu uwchben y trugareddau ynddynt bob yn un ac un. A cherdded i fyny'r dyffryn ac yn ôl, i lawr y dyffryn ac yn ôl, i ben y mynydd ac yn ôl.

Fel pob tro o'r blaen, yn sŵn cleber bodlon Tomos wrth biltran o gwmpas y lle, ac wrth wylio effeithiolrwydd Martha yn gosod trefn lle'r oedd anhrefn a mwy o drefn lle'r oedd trefn, fe ysgafnhaodd Ceridwen. Ond nid cymaint â'r troeon o'r blaen. Yr oedd Y Bwthyn yn magu mwy a mwy o bersonoliaeth, a'r bersonoliaeth honno'n mynd yn fwyfwy llethol. Yr oedd yr atgofion yn curo'n drymach ar y drws. Yr oedd y dodrefn yn mynd yn fwy parablus. Yr oedd hithau'n barotach i'w clywed.

Yr oedd yn amlwg fod hynny ar ei hwyneb o achos y pnawn olaf, pan oeddent yn paratoi i fynd i lawr at y ffordd lle'r oedd Jim yn disgwyl gyda'r car, fe ddywedodd Martha beth annisgwyl iddi hi.

'Dyw e ddim o 'musnes i, Mrs Morgan, ond fydde dim gwell ichi werthu'r Bwthyn?'

Synnodd Ceridwen fod ei hateb mor barod ganddi, ac mor bendant.

'Na fydde, Martha.'

Rhyw synhwyro yr oedd hi, rywfodd, na allai gael ymadael â'r Bwthyn wrth ei werthu. Na châi hi byth lonydd ganddo tra fyddai Ceredig ynddo, tra byddai hi'n ail-fyw ynddo y noson honno a aeth yn artaith iddi. Yr oedd yn rhaid iddi ddod yn ôl iddo bob gaeaf, bob gwanwyn, bob haf, bob hydref.

Wrth fynd yn ôl yn y car i Gaerwenlli yr oedd ganddi ddigon i feddwl amdano. Ac i siarad amdano, y tro hwn.

Drennydd yr oedd Syr Madog Owen a'i wraig yn dod, ac yr oedd yn rhaid trafod y rhaglen siopa a choginio gyda Martha. Fe fyddai Syr Madog yn newid braf oddi wrth y beirdd a'r llenorion a'r arlunwyr, ac fe ddôi â sadrwydd uchel i'w ganlyn i Drem-y-Gorwel, ac awelon llesol o'r byd oddi allan. Fe ddôi Cecil yn ôl, wrth gwrs. Yn Nhrem-y-Gorwel y byddai ef a Syr Madog yn trin eu busnes. Ond fe fyddai'n rhaid dogni Cecil. Ei yrru i'w wely'n gynnar os byddai yn un o'i hwyliau cecrus, neu drefnu i Idris neu Handel Evans ei alw am goffi ar ôl swper.

Fe aeth trannoeth yn gyflym. Yr oedd llawer i'w wneud, ac fe ddaeth y dynion o Gaer i ailgarpedu'r stafell ginio. A bu'n rhaid i Ceridwen ei hun fynd i siop Marsden ynglŷn â'r caws. Yr oeddent wedi anfon caws glas Denmarc yn lle Roquefort, ac ni wnâi dim llai na Roquefort y tro. Gan nad oedd Syr Madog yn yfed nac yn smygu, nid oedd na gwin na sigârs yn broblem.

Yn groes i'w harfer aeth Ceridwen i'r cyfarfod Senedd i Gymru. Ni fyddai ond gydag eithriad yn mynd i ddim yng Nghaerwenlli. Ambell ddrama Gymraeg, os oedd dan nawdd Cyngor y Celfyddydau. Ambell gyngerdd o safon uwch na'r cyffredin. A dyna'r cwbwl. Ni fyddai hi byth yn mynd i gyfarfod gwleidyddol. Nid oedd ganddi argyhoeddiadau gwleidyddol. Dim, o leiaf, a allai'i chlymu wrth unrhyw blaid. Fe fu'n hir yn methu penderfynu a oedd hi o blaid senedd i Gymru ai peidio. Ond gan fod Syr Madog o blaid yr oedd hi'n fwy na pharod i'w ddilyn. Ni ellid cael arweinydd diogelach na Syr Madog mewn materion fel hyn.

Yr oedd y neuadd yn oer ac yn llai na hanner llawn. Yr oedd yn eglur fod y boblogaeth naill ai'n wrthwynebus neu wedi'i hargyhoeddi eisoes fel nad oedd angen iddi dyrru i wrando'r neges. Tynnodd Ceridwen ei chot ffinc yn dynnach amdani a gwgu. Ni ddywedodd mo hynny wrth Lady Owen yn ei hymyl, ond teimlo yr oedd hi fod neuadd lai na llawn yn sen ar ŵr o faintioli cymdeithasol Syr Madog, heb sôn am y siaradwyr eraill a oedd ar y llwyfan gydag ef. Nid oedd gan y werin ddiddordeb mwyach yn ei thynged ei hun. Na pharch i'r rhai a oedd yn chwysu ac yn aberthu erddi. Fe ddarfu'r dyddiau pan fyddai'r wlad wedi llifo i'r dref i glywed Syr Madog.

Yr Athro Williams oedd y cadeirydd. Yr Athro Economeg yn y coleg a dyn nad oedd arno ofn dangos ei ochor hyd yn oed dros achosion mwy chwyldroadol nag achos Senedd i Gymru. Hyd y gwelai Ceridwen, ef oedd yr unig athro coleg yn y cyfarfod; yr oedd yno ddau neu dri o ddarlithwyr. Ymhle'r oedd Bob Pritchard, tybed? Fe fyddai'n rhaid ei daclo. Os oedd neges y cyfarfod o bwys i undyn, yr oedd o bwys, yn sicr, i ddyn yr oedd yr iaith Gymraeg yn faes ac yn fywyd iddo. Galwodd y cadeirydd ar gôr penillion lleol i ganu dwy eitem.

Bargyfreithiwr ifanc oedd y siaradwr cyntaf. Siaradodd yn dawel, gyda diffuantrwydd proffwydol y blaid fechan, gan resymu'i ffordd drwy ffeithiau a ffigurau fel dyn a oedd eisoes yn hen gyfarwydd â dadlau'r achos. Hyd yn oed pe na bai Syr Madog i'w ddilyn yr oedd Ceridwen yn teimlo bod y cyfarfod eisoes wedi cyfiawnhau'i alw. Wedi i'r côr penillion ganu eilwaith, siaradodd Tom Bonnell. Aelod Seneddol a oedd wedi herio chwip ei blaid ar fater ymreolaeth i Gymru ac yn ymdaflu i'r frwydr ag egni mawr. Â mwy o egni, yn wir, nag o ddawn, oherwydd nid oedd ei araith yn araith ddisglair yn y byd. Ond yr oedd yn bwysicach na disglair. Yr oedd yn ddidwyll.

Wedi i'r côr penillion ganu am y trydydd tro, ac i Ceridwen roi pumpunt yn ddirgel yn y plât casglu, cyflwynodd y cadeirydd Syr Madog. Tybiodd Ceridwen, o'r lle'r eisteddai hi, ei fod yn heneiddio. Yr oedd mwy o'r brith ar ei arleisiau nag o'r llyfnddu a'i gwnâi mor olygus gynt, ac yr oedd y talcen eang yn arwach. Ond yr oedd yn dda ganddi weld bod brwydr yn dal i gynnau'r llygaid cyfarwydd-â'r-byd, a bod y tafod o hyd yn medru tanio.

Yr oedd yn rhyfeddod iddi bob amser sut y medrai Syr Madog edrych yn gymaint talach ar lwyfan nag ar lawr. Tebyg mai'i wisgo medrus oedd yn cyfri, a'i ffordd o'i ddal ei hun yn syth ac wrth ei gilydd heb gymryd arno. Nid oedd ddim talach na hithau, ond i fyny acw o flaen cynulleidfa yr oedd ei gorff cymesur, ar wahân i ben ychydig mwy na'r cyffredin, yn ei wneud yn dalach nag ydoedd.

Aeth llais Syr Madog â hi'n ôl rai blynyddoedd. Nid oedd yn brofiad cwbl hapus, oherwydd gyda Ceredig y gwelsai hi ef gyntaf. Yr oedd Ceredig a hithau yn dychwelyd o'u melrawd ym Mharis, ac yr oeddent ar blatfform Paddington yn disgwyl trên Cymru pan ddaeth dyn go fyr ond golygus atynt a chyfarch Ceredig. Cyflwynodd Ceredig ef iddi, a'i longyfarch ar fod newydd ei wneud yn farchog. Yr oedd y dyn diarth, yr oedd yn amlwg, yn meddwl yn fawr o'i anrhydedd newydd ac fel petai heb gynefino'n hollol â hi. Pan ddaeth y trên aethant ill tri iddo a rhannu'r un ystafell ynddo nes cyrraedd Caerwenlli.

Yr oedd Syr Madog a Ceredig wedi cyfarfod droeon yng nghylchoedd Cymry Llundain, ac yn bur gyfeillgar. Ond yr oedd Ceridwen yn adnabod ei gŵr yn ddigon da eisoes i synhwyro bod ynddo beth cenfigen at y marchog newydd. Fe wyddai'n awr fod cael ei urddo'n farchog yn un o freuddwydion Ceredig ar hyd ei oes, yn un o'i amryw freuddwydion na ddaethant yn wir. Yn y trên y diwrnod hwnnw fe welodd hi'r gwahaniaeth rhwng y ddau ddyn. Ceredig yn iau, yn dangos rhagfarn lle'r oedd Syr Madog yn dangos barn, yn ansicr lle'r oedd Syr Madog yn siŵr o'i siwrne, yn gyfrwys lle'r oedd Syr Madog yn gall.

Yr oedd rhieni Ceredig ar y pryd yn byw yng Nghaerwenlli, ei dad wedi ymneilltuo o'r frwydr lefrith. Ac yr oedd Ceredig a hithau'n mynd atynt i dreulio ychydig ddyddiau i dorri'r garw rhwng diwedd eu mis mêl a dechrau byw o ddifrif yn Llundain. Ac un noson tra buont yng Nghaerwenlli, fe ddaeth Syr Madog i ginio. O'r noson honno fe dyfodd yr adnabod yn gyfeillgarwch oes.

Trwy niwl y meddyliau hyn yr edrychodd Ceridwen ar Syr Madog, ac yntau ar lwyfan neuadd tref Caerwenlli, un llaw ym mhoced ei siaced a'r llall yn dal ychydig ddalennau teip, yn dadlau hawl ei wlad i gael ei senedd ei hun. Nid dadlau yr oedd, ychwaith, ond apelio. Ymbil gyda'i gynulleidfa, ei goglais weithiau, ei chynhyrfu dro arall. Dim ystadegau, fel a ddisgwyliai'i gynulleidfa gan ŵr mor gyfarwydd ag ystadegau; dim dadleuon cymdeithasol, fel a ddisgwyliai gan ddyn a fu'n troi ers blynyddoedd yng nghylchoedd deallusaf dinas fwyaf cymysg y byd. Dim ond apêl deimladwy, berorasiynol, yn llinach areithiau Gŵyl Ddewi'r Cymry alltud. Ond fe allai ef fforddio hynny, gan fod y cyfan arall ganddo o'r tu ôl. Ac fe lwyddodd. Parhaodd y gymeradwyaeth yn hir.

Yr oedd yn amlwg fod ei lwyddiant wedi'i blesio, a bod baich wedi codi oddi ar ei ysbryd—yr araith gyntaf iddo'i thraddodi yn yr ymgyrch—oherwydd ar hyd y ffordd i fyny i Drem-y-Gorwel yn y car yr oedd yn gellweirus ac yn ffraeth ei dafod. Rhoes gil-dwrn sylweddol i Jim a rhedodd yn ysgafn i'r tŷ fel bachgen dengoed. Wrth dynnu'i got yn y neuadd cyhoeddodd ei fod ar newynu.

Ni fu'n rhaid iddo ddisgwyl yn hir. Yr oedd swper Martha eisoes yn mygu ar y bwrdd. Gofynnodd Ceridwen iddo gerfio'r cig.

'Chi, Syr Madog, ydi'r unig ddyn sy'n dod yma y galla i ofyn iddo gerfio. Wn i ddim beth sy wedi digwydd i ddynion yr oes yma.'

Gwingodd Cecil yr ochor arall i'r bwrdd.

'Mae'n debyg taw'r rheswm yw,' meddai, 'nad yw dynion yr oes hon ddim mor ddinistriol.'

Gwenodd Lady Owen arno.

'Chware teg i Mr Mathews,' meddai. 'Does dim disgwyl i bawb fod â'r un ddawn, oes e?'

Crymodd Cecil ei ben yn ffug-foesgar.

'Rydw i'n hoffi'ch carped newydd chi, Ceridwen,' meddai Syr Madog heb dynnu'i lygaid oddi ar y cig.

'Diolch, Syr Madog. Wnes i ddim meddwl y buasech chi'n sylwi.'

'Dydi hynna ddim yn deyrnged uchel i ddyn sydd ymhlith pethau eraill yn gyfarwyddwr cwmni defnyddiau,' ebe'r marchog.

'Bang,' ebe Cecil.

'Mae'n ddrwg gen i, Syr Madog,' ebe Ceridwen, gan saethu edrychiad hallt at Cecil. 'Fedra i ddim dygymod, rywsut, â'r syniad o ddyn yn gwybod be ydi be mewn tŷ.'

'Fflop,' ebe Cecil.

Nid oedd Ceridwen yn siŵr a allai Lady Owen ddygymod â Cecil. Yr oedd hi mor hyfryd fel nad oedd modd gwybod beth yr oedd hi'n ei feddwl o ddim. Am Syr Madog, yr oedd yn ddigon o wâg i fedru goddef unrhyw ffŵl. Ac wedi ymwneud digon ar hyd ei oes ag artistiaid i beidio â disgwyl iddynt fod yn hollol yr un fath â phobol eraill.

Trwy gydol swper yr oedd Syr Madog mewn hwyl siarad.

'Beth oedd eich barn chi am y cyfarfod heno?' meddai.

Chwaraeodd Cecil â darn o gig ar flaen ei fforc.

'Rhy hir,' meddai.

'Hwyrach, Cecil,' ebe Syr Madog, 'fod hynny'n gymaint o feirniadaeth ar eich amynedd chi ag ar y cyfarfod. A ph'un bynnag, nid dyna'r cwestiwn. Gawsoch chi'ch argyhoeddi?'

'Cwestiwn ofer, mae arna i ofn,' meddai Ceridwen. 'Dydi mân bethau fel argyhoeddiad ddim ym myd Cecil.'

'Rwy'n siŵr nad yw hynna ddim yn wir,' meddai Lady Owen yn ffeind.

'Nag yw, wrth gwrs,' tursiodd Cecil. 'Fe ges i f'argyhoeddi. Fe ges i f'argyhoeddi gymaint, Ceridwen, fel rwy am beintio'n gwbwl Gymreig o hyn allan.'

'Fel beth?' ebe Ceridwen. 'Peintio motiffs draig goch a chennin ar bapur wal?'

'Nage, madam,' ebe Cecil. 'Na pheintio'r Wyddfa a Phont Menai a'r Amgueddfa Genedlaethol fel y bûm i'n gwneud i chi am 'y nghynhaliaeth. Ond peintio'r byd a'i bethau fel maen nhw'n ymddangos i lygaid Cymro. Dyw afal ddim o'r un lliw i Gymro ag yw e i Sais. A dyw mynydd ddim o'r un siâp, na chapel o'r un faint.'

Yr oedd Syr Madog yn syllu ar Cecil â diddordeb. A hwyrach beth parch. Ond yr oedd Ceridwen yn nabod Cecil yn well.

'Os ydi'ch lluniau chi'n mynd i fod yn fwy di-lun fyth,' meddai, 'fe ellwch edrych ymlaen at fwyta llai fyth yn y dyfodol. Dydi pobol ddim yn mynd i dalu arian mawr am luniau mynyddoedd sy'n edrych fel caws pôb, a phobol efo wynebau fel hanner oren.'

'Ond pwy ŵyr, Ceridwen,' ebe Syr Madog, 'na fydd y peintio Cymreig yma'n fwy dealladwy ac yn fwy derbyniol gan bawb? Pan aeth beirdd Ffrengig y ganrif hon i ganu'n wladgarol adeg y rhyfel fe newidiodd eu canu nhw'n hollol, o fod yn rhigymu haniaethol tywyll i fod yn bethau y gellid martsio i'w rhythmau nhw bron. Does dim fel cenedlaetholdeb am grisialu profiadau dynion a syml-eiddio'u mynegiant nhw.'

'Un cwestiwn sydd gen i i'w ofyn wedi'ch araith chi heno,' ebe Cecil wrtho.

'Wel?'

'Beth fydd lle'r artist dan y senedd Gymreig?'

'Mae hynny'n dibynnu ar yr artist,' ebe Syr Madog.

'Ie, ond fydd modd i artist fyw ar ei waith?'

'Mae hynny, hefyd, yn dibynnu ar yr artist. Os bydd gwaith yr artist o werth i'r gymdeithas Gymreig ac yn hanfodol i'w hiechyd hi a'i pharhad, fydd senedd Gymreig ddim yn ôl o'i noddi o.'

'Fodlon, Cecil?' ebe Ceridwen.

Tynnodd Cecil wep, a chododd y pedwar oddi wrth y bwrdd.

Pan ddôi Syr Madog i mewn i dŷ, meddai Ceridwen wrthi'i hun, yr oedd fel petai'r byd wedi dod i mewn. Nid y byd yn nhermau crefydd, o'i gyferbynnu â'r Eglwys, ond y byd o'i gyferbynnu â'r rhigol yr oedd hi'n cyd-fyw ynddi â'i ffrindiau a'i meddiannau a'i meddyliau. Yr oedd Syr Madog yn cario gydag ef yn ei berson swm solet o'r ddoethineb sydd gan hen ddinas i'w rhoi i ddynion sy'n gallu byw ynddi'n hir heb fyw iddi. Yr oedd wedi byw busnes am flynyddoedd lle'r oedd calon ymerodraeth yn curo, ac eto nid oedd o'r ymerodraeth honno. Yr oedd wedi medru meddiannu Llundain heb iddi hi fedru'i feddiannu ef. Yr oedd wedi byw ynddi nes peidio â bod yn estron iddi, ond heb fynd yn rhan ohoni. Dyna wahaniaeth eto rhyngddo ef a Ceredig.

Fe fagwyd Ceredig yn Llundain, yr oedd yn wir. Ni fu Ceredigion iddo ef ar hyd ei oes ond gwylltir atgofus i dreulio haul haf ynddo, ac i ymneilltuo iddo pan freuodd ei iechyd. Yr oedd Llundain wedi'i dreulio ef i'w chyfan-soddiad niwrotig, ac ni allai fod yn ef ei hun yn unman arall. Wedi dod ohoni hi i fyw, amdani hi y siaradai, amdani hi y breuddwydiai. Llundeiniwr alltud ydoedd yng Nghymru, er mai Cymraeg oedd ei iaith a bod dynoliaeth Ceredigion yn ei waed. Ni fyddai ef byth wedi medru bradychu Llundain fel y gwnaethai Syr Madog heno, trwy sefyll ar lwyfan i ddadlau hunanlywodraeth i Gymru. Ond ni allod ychwaith ddysgu cymaint gan Lundain ag a ddysgodd Syr Madog.

Ar wyneb Syr Madog, ac yn ei siarad, yr oedd pob Ffrancwr a werthodd fodel iddo, pob Almaenwr a ollyngodd fom uwch ei ben, pob Cockney a'i cludodd mewn tacsi, pob pont a phinacl a phob ton bygddu ar groen Afon Tafwys, pob dadl seneddol a glywodd, pob Arglwydd Faer a dorrodd air ag ef, a phob mandarin a magnad a theicŵn y bu'n rhan o'i waith i'w boddio. Popeth a oedd gan Lundain i'w roi i ddyn a fedrai dderbyn, yr oedd yn brofiad cyfan ynddo ac wedi'i sgrifennu arno. Ac eto, yr oedd yn ef ei hun. Yn Gymro, a thonnau gleision Glaslyn yn trochioni drwy'i enaid ar awr Gymreig, a Chwm Pennant a Chwmstradllyn yn medru gwlitho'i lygaid cryfion wrth eu cofio.

Os oedd rhywun yn y byd y gallai edrych arno a chadw'i challineb, meddai Ceridwen wrthi'i hun, Syr Madog oedd hwnnw. Yr oedd ganddi gyfrinachau na ddywedodd mohonynt wrth neb, naill ai am eu bod yn rhy ddwfn i'w tynnu heb adael craith neu'n rhy ddrwg i'w gollwng heb beryglu cyfeillgarwch. Ond yr oedd wedi dweud mwy wrth Syr Madog nag wrth neb arall. Yr oedd Cecil yn rhy wamal, Idris yn rhy debyg o wneud cyfalaf llenyddol o'i chyfrinachau, Bob Pritchard yn rhy fawr. Er mai art oedd ei byd ac artistiaid ei phobol, yr oedd yn rhaid wrth ddyn busnes i fedru ymddiried ynddo ac i gyffesu ger ei fron. Dyn a fedrai ddeall heb wneud sioe o ddeall, a fedrai wrando tipiadau'i chalon heb fynd yn fwrlwm o emosiwn. Fe fyddai'i byd hi heb Syr Madog fel llong heb lyw. Fel aelwyd heb dad.

'Ydych chi am weld y darlunie'n awr?' gofynnodd Cecil.

'O'r gorau,' atebodd Syr Madog.

A chododd i ddilyn Cecil i fyny i'w stiwdio yn y garat.

'Garech chithau'u gweld nhw, 'nghariad i?' gofynnodd i'w briod.

'Yn fawr iawn. Os ca i, Mr Matthews?'

A barnu wrth ei wyneb, nid oedd Cecil yn siŵr iawn a ddylai ganiatáu i ferched ddod i'w gysegr sancteiddiolaf. Ni fyddai byth yn gwahodd Ceridwen yno. Ond bodlonodd.

'Os byddwch chi cystal â pheidio â sylwi ar y cawdel,' meddai.

'Mae hyd yn oed gawdel artistig yn werth ei weld, Mr Matthews.'

Teimlai Ceridwen fod Lady Owen yn gwastraffu'i chwrteisi ar Cecil. Fe dreuliai hyd yn oed ei chwrteisi hi'n denau iawn petai'n gorfod rhannu tŷ gydag ef yn hir. Onid oedd hi'n gwrtais wrth natur. Tebyg fod rhai pobol felly.

'Cyn ichi fynd i fyny, Syr Madog,' ebe Ceridwen, 'mi garwn i gael gair â chi.'

Trodd Syr Madog at ei wraig.

'Ewch chi i fyny efo Cecil, Ellen. Fe ddaw Ceridwen a finnau ar eich ôl chi mewn dau funud.'

Arhosodd Ceridwen nes aeth y ddau o'r stafell ginio ac yna trodd at ddarlun Ceredig uwch y lle tân.

'Mae hwnacw'n ddarlun da o Ceredig, on'd ydi?' meddai.

'Ydi,' meddai Syr Madog. 'Da iawn. Mae'n debyg na wnaeth Cecil erioed bortread gwell.'

'Faint ddwedech chi ydi'i werth o?'

'Pam, Ceridwen? Dydach chi erioed yn meddwl ei werthu o?'

'Nac ydw, wrth gwrs. Mi garwn i wybod amcan o werth popeth sy gen i yn y tŷ 'ma, dyna i gyd.'

Syllodd Syr Madog arni.

'Does neb yn gofyn beth ydi gwerth y pethau cysegredica'n ei fywyd, Ceridwen. Y fo'i hun yn unig ŵyr eu gwerth nhw.' Trodd ei lygaid ar y darlun. 'Does dim cymhariaeth rhwng gwerth y darlun yma ar y farchnad a'i werth o i chi. Does bosib. Ynte ydw i'n methu?'

Unwaith eto clywodd Ceridwen y llygaid llymion arni. Fe wyddai fod rhywbeth syfrdanol ar ddod, y byddai ymhen munud neu ddau gyfrinach newydd rhwng Syr Madog a hithau, na fu rhyngddynt erioed o'r blaen, er eu hagosed. Yr oedd arni eisiau iddo wybod. Ei hunig ofn oedd pa beth fyddai effaith y gyfrinach, ar Syr Madog, arni hi, ar y berthynas rhyngddynt. Ei gwestiwn ef a agorodd y drws iddi.

'Soniais i erioed am hyn wrthoch chi o'r blaen, Ceridwen. Doeddach chi ddim yn caru Ceredig, nac oeddach?'

Yr oedd Syr Madog yn gwybod. Yr oedd Syr Madog yn gwybod peth na wyddai neb arall mohono, ac yr oedd y gyfrinach mewn geiriau am y tro cyntaf.

Siglodd hi'i phen.

'Nac oeddwn.'

Yr oedd y peth nesaf a ddywedodd Syr Madog yn hynotach na'r llall.

'Dydw i'n synnu dim.'

Edrychodd hi'n sydyn i'w wyneb. Yr oedd Syr Madog a Ceredig yn gyfeillion. Yn gyfeillion busnes, mae'n wir, ond yn gyson yng nghyfrinach ei gilydd, yn aml ar aelwydydd ei gilydd. Oni bai am y cyfeillgarwch y gwyddai'i fod rhyngddynt, yr oedd Ceridwen yn siŵr y buasai wedi dweud ei chyfrinach chwerw wrth Syr Madog yn llawer iawn cynt.

'Dydw i'n synnu dim,' ebe Syr Madog eto, gan blethu'i ddwylo y tu ôl i'w gefn a cherdded oddi wrthi draw i ben arall y stafell. Yno, trodd a'i hwynebu.

'Mi alla i ddychmygu pa fath fywyd gawsoch chi hefo fo,' meddai. 'Ceredig oedd yr unig ddyn erioed y methais i ddod o hyd i'w galon. Doedd ganddo'r un galon. Lle dylai'i galon fod, doedd dim ond pres. Pres oedd popeth iddo. Dydw i ddim yn meddwl iddo wybod erioed beth oedd caru tad a mam, heb sôn am wraig. Dim ond y fo'i hun, a beth y galla fo'i gael. Roedd y byd wedi'i greu er ei fwyn o. Roedd Duw wedi rhoi llaeth ym mhyrsau gwartheg Ceredigion i garpedu'i loriau o.' Cerddodd Syr Madog yn ôl tuag ati, 'Chi, Ceridwen, ydi'r actores fwyaf argyhoeddiadol welais i erioed. Roeddach chi'n edrych fel petaech chi'n ei garu o. Roesoch chi ddim un cam gwag tra fu o byw. Ac roeddwn i'n meddwl eich bod chi naill ai'n angyles o'r nef neu'n wraig heb fod yn hollol normal. Mi wyddwn na fedrai neb normal garu Ceredig. Ond y troeon diwetha y bûm i yma, wedi inni gladdu y cwbwl oedd ohono, mi wyddwn mai actio y buoch chi. A phan welais i hynny, mi ddiolchais i'r nefoedd mai cig a gwaed oeddech chithau hefyd. Na fedrech chithau ddim caru llo aur.'

Sychodd Ceridwen y niwl o'i llygaid.

'Mae arna i ofn, Syr Madog,' meddai, 'na ddaru ni ddim claddu'r cwbwl o Ceredig.'

'Beth mae hynna'n ei feddwl?'

'Mae o yma o hyd. Ble bynnag yr a' i, mae o efo mi.'

'Ceridwen fach—'

'Does gennoch chi ddim syniad.'

'Roedd y straen yn ormod ichi.'

'Mae o'n bwyta efo mi, mae o'n rhythu arna i dros ben y piano, mae o . . . mae o'n cysgu efo mi.'

'Mi wertha i'r llun ichi. Does dim rheswm ichi orfod edrych ar ei wyneb o bob dydd o'ch oes.'

Siglodd Ceridwen ei phen.

'Fydd o ddim lles. Rydw i wedi dechrau actio. Rhaid imi ddal i actio bellach. Does neb yn gwybod ond chi. Os daw pawb i wybod . . . Does gennoch chi ddim syniad pa sawl byd sy wedi'i adeiladu ar y cariad ymddangosiadol oedd gen i at Ceredig. Pa sawl un dorrai'i galon pe gwyddai mai twyllo'r oeddwn i ar hyd y ffordd.'

'Ond Ceridwen, fedrwch chi ddim byw'r twyll am weddill eich oes. Fe'ch dryllith chi'n yfflon. Fedrwch chi mo'ch aberthu'ch hun er mwyn cadw breuddwydion eich ffrindiau'n gyfan.'

'Ond be wna i?'

Eisteddodd Syr Madog wrth y bwrdd a phlethu'i ddwylo arno. Heb godi'i lygaid gofynnodd iddi,

'Fyddai priodi eto'n loes i chi?'

Pwniodd calon Ceridwen yn erbyn ei bron.

'Fe fyddai'n dda gen i,' meddai'n isel, 'petaech chi wedi awgrymu rhyw feddyginiaeth arall heblaw honna.'

'Mae'n ddrwg gen i, Ceridwen. Wn i mo'r cyfan.'

Na wyddai. Ac ni fedrai ddweud wrtho. Yr oedd y gyfrinach eithaf dan glo.

## 9

Caeodd Ceridwen *Aeron yr Hydref* a'i ddodi'n annwyl ar ei glin. Yr oedd yn fuddugoliaeth arall. Nid oedd dim dadl am fawredd Bob Pritchard. Nid oedd pymtheng mlynedd yn amser rhy hir i Gymru ddisgwyl am y gyfrol hon; yr oedd hi'n werth disgwyl pymtheg arall amdani. Yr oedd pob cerdd ynddi'n troi'n wefr ar ei hunion yn y gwaed—ac eithrio dwy neu dair, efallai, ac yr oedd cerdd wan ym mhob llyfr o farddoniaeth a gyhoeddwyd erioed. Er cymaint eu clochdar, nid oedd un o'r beirdd modern bondigrybwyll a fedrai fynd dan groen profiadau fel y medrai ef a'u trosglwyddo'n ddianaf ac yn fireiniach i ddychymyg arall. Ac nid oedd yr un beirniad a fedrai wneud mwy nag anghytuno ynghylch manion technegol.

I wneud ei chwpan yn llawn, yr oedd Bob, wedi'r cwbwl, wedi cyflwyno'r gyfrol iddi hi. Nid erbyn ei henw, ysywaeth. *I un na fyddai'r cerddi hyn yn bod oni bai amdani.* Nid oedd ei henw yno yn unig am fod cenfigen rhwng Bob ac Idris. Ond yr oedd yn amlwg fod y llyfr wedi'i gyflwyno i ferch, ac fe fyddai llyfrbryfaid y dyfodol yn esgud i wybod pa ferch. Ni fyddai'u hymchwil am ei henw mor anobeithiol â'u hymchwil am enw Ladi Dywyll Shakespeare. Ac yr oedd yn ddigon posibl y byddai'i hanfarwoldeb yn sicrach am y byddai dadlau yn ei chylch. Hwyrach, er ei henwogrwydd hi, fod Bob yn ddoethach yn ei ffolineb. Bob annwyl.

Cododd ac aeth at y teleffon.

'Bob? Ydech chi yna? Na, dydw i ddim yn gofyn ichi ddod draw yma heno. Mae gen i ymwelwyr yn dod. Cecil, a rhyw ffrind ifanc—Alfan Ellis ydw i'n meddwl ydi'i enw o. Mi wyddoch pam yr ydw i'n ffonio. Diolch yn fawr, fawr, fawr ichi am *Aeron yr Hydref.* Fedra i ddim dweud wrthoch chi beth mae'r gyfrol wedi'i olygu i mi. Mae hi'n aruthrol. Mi fydd Cymru'n foddfa o addoliad. Beth? Mi wyddoch nad ydw i ddim yn seboni, na fedra i ddim seboni. Yr ydech chi'n fwy nag erioed, ac fe fydd yr adolygwyr i gyd o'r un farn â fi, gewch chi weld. Ddowch chi draw nos yfory? Rydech chi'n mynd oddi cartre? Ar Ddydd Nadolig? I aros efo Esyllt, ie, rwy'n gweld. Wel, dowch draw i 'ngweld i pan ddowch chi'n ôl. Rydech chi'n addo? Rydw i'n fodlon 'te. Pnawn da, Bob. A diolch o galon.'

Fe wyddai fod Bob wedi disgwyl drwy'r dydd am air oddi wrthi. Fe fyddai'n anesmwyth ac yn aflonydd nes iddi deleffonio. Ac yn rhy falch i ddod i Drem-y-Gorwel i ofyn ei barn. Ac yn awr fe fyddai'n llawn hwyliau, fel hogyn newydd basio'i ysgoloriaeth i'r ysgol ramadeg.

Fe fuasai'n well ganddi'i gwmni ef heno na chwmni Cecil a'i gyfaill ifanc. Ond yr oedd yn rhaid iddi gael Cecil yno dros y Nadolig neu fe fyddai wedi gwario'i enillion diweddaraf i gyd yn nhafarnau Bute Road. Ac yr oedd ef mor awyddus iddi gyfarfod Alfan Ellis, yr oedd hi wedi ildio. Yn ddigon anfoddog, mae'n wir, ond yr oedd Cecil wedi bygwth peidio â dod onid ildiai. Fe fyddai'n rhaid iddi gofio ffonio at Jim i fynd â'r car i gyfarfod eu trên.

A dyna hi wedi teleffonio at Idris Jenkins y bore 'ma, a gofyn iddo ddod i fyny i de. Ac yntau heb ddod. Yr oedd yn anghwrtais yn peidio â dod wedi addo. A doedd bosib fod ganddo ddim i'w gadw ar nos cyn Nadolig. Nid oedd wedi bod i fyny er y dydd y daeth â'i nofel newydd iddi. Yr oedd rhywbeth yn od ynddo ar y ffôn. Rhyw nerfusrwydd, yn siarad yn ddistaw, fel petai arno ofn i neb ei glywed. A fyddai'n well iddi'i alw eto? Na fyddai. 'D âi hi ddim i grefu arno. Fe gâi ddod neu beidio yn ôl ei fympwy.

Fe ddaeth, tua hanner awr yn ddiweddarach.

'Fedra i ddim aros fawr,' meddai, yn cymryd ei berswadio i eistedd yn erbyn ei ewyllys, a hyd yn oed wedyn yn eistedd ar fin ei gadair.

'Idris, beth sy'n bod arnoch chi? Rydech chi fel dyn wedi gweld bwgan.'

113

'Peidiwch â chellwair, Ceridwen. Dydw i ddim mewn hwyl cellwair.'

Idris oedd y dyn yn y gadair, yr oedd hi'n siŵr. Ond yr oedd mor wahanol i Idris ag yr oedd dichon iddo fod. Yr oedd yn arfer bod yn dawel ac yn heulog ac yn bryfoclyd. Nid fel hyn.

'Idris, wnewch chi egluro'r newid ynoch chi? Rydech chi'n codi arswyd arna i. Ydech chi'n sâl, neu wedi cael profedigaeth, ynte oes ryw helynt wedi bod yn y coleg?'

'Nac oes. Hynny ydi, y mae 'na helynt wedi bod. Ond nid yn y coleg.'

'Ymhle 'te?'

'Gartre acw.'

'O?' Eisteddodd Ceridwen yn ddryslyd.

'Wedi dianc yr ydw i o'r tŷ. Mae Mair wedi mynd i'r pictiwrs, ac mae'i chwaer hi acw dros y Nadolig. Mae hi'n gwarchod y plant. Mi wrthodais i fynd i'r pictiwrs hefo Mair . . . dweud bod gen i waith sgrifennu. Ac mi ddwedais wrth ei chwaer hi 'mod i'n mynd allan am beint, ac y byddwn i'n ôl ymhen hanner awr. Rhaid imi gael peint yn rhywle i roi oglau ar f'anadl, cha i ddim amser i alw mewn tafarn.'

Aeth Ceridwen at y cwpwrdd coctel a thywallt whisgi iddo, ac estyn seiffon soda iddo helpu'i hun.

'Diolch, Ceridwen. O, mae hi'n felltigedig acw!'

'Idris. Oes a wnelo'r sefyllfa anhygoel yma rywbeth o gwbwl â fi?'

'Oes, Ceri.'

'O'r tad!'

'Mae rhywun wedi bod yn siarad. Fe wrthododd Mair ddweud pwy, ond mae gen i syniad go dda. Mae'r tafod gwenwynig wedi gwneud môr a mynydd o'r ffaith 'mod i wedi cyflwyno fy llyfr i chi, ac wedi galw sylw amserol at y ffaith 'mod i'n dod i fyny i'ch gweld chi'n llawn digon amal. I goroni'r cwbwl, fel yr oeddech chi'n ofni, mae Mair wedi deall y nofel.'

'Hynny ydi . . . wedi gweld mai amdanoch chi a fi a hithau y mae hi?'

'Hynny'n union.'

'Roeddech chi'n mentro gormod, Idris.'

'Ond sut y gwyddwn i? Dydi Mair erioed wedi cymryd tramgwydd o'r blaen am ddim a wnes i. Mae hi wedi bod yn melltithio'r sgrifennu 'ma droeon, mae'n wir, ond . . . mi gawswn ddod i fyny i Drem-y-Gorwel bob dydd gynt os mynnwn i, ddwedai hi'r un gair. Mae rhywun wedi rhoi syniadau yn ei phen hi. Roedd Mair yn rhy ddiniwed i amau ohoni'i hun.'

'Ac mae Mair wedi gwahardd ichi ddod i fyny yma.'

'Nac ydi. Y fi ddywedodd, os oedd hi am hel meddyliau, na ddown i ddim i fyny i'ch gweld chi eto. Y dangoswn i iddi.'

Suddodd Idris iddo'i hun am foment, ac yna tanio drachefn.

'Ceridwen, petae rhywfaint o sail i'r peth, fedrwn i ddim cwyno. Ond does dim, dim sail o gwbwl. Mi wyddoch eich hun.'

'Wn i, Idris? Chi'n unig sy'n gwybod.'

Rhythodd Idris arni.

'Ceri, peidiwch â thaflu hynna ata i rŵan, yn fy helbul—'

'Onid dyna ydi'r helbul? Onid y peth y daru chi'i gyffesu wrtha i wythnosau'n ôl yn y stafell yma sy'n dial arnoch chi? Y noson honno roeddech chi'n barod i adael Mair a'ch cartre a phopeth er 'y mwyn i—'

'Nac oeddwn, Ceri.'

'Nac oeddech?'

'Ddim y noson honno. Pe baech chi wedi teimlo'r un fath tuag ata i ac wedi cychwyn perthynas newydd rhyngon ni, hwyrach y buaswn i ymhen amser yn barod i adael

115

popeth. Ond nid y noson honno. Ydw i'n ddyn gwan, Ceri?'

'Nid gwan. Cymhleth. Doedd arnoch chi ddim eisiau Mair. Doedd arnoch chi mo f'eisiau i. Does arnoch chi ddim eisiau ffyddlondeb diramant. Does arnoch chi ddim eisiau'r trwbwl sy'n dilyn anffyddlondeb. Beth sy arnoch chi'i isio?'

'Wn i ddim.'

Astudiodd Ceridwen ef yn ddyfal, yn simsanu rhwng dirmygu a thosturio.

'Pam y daethoch chi yma heno?' gofynnodd.

'Am eich bod chi wedi gofyn imi. Am y dylech chi gael gwybod pam na fûm i yma ers . . . er y noson honno. Mae peidio â dod yn benyd arna i, yn gam â fi. Mae arna i isio ichi wybod hynny, Ceri.'

'Rydw i yn gwybod, Idris. Does dim synnwyr ynddo. Mi fynna i gael Mair yma i siarad efo hi.'

'Na wnewch, Ceri. Fe fyddai'n well gen i ichi beidio, os byddwch chi cystal. Fe fyddai hynny'n dangos 'mod i wedi bod i'ch gweld chi. A dydi hi ddim i wybod hynny. Rydw i wedi penderfynu.'

'Fel y mynnoch chi.'

Yr oedd yn hawdd gweld bod Idris yn dawelach wedi cael egluro. Yr oedd yn ffodus iawn, yn medru dod ati hi'n achlysurol i ddadlwytho; dadlwytho'i gariad, dadlwytho'i ofid. Ond beth amdani hi? Wedi iddo ef fynd a'i gadael y byddai'r adwaith arni hi. Felly'r oedd hi y tro o'r blaen, felly y byddai heno. Ef oedd yn byw'r stori. A hithau'n medru gwneud dim ond gwylio'r stori a wewyd o'i deunydd hi. Ni fyddai waeth ganddi am hynny oni bai fod Idris yn mynd ac yn dod yn ei bywyd fel trai a llanw ac yn gadael broc môr yn ei meddwl bob tro. Y tro diwethaf fe adawodd iddi'r syniad ei bod hi o hyd yn denu dynion. Heno fe adawai iddi'r syniad y gallai hi ddryllio cartref pe mynnai. Ac nid oedd hi'n ddiogel rhag gwenwyn syniadau felly. Merch oedd hi o hyd, a'i hieuenctid heb ei gadael, a'i nwydau heb eu diffodd.

Cododd Idris i fynd.

'Mae'n rhaid imi fynd, Ceri. Mae'n ddrwg gen i am hyn. Mae'n ddrwg gen i yn arbennig drosof fy hun. Ond os byddwch chi'n 'y ngwahodd i yma, gwahoddwch Mair efo mi. Fe fydd hynny'n help.'

'Mi geisia i gofio,' ebe Ceridwen.

Wedi iddo fynd, fe fu hi'n hir yn meddwl amdano. A allai hi amgen? Yr oedd dyn a fedrai lywio bywydau degau o gymeriadau mewn llyfr yn methu llywio'i fywyd ei hun. Meistr sefyllfaoedd dan draed sefyllfa. Nid oedd hynny'n anghyffredin. Yr oedd llawer o nofelwyr a dramawyr a arbenigodd mewn portreadu bywyd wedi byw'n ddigon di-sut eu hunain. Ac wedi creu llenyddiaeth o'u methiannau. Yr anffawd oedd bod Idris, yn lle bod yn creu nofel o'i fywyd, yn gorfod byw ei nofel. A hynny oherwydd y nofel. Yr oedd Bob Pritchard heno gryn dipyn yn falchach o'i lyfr diwethaf nag yr oedd Idris o'i lyfr ef.

Tua naw o'r gloch fe gyrhaeddodd Cecil ac Alfan Ellis. Yr oedd hi'n siomedig yng ngolwg Alfan Ellis. Ni wyddai'n iawn pa fath ddyn i'w ddisgwyl, ac nid oedd wedi meddwl rhyw lawer am y peth. Ond yr oedd wedi darlunio iddi'i hun ddyn ifanc tal, gyda chnwd o wallt tywyll a llygaid mawr, breuddwydiol. Yn lle hynny, yn tynnu'i got yn y neuadd yr oedd hogyn anarbennig, dibersonoliaeth, gyda'i wallt cringoch yn llithro'n llipa dros dalcen deallus, ond wedi'i anurddo gan frychni haul. A'r brychni hwnnw'n parhau hyd flaen ei drwyn byr a thros ei fochau pantiog, rownd y llygaid gleision llonydd. Nid oedd wedi eillio, yr oedd gwallt ei war fel brws o eisiau'i dorri, ac yr oedd baw dan ei ewinedd. Darlun digon diramant, tybiai Ceridwen, o un o feirdd mwya'r dyfodol. Os dyna'n wir ydoedd.

Nid oedd ei ymddygiad fawr gwell. Fe wnaeth a allodd

117

i'w gael i sgwrsio. Fe'i holodd am ei daith, am ei alwedigaeth, am ei gerddi. Ond y cyfan a gafodd oedd ie a nage ac atebion unsill tebyg. Yr oedd yn swil efallai, wedi blino hwyrach. Ond yn sicr ni wyddai mo'r peth cyntaf am ymddwyn. Yr oedd ganddo fwy o ddiddordeb yn y carped dan ei draed nag yn ei holi hi. Nid oedd ganddo ddim diddordeb ynddi hi. Ni ddangosodd ddim gwerthfawrogiad o'i bod hi wedi'i wahodd i dreulio'r Nadolig ar ei haelwyd. Ond fe fwytaodd swper rhagorol.

Nid oedd fawr o hwyl ar Cecil chwaith. Yr oedd ei eiriau'n brin a'i hiwmor yn sur. Fe allai rhywun diarth feddwl ei fod wedi ffraeo â'i gyfaill ar y trên. Fe wyddai Ceridwen nad wedi ffraeo yr oedd neu fe fyddai'i hwyliau'n well. Yr oedd cweryl fel hanner potel o bort i Cecil. Blinodd hi'n ymdrechu. Yr oedd y Nadolig yn edrych yn ddu.

Ar ôl swper, fodd bynnag, fe wnaeth un ymdrech arall i gael at wythiennau'r bardd.

'Ydech chi wedi gweld llyfr newydd y Dr Pritchard?' gofynnodd. '*Aeron yr Hydref?*'

'Naddo.'

'Mae o newydd ddod o'r wasg.'

'Felly rwy'n deall.'

'Ydech chi'n hoffi gwaith y Dr Pritchard?'

'Mae eitha poblogaidd, on'd yw e?'

Yn eitha poblogaidd! Aeth gwres drwy groen Ceridwen. Yr oedd y bachgen wedi'i gadw'n bur dywyll yn rhywle, neu fe fyddai'n gwybod nad oedd 'poblogaidd' yn ansoddair gweddus i ddisgrifio'r Dr Pritchard. Mawr; grymus; gwreiddiol, hyd yn oed. Ond nid poblogaidd. Yr oedd yn boblogaidd, bid siŵr, ond yr oedd yn gymaint mwy fel yr oedd dweud 'poblogaidd' amdano fel dweud 'neis' am fachlud tanllyd cofiadwy.

Rhag ei chynhyrfu'i hun ddim mwy heno, trodd Ceridwen y stori.

'Esgusodwch fi am ddweud, Mr Ellis. Alla i ddim lleoli'ch tafodiaith chi. Ymhle y magwyd chi?'

'Mae'n amhosibl ichi leoli 'nhafodiaith i,' meddai'r llanc, 'am nad oes gen i, hyd y gwn i, yr un dafodiaith. Yng Nghwm Rhondda y magwyd fi, ac wedi dysgu Cymraeg yr ydw i. Roedd fy nhad a'm mam yn ddi-Gymraeg.'

Bodlonodd Ceridwen beth. Yr oedd yn amhosibl i lanc a anwyd heb Gymraeg fedru ymdeimlo â'r mawr ym marddoniaeth Bob Pritchard, bardd yr oedd Cymraeg o'i gwmpas yng nghroth ei fam cyn ei eni.

'Rydw i'n eich llongyfarch chi, Mr Ellis. I un wedi dysgu Cymraeg mae'ch Cymraeg chi'n rhagorol. Ydi'ch tad a'ch mam yn fyw?'

'Mae Mam yn fyw. Fe laddwyd fy nhad yn y pwll.'

'Mae'n ddrwg gen i.'

'Peidiwch â dweud anwiredd!' ebe Cecil o ben draw'r ystafell, yn codi'i ben o gylchgrawn arlunwyr. 'Does dim modd fod yn ddrwg gyda chi a chithau erioed wedi gweld ei dad e. Blydi confensiwn, dyna i gyd.'

A chododd ei gylchgrawn drachefn.

Yr oedd hyd yn oed Alfan Ellis yn amlwg yn meddwl bod Cecil wedi gorwneud ei odrwydd. Fe fu'n syllu arno'n ddigon dryslyd am ysbaid. Yr oedd Ceridwen wedi teimlo i'r byw. Yr *oedd* yn ddrwg ganddi fod Alfan Ellis wedi colli'i dad yn y pwll. Nid oedd hi'n ddigon artistig i fod wedi colli pob teimlad. Yr oedd hi'n amddifad ei hun.

Hawdd iawn fuasai ganddi droi Cecil o'r tŷ y funud honno. Ond fe wyddai na wnâi hi ddim. A phe gwnâi, fe wyddai y deuai'n ôl. Y câi ddod yn ôl. Pa hyd y parhâi'r sefyllfa adwythig hon oedd gwestiwn. Yr oedd goddef Cecil bellach yn rhan o chwarae chwerw bywyd. Ac yr oedd hi'n ddigon llygadog i weld mai'i goddef hi yr oedd Cecil yntau, am fod yn rhaid iddo wrthi. Yr oedd y goddef yn mynd yn anos, er hynny, a Cecil yn ffrwydro pob sgwrs y byddai o fewn clyw iddi.

Ni chymerodd arni fod wedi'i glywed.

'Rwy'n siŵr y carech chi fynd i'ch gwely, Mr Ellis,' meddai. 'Rydech chi wedi blino.'

Cododd Alfan Ellis yn ddigon parod.

'Mae'ch llofft chi ar y dde i'r pen-grisiau . . . ond mi ddo i i ddangos ichi.'

Cododd Cecil ei ben.

'Mae Alfan yn rhannu gwely gyda fi,' meddai.

'Nac ydi,' meddai Ceridwen, 'ddim yn Nhrem-y-Gorwel.' Trodd at Alfan Ellis. 'Chaech chi ddim cysgu drwy'r nos,' meddai dan wenu. 'Mae Cecil yn cicio ac yn chwyrnu.'

Trawodd Cecil ei gylchgrawn ar lawr gyda chlep a brasgamu allan i'r neuadd. Ymhen munud neu ddau clywsant y drws allan yn cau'n chwyrn.

'Ble mae Cecil yn mynd?' gofynnodd Alfan Ellis.

'Am chwiff o awyr iach. Fe ddaw'n ôl rhwng un a dau o'r gloch y bore.'

Cododd Alfan Ellis ei sgwyddau, a dilyn Ceridwen i fyny'r grisiau i'w lofft.

## 10

Trannoeth bu Alfan Ellis yn darllen *Aeron yr Hydref* drwy'r pnawn. (Ni chododd tan ginio.) Nid oedd ddichon dweud pa effaith yr oedd cerddi'r meistr yn ei gael arno. Yr oedd ei wyneb, o dudalen i dudalen, yn gwbwl ddifynegiant. Hwyrach rhag ofn fod Ceridwen yn ei wylio. Pan ddododd y llyfr i lawr amser te, gyda sleifen o bapur ynddo i nodi'r tudalen, ni ddywedodd air amdano. Ac ni holodd hi.

Yr oedd hi'n gwneud y te'i hun, gan fod Martha wedi mynd i dreulio gweddill y dydd gyda'i chwaer. Pan oedd y te ar y bwrdd, a hwythau newydd eistedd, daeth cnoc ar y drws. Cyn i neb fedru'i ateb, daeth Catrin Prys-Roberts i mewn.

'Hel-ô! hel-lô! Wel, dyma deulu bach dedwydd! Sut yr ydach chi i gyd?'

Yr oedd yn rhy hwyr i Cecil ddianc. Yr oedd wedi dechrau troi'i de. Ond yr oedd rhyfel yn ei lygaid.

Tynnodd Catrin ei menig blew mawr a'u taflu ar y silff-ben-tân. Agorodd ei chot a chwympo i gadair, gan ofalu dangos digon o'i dwy goes hir. Os oedd Ceridwen yn eiddigeddu wrthi am unrhyw beth, ei choesau oedd hwnnw. Yr oedd Catrin wedi dweud wrthi unwaith, os oedd Cecil yn peintio niwdiau, er na fedrai hi ddim diodde'r dyn fel dyn, y buasai hi'n ddigon parod i eistedd yn fodel iddo, ar yr amod nad oedd yn peintio'i hwyneb. Dywedodd Ceridwen wrthi am anghofio'r lol. Nid oedd Cecil byth yn peintio merched, yn noeth nac mewn dillad.

'Wyt ti wedi cael te, Catrin?'

'Nac ydw, hogan. I ddweud y gwir wrthat ti, fedrwn i ddim meddwl am wneud pryd arall heddiw. Roeddwn i wedi syrffedu cymaint ar fwyd, wedi bod uwchben yr ŵydd a'r pwdin drwy'r bora, fedrwn i ddim meddwl am gyffwrdd mewn llestr arall am weddill y dydd. Mi ddwedais wrth Harri am wneud te iddo'i hun a'r plant.'

'Ac mae o'n gwneud, debyg?'

'O, ydi. Mae Harri'n angel.'

Cododd Ceridwen i gyrchu cwpan a soser a phlât.

'Twyt ti ddim yn gwneud te i mi, Ceri?'

'Mi gymeri de? Ynte wnei di ddim?'

'O'r gora 'ta, gan dy fod ti'n pwyso.'

Wedi i Ceridwen fynd allan, dywedodd Catrin wrth Cecil, 'Ffrind i chi sy hefo chi, Mr Matthews?'

'Ie.'

Daliodd Cecil i fwyta'n ddygn.

'Rydw i'n arfer cael 'y nghyflwyno i ddieithriaid, wyddoch chi,' ebe Catrin eto.

'Ydych chi?'

Saib anghynnes.

'Wel, Mr Matthews, gan na wnewch chi mo 'nghyflwyno i, gwell imi 'nghyflwyno fy hun. Mrs Prys-Roberts ydi f'enw i, ŵr ifanc, gwraig i Harri Prys-Roberts . . . rydach chi wedi clywed amdano fo, rwy'n siŵr?'

'B.B.C.' ebe Cecil.

'O, ie?' ebe Alfan Ellis.

'A rŵan, hwyrach y byddwch chi cystal â dweud wrtha i pwy ydach chi?' ebe Catrin.

'Paid â dweud wrth yr hen iâr,' ebe Cecil. 'Dyna pam mae hi wedi dod 'ma. Mae hi'n ffroeni ymwelwyr Ceridwen o bell.'

'Wel, *wir*, Mr Matthews!' Yr oedd Catrin ar ei thraed. 'Chefais i mo f'insyltio gymaint gan neb erioed! Rydw i wedi arfer cael 'y mharchu gan bawb.'

'Pam?' ebe Cecil, yn suddo'i gyllell i'r deisen Nadolig.

'Pam! Wel . . . pam y mae unrhyw un yn cael ei barchu?'

'Am un o dri rheswm fel rheol. Arian, safle, neu dafod drwg.'

'A ph'run o'r tri pheth yna sy gin i?'

'Dim llawer o'r ddau gynta.'

'Beth sy'n digwydd yma?' meddai Ceridwen, wedi dod i

mewn ac wedi clywed. Er bod ei llygaid yn serio Cecil, yr oedd hi'n cynhesu ato er ei gwaethaf, yn ddistaw bach. Nid oedd neb o'r blaen, hyd y gwyddai, wedi ceisio rhoi Catrin yn ei lle. Ac yr oedd yn hen bryd.

'Mae Mr Cecil Matthews wedi gwrthod yn lân gyflwyno'r dyn ifanc yma i mi. Ac mae o wedi bod yn . . . wel, mae anghwrtais yn air rhy ddiniwed.'

'Eistedd i lawr, Catrin, a phaid â gwneud ffýs. Does neb yn cymryd sylw o Cecil. Mae o'n cael pardwn ffŵl. Mr Alfan Ellis, M.A., ydi'r dyn ifanc; bardd; ar hyn o bryd yn athro ysgol yng Nghaerdydd. A'r wraig yma ydi Catrin Prys-Roberts—'

'Mae hi wedi'i chyflwyno'i hunan,' ebe Alfan Ellis, yn codi'n garbwl i siglo llaw estynedig Catrin Prys-Roberts. Sylwodd Ceridwen fod Catrin yn dal llaw'r dyn ifanc yn hwy nag oedd raid, ac yn ei gwasgu'n dynnach. Rhyfedd. Nid oedd Catrin uwchlaw fflyrtio, fe wyddai, ond nid oedd dim yn y dyn ifanc i ddenu dynes a chanddi rywfaint o feddwl ohoni'i hun. Ynteu a oedd hi'n methu? Yr esboniad arall oedd debycaf o fod yn wir. Bod Catrin, wedi methu'n alaethus gyda Cecil, yn bwriadu gwneud argraff well ar ei gyfaill.

Ni fu dim llewych ar y sgwrs tra parhaodd y te. Yr oedd Catrin yn amlwg yn chwyddo gan newyddion, ond yr oedd ymosod Cecil wedi penderfynu na ddwedai hi ddim o ddiddordeb tra oedd ef yno. Ni fu'n rhaid iddi ddisgwyl yn hir. Cyn bod ei geg wedi peidio â chnoi fe gododd Cecil ac amneidio ar Alfan Ellis, ac aeth y ddau allan.

'Fu Idris Jenkins yma'n ddiweddar?' ebe Catrin, cyn bod y drws ond prin wedi cau.

Daeth chweched synnwyr Ceridwen i'r adwy gyda chelwydd pat.

'Naddo,' meddai.

'O.' Yr oedd Catrin yn amlwg siomedig.

'Pam?' meddai Ceridwen. 'Ydi o mewn rhyw helynt neu

rywbeth?' Awgrymu'r gwir bob amser oedd y ffordd ddiogelaf i chware celwydd.

'Ydi,' meddai Catrin, 'fe ddylet ti wybod.'

'Ddylwn i?'

'O'th achos di mae'r helynt.'

'Mae hwnna'n ddweud go feiddgar.'

'Mae'n wir.'

Yn awr, cymerodd Ceridwen arni gyffroi.

'Wn i ar y ddaear am beth rwyt ti'n sôn, Catrin. Os ydi hon yn un arall o'r nofeletau dwy-a-dimai y byddi di'n eu gweu ac yn eu hau hyd y dre 'ma, dydw i ddim yn meddwl ei bod hi'n werth gwrando arni.'

Cododd Catrin ei thrwyn.

'Mi ddoi di i lawr oddi ar gefn dy geffyl, Ceri, os na chymeri di fwy o sylw cyn iddi fynd yn rhy hwyr. Mae Mair bach 'na bron â drysu. Does dim modd ei chael hi i ddweud dim, ond mae'i hwyneb hi'n dweud y cwbwl drosti. Welaist ti rioed wyneb wedi teneuo a llwydo cymaint mewn cyn lleied o amser.'

Clywodd Ceridwen ei chalon yn curo'n wylltach ac yr oedd arni ofn i'r llall ei chlywed. Yr oedd Catrin yn ymestyn popeth. Yr oedd pob ffliw yn niwmonia a phob ffrae rhwng gŵr a gwraig yn ysgariad. Ond o gofio'r olwg ar Idris neithiwr fe allai Catrin fod yn dweud y gwir syml y tro hwn. Gwrandawodd ar Catrin yn adrodd yr hyn a wyddai eisoes. Y nofel a'i chyflwyniad a'i stori, ymweliadau Idris â Threm-y-Gorwel, y siarad yn y dref. Ac yna daeth y syniad fel fflach o rywle.

''Y marn i, Catrin, ydi fod rhywun wedi bod yn rhoi syniadau ym mhen Mair. Os ydw i'n nabod Mair o gwbwl, cherddodd yr un eneth fwy di-feddwl-ddrwg strydoedd Caerwenlli erioed. Mae Idris wedi dod yma'n gyson ar hyd y blynyddoedd, wedi trafod pob un o'i nofelau ond y ddiwethaf un efo mi. Ddwedodd Mair ddim erioed. Cheisiodd hi mo'i rwystro, ddaru hi amau dim. A rŵan, heb fod dim mwy nag arfer wedi digwydd, mae hi'n sydyn wedi amau bod yna rywbeth rhwng Idris a fi na ddylai fod, ac mae hi'n ei gwneud ei hun yn sâl. Pam? Fedra i ddim esbonio. Ond mi fetiwn i bob dodrefnyn sy yn Nhrem-y-Gorwel fod rhyw ffrind neu ffrindiau gwenwynllyd wedi cymryd yn eu pennau'n sydyn i chwythu yn ei chlust hi. Oes gen ti ryw syniad, Catrin, pwy y gallen nhw fod?'

Ni ddangosodd Catrin fod yr awgrym wedi mennu dim arni. Yr oedd Ceridwen yn falch na ddywedodd fwy. Ond yr oedd yn arwyddocaol fod Catrin yn newid y pwnc.

'Wel,' meddai, 'mae'n biti gin i dros Mair, p'un a oes rhywbeth yn y peth ai peidio. Wyddet ti fod Mrs Harris-Jones yn disgwyl eto . . .?'

Ymlaen ac ymlaen y treiglodd llais bras Catrin, rownd eu cydnabod i gyd, yn wŷr ac yn wragedd ac yn garwriaethau ac yn enedigaethau ac yn angladdau ac yn bob dim diflas. A Ceridwen yn hanner gwrando ac yn hanner ateb ac yn dyheu am i'r ddwyawr ymweliad ddod i ben ac i Catrin fynd.

Ond ymlaen y siaradodd Catrin.

'Hogyn bach annwyl ydi hwnna sy'n aros hefo chdi, Ceri.'

'Pwy, Cecil?'

'Nefi las, hogan! Alfan Ellis ydw i'n feddwl, mi wyddost yn iawn.'

'Wn i ddim byd amdano. Cecil fynnodd ddod ag o yma dros y Gwylie.'

'Tydi'r ddau dim yn yr un byd. Fedra i mo'u dychmygu nhw'n ffrindia. Mae 'na sbort yn yr Alfan Ellis 'na, gei di weld.'

'Sbort?'

'Ia, welaist ti mo'i lygaid o?'

'Na welais i'n diar. Dydi o ddim wedi edrych arna i er pan mae o yma.'

'Mae 'na rywbeth yn swil ynddo fo, mae'n siŵr. Ond y

rhai swil sy'n beryg. Mae o'n fardd hefyd, yn tydi? Mae'r rheini'n beryg hefyd.'

Yr oedd yn eglur fod Catrin yn un o'i hwyliau cnawdol, ac yr oedd yn gas gan Ceridwen bob cnawdolrwydd byth ar ôl ei phrofiad yn Y Bwthyn. Newidiodd y testun.

'Wyt ti wedi darllen *Aeron yr Hydref*?'

'Nac ydw. Mi'i prynais o i Harri yn anrheg Nadolig. Ond tydw i ddim wedi'i ddarllen o. Mae Harri'n dweud ei fod o'n dda.'

'Mae o'n aruthrol.'

'Roedd Harri'n dweud ei fod o am roi adolygiad cyfan ar y radio i ddim ond y fo.'

'Da iawn.'

'Ond wydda fo ddim pwy i'w gael i'w adolygu o. Roedd o'n dweud y byddai'n diddorol cael un o'r beirdd ifanc modern i wneud.'

'Dydw i ddim yn meddwl, Catrin—'

'Wel, roedd Harri *yn* meddwl. Ac mae Harri'n gwybod ei waith. Mae Alfan Ellis 'ma'n fardd ifanc, yn tydi? Ac mae o'n siŵr o fod yn fodern.'

'Wn i ddim byd amdano fel bardd, Catrin. Welais i rioed linell o'i waith o. A dydw i ddim yn deall ei fod o'n feirniad o gwbwl—'

'Beth bynnag, mi sonia i wrth Harri amdano. Wel, rhaid imi fynd, wel'di. Mi ddwedais wrth Miranda yr awn i ati i swper.'

'Ddaru hi dy wahodd di?'

'Fydd Miranda byth yn gwahodd. 'Y ngwahodd fy hun y bydda i bob amser. Diolch yn fawr iti, Ceri bach, am amser mor neis.'

Am amser mor neis. Cododd Ceridwen *Aeron yr Hydref* eto, a throi'i ddalennau. Ar ôl man-siarad priddlyd Catrin yr oedd darllen y cerddi hyn fel codi ar gwmwl sidan i blith y sêr, a miwsig y sfferau'n mynd ac yn dod yn y goleuni. Yr oedd y sêr yn amlwg yn y llyfr, a'r lleuad, a phrynhawniau haf hir, a Bae Aberteifi, a chymydau Meirionnydd, ffalster crefydd hefyd, a breuder einioes, a chanol oed. A hiraeth am Olwen. Na, fu gan Gymru ond ychydig iawn, iawn o feirdd erioed a fedrai syfrdanu'r gwaed fel y medrai hwn.

Agorodd y drws a daeth Alfan Ellis i mewn, dan ymesgusodi'n fyngus. Dywedodd nad oedd wedi gorffen darllen *Aeron yr Hydref,* ond gan fod Ceridwen yn ei ddarllen fod popeth yn iawn. Estynnodd hi'r copi iddo a dweud wrtho am orffen ei ddarllen ar bob cyfri. Cymerodd y llanc y llyfr, gan ddiolch yn brin, heb godi'i lygaid, ac aeth allan drachefn.

Yr oedd hi wedi'i astudio'n fanylach y tro hwn, wedi'r hyn a ddywedodd Catrin. Ond yn ei byw ni allodd weld ynddo yr hyn a welsai hi. Yr oedd ei wyneb yn farwaidd, ac nid oedd dim yn ei lygaid ond ei wallt. Yr oedd ei ewinedd yn lanach heddiw, ac yr oedd ei ddannedd yn dda. Ond ar wahân i hynny nid oedd yn ddim ond hogyn tawedog, sgryfflyd, di-liw, na fuasai byth yn edrych ddwywaith arno mewn stryd, nac yn sgwrsio ag ef ddwywaith, oni bai'i fod yn aros yn ei thŷ. Yn sicr ac yn bendifaddau, nid oedd dim yn annwyl ynddo.

# 11

Y diwrnod cyn iddo fynd, daeth Harri Prys-Roberts i fyny i weld Alfan Ellis. Suddodd calon Ceridwen. Yr oeddent newydd orffen cinio canol dydd ac yr oedd coffi ar y bwrdd. Yr oedd Cecil, trwy drugaredd, wedi mynd allan.

Cyflwynodd Ceridwen y dynion i'w gilydd, ac eisteddodd Harri wrth y tân a chwpanaid o goffi du ar ei lin.

'Roeddwn i'n meddwl, Mr Ellis,' meddai, 'y down i'ch gweld chi yn hytrach na'ch galw chi i lawr i'r swyddfa acw a chithau ar eich gwyliau. Wedi'r cyfan, os digwydd inni fethu cytuno, fydd yma neb mewn lle tawel fel hyn i'n clywed ni. E, Ceridwen?'

Ceisiodd Ceridwen wenu, gan nad oedd Alfan Ellis yn gwenu dim. Meidrolyn llydan, heb fod yn dal, oedd Harri, tywyll a phengrych, gydag wyneb crwn, glân, yn lasddu lle byddai'n eillio. Yr oedd hi'n hoff ohono, am ei fod bob amser yn llon a di-lol, gyda dim ond hynny o bwysigrwydd a oedd yn hanfodol i'w swydd. Ond ym mêr ei hesgyrn yr oedd hi'n siŵr nad peth da oedd ei fod ef ac Alfan Ellis wedi cyfarfod â'i gilydd mor fuan.

'Mi welais i gerdd o'ch gwaith chi neithiwr, Mr Ellis,' ebe Harri.

Cododd Alfan Ellis ei ben yn sydyn.

'Cerdd? O'm gwaith i?'

'Ia. Rwy'n deall nad ydach chi wedi awdurdodi neb i ddangos dim o'ch gwaith chi—'

'Nac ydw'n wir—'

'Ond roedd yn rhaid imi ddweud wrthoch chi am fod arna i isio'ch llongyfarch chi. Dydw i ddim yn f'ystyried fy hun yn awdurdod ar farddoniaeth, er bod beirdd a barddoniaeth yn rhan o 'ngwaith i. Ond hyd y gallwn i farnu, roedd y gerdd yna'n wych.'

'Pa un oedd hi?'

'Cerdd i'r atom. Cerdd hir, enillodd goron yr eisteddfod ryng-golegol ichi.'

Plygodd Alfan Ellis ei ben a dweud yn drwm,

'Fy nghamgymeriad pennaf i. Yr unig dro erioed imi ildio i demtasiwn cystadlu.'

'Wel, beirniad y gystadleuaeth honno dangosodd hi imi. Roedd o wedi teipio copi. Mae hynny'n dweud yn uchel amdani. Oes gynnoch chi gerddi eraill y gallech chi'u dangos i mi?'

Syllodd Alfan Ellis yn syth i'w lygaid.

'Dim i'w darlledu.'

'O. Wel, wna i ddim temtio mwy arnoch chi. Ond . . .' Tapiodd Harri sigarét ar ei gâs aur. 'Fydda gynnoch chi ddim gwrthwynebiad i ddarlledu sgwrs am farddoniaeth?'

Cododd Ceridwen i fynd allan.

'Na, Ceridwen, peidiwch â mynd,' meddai Harri. 'Does dim yn breifat yn y sgwrs yma. Hwyrach y bydd yn dda ganddon ni gael eich barn chi.'

Yn anfodlon, eisteddodd Ceridwen drachefn. Cododd Harri a cherdded o gylch y stafell, fel cymeriad pwysfawr mewn drama. Cofiodd Ceridwen fod hyn yn arferiad ganddo pan fyddai'n trin cwsmer heb fod yn gwbwl hyblyg.

'Y peth sy yn fy meddwl i,' meddai, yn troi cornel wrth yr ornament sineaidd y tu hwnt i'r piano, 'ydi adolygiad ar *Aeron yr Hydref.*' Suddodd calon Ceridwen yn is. 'Mi allwn i gael digon o feirdd traddodiadol canol oed a fyddai'n barod ar eu pen i'w adolygu yn y dull traddodiadol canol oed. Ond mae arna i isio angl newydd. Nid . . .' Cododd ei sgwyddau a lledu'i freichiau'n Ffrengig. 'Nid *collfarnu*'r llyfr ydw i'n ei feddwl. Ond . . . edrych arno o safbwynt ffres, o lefel newydd. Wel, a bod yn eglur, trwy lygaid cenhedlaeth lawer ieuengach na'r bardd ei hun.' Yr oedd erbyn hyn wrth y ffenest, ac yn byseddu'r glicied. 'Ac rydw i'n rhyw synhwyro, Mr Ellis, rhyngof a mi fy hun, mai chi ydi'r dyn i'r gwaith.'

Trawodd calon Ceridwen y gwaelod. Ond cododd drachefn.

'Mae'n flin gen i,' ebe Alfan Ellis. 'Alla i ddim.'

'Allwch chi ddim?' Yr oedd aeliau tywyll Harri wedi'u plethu'n ddryslyd. Eisteddodd ar fraich y glwth. Yr oedd Ceridwen yn synnu hefyd. Naill ai ni wyddai'r glasfardd hwn fod y radio'n talu mor dda, neu nid oedd ganddo rithyn o uchelgais yn y byd. Ni allai beidio â'i edmygu am wrthod cyfle yr oedd miloedd o'i gyd-Gymry'n ymgreinio amdano.

'*Allwch* chi ddim?' meddai Harri eto.

'Na allaf. Rwy wedi addo'i adolygu eisoes, i'r *Gwyliwr*.'

'O,' ebe Harri, 'mae hynna'n newid y sefyllfa. Ond . . . arhoswch chi . . . fe ddylid clywed barn eich cenhedlaeth chi ar y radio'r un pryd,' gan godi eto ac ailgychwyn ar y cerdded drama.

Penderfynodd Ceridwen roi'i phig i mewn.

'Rwy'n cydymdeimlo â Mr Ellis,' meddai. 'Teimlo y mae o ei bod hi braidd yn gynnar eto iddo fentro barn ar yr awyr—'

'Dydi Mr Ellis yn teimlo dim o'r fath,' ebe Harri, yn gwrthryfela yn erbyn unrhyw ymyrryd yn ei faes a'i fusnes ef. Fe wyddai Ceridwen iddi wneud camgymeriad. Fe fyddai Harri'n awr yn fwy penderfynol nag erioed o gael Alfan Ellis o flaen y meicroffon. Safodd yn sydyn.

'Rydw i wedi'i gael o!' meddai. Trodd tuag atynt. 'Sgwrs ugain munud oddeutu Gŵyl Ddewi ar "Farddoniaeth Gymraeg Ddiweddar". Ydach chi'n fodlon?'

Nodiodd Alfan Ellis yn araf.

'Campus,' ebe Harri, yn sgrifennu'n gyflym yn ei ddyddiadur. 'Fe gewch chi air oddi wrtha i.' Trawodd y dyddiadur yn un boced a'r bensel mewn poced arall a gwenodd arnynt yn llydan fel dyn wedi dal eog mwya'r tymor.

'Pnawn da.'

A diflannodd yn hyfedr drwy'r drws.

Yr oedd yn anodd gwybod beth i'w ddweud wedi iddo fynd. Ef, fel cynhyrchydd radio, oedd biau'r sefyllfa. Ac yn awr, wedi iddo fynd, doedd hi ddim yn eiddo i neb. Yr oedd fel petai llawr y stafell wedi'i dynnu oddi tan eu traed, a hwythau'n hongian wrth wifrau a'r gwifrau'n eu tagu. Yr oedd Ceridwen yn synhwyro un peth. Bod Alfan Ellis yn fwy o allu nag ydoedd chwarter awr yn ôl. Er pan fu yn ei thŷ, yn agos i wythnos o amser, nid oedd ond llanc a'i ddawn yn ddirgelwch llwyr, a'r olwg sgryfflyd arno yn sefyll rhyngddo a disgleirio mewn unrhyw gyfeiriad. Yn awr yr oedd yn fardd wedi sgrifennu un gerdd wych, o leiaf, ac yn farn radio o bwys. Yr oedd yn amlygrwydd cwbwl ddiwarant, wrth gwrs. Dywedodd Ceridwen y peth ffolaf posibl,

'Wel, Mr Ellis, dyma gyfle ichi ddod yn enwog rŵan.'

Trodd Alfan Ellis ati'n sydyn.

'Does arna i ddim eisiau bod yn enwog.'

Nac oedd, wrth gwrs. Yr oedd ymwrthod ag enwogrwydd yn elfen hawddgar yn nelfrydau'r tair ar hugain oed. Doedd hi ddim wedi meddwl am hynny.

'Mae'n ddrwg gen i,' meddai. 'Wnes i ddim meddwl eich brifo chi.'

'Popeth yn iawn.'

Edrychodd arno. Yr oedd hi'n falch ei bod wedi'i frifo. Yr oedd yn amlwg ei fod yn hoffi cael ei frifo. Yr oedd mymryn o ferthyrdod ar ei wyneb brych, ac yr oedd, yn rhyfedd iawn, yn rhoi ffurf a mynegiant i'w wyneb nad oedd iddo o'r blaen. Ond yr oedd yn wyneb mor ifanc. Wyneb ag olion adolesens arno o hyd. Y cyfnod ar fywyd a oedd yn gymysgedd mor ddiystyr o ing a rhamantu, fel y cofiai hi'n dda. Tynnodd ei llygaid oddi ar yr wyneb a'r amrannau melyn yn disgyn mor drwm dros y llygaid. Yr oedd yn ei hatgoffa am gi dŵr.

'Mi garwn i weld eich cerdd chi i'r atom, Mr Ellis,' meddai er mwyn dweud rhywbeth.

Cododd ef ar ei draed wedi'i gynhyrfu. Ond nid am y rheswm a amheuai hi.

'Fe fyddai'n dda gen i petaech chi'n peidio â 'ngalw i'n "Mr Ellis" o hyd,' meddai. 'Rŷch chi'n ddigon hen i fod yn fam imi.' A cherddodd yn gyflym i'r ffenest.

Beth i'w feddwl yn awr? Yr oedd yn ergyd drom yn ei diffyg cwrteisi, ond fe wyddai hi nad oedd yn ergyd fwriadol. Ni ddywedwyd mo'r geiriau yn yr un ysbryd ag y buasai Cecil yn eu dweud. Mam . . . Ni chafodd hi erioed fod yn fam. Ond petai hi'n fam i'r llanc a safai'n awr rhyngddi hi a'r golau, ac esgus haul dydd ola'r flwyddyn yn ei wallt cringoch, fe fyddai wedi'i ddisgyblu i beidio â dweud pethau fel a ddwedodd yn awr. Ac fe fyddai'n rhoi cydymdeimlad iddo hefyd . . . Os oedd arno angen cydymdeimlad.

'Pam na ddwedwch chi rywbeth?' meddai'r llanc yn daglyd, heb droi'i ben, a'i gorff yn dynn fel telyn. 'Pam na *wnewch* chi rywbeth? Canu'r piano neu rywbeth?'

Yr oedd hyn yn debyg i berfformans, ac eto yr oedd hi'n siŵr nad perfformans ydoedd. Sut y gwyddai ef y medrai hi ganu'r piano i bwrpas? Sut y gwyddai y medrai hi wneud dim y gallai fod ganddo ddiddordeb ynddo?

Rhag chwanegu dim mwy at y tyndra, a rhag rhoi cyfle iddo actio dim mwy, os actio yr oedd, aeth at y piano. Eisteddodd. Gollyngodd ei bysedd i'r nodau. I'w hoff noctwrn gan Chopin. Wrth ymgladdu i berfedd y miwsig, clywodd y stafell yn anadlu. Yn rhydd unwaith eto. Gwyddai, heb droi i edrych, fod Alfan Ellis wedi symud yn ôl o'r ffenest ac wedi eistedd wrth y tân. Yr oedd hi'n rhyw synhwyro nad oedd yn gwrando, ond ei fod yn clywed. Pwniodd hi'r nodau i mewn iddo, i'w buro, i'w wareiddio. Tynnodd y cordiau ar hyd ac ar led ei enaid ifanc cignoeth, gwneud gwe ohonynt i'w rwymo'n famol rhag gwneud ffŵl ohono'i hun mewn byd na allai dosturio wrth ffyliaid. Moethodd ef â lliwiau'r gân, byseddodd ei wythiennau

132

drwy'r allweddau, concrodd y cras a'r garw ynddo â'r hyn oedd feddal ynddi'i hun.

Pan dawodd cryndod y nodyn olaf yng nghonglau'r ystafell, aeth hi'n llipa o flaen yr offeryn. Rywsut, yn rhywle, o dan donnau mawr y miwsig, yr oedd hi ac yntau wedi cyfarfod, wedi cyffwrdd. Am y tro cyntaf, a'r olaf hwyrach, ond am un funud fyddarol fe fu rhywbeth na fu o'r blaen, ac na fyddai eto. Rhyw gloi, annedwyddwch am annedwyddwch, ing am ing.

Ond pan drodd hi'i phen, fe ddaeth cyffredinedd yn ôl, yn hwrdd llwyd i'w hwyneb. Yr oedd ef yn eistedd wrth y tân, fel y bu'n eistedd bob dydd er pan ddaethai, ei goesau meinion ar led a'i lygaid ar lyfr. Dim yn y byd yn bod ond y llyfr ac yntau, yn bod i'w gilydd, heb fod ag eisiau dim, yn ddigonol, yn ddygn ddifater.

Cododd hi, a mynd yn gyflym o'r lolfa. Ni wnâi hi mohoni'i hun yn ffŵl eto drwy noctwrn gan Chopin. Ni fuasai neb yn gwybod ei bod wedi gwneud. Ond fe wyddai hi'i fod ef yn gwybod, a'i fod yn gwybod ei bod hi'n gwybod ei fod yn gwybod. Ond byth eto. Pan aeth hi drwy'r drws, ni chododd ef mo'i ben.

# 12

Yr oedd wedi bwrw eira drwy'r dydd. Anaml y byddai eira'n sefyll yng Nghaerwenlli, ond yr oedd yn sefyll heddiw. Yr oedd y dref, wrth edrych i lawr arni o Drem-y-Gorwel, fel dinas siwgr ar lan llen o ddur llwyd. A chwithau'n edrych arni trwy eira'n disgyn fel trwy lenni lês. Yr oedd y ffenest ffrâm-bictiwr heddiw'n anhraethol ddifyr, a thân coed yn udo'n ffyrnig yn y grât, a'i lygaid cochion yn wincian yn y dodrefn a'r darluniau a'r arian plât.

Tynnodd Ceridwen anadl hir, foddhaus, a nythu'n ddyfnach yn y gadair-huno gyda'i phapurau newydd. Yr oedd y byd weithiau heb boen, yn teimlo'n ffeind tuag at bawb, yn anghofio clwyfo a serio a phryfocio. Fel poenydiwr yn datod y sgriw ac yn llacio'r cordynnau-tynnu ac yn caniatáu un awr i'r gwaed ffrydio yn ôl ei natur ac i'r anadl fynd a dod fel y bwriadodd Duw. Ac am yr un awr honno nid oedd waeth am a fu nac am a fyddai. Yr oedd yr awr i'w mwynhau ac yr oedd popeth yn bod er ei mwyn.

Awr fel honno oedd hon. Y nwydau'n cysgu, doe wedi mynd ac yfory heb ddod, a'r gofidiau ymhell. A phethau caredig o'i chwmpas. Ar ei glin yr oedd dau o'r papurau Cymraeg, ac yn y ddau adolygiadau addolgar ar *Aeron yr Hydref.* Trodd y dalennau eto. 'Y mae meistrolaeth yr Athro R. J. D. Pritchard ar fydr a saib, ar gyfleu synnwyr trwy sain, yn ein gadael yn llipa gan ryfeddu. Ni fu gan Gymru erioed feistr sicrach ar dechneg barddoni. Y mae'n sefyll ysgwydd wrth ysgwydd â Dafydd ap Gwilym, T. Gwynn Jones, R. Williams Parry . . .' A'r llall. 'Pe gofynnid imi enwi un bardd sy'n medru mynegi ing byd cyfan heddiw ac yn medru creu prydferthwch ohono, mi ddywedwn heb betruster mai'r Dr Pritchard yw hwnnw. Trwy'i gyfrolau cynharach, *Blagur Ebrill* a *Blodau Awst,* fe welsom y weledigaeth yn chwyddo ac yn mireinio. Ac yn awr, yn *Aeron yr Hydref,* y mae'n sefyll o'n blaenau fardd na fydd gan Ewrop gywilydd ohono tra darllenir barddoniaeth.'

Pe bai hi'n awdur *Aeron yr Hydref* ei hun, ni fyddai'r adolygiadau wedi cynhesu dim mwy arni. Mewn ffordd, ac i fesur, yr oedd hi'n awdur *Aeron yr Hydref*. Yr oedd Bob wedi cydnabod hynny. Hebddi hi ni fuasai gan yr adolygwyr fawr ddim i sgrifennu amdano. Ond yr oedd hi'n credu'i bod hi'n falch er mwyn Bob ei hun. Bob annwyl, yr oedd wedi dioddef cymaint yn ei enaid mawr. Nid yn gymaint gan ergydion arferol pob bywyd—fe wyddai am y rheini—ond wedi'i flino gan fychander pobol, wedi'i rwygo gan orffwylledd y dyddiau fel na ellid rhwygo ond enaid mawr, wedi cadw'i ffydd fel bardd er iddo golli'i ffydd fel crefyddwr. Yn hyn oll, yr oedd wedi haeddu peth o'r conffeti parod a oedd gan genedl ar gyfer ei heilunod.

Yr oedd hi'n falchach nag a fu o gwbwl o'r berthynas a oedd rhyngddi ag ef. Ei bardd hi ydoedd. Yr oedd yna briodas ysbrydol rhyngddynt nad oedd angen na chyd-fyw na chyd-orwedd i'w chyfannu. Yr oeddent yn un yn eu synhwyro a'u deall a'u teimlo, yn ormod o un, yn wir, i fedru cyd-fyw. Yn rhy debyg i fod byth yn ŵr a gwraig. Fe wyddai, os oedd Bob ar y funud hon yn darllen yr adolygiadau hyn, y byddai'r un peth yn digwydd oddi mewn iddo yntau ag a ddigwyddodd oddi mewn iddi hi. Fe fyddai yntau'n cynhesu, yn balchïo, ac ar yr un pryd yn dirmygu brwdfrydedd rhy barod adolygwyr. Nid oedd dim ond amser, a hwnnw trwy wydrau haneswyr, a allai ddweud pwy a fu'n fawr. Yr oedd ef yn gwybod, fel y gwyddai hi, mai fel hyn y byddai'r adolygiadau, ac eto fe fyddai yntau fel hithau'n ddiolchgar mai fel hyn yr oeddent, ac nid fel arall.

Peth rhyfedd na fyddai wedi galw heibio. Yr oedd gartref, yn siŵr, ers deuddydd neu dri, onid oedd wedi aros gydag Esyllt yn hwy a'r eira wedi'i ddal. Yr oedd yn siŵr o fod yn eira mawr ym Meirion. Yr oedd yn ffodus yn ei ferched.

135

Rhiannon a briododd y darlithydd ym Mhrifysgol Llundain, Sais a fu'n ddigon eang ac yn ddigon diolchgar i Gymru i ddysgu Cymraeg; Esyllt gyda'i gŵr yn ffarmio hen gartre'i thad yng Nghroesowen; a Nia. Nia Ben Aur y byddai'i thad yn ei galw, yr ieuengaf yn ogystal â'r dlysaf, wedi gwrthod cynigion i briodi'n uchel er mwyn aros gartref gydag ef.

Ni allai Ceridwen feddwl am Nia heb glywed cenfigen yn ei phigo. Cenfigen chwareus, fel cenfigen plant at ei gilydd ar awr chwarae, a fyddai'n cilio pan fyddent yn ôl wrth y ddesg yn dysgu. Ond Nia oedd yr unig berson yn y byd a fyddai'n eistedd gyferbyn â Bob wrth y bwrdd bob pryd. Hwyrach na fedrai drafod ei farddoniaeth gydag ef ag aeddfedrwydd mawr, na'i symbylu i ailgydio yn ei farddoni ac yntau wedi peidio. Ond hi, o holl ferched y ddaear, a fedrai sgrifennu cofiant ei thad, am mai hi a fu gydag ef fwyaf. Hi a'i gwelodd ym mhob hwyl, ei weld yn agor ei lythyrau amser brecwast, ei glywed yn cerdded ei stydi i fyny ac i lawr fel y byddai pan fyddai'r awen arno. Gwyn ei byd.

Yr oedd llaw yn curo ar y drws, a daeth Tomos i mewn yn ei slipars gyda rhagor o goed i'r tân.

'Tomos,' ebe Ceridwen, yn codi o'i chadair ac yn sefyll i syllu drwy'r ffenest, 'beth mae cwpled fel hwn yn ei gyfleu i chi:

> *Na allwn gyda'r eira ddod drachefn,*
> *Heneiddio gyda'r haul, heb fynd yn hen?'*

Crafodd Tomos ei ben.

'Rhywun fel fi yn teimlo'i hunan yn mynd yn hen sgrifennodd hwnna, onte-fe?'

'Ie, Tomos.'

'Wel, sdim iws iddo fe achwyn. All e wneud dim yn ei gylch e.'

Ac aeth Tomos allan.

Athronydd oedd y gwerinwr, nid bardd. A chanddo allu i

136

dderbyn pethau nad oedd gan y bardd. Lle y mynnai'r bardd wrthryfela yn erbyn pethau fel rhyfel a henaint yr oedd y cyffredin yn medru ildio, a derbyn, a bodloni. Dyna pam yr oedd yn hapusach, drwodd a thro. Nid oedd dim diben iddo ef mewn gwrthryfel, dim rhin mewn annedwyddwch. Ond fe allai yntau wrthryfela yn erbyn cig a gwaed, yn erbyn deddf a oedd yn dolurio, yn erbyn llywodraeth a oedd yn dwyn ei fara ac yn suro'i gaws. Derbyn y rheini y byddai'r bardd. A gwrthryfela'n unig yn erbyn yr anochel ddigyfnewid, swnian yn foethus yn erbyn y drefn nad oedd dim y medrai dyn ei wneud i'w gwyro fodfedd oddi ar ei chwrs. Ei ddihangfa ef rhag gweithredu lle gellid gweithredu oedd protestio lle ni thyciai protestio ddim. Ac yn hynny yr oedd agendor rhyngddo a'r cyffredin, rhwng Bob a Tomos, na ellid ei phontio tra rhennid deall a thymheredd mor anghyfartal rhwng dyn a dyn.

Ni wyddai Ceridwen ddim eto am farddoniaeth Alfan Ellis. Tebyg ei fod ef, fel llawer o'r beirdd modern, yn teimlo ddyfod yr awr i fynegi gwewyr y dyn cyffredin. Dweud mewn barddoniaeth yr hyn a nyddai yn isymwybod Tomos. Y trychineb oedd na fyddai Tomos yn deall dim ar ei isymwybod fel y distyllwyd ef trwy'u symbolau tywyll hwy. Yr oedd yn debycach o ddeall cwpledi cytbwys, golau Bob Pritchard, ond na allai dderbyn eu neges. Tomos driw, yr oedd cynifer ohonot yn y byd, ac ni allai bardd o bwys, na hen na newydd, ddweud dim wrthyt y byddai'n well gennyt ei wybod. A hwyrach fod Natur wrth dy greu wedi cau dy ddeall rhag syberwyd y bardd, rhag iddo wrth oleuo dy ddychymyg dywyllu dy ysbryd â'i annedwyddwch a'i anobaith. A'th wneud mor ddiymadferth at bwrpas byw ag ef ei hun.

I lawr yn y dref yr oedd y lampau'n goleuo. Lampau'r strydoedd, a sgwarau melyn ffenestri'r tai, a'r gwreichion coch ar gynffonnau'r moduron. Nes bod y dref wen gan eira yn un llewych afreal drosti. Ond i lawr tua'r Deau, i fyny tua'r Gogledd, a thraw hyd orwel chwedlonol y môr, nid oedd dim ond tywyllwch. Yn drwm ac yn dew ac yn ddu, heb obaith gwreichionen ynddo. Yr oedd Caerwenlli hithau, dan ei chyfuniad o lamp ac eira, fel athrylith fawr olau yng nghanol anialwch o ddu heb ddeall, yn methu treiddio dim iddo, ac yn goleuo i neb nac i ddim ond iddi'i hun.

# 13

Fe barhaodd y diddanwch am dridiau. Dim ond darllen adolygiadau newydd fel y dôi'r papurau, a phob un yn codi Bob yn uwch ac yn uwch. Chwarae â meddyliau am gelfyddyd, gresynu'n glyd ei bod hi mor brin, cyn brinned â'r rhai a fedrai'i gwerthfawrogi. Tristáu yn foethus wrth feddwl am yr iaith, a'r genedl, a'r gwae oedd yn bygwth y byd. A dim un tristwch yn medru treiddio trwy'r ffenest ffrâm-bictiwr i lolfa Trem-y-Gorwel, lle'r oedd chwaeth heb wall, a thân heb leddfu, a llonydd heb dorri arno.

Ond ni allai'r diddanwch bara. Fe ddôi rhywbeth, yn hwyr neu'n hwyrach, i'w chwalu. Ac ar y pedwerydd dydd fe ddaeth. Fe ddaeth gyda'r glaw a ddilynodd yr eira, a'i droi'n llaid budr ar y strydoedd ac yn yr ardd, yn chwipio'r ffenest ac yn corddi'r môr ac yn cynddeiriogi'r ffawydd yng nghefn y tŷ. Ac yn poeri drwy'r corn i lygad y tân ac yn llwydo lliwiau'r lolfa.

Fe gododd Ceridwen yn gynt nag arfer, wedi deffro'n gynt nag arfer gan ryw anesmwytho o'i mewn. Yr oedd y post yn ei haros ar y bwrdd, ond ni chafodd agor un llythyr cyn bod cloch y drws yn canu. Daeth Martha i mewn a chyhoeddi Mrs Idris Jenkins.

Aeth Ceridwen yn oer drosti, ond ceisiodd wisgo wyneb gwastad cyn i'w hymwelydd ddod i mewn. Daeth Mair i mewn, ei hwyneb yn llifo gan law, yn welw gan rywbeth amgen nag oerni. Tynnodd ei chapan a'i chot law a'u hestyn i Martha fel un yn cerdded drwy'i hun. Ac yna eistedd. Syllodd o'i blaen am funud, yn gweld neb na dim, a'i gwddw'n gweithio. Eisteddodd Ceridwen gyferbyn â hi.

Aeth munud hir heibio, ac yna cododd Mair ei llygaid llwydion a dweud,

'Dydw i erioed wedi ffraeo efo neb o'r blaen.'

Ni wyddai Ceridwen beth oedd orau i'w ateb, ond aeth

synnwyr merch-wrth-ferch â hi'n syth i galon y sefyllfa, ac fe'i clywodd ei hun yn dweud,

'Ac rydw i'n gobeithio na wnewch chi ddim heddiw, Mair.'

'Wn i ddim.'

Bu saib arall, a llygaid llwydion Mair yn astud ar wyneb Ceridwen, yn chwilio pob llinell ynddo fel petai'n ceisio cael allan pa gythreuldeb a allai fod y tu ôl iddo. O flaen eu syllu gostyngodd Ceridwen ei llygaid ei hun.

'Mae gen i biti drosoch chi, Ceridwen, heb ŵr i'ch bodloni.'

'Mair, does raid ichi ddim—'

'Ond dydi hynny ddim yn cyfreithloni ichi ddwyn gŵr gwraig arall.'

Er ei bod hi'n ddieuog, ni allai Ceridwen yn ei byw fagu digon o dymer i daeru. Dywedodd yn eiddil,

'Mae arna i ofn, Mair, eich bod chi'n methu—'

'Mi fûm i'n meddwl 'y mod i. Mi fûm i'n gobeithio 'mod i. Dyna pam y bûm i mor hir yn dod atoch chi. Ond fedrwn i ddim gobeithio dim hwy. Does dim byd yn haws ei nabod na dyn mewn cariad.'

'Dydi Idris ddim mewn cariad.'

'Nac ydi, â fi. Ond mae o mewn cariad â rhywun. Dydi o ddim yn bwyta, dydi o ddim yn cysgu, dydi o ddim yn sgrifennu. Dydi o ddim ots am yr olaf, ond mae'r ddau gynta'n bwysig.'

'Dyna lle rydech chi wedi methu, Mair. Mae sgrifennu'n bwysicach i Idris na bwyta a chysgu. Ac os nad ydech chi wedi sylweddoli hynny, fedrech chi ddim disgwyl cadw'i gariad o.'

'Rydech chi'n glyfar, Ceridwen. A dydw i ddim yn ei ddweud o'n sbeitlyd. Rydech chi'n alluog. Rydech chi'n gwybod llawer mwy na fi am y byd a'i bethau. Ond fedrwch chi ddim gwybod mwy na fi am Idris, a finnau wedi byw efo fo am ddeng mlynedd. Hwyrach nad ydi bwyta a chysgu ddim yn ddigon i ddyn fel y fo, ond mae o wedi llwyddo i wneud y ddau am ddeng mlynedd, er mai efo fi roedd o'n byw. Ac er 'mod i'n ddwl, rydw i wedi'i gadw o'n fyw ac yn iach ar hyd y blynyddoedd. Ac yn hapus tan rŵan. Neu felly roeddwn i'n meddwl.'

'A rŵan?' meddai Ceridwen.

'A rŵan . . . rydw i'n ei golli o . . . yn ei golli o'n gyflym. I chi.'

Siglodd Ceridwen ei phen.

'Os ydi Idris mewn cariad â fi, Mair—ac mae'n os go fawr—does dim bai arna i.'

Llamodd llygaid Mair.

'Oes,' meddai. '*Mae* bai arnoch chi. Am fod yn ddel, ac yn ddeallus, ac yn ddeniadol. Fe ddylai gweddw golli'i harddwch wrth golli'i gŵr. Dydi harddwch yn dda i ddim ond i ddenu.'

Gwyrodd Ceridwen ymlaen yn ddidwyll.

'Mair . . . fe'm gwnawn i fy hun yn hyll pe gallwn i, er eich mwyn chi. Ac yn ddwl. Ac yn hen cyn f'amser. Ond fedra i ddim.' Yr oedd yn teimlo'n arwrol. 'Mi awn i odd'yma i fyw, ond wnâi hynny mo gariad Idris ddim llai—os cariad ydi o. Mi wnawn i bopeth fedrwn i i wneud i Idris 'y nghasáu i: ei snybio, ei insyltio, gwneud dim oll efo fo. Ond wnâi hynny ddim ond rhoi megin i'r tân—os oes 'na dân.'

'Mae 'na dân, Ceridwen. Ac mae'n ei losgi o allan yn brysur. Ac er ei fwyn o fe fydde'n well gen i i chi'i gael o nag iddo farw o dor-calon.'

Suddodd Ceridwen yn ôl i'w chadair.

'Welais i erioed, Mair, erioed yn 'y mywyd, gariad mor anhunanol. Nac anhunanoldeb mor tshêp o ddramatig.'

Eisteddodd Mair i fyny'n syth.

'Beth ydech chi'n feddwl?' meddai.

'Dydech chi ddim yn eich deall eich hun, Mair. Nid am eich bod chi'n caru Idris mor fawr yr ydech chi'n barod i'w ollwng o, ond am eich bod chi'n rhy lwfr i wynebu'r frwydyr o'i gadw o. Rydech chi'n ei garu o, ydech. Rydech chi'n ei garu o'n fawr iawn, hwyrach ormod. Ond dydech chi ddim yn ei garu o'n normal. Mae'ch cariad chi'n amddifad o un elfen hollbwysig—y wanc feddiannu. Mae gwraig wrth garu'i gŵr yn ei gymryd o'n eiddo iddi, a'i hawl hi, a'i dyletswydd hi—ei natur hi, os ydi hi wedi'i gwneud o gig a gwaed—ydi'i gadw o yn erbyn pob cystadleuaeth. Rhaid ichi ddysgu cenfigen, Mair. Rydech chi'n rhy bur.'

Gostyngodd Mair ei llygaid. Yna cododd hwy drachefn a dweud,

'Ydech chi'n meddwl, Ceridwen, y galla i dorri'ch gafael chi ar Idris?'

'Gallwch.'

'Alla i mo'i helpu efo'i sgrifennu fel y medrwch chi.'

'Alla innau ddim chwaith. Mae Idris yn meddwl ei fod wedi cael help gen i i sgrifennu'i nofelau. Ond twyllo'i hun y mae o. Y cyfan wnes i oedd gwrando arno'n eu darllen nhw, ac wrth eu darllen nhw'n uchel a gwylio f'ymateb i roedd o'n medru ail-feddwl ac ail-gynllunio. Ac roedd o'n priodoli i mi bethau ddigwyddodd yn ei feddwl ffrwythlon o'i hun. Ond y cyfan wnes i oedd cymryd diddordeb. Fe ellwch chi wneud hynny.'

'Rwy'n gweld.'

Astudiodd Mair y bag ar ei harffed, ac ymhen hir a hwyr dywedodd,

'Rwy'n meddwl y gwna i'ch ymladd chi wedi'r cwbwl, Ceridwen.'

'Mae'n dda gen i glywed, Mair.'

'Rydech chi wedi bod yn ffeind iawn.'

'Dim o gwbwl. Petai gen i eisiau Idris fy hun fyddwn i ddim wedi'ch helpu chi.'

'Rydw i'n eich credu chi. Rydw i'n meddwl eich bod chi'n onest iawn. Peidiwch â bod yn gas wrth Idris.'

'Fydda i ddim. Mi geisia i gadw oddi ar ei ffordd o gymaint ag y galla i. Ond ar wahân i hynny fe fydd popeth fel yr oedden nhw cynt.'

'Dyna'r gorau. Rwy'n meddwl bod yn well imi fynd rŵan. Bore da, Ceridwen.'

'Bore da, Mair.'

Cyn gynted ag y caeodd drws y ffrynt ar ôl Mair clywodd Ceridwen ias o flys yn ei cherdded. Blys am Idris. Tra bu hi'n syllu i lygaid diniwed a diamddiffyn Mair, yr oedd mor ddiniwed â hithau. Ond yn awr, a Mair wedi mynd, ac yn benderfynol o gadw'i gŵr, fe ddaeth ef yn beth i'w flysio i Ceridwen. Fe fuasai'n nefoedd yn ei freichiau y funud hon, a'i wefusau ar ei gwefusau hi, a'i lais meddal yn dweud 'Rwy'n dy garu di'r bitsh fach' drosodd a throsodd a throsodd nes codi pensyfrdandod eirias arni.

Pan ddaeth ei meddwl yn ôl i'w lefel arferol bob-dydd fe wyddai fod rhywbeth wedi digwydd ynddi. Yr oedd ei hatgasedd hir at gnawdolrwydd wedi'i doddi. Nid gan frwydro yn ei erbyn na chan geisio'n ymwybodol ei gyffroi. Ond gan y gorchwyl o geisio'i gadw mewn gwraig arall. Yr oedd gwreichionen o'r tân y bu'n ceisio'i fegino yng nghyfansoddiad Mair wedi cydio yn ei chyfansoddiad hithau ac yn ffaglu. Yn weddw, ym mhrynhawn ei deugeiniau, yr oedd hi'n sydyn yn effro, ac yn llosgi. Yr oedd y peth a fuasai'n rhamant ynddi ugain mlynedd yn ôl yn awr yn rhaib. Â llygad eglur un mewn dychryn fe welodd, a gwybod, fod ei natur yn dial am ei chaethiwo cyhyd, a'i hieuenctid yn ei hwrdd olaf yn troi'i gweddwdod yn wrthryfel.

Ond fe wyddai nad digwydd sydyn mo hwn. Rhoi Idris yn ôl i Mair a ddaeth â'r gwanc i'r wyneb ond yr oedd y gwanc yno eisoes. Yr oedd wedi gwybod ei fod yno, ers amser bellach, ond nad oedd wedi'i gydnabod iddi'i hun. Yr oedd ei breuddwydion wedi dweud wrthi, ond ei bod yn eu claddu bob bore gyda'i brecwast. Fe ddaeth y dydd o'r diwedd y gwyddai y deuai, ond y gobeithiodd y câi hi'i osgoi.

Ac yn awr—pwy? Nid Idris. Yr oedd wedi'i roi ef yn ôl i'w briod. Nid Cecil. Nid Cecil o bawb. Bob? A baeddu'r uniad ysbrydol a oedd mor rhagorol rhyngddi ac ef? Nid oedd neb arall. Neb, trwy goridor y blynyddoedd o'i blaen, a rhifau'r blynyddoedd o boptu iddo fel rhifau ar ddrysau stafelloedd, neb a ddôi i'w chyfarfod a'i freichiau ar led a'i thynnu'n dynn ato yn erbyn curiad ei galon . . . Neb.

Cwympodd i gadair a'i gwallt yn ei hwyneb, yn sobian. Yn sobian yn uchel, o achos fe agorodd y drws yn ddistaw ac yr oedd Martha yno.

'Mrs Morgan fach, beth sy'n bod?'

'O, Martha . . . rwy'n teimlo'n isel . . . fy oed i . . .'

'Dewch chi'n awr. Ellwn ni ddim becso am bethe fel'na. Mae'n rhaid iddyn nhw fod. Dyw mynd yn henach ddim gwarth ar neb. Wrth fynd yn henach rŷn ni'n mynd . . . wel, yn aeddfetach 'te. Rhai o'r bobol fwya bodlon wy' i'n eu nabod, pobol lawer henach na chi ŷn nhw . . . na finne, hefyd.'

'Rydech chi'n gysurlon, Martha, ond alla i mo'r help. Does yr un wraig yn hoffi gweld ei hieuenctid yn mynd o'i gafael. A gwybod bod y gwaed brwdfrydig oedd yn arfer llifo drwyddi yn mynd i beidio . . . yn mynd i geulo ynddi a'i gwneud hi'n swrth ac yn llesg. Martha, fedra i mo'i ddioddef o!'

Rhoes Martha'i llaw drwchus, ymarferol, ar ei hysgwydd, a gadael iddi lefain am ychydig. Ac yna dweud,

'Nawr, Mrs Morgan, sychwch chi'ch llyged ac fe gymerwn ni ddysgled o de. Mae'n adeg anodd arnoch chi, mi wn i. Ond fe aiff hwn heibio fel popeth arall. Mae un peth yn dda obeutu diodde. Dyw e ddim yn para am byth.'

Wedi i Martha fynd, cododd Ceridwen ac ymlwybro i'r stafell ginio, a'i chalon yn mynd yn is ac yn is. Yno fe safodd o flaen llun Ceredig uwch y lle tân. Yr oedd hi'n sicr fod y gwefusau meinion yn mingamu'n wawdlyd, a'r llygaid bargen oer yn mesur ei chyni, cystal â dweud: 'Oni ddwedais i?' Daliodd i syllu cyhyd ag y gallodd, ac yna, pan aeth llygaid y llun yn drech na hi, brysio'n ôl i'r lolfa.

Yr oedd Martha'n dod â'r te.

'Chi'n gwybod?' meddai'n sionc. 'Ro'n i'n meddwl pa ddiwrnod fod y Doctor Pritchard yn edrych arnoch chi mor annwyl. Fe fydde fe a chithe'n gwneud cwpwl bach mor neis.'

Gwingodd Ceridwen oddi mewn iddi'i hun, ond fe wnaeth ei gorau i wenu er mwyn Martha. Ni allodd ddweud dim.

'Ond dyna fe,' meddai Martha, 'chi ac ynte sy'n gwybod beth sy ore ichi'ch dau, ac nid rhyw hen fenyw fel fi. Dyma chi, te ffres, a hufen ynddo fe. Fe fyddwch chi lot yn well ar ôl hwn.'

Sipiodd Ceridwen y te, ac yr oedd hi'n barod i gytuno â Martha fod cwpanaid o de yn newid tipyn ar liwiau bywyd.

'Sefwch chi'n awr, Mrs Morgan,' ebe Martha. 'Dŷch chi ddim wedi agor eich llythyron heddi.'

Trodd Ceridwen ei phen a gweld bod ei phost yn dal o hyd ar y bwrdd, heb ei agor pan ddaeth Mair. Cymerodd y llythyrau a'u hagor fesul un, a'u rhoi heibio. Sylwodd fod rholyn bach melyn odanynt, cylchgrawn o'r enw *Y Gwyliwr*, a nodyn byr y tu mewn.

Annwyl Mrs Morgan,

Gair byr i adael ichwi wybod nad wyf mor anniolchgar â'm golwg. Diolch ichwi am eich croeso caredig, ac am gymryd cymaint o ddiddordeb ynof. Yr wyf yn anfon y cylchgrawn gan feddwl y carech weld f'adolygiad ar *Aeron yr Hydref.*

Cofion caredig,
Alfan Ellis.

O.N. Y mae'r noctwrn gan Chopin yn fy nghlustiau o hyd.
A.E.

145

Gollyngodd Ceridwen y nodyn yn fyfyrgar, ac agor y cylchgrawn ar y tudalen a oedd wedi'i nodi, gan ddisgwyl gweld yno adolygiad tebyg i'r adolygiadau clodus yr oedd eisoes wedi'u darllen. Darllenodd:

Nid ydym yn amau am funud allu technegol yr Athro R. J. D. Pritchard. Mae'n gallu trin geiriau mor gelfydd â masiwn yn trin brics. Ond ysywaeth, nid oes yn ei waith fwy o werth i lenyddiaeth Cymru nag sydd mewn bricsen. Llwyddodd i ddallu cenhedlaeth gyfan o Gymry â medr ei gonsuriaeth eiriol, â fflach ansoddair ac absenoldeb ansoddair, ag addasrwydd enw a sydynrwydd synhwyrus berf. Ond o dan yr ansoddeiriau a'r berfau a'r enwau nid oes ond gwacter. Nid oes un affliw o enaid o dan lendid y croen.

Pan hysbysebwyd *Aeron yr Hydref* gan Wasg yr Wylan am wyth a chwech, a'r proffwydi'n proffwydo mawredd a'r utgeiniaid yn utganu gwyrth, mi dybiais i fel y tybiodd eraill fod R. J. D. Pritchard o'r diwedd, wedi mudandod pymtheng mlynedd, yn mynd i ymddangos ar newydd wedd, yn gadael y siwglo a'r clindarddach annidwyll ac yn mynd i ddweud rhywbeth wrthym. Ond wele'r gyfrol, ac och ni!

Pa rinwedd llenyddol sydd mewn rhigymu fel hyn?

Od oes i lasdon lendid,
Od oes ar dalar hedd,
Od oes mewn gwin benwendid
Peraidd, mi wn mai bedd
Fydd terfyn eitha'r rhain i gyd,
Ond gwynnach yno fydd fy myd.

Nid yw pob un o'i gerddi cynddrwg â hyn, ond drwy'r gyfrol i gyd y mae'r un chwarae plentynnaidd â phrofiadau, a'u mynegi yn yr un clinc-clonc mydryddllyd. Oni chawsom syrffed ar beth fel hyn . . .?

'Mrs Morgan,' ebe Martha.

'Mrs Morgan,' ebe Martha wedyn.

'Mm?'

'Beth sy'n bod? Rŷch chi'n welw.'

'Ydw i? O, hwyrach 'mod i wedi blino tipyn.'

'Odych, siŵr o fod. 'Smo i'n gwybod beth oedd Mrs Jenkins yn moyn yma bore heddi, ond rŷch chi wedi'ch ypsetio'ch hunan ormod. Pam na ddodwch chi'ch traed lan ar y cowtsh 'na'n awr tra fydda i'n gwneud cino? Mae golwg eitha tost arnoch chi. Odych chi'n siŵr eich bod chi'n iawn?'

'Ydw, Martha, rydw i'n iawn.'

Pe câi lonydd am ychydig gan ffýs a charedigrwydd fe fyddai'n well. Er rhyddhad iddi, fe aeth Martha i wneud cinio. Yr oedd yn drueni na fyddai Alfan Ellis wedi medru meddwl am ffordd garedicach i ad-dalu'i lletygarwch na chystwyo'i ffrind gorau. Yr oedd yn rhydd i bob barn ei llafar ond i'r farn fod yn deg. Ond nid oedd yr un farn yn deg a oedd yn groes i bob barn arall, ac yn groes i deimlad gwerin. Nid yn gwbwl ddall y clodforodd beirniaid waith Bob ar hyd y blynyddoedd, ac nid heb achos y gwnaeth Cymru eilun ohono. Yr oedd Alfan Ellis yn wrol, bid siŵr, ond yr oedd gwroldeb yn hawdd i'r ifanc a'r dinod. Ac nid gwroldeb oedd y rhinwedd pennaf ar bob achlysur.

Yr oedd Alfan wedi bod yn annheg wrth ymosod ar waith heb ystyried y safonau y lluniwyd y gwaith wrthynt. Ac at hynny yr oedd wedi dyfynnu o'r gwaith i brofi'r ddadl, ac wedi dyfynnu'r gerdd wannaf yn y llyfr. Petai wedi dyfynnu o 'Adfyd' neu 'Meirionnydd' neu '1945', ac wedi ceisio dangos pam nad oedd y cerddi mawr hynny'n farddoniaeth yn ei dyb ef, fe fyddai wedi bod yn decach ac yn wrolach dyn. Ond yr oedd elfen o'r bwli ynddo, yr oedd wedi ymosod ar fan gwan heb gywilyddio, ac wedi dawnsio ar gelain. Yr oedd yn amlwg fod ganddo fwyell i'w hogi.

Daeth Martha i mewn a dweud bod y Dr Pritchard newydd fod ar y ffôn. Yn gofyn a fyddai Mrs Morgan i mewn yn ystod y pnawn ac yn dweud ei fod am alw heibio. Dyma'r diwedd. Fe fyddai Bob hefyd wedi gweld *Y Gwyliwr* ac yn gwybod bod awdur yr adolygiad wedi treulio'r Nadolig dan ei chronglwyd hi. Fe fyddai ef, gyda'i natur fawr, blentynnaidd, yn siŵr o gamddeall a chamliwio. Nid oedd arni ofn Bob. Nid oedd arni ofn ei dymer arswydus, hyd yn oed. Ond yr oedd arni ofn colli'i gyfeillgarwch yn fwy na dim.

# 14

Yr oedd yn tynnu at amser te pan ddaeth Bob Pritchard. Pan fyddai'n dod, at amser te neu amser swper y dôi bob amser. Yr oedd hynny'n un o'r pethau a'i gwnâi'n hoffus, yn beth dynol. Er syndod i Ceridwen, yr oedd mewn hwyliau da iawn.

'Wel, Ceri bach,' meddai, yn llond y lolfa, 'beth fuoch chi'n ei wneud â chi'ch hun yr holl wythnosau 'ma?'

'Peidiwch â thrio bod yn anhunanol, Bob. Does arnoch chi ddim eisiau gwybod. Wedi dod yma yr ydech chi i ddweud be wnaethoch *chi*.'

Syllodd ef arni trwy'i aeliau wrth lenwi'i bibell, a gwên fachgennaidd yn chwyddo'i wyneb.

'Ia, dudwch?' meddai. 'Wel, fe wyddoch beth fûm *i*'n ei wneud. Darllen.'

'Am beth?'

'Amdanaf fy hun, siŵr.' Yr oedd ei lygaid yn dawnsio. 'Mae'r adolygwyr wedi bod yn garedig iawn.'

'Dim mwy caredig na'ch haeddiant chi.'

'Wyddoch chi be, Ceridwen?' Cerddodd y Doctor yn bwysfawr i'r ffenest ffrâm-bictiwr ac edrych allan. 'Rydw i wedi bod yn meddwl. Mor braf fuasai bod yn fardd ifanc unwaith eto, a chael clywed y pethau ffeind yma am y tro cyntaf erioed. Fe fyddai llawer mwy o flas arnyn nhw. Fe fyddai dyn yn gwybod, o leia, ei fod wedi'u haeddu nhw. Heddiw, dyw dyn ddim mor siŵr. Rydw i'n cael 'y mhoeni'n ddifrifol gan y syniad—beth bynnag maen nhw'n ei feddwl o 'ngherddi, mai canmol wnân nhw, am na feiddian nhw ddim peidio. Am mai Bob Pritchard ydw i. Mi fydda i'n deffro weithiau ganol nos ac yn meddwl am y fyddin adolygwyr sy yng Nghymru 'ma; meddwl bod eu hadolygiadau'n barod ganddyn nhw cyn i *Aeron yr Hydref* ddod o'r wasg, ac mai'r cyfan oedd ganddyn nhw i'w wneud oedd plannu dyfyniad neu ddau ynddyn nhw, ac ychydig deitlau cerddi, a'u taro nhw yn y post—'

'Mi wyddoch, Bob, nad ydi hynna ddim yn wir.'

'Gwn. Ac eto, mae pob un ohonyn nhw mor gytûn, mor gwbwl glodforus . . . Pe gwelwn i ddim ond un adolygiad cecrus, yn dwrdio, yn dryllio, fe . . . fe fyddai'n profi imi fod adolygwyr yn dal i feddwl, fel yr oedden nhw pan oeddwn i'n dechrau llenydda. Welsoch chi'r un adolygiad yn condemnio, naddo, Ceri?'

'Y . . . naddo, Bob, dim un.'

Yr oedd y celwydd yn llithrig. Ac yn anorfod, am y byddai'r gwir yn codi cwestiynau. Ond yr oedd cyfiawnhad i gelwydd fel hwn. Er gwaetha'r hyn a ddywedodd ni fyddai Bob yn falch o weld *Y Gwyliwr*. Yr oedd yn garedicach gadael ei freuddwyd heb dorri arno. Un oedd Alfan Ellis. Ac un unig iawn, yn ôl pob arwydd. Nid oedd yn haeddu'i grybwyll.

'Mi gerddais i hanner y ffordd i fyny Cader Idris yn yr eira,' meddai Bob Pritchard, yn ymlwybro'n ôl at y tân. 'Alla i ddim dweud, Ceridwen, beth oedd y profiad yn union. Meirionnydd yn wyn o gwmpas 'y nhraed i. Dim arwydd o fywyd yn unman. Na dyn, na dafad, na deryn. Dim ond y fi fy hun, yn yr ehangder gwyn i gyd. A dyna fi'n meddwl yno: dyma fi, a Chymru lythrennog yn bwrw f'enw i o wefus i wefus . . . dynion yn darllen fy ngwaith i ym mherfeddion nos ac yn dotio . . . cenedl yn 'y ngwneud i'n fawr ac yn anfarwol . . . Ac eto, doedd y garreg yna ddim yn fy nabod i. Doedd y goeden wen rynllyd yna erioed wedi clywed sôn amdana i. I'r clogwyn tragwyddol yna uwch 'y mhen i doeddwn i'n neb. A phetai hi wedi rhewi dim ond ychydig bach, bach caletach, mi fyddwn innau wedi fferru'n dalp o'r anymwybod gwyn o 'nghwmpas i. A fuaswn i'n ddim, ond y tipyn adewais i ar ôl rhwng cloriau llyfr neu ddau. Roedd o'n sobri dyn, Ceri.'

'Mi alla i gredu.'

150

Safodd y Doctor i danio'i bibell, fel petai'r weithred honno yr unig beth ar ei feddwl ar y funud. Yna taflodd y fatsen i'r tân, a thynnu ychydig, a dilyn y mwg i'r nenfwd â'i lygaid.

'Mae'n feddwl sy'n crino tipyn ar falchder dyn, wchi. Mor agos yr ydan ni bob munud at beidio â bod. Mor agos y bûm *i* at beidio â bod o gwbwl. Fe fu agos imi beidio â gweld briallen na chlywed bronfraith na theimlo melfed na blasu llaeth enwyn nac arogleuo gwair newydd ei dorri. Fe fu agos i Rhiannon ac Esyllt a Nia beidio â bod, na *Blodeugerdd o Ganu Caeth*, nac *Aeron yr Hydref*. Dim ond bod hedyn ac wy, na welech chi mohonyn nhw â'r llygad, wedi *digwydd* cyfarfod ac uno ar eiliad arbennig, a dyna'r byd—os ydw i i gredu popeth ddwedir amdana i—wedi cael athrylith. Ond mor hawdd fuasai i'r hedyn yna beidio â chyfarfod â'r wy. Meddyliwch siawns mor anobeithiol eiddil oedd i'r ddau gyfarfod . . .!'

'Mae 'na ffawd yn llywio tynghedau, Bob.'

'Ffawd . . . neu Ragluniaeth?'

'Mae 'na Rywbeth.'

'Ond Ceri, meddyliwch mor frau ydan ni! Dyna chi, sy'n eistedd o'm blaen i fan yna, mor ddel ac mor gyfan ac mor gain . . . Fuoch chi'n meddwl rywdro gymaint o wyrth ydach chi?'

'Y fi, Bob?'

'Nid chi. Unrhyw un. Ond 'mod i'n eich cymryd chi'n enghraifft.'

'O . . .'

'Does yna ddim ohonoch chi. Hynny ydi, o'ch cymharu chi â mynydd a môr a phlaned. Ac mae'r byd yma'n llawn o wyntoedd, ac afiechyd, a rhyfel. Beth mewn difri sy wedi cyfri, wedi peri, eich bod chi, sy'n eiddilach nag addurn tsieni—mae hwnnw'n parhau fel tsieni hyd yn oed wedi peidio â bod yn addurn—eich bod chi wedi parhau o un eiliad i'r eiliad nesaf trwy fyrddiwn o eiliadau am saith mlynedd a deugain—'

'Chwech, Bob—'

'Pan oedd popeth, *popeth*, yn erbyn ichi barhau? Beth ydi'r ddynoliaeth 'ma, dudwch?'

A cherddodd y Doctor yn ddwfn unwaith eto i'r ffenest. Ni fyddai Ceridwen yn ceisio chwanegu dim at ffrwd ei feddwl ar adegau fel hyn. Dim ond gadael iddo siarad.

'Ac nid 'mod i wedi parhau'n gyfan fel corff, fel peth sy'n anadlu ac yn symud. Ond fel meddwl. Fel bardd. Pam yr ydw i'n fardd heddiw fel yr oeddwn i ddeugain mlynedd yn ôl? Nid yr un farddoniaeth ydi 'marddoniaeth i heddiw, ond yr un bardd ydw i. Sut na fyddai rhywbeth wedi digwydd rywle yng ngheunentydd y blynyddoedd, i'm clust i, i'm synwyrusrwydd i . . . fel na fedrwn i mwyach ddim clywed "pridd" yn odli â "ffridd" ac "awel" hefo "tawel"? Na theimlo bod "i Ferwyn" yn cynganeddu hefo "af i orwedd"? Na chael 'y nghynhyrfu i ganu gan waed haul yn nŵr y môr ar noson braf?'

Trodd ati.

'Pam, Ceridwen?'

'Bob annwyl, pe medrwn i ateb, nid fi fuaswn i. Ond chi. Duw, hwyrach.'

'Ia.' Trodd Bob eto i edrych allan. 'Duw. Rydw i'n dechrau meddwl weithiau, fel rwy'n mynd yn hŷn, fod Sirian yn iawn wedi'r cwbwl, a bod yna Dduw. Fe fyddai'n well gen i pe na bai yna'r Un. Ond hebddo, mae bywyd yn ormod o wyrth, yn ormod o ddirgelwch, fedra i mo'i ddioddef o. Os caniatewch chi fod yna Feddwl, fod yna Wyddonydd Hollfarddonol y tu ôl i'r cwbwl, mae pethau'n magu maint a pherspectif y gellwch chi fyw hefo nhw heb ddrysu. Ac ystyr. Mae Duw'n codi cynifer o broblemau ag mae O'n eu datrys. Mae mor anodd esbonio'r dioddef sy'n y byd hefo Fo ag ydi esbonio'r athrylith sy'n y byd hebddo. Ond yr ydw i'n dechrau gweld pam y mae ar gynifer o bobol ei angen O. Mae O mor anhepgor i hongian bywyd arno ag ydi'r cymylau i hongian y glaw.'

Aeth eto drwy seremoni ail-danio'r bibell, yn ddefosiynol, fel dyn yn arogldarthu. Chwifiodd y mwg meddal oddi wrth ei wyneb.

'Mae'n debyg, felly, y byddai'n rhaid imi gydnabod—os ydi Duw'n bopeth y mae'i addolwyr yn honni'i fod—ei fod wedi 'nghadw i'n fyw am drigain mlynedd ar y blaned yma. A mwy na hynny. Ei fod O wedi 'nghadw i'n fardd. Ond i beth? Dyna ichi gwestiwn, Ceri. Mi alla i weld pam y mae O wedi cadw Sirian yn bregethwr. I hyrwyddo'r gred Ynddo'i Hun ymhlith rhyw bumcant o bobol y dre 'ma. Ond pam 'y nghadw i i fedru odli a chynganeddu a mydryddu 'mhrofiadau, nad ydyn nhw ddim mymryn o help i'w achos O o'u mydryddu?'

'Am a wyddoch chi, Bob.'

'Mi wn i'n burion.'

'Mae'ch cerddi gorau chi'n sobri pobol ac yn gwneud iddyn nhw feddwl ac felly'n eu puro nhw beth. Dydi hynny ddim yn groes i ewyllys yr un Duw sy'n dda.'

'Ond fedra i ddim gwasanaethu Duw heb wybod 'mod i'n gwneud.'

'Dydi gwerin gwyddbwyll ddim yn ymwybodol eu bod nhw'n ennill gêm i'r gŵr sy'n chwarae â nhw.'

'Rydach chi mor greulon â'r garreg a'r pren a'r clogwyn yn eira Cader Idris, Ceri. Fe'm gwnaethon nhw fi'n neb. Rydach chi'n 'y ngwneud i'n llai na neb. Yn ddim ond darn gwyddbwyll ar glawr. A llai na hynny. Ellir dim sarhau gwerin gwyddbwyll. Fe ellir fy sarhau i.'

'Bob, nid dyna oeddwn i'n feddwl.'

'Ond dyna ydw i'n ei feddwl. Wedi'i feddwl, ers tro. Ac i feddwl, yn fwy ac yn fwy o hyd hyd ddiwedd f'oes. Symbal yn tincian ydw i, ond 'mod i'n medru tincian yn felysach nag odid neb arall yn 'y nghenhedlaeth. Celain y gall yr eryrod-adolygwyr ddisgyn arni a dangos loywed eu crafangau a lleted eu hadenydd wrth eu hysgytio. A rŵan yn goron ar y cwbwl, pôn ar glawr gwyddbwyll nad ydw i ddim yn ei ddeall, yn llaw Gallu nad ydw i ddim yn ei dderbyn.'

'Bob, rydech chi'n pechu wrth gablu'ch mawredd fel yna.'

Suddodd Bob Pritchard ar sedd y ffenest.

'Fedra i ddim credu yn fy mawredd nes clywa i rywun yn ei amau o.'

Meddyliodd Ceridwen unwaith eto am adolygiad Alfan. Ac unwaith eto rhoes ef o'i meddwl.

'Sut Nadolig gawsoch chi, Ceridwen? Mae arna i eisiau gwybod. Wir-yr.'

'Tawel.'

'Ia, fel y dylai Nadolig fod. Roedd gynnoch chi rywun yn aros hefo chi, on'd oedd?'

'Cecil.'

'A rhywun arall—glywais i chi'n dweud?'

'Oedd. Ffrind i Cecil.'

'Pwy oedd o, felly?'

'Hm! Dyna beth rhyfedd. Mae'i enw o ar flaen 'y nhafod i, ond . . .'

'Wel, na hidiwch. Does yr un ffrind i'r peintiwr yn werth ei gofio, os nad ydw i'n methu.'

'Nac ydech, yn y cyswllt yma, Bob.'

'Rydw i wedi dod yma i de, wyddoch chi.'

'O, mae'n ddrwg gen i.' Cododd Ceridwen a mynd tua'r drws. 'Roeddech chi'n siarad mor gyfareddol mi anghofiais i bopeth. Mi a' i i ddweud wrth Martha'n bod ni'n barod. Ac wedyn fe gawn sgwrs am *Aeron yr Hydref.* Beth ydech chi'n ddweud?'

'Beth allwn i'i ddweud ond amen?'

Disgwyliodd Ceridwen nes daeth ei wên fachgennaidd ac yna aeth drwodd i gyrchu'r te a'r teisennau Berffro y byddai Bob yn gwirioni arnynt.

# 15

Fe fu Ceridwen yn ei gwely am bythefnos. Y rhan fwyaf o'r amser, o leiaf. Nid oedd dim afiechyd arni, dim ond iselder ysbryd pygddu. Dim eisiau bwyd na darllen na dim. Dim eisiau cysgu. Dim eisiau gweld neb. Ar ddiwedd yr wythnos gyntaf galwodd Martha Dr Wynne ar y teleffon heb yn wybod iddi. Ni siaradodd â Martha am ddeuddydd wedi hynny.

Wedi i Dr Wynne fod i fyny y tro cyntaf, fodd bynnag, fe gafodd ddod i fyny drachefn a thrachefn. Yr oedd mor ddymunol wrth erchwyn gwely.

'Eich nerfau chi, Mrs Morgan,' meddai y tro cyntaf. 'Mi anfona i foddion ichi.'

Ni fyddai hi wedi cymryd y moddion oni bai am Martha. Nid oedd ganddi ffydd mewn moddion. Penderfynodd gael sgwrs â Dr Wynne.

Pan glywodd ei lais i lawr yn y tŷ, mydylodd y gobenyddiau y tu cefn iddi ac eistedd i fyny yn eu herbyn. Yr oedd eisoes yn ei ddisgwyl, wedi tonni'i gwallt ac wedi rhoi persawr ym môn ei chlustiau. Cododd y cynhyrfu wrid bach i'w gruddiau.

Agorodd y drws a daeth y meddyg i mewn. Yr oedd rai blynyddoedd yn ieuengach na hi, ei lygaid yn las ac yn ffeind, a'i wallt yn donnau melyn o gwmpas wyneb brown fel cnau.

'Hylô,' meddai, gan ddodi'i fag ar lawr wrth y ffenest, 'mae Mrs Morgan yn gwella.'

Siglodd Ceridwen ei phen.

'Nac ydw,' meddai. 'Dydech chi ddim yn 'y mhlesio i wrth ddweud hynna. A dweud y gwir, does arna i ddim isio gwella.'

'Diar annw'l,' meddai'r meddyg, yn ysgwyd tymeriadur yn ei law a hwnnw'n clecian yn erbyn ei fodrwy. 'Ydi hi cynddrwg â hynny?'

'Fe ellwch roi'r peth yna'n ôl yn eich bag,' ebe Ceridwen. 'Does dim gwres yno' i. Yr unig beth garwn i'i gael ydi sgwrs â chi.'

'Fel y mynnoch chi, Mrs Morgan.'

Rhoes y meddyg yr offeryn yn ôl yn ei fag.

'Eisteddwch fan yma, Dr Wynne, a chymerwch sigarét.'

Daliodd flwch arian o'i flaen, a chymerodd yntau sigarét a'i thanio. Eisteddodd mewn cadair wellt yn ei hwynebu.

Twtiodd Ceridwen ei gwallt a gwisgo edrychiad prudd-glwyfus deniadol, syllu'n synfyfyriol tua throed y gwely, ac anwesu'r cwrlid ag un o'i dwylo piano.

'Dŷch chi'n gweld, Dr Wynne . . . Yr ydw i wedi gwrthod popeth oedd gan fywyd i'w gynnig imi, ac wedi cael popeth yr oedd bywyd wedi'i fwriadu ar gyfer rhywun arall. Hunanfynegiant oedd arna i'i angen, nid cysur. Ond cysur gefais i. Doeddech chi ddim yn nabod 'y ngŵr, Dr Wynne?'

'Na, chefais i rioed mo'r fraint honno, Mrs Morgan. Mi glywais Dr Jones a Dr Williams yn sôn llawer amdano. Nhw oedd yn ei dendio, rwy'n deall.'

'Ie, gyda help dau arbenigwr o Lundain. Roedd 'y ngŵr yn credu mewn cadw haid o ddoctoriaid o'i gwmpas. Roedd o'n medru'u fforddio nhw, wrth gwrs. Ac fe'i gwnaeth hi'n bosibl i minnau fedru'u fforddio nhw. Dyna'r cam wnaeth o â fi.'

'Cam, Mrs Morgan?'

'Fe'i gwnaeth hi'n bosibl imi fforddio llawer mwy nag sy'n eisiau ar ferch fel fi. A thrwy wneud yr holl bethau yma'n bosibl fe'i gwnaeth nhw'n orfodol. Fedrwch chi ddim bod yn werth arian yn yr oes hon heb wario. Un peth sy'n waeth na gorfod gwario'ch arian. Gorfod eu cadw nhw.'

'Mae 'na ddigon, Mrs Morgan, fyddai'n barod i newid dau fywyd â chi.'

'Nac oes. I newid dau le â fi hwyrach, ond nid i newid dau fywyd. Does yr un ferch o'm hoed i, pe gwyddai hi'r cwbwl, fyddai'n barod i fyw'r hyn sy'n weddill o 'mywyd i o'r funud yma 'mlaen. Na'r un fyddai'n fodlon byw yr hyn yr ydw i wedi'i fyw eisoes, dydw i ddim yn meddwl.'

'Ond mae gyda chi bopeth—'

'Popeth, Doctor. Ond y pethau hanfodol. Gwaith, a chwmni, a chariad. Fedrwch chi feddwl am rywbeth y gall arian ei brynu feder gymryd lle'r tri pheth yna? Edrychwch ar 'y nwylo i, Doctor.'

Edrychodd Dr Wynne ar ei dwylo.

'I beth, ddwedech chi, y mae dwylo fel hyn wedi'u creu?'

'Rwy'n deall, Mrs Morgan, eich bod chi'n canu'r piano'n ardderchog.'

'Yn ddigon da. Ond byth i neb ond i mi fy hun, ac i ambell ffrind. Edrychwch ar fy llygaid i.'

Edrychodd Dr Wynne ar ei llygaid.

'Sut y buasech chi'n eu disgrifio nhw, Doctor?'

'Fel llygaid tlws iawn.'

'Ond llygaid unig iawn, hefyd?'

'O, wn i ddim—'

'Cymerwch 'y ngair i, ynte. Pe byddwn i'n fam i blant; pe bawn i'n oruchwylwraig mewn siop, hyd yn oed, neu'n gantores mewn cwmni opera, nid llygaid fel hyn fyddai gen i. Fe fydden nhw'n llawn o ddeall, a chydymdeimlo, a gloywder uchelgais. Am y bydden nhw'n edrych bob dydd ar wynebau fyddai'n cyfleu mwy na theyrngarwch ac ufudd-dod a pharch o bell. Dydw i ddim yn meddwl eich bod chi'n deall, Doctor.'

'Fel meddyg, un peth sydd gen i hawl i'w ddeall ar y funud, Mrs Morgan. Os caf i siarad yn blaen?'

'Gwnewch, ar bob cyfri.'

Chwaraeodd Ceridwen â'r ruban ar ei bron a'i ddatod heb dynnu sylw.

'Dwy' ddim yn meddwl,' ebe'r meddyg, 'fod angen imi ddweud wrth wraig ddeallus fel chi eich bod chi'n mynd drwy argyfwng. Mewn argyfwng tebyg mae llawer o wragedd yn cracio ac yn colli'u gafael arnyn eu hunain. Y peth sy'n arbed llawer rhagor rhag cracio yw fod gyda nhw waith i'w wneud neu dylwyth i edrych ar ei ôl. Mae bywyd, neu natur, wedi bod yn garedicach wrthyn nhw— yn enwedig y rhai llai dwys a llai sensitif. Y gwragedd sy'n dioddef waethaf fel rheol yw'r rhai hynny sydd, fel chi, o dymheredd artistig, ac yn byw bywyd o hamdden. Does gyda chi ddim i feddwl amdano ar adeg fel hon ond chi'ch hunain. Fe fyddwn i'n eich cynghori chi, Mrs Morgan, i ddod allan o'ch encil a chadw cyngherddau am ddwy flynedd neu dair, nes bo'r argyfwng drosodd. Rwy'n credu y byddech chi wedyn yn ddigon parod i ddod yn ôl i'ch encil, gan eich bod chi ers rhai blynyddoedd, credwch neu beidio, wedi'ch cyflyru'n fwy nag ŷch chi'n ei feddwl i encil fel hwn.'

Yr unig rwystr, meddai Ceridwen wrthi'i hun, oedd Ceredig.

'Ydech chi'n meddwl y byddai hynny'n datrys y broblem, Doctor?'

'Dwy' ddim yn honni y gwnâi, yn gyfan gwbwl. Mae'n amheus gen i a fydd gwraig fel chi yn gwbwl fodlon byth yn unman. Ond fe drôi ych meddwl chi oddi wrth farw, a phethau ffôl o'r fath.'

'Ond mae 'na un peth ar ôl, on'd oes?' ebe Ceridwen. 'Un angen sylfaenol na all gwaith a hunanfynegiant, hyd yn oed, mo'i fodloni.'

'A beth yw hwnnw?'

Datododd Ceridwen ei choban a throi dillad y gwely'n ôl.

'Edrychwch ar 'y nghorff i, Doctor.'

Bu saib anniddig am eiliad neu ddau.

'Wel?'

'Dydw i ddim yn disgwyl ichi fod yn athronydd nac yn ddiwinydd, Dr Wynne, ond yr ydw i am ofyn ichi ateb un cwestiwn, os medrwch chi. Oes rhyw bwrpas i mi barhau i fyw yn y byd, i wastraffu corff fel hwn, sy wedi'i greu i un diben, ac i un diben yn unig?'

Aeth llygaid ffeind y meddyg yn galetach.

'Beth ŷch chi'n disgwyl imi'i wneud ichi, Mrs Morgan?'

'Teimlwch 'y nghorff i, Doctor.'

Cododd y meddyg ac estyn am ei fag.

'Mi drosglwydda i'ch cês chi i Dr Jones, Mrs Morgan. Mae'n flin gen i. Does dim rhagor y galla i'i wneud ichi. Prynhawn da.'

Am hanner awr wedi i'r meddyg fynd fe fu Ceridwen yn lloerig. Meddyliodd am bob cyhuddiad y gallai'i ddwyn yn erbyn y meddyg ifanc golygus, i'w faeddu, i'w falu. Sen, anghwrteisi, esgeulustod proffesiynol, unrhyw beth. Yn ei gwres ni allai feddwl ei bod wedi gwneud dim ond gofyn ei farn fel meddyg, ymnoethi fel y buasai meddyg yn gofyn i un ymnoethi, gofyn iddo'i harchwilio fel y buasai meddyg yn archwilio. Fe fyddai ganddo ef, wrth gwrs, eglurhad gwahanol. Fe fyddai hi wedi manteisio ar agosatrwydd meddyg. Ac fe fyddai'i alwedigaeth o'i du. Dyn oedd meddyg hefyd, a chanddo hawl i dynnu'i gasgliadau'i hun ym mhob achos.

Un cysur oedd ganddi, wrth oeri. Os gwnaeth hi'i hun yn ffôl, ni fyddai neb yn gwybod ond y meddyg a hithau, ac ni wnâi meddyg adrodd. Ond wrth ei gyd-feddygon. Wrth Dr Jones wrth drosglwyddo'r achos iddo. Ni châi'r Dr Jones oedrannus, hyll, ddod ati chwaith. Nid oedd arni angen meddyg. Cododd, a gwisgo, a phenderfynu byw. Boed y canlyniadau fel y byddent.

# 16

Ni ddywedodd Martha ddim am ei gwella sydyn. Nid oedd ei hwyneb heb bryder chwaith. Ond ni ddywedodd ddim.

Penderfynodd Ceridwen ar ŵyl o wario. Y bore braf cyntaf a ddaeth, teleffoniodd am Jim. Fe ddaeth Jim toc wedi un ar ddeg, a safodd y car yn ddisglair ar y dreif. Pan eisteddodd hi ynddo mynnodd ef roi'r rwg dros ei gliniau. Martha oedd wedi gorchymyn y rwg ac ni thyciodd protestio Ceridwen ddim, ond yn ddistaw bach yr oedd hi'n bodloni. Gan fod y sylw a'r maldod yn mynd gydag arian doedd waeth iddi roi'i meddwl ar eu mwynhau yn hwyr nag yn hwyrach. Gan fod ei thynged ddall wedi llunio iddi fod yn ledi, ledi amdani.

I lawr i Gaerwenlli am y tro cyntaf ers wythnosau. Yr oedd y siopau i gyd wedi colli'u lliw Nadolig. Yr oeddent yn llwyd. Dim ond merched ar y strydoedd, yn sbio'n ddiynni i'r ffenestri. Y strydoedd yn wlybion ar ôl cawodydd neithiwr, a'r coed o boptu'r heol fawr yn sefyll bob un yn ei phwll bach gloyw'i hun. Y môr i'w weld dros y promenâd yn beichio'n ddi-hwyl, ac yn taflu ambell gawod o boer dros y rheiliau i'r stryd. Catrin Prys-Roberts a Miranda Lewis yn dod allan o dŷ bwyta Rowland Rowlands, wedi'u cwpanaid foreol o straeon. Cododd Ceridwen goler ei chot i guddio'i hwyneb, er y gwyddai y byddent wedi nabod y car.

Yn y banc y galwodd gyntaf. Yr oedd Mr Samuel, chware teg iddo, yn sylw ac yn sigarennau i gyd. Ond ni ddeallodd fawr o'r hyn a oedd ganddo i'w ddweud. Ceisiodd edrych yn olau wrth ei glywed yn egluro bod y diwydiant olew yn siglo, ond bod y cyfrannau llaeth yn dal yn rhagorol. Diolchodd iddo'n llednais pan ddywedodd fod ganddi ymyl gwario eithaf boddhaol.

Aeth o'r banc i Wasg yr Wylan. Yr oedd Mr Arthur yn brysur iawn gan ei bod yn ddiwrnod rhoi'r *Post* yn ei wely, ond yr oedd ganddo amser iddi hi. Eglurodd hi yn gyfrinachol fod ganddi gynllun ar gyfer pen-blwydd y Dr R. J. D. Pritchard. A allai Mr Arthur wneud cymaint mewn amser mor fyr? Fe wnâi'i orau. A allai ef fod yn y parti pen-blwydd? Gallai, gyda llawer o ddiolch.

O Wasg yr Wylan i siop Maxine. Ei mesur am siwt dridarn at y gwanwyn. Dwy het. Dau bâr o fenig. Hanner dwsin o barau o sanau. O siop Maxine i siop art Christie. Dau ysgythriad gwreiddiol o waith Gerald Soakes. Prynu'r ddau dim ond i godi gwenwyn ar Cecil pan ddôi. Trigain gini, a dim newid. O siop Christie i siop Walford Thomas. Grŵp o ddodrefn i'r llofft goch.

Am adre, wedi gwneud ei dyletswydd fel ledi a chefnogi peth ar y masnachwyr lleol. Wrth fynd i fyny'r rhiw yn y car sylwodd fod gardd un o athrawon y coleg ar y llethr i'r dde yn wahanglwyfus gan flodau'r eira. Ac yr oedd yn fwy na thebyg, er na allai'i chlywed, fod bronfraith yn canu'i hochor hi ar y goeden uwch eu pennau. Hynny yw, yr oedd gwanwyn yn y gwynt. Am y tro cyntaf erioed, aeth y gair gwanwyn fel cyllell iddi. Yr oedd pob gwanwyn er pan allai gofio wedi'i hagor fel blodyn a'i hysgafnu a'i meddwi. Byddai'n edrych ymlaen ato drwy'r gaeaf ac yn edrych yn ôl arno drwy'r haf, ac yr oedd melyn ei briallu a phinc ei choed afalau wedi'i siarsio na fyddai'r nefoedd yn nefoedd iddi oni fyddai'n wanwyn yno.

Ond eleni fe fyddai'r gwanwyn yn wenwyn iddi. Yn wawd ac yn iselhad. Yr oedd hi wedi cychwyn ar ei hydref.

Trodd Jim y modur i'r dreif a chrafodd yr olwynion llydain i'w sefyll o flaen y drws. Daeth Martha allan yn bryderus i weld ei bod wedi cyrraedd yn ddiogel ac i lapio'r rwg a'i gario'n ôl i'r tŷ i'r cwpwrdd eirio.

'Mae 'ma bobol ddierth, Mrs Morgan.'

Aeth Ceridwen yn sur i'r tŷ ac ar ei hunion i'r lolfa.

'O, chi sydd 'ma, Cecil?'

'Pam lai?' ebe'r penfelyn, heb godi'i ben o'i gylchgrawn.

'Am ba hyd rydech chi'n aros y tro yma?'

'Nes bydda i wedi blino yma, sbyso.'

'Felly.'

Aeth Ceridwen o'r lolfa i'r stydi i daro'r papur sgrifennu a brynodd yn y dref. Yn eistedd yno a'i gefn ati, yn rhythu ar bapur newydd, yr oedd Bob Pritchard.

'Wel wir, Bob, fe allech lyncu'ch balchder ddigon i eistedd efo Cecil yn y lolfa nes down i'n ôl.'

Cododd Bob Pritchard.

'O, hylô, Ceri. Na, fedrwn i ddim dal pen rheswm hefo hwnna. Fe fyddai'n ormod imi. Heddiw o bob diwrnod.'

'Pam? Oes rhywbeth o'i le heddiw?'

'Wyddoch chi rywbeth am Alfan Ellis, Ceri?'

Eisteddodd Ceridwen wrth y ddesg.

'Y . . . na wn i. Beth sy amdano?'

'Fe anfonodd Arthur, Gwasg yr Wylan, yn garedig iawn, gopi o hwn imi drwy'r post.'

Ac estynnodd Bob gopi o'r *Gwyliwr* iddi. Cymerodd hi ef a dechrau darllen yr adolygiad ynddo fel petai'n ei ddarllen am y tro cyntaf. Wrth ddarllen, cadwodd gil ei llygad ar Bob. Yr oedd yn amlwg mewn dyfnderoedd o felancoli, yn tynnu'n ffyrnig yn ei bibell bob yn ail a'i thanio. Yr Idwal Arthur di-weld. Nid dyma'r gyntaf o'i gymwynasau llawchwith.

Methodd Bob ag aros iddi orffen darllen.

'Rydw i wedi bod yn trio meddwl pwy ydi o,' meddai, yn cerdded o gylch y stafell. 'Mae o naill ai'n un o'r pethau ifanc yma'n cymryd y ffordd rwyddaf i enwogrwydd trwy ymosod ar un o fawrion ei genedl. Neu ynte mae o'n ŵr llên amlwg yn sgrifennu dan ffugenw. Beth ydach chi'n feddwl, Ceri?'

'Wn i ddim beth i'w feddwl, Bob. A fedra i mo'ch deall chi'n poeni fel yr ydach chi.'

'Dydw i ddim yn poeni,' meddai Bob. 'Pan yw gwenynen wedi'ch pigo chi, dydach chi ddim yn poeni'i bod hi wedi gwneud. Ond camp ichi'ch perswadio'ch hun nad ydi'r colyn ddim yn brifo.'

'Mae hwn wedi'ch brifo chi, felly?'

'Mae'n naturiol, on'd ydi?'

'Yn gwbwl naturiol. Ond fe ddwedsoch y dydd o'r blaen y carech chi weld un adolygiad yn condemnio, yn dryllio—'

'A, ie! *Adolygiad*. Nid adolygiad ydi hwn. Ymosodiad ydi o. Tirâd. Mi fuaswn i mor barod â neb, ac mor falch â neb, o dderbyn beirniadaeth gytbwys resymol ar 'y ngwaith, er iddo gondemnio amryw o 'ngherddi. Ond mae hwn yn condemnio'r cwbwl. Does dim byd yn 'y ngherddi i. Dim!'

Gwnaeth Ceridwen ymdrech i wastatáu'i llais a'i hwyneb.

'Edrychwch, Bob. Pwy bynnag ydi hwn, mae'n amlwg na ŵyr o mo'r peth cyntaf am farddoniaeth.'

'Ydach chi'n meddwl, Ceri?'

'Ac mae'n fwy na thebyg ei fod o'n teimlo bod adolygu yng Nghymru wedi dirywio i fod yn ddim ond canmol, a'i fod o wedi penderfynu taflu hanner canpwys i ben arall y glorian i'w gwastatáu hi.'

'Hynny ydi, mai jôc ydi hyn ganddo?'

'Hwyrach wir.'

'Wel, mae hi wedi methu gwneud i mi chwerthin,' ebe Bob Pritchard. 'Rydw i'n cyhoeddi llyfrau ers deng mlynedd ar hugain, a feiddiodd neb erioed ddweud y pethau yma am 'y ngwaith i o'r blaen. Neb erioed, Ceri. Hyd yn oed am 'y nghyfrol gyntaf i. Ac roedd digon o feiau yn honno. Yrŵan, a finnau yn f'anterth, a'r wlad yn moli o Gaergybi i Gaerdydd, dyma hwn. Mae ganddo blwc, rhaid cyfaddef.'

'Wnaiff o ddim niwed ichi, Bob.'

'Gwnaiff. Mi gyfyd dwsin neu ddau o'r giwed rŵan wedi i un arwain, a chychwyn rhywbeth y byddan nhw'n ei alw'n adwaith. Ac mi gaiff y wlad sbort.'

'Mi fydd y wlad yn deyrngar ichi.'

'Ydach chi wedi sylwi, Ceri, mor deyrngar ydi gwlad

i'w phen-bocsiwr wedi iddo ddechrau colli? Dydi o'n dda i ddim ond i'w hwtian. Ac os medar hi hwtian paffiwr, yn sicir mi fedar hwtian bardd. Hefo'r ifanc y mae cydymdeimlad gwlad bob tro.'

'Dydw i ddim yn meddwl bod gan ddyn mawr hawl i ymboeni am feirniadaeth.'

'Dydach chithau ddim yn troi yn f'erbyn i, Ceri?'

'Peidiwch â siarad yn wirion. A pheidiwch â dechrau amau pobol, neu amau y byddwch chi. Fedrwch chi aros i ginio?'

'Medraf. Rydw i wedi torri 'narlithoedd yn y coleg i gyd heddiw.'

'Allsoch chi adael i beth mor fychan darfu cymaint arnoch chi?'

'Mae'i arwyddocâd yn fwy na'r peth ei hun, Ceri.'

Gadawodd Ceridwen ef yno i fygu uwchben yr adolygiad, ac aeth trwodd at Cecil.

'Cecil.'

'Wel?'

'Wnewch chi un gymwynas fawr, fawr â fi?'

'Beth yw hi?'

'Mae'r Dr Pritchard yn aros i ginio.'

'Dam.'

'Wnewch chi addo peidio â sôn gair am Alfan Ellis? Os digwydd i Bob sôn amdano, wnewch chi gymryd arnoch na chlywsoch chi erioed am ei enw o? Ac uwchlaw popeth, peidio â rhoi awgrym ei fod o wedi aros yma dros y Nadolig.'

'O, mi wela i. Yr adolygiad, ie-fe?'

'Na hidiwch beth. Wnewch chi addo?'

'Pam y dylwn i? Os oes gyda chi egwyddor fe ddylech fod wedi cyfadde'r cwbwl. Os nad yw'r Doctor mawr yn hoffi'ch ffrindie chi, mas ag e.'

'Dydi'r broblem ddim mor syml â hynna.'

'Nag yw. Does arnon ni ddim eisiau colli cyfeillgarwch

y doctoriaid, wrth gwrs. Yn enwedig obeutu bardd ifanc sy'n ymladd am fodfedd iddo'i hunan ar y domen lenyddol.'

'Wn i ddim ymhle mae'r domen, ond mae'n amlwg ymhle mae'r baw,' meddai Ceridwen yn boeth.

'Peidiwch â cholli'ch tymer nawr, 'na ferch dda,' ebe Cecil.

Trawodd Ceridwen ei throed ar y llawr.

'Gwnewch addo, Cecil.'

'Na wnaf. Dwy' ddim wedi arfer afradu 'nhalent gyfoethog i beintio dros gelwydde pobol eraill.'

Clepiodd Ceridwen y drws a mynd i'r gegin at Martha.

# 17

Ni ddywedodd Bob na Cecil na hithau air drwy gydol y cawl. Wedi'i fwyta, sychodd y Dr Pritchard ei wefusau â'i napcyn, a dweud,

'Peintio rhywbeth y dyddia yma, Mr Matthews?'

'Portread o Lady Owen, Dr Pritchard.'

Lledodd llygaid y Doctor.

'Tipyn o anrhydedd,' meddai. 'Sut wyneb rowch chi iddi? Un llygad dan ei thrwyn hi a'r llall tu ôl i'w phen hi, ac yn y blaen?'

'Dwy'n perthyn yr un dafn o waed i Picasso, Doctor.'

Yr oedd Cecil yn amlwg yn colli'i dymer.

'Ydach chi'n meddwl y byddai Picasso'n eich arddel chi petaech chi?' gofynnodd Bob Pritchard.

'Yn gynt, hwyrach, nag y byddai'r Bardd Cocos yn arddel ambell fardd Cymraeg poblogaidd heddiw,' atebodd Cecil.

Cuchiodd Bob Pritchard. Mewn panig, ceisiodd Ceridwen droi'r sgwrs oddi wrth farddoniaeth a beirdd trwy ddweud.

'Wyddech chi, Bob, fod Idris Jenkins wedi cael rhyw wobr Seisnig werth arian am *Youth Was My Sin*? Dydw i ddim yn cofio'i henw hi ar y funud—'

'Na, wyddwn i ddim,' meddai Bob Pritchard. 'A fedra i ddim dweud bod o lawer o bwys gen i.' Trodd yn ôl at Cecil. 'Hwyrach eich bod chithau, Matthews, yn tueddu at yr ysgol newydd 'ma o feirniadaeth lenyddol yng Nghymru.'

Brathodd Ceridwen ei gwefus. Yr oedd y drofa'n dod yn nes. Nid oedd Idris Jenkins, hyd yn oed, yn ddigon o abwyd i'r Doctor heddiw.

'Wyddwn i ddim fod y fath beth â beirniadaeth lenyddol yng Nghymru,' ebe Cecil. 'At beth oeddech chi'n cyfeirio, Doctor?'

'Pw, pw, rydach chi'n ddwl, Matthews. Yr hogia 'ma, y beirdd modern 'ma, sy'n cychwyn busnes eu hunain tu hwnt i gloddiau celfyddyd, ac yn tybio'u bod nhw'n ddigon mawr i fedru barnu prif feirdd eu cenedl.'

'O, rwy'n gweld,' ebe Cecil yn fwyn. 'Cyfeirio'r ŷch chi, falle, at yr adolygiad 'na ar eich llyfr diwetha chi . . . beth yw ei enw e'n awr . . . *Ffrwythau Medi* neu rywbeth fel'na galwoch chi e, ie-fe?'

Gydag ymdrech yr arhosodd y Doctor ar ei gadair.

'*Aeron yr Hydref* ydi enw'r llyfr, syr,' meddai, a'i lais yn crynu. 'Ac mae'n amlwg eich bod chi'n gwybod am yr ymosodiad arno yn y cylchgrawn bach rhad 'na.'

'Rwy wedi'i ddarllen e,' ebe Cecil, a'i geg yn llawn bwyd. Llyncodd. 'Mwy na hynny,' meddai, 'rwy'n cytuno ag e bob gair.'

Rhoes Ceridwen ei chyllell a'i fforc i lawr mewn anobaith.

'O, ac mi'r ydach chi?' ebe'r Doctor, a'i wyneb fel oren-waed. 'Ac mae'n eitha posibl eich bod chi'n nabod yr Alfan Ellis sgrifennodd o?'

Clywodd Ceridwen y gwaed yn corddi yn ei phen. Y broblem iddi'n awr oedd sut i edrych yn llygaid Bob pan droent arni, yn hyll gan siom. A pha gelwydd arall i'w ddweud i esgusodi'i chelwydd cyntaf. Daeth ateb Cecil o ben draw twnnel hir.

'Na, dwy' ddim yn nabod Alfan Ellis. Chlywais i erioed am ei enw e. A fuodd e ddim yn aros yn Nhrem-y-Gorwel yma dros y Nadolig.'

Ac wrth ddweud, syllu ar Ceridwen, yn gythraul i gyd. Yr oedd Bob Pritchard yn rhythu arno, fel petai'n amau, o ddifrif y tro hwn, nad oedd meddwl y peintiwr yn gwbwl iach.

'Byyy!' meddai'n sydyn, a chodi, yn amlwg wedi penderfynu bod tynnu yn ei goes. 'Rydw i'n dal i ddweud mai bardd ydi o yn sgrifennu dan ffugenw. Un o'r rheina na chawson nhw mo'r goron gen i y llynedd . . . Pwff! Rydw i'n mynd am y bathrwm.'

167

'Oes arnoch chi ddim isio pwdin, Bob?' gofynnodd Ceridwen.

'Nac oes. Mi gymera i goffi os bydd yna beth . . .' Toddodd llais y Doctor yn y neuadd.

Gwelodd Ceridwen lygaid gwyrddion Cecil arni, yn ddifynegiant bŵl.

'Wel?' meddai.

Cododd hi, a mynd amdano, a phlannu clamp o gusan ar ei wefusau. Gwthiodd Cecil hi oddi wrtho, fel ewythr blinedig yn rhoi plentyn trwblus o'r neilltu.

'Rheolwch eich hunan, Ceri fach. Dŷch chi'n apelio dim ata i.'

'Ond Cecil, diolchgar ichi ydw i.'

'Am beth? Nid i fi y mae'r diolch ei fod *e* mor dwp,' gan fwrw'i fawd i gyfeiriad y neuadd. 'A dyw'r dadrithiad ond wedi'i ohirio. Mae'r gwir yn bownd o ddod mas ryw ddiwrnod.'

'Ddaeth o ddim mas heddiw, beth bynnag,' ebe Ceridwen, yn suddo'n hapus i'w lle ym mhen y bwrdd.

Nid cynt y daeth Bob Pritchard yn ôl, ac yr eisteddodd y tri uwchben eu coffi, nag y daeth Martha i mewn.

'Mae Mr Sirian Owen yma, Mrs Morgan. Gaf i ddod ag e i mewn?'

Gwrthryfelodd Ceridwen. Sirian, ar y funud, oedd yr olaf un yr oedd arni eisiau'i weld. Ond gwelodd wyneb Bob Pritchard yn goleuo.

'Dowch ag o i mewn, Martha fach,' meddai ef. 'Fe fydd yn dda iawn gen i'i weld o.' Daliodd i fwmial wedi i Martha fynd. 'Rhywun sy'n deall bardd a gofidiau bardd. Mae Sirian yn ddinas noddfa os bu un erioed.'

Yr oedd yn anodd gan Ceridwen gytuno. Ac yn anodd gan Cecil, yn ôl pob golwg. Yr oedd ef eisoes wedi cipio'i gwpan coffi a'i gylchgrawn ac yn ei gwneud hi am y drws.

'Mae coler rownd yn fy hala i'n dost,' meddai.

Ond yr oedd Sirian yn llenwi'r drws ar ei ffordd, ac yn gwenu.

'Mae'n ddrwg gen i, Mr Matthews,' meddai, 'fod y goler yn cael effaith mor anfeddyginiaethol arnoch chi. Hwyrach nad ar y goler y mae'r bai i gyd, serch hynny.'

Gwingodd Ceridwen wrth godi o'i chadair. Pam na adawai'r dyn i Cecil fynd heibio yn lle tynnu trwbwl yn ei ben? Yr oedd yn eglur nad oedd yn adnabod Cecil.

'Mae'r coler yna,' ebe Cecil, wedi'i orfodi i wneud safiad, 'yn glawdd rhyngoch chi a'r oes yr ŷch chi'n byw ynddi. Nawr, pe gwisgech chi goler meddal a thei goch, fe enillech chi ymddiriedaeth miloedd o'ch cyd-fforddolion.'

'Pam nad crys coch a thei melyn fel chi, Mr Matthews?' Ai'ch profiad chi ydi fod miloedd o bobol yn tyrru atoch chi ac yn eich anwylo chi am fod eich crys chi'n goch?'

'Dwy' ddim yn mo'yn i bobol dyrru ata i.'

'Yn hollol felly. Os ydych chi'n awyddus i ennill ymddiried pobol, fydd lliw a siâp eich coler chi ddim rhwystyr iddyn nhw.'

Aeth Cecil heibio iddo heb ddweud rhagor, a Sirian yn sefyll, yn gwenu ar ei ôl, fel tad deallus ar ôl plentyn anodd ond agos iawn at ei galon. Rhagrith, meddai Ceridwen wrthi'i hun.

'Sut ydech chi, Mr Owen?' meddai'n uchel.

'Yn iawn, Mrs Morgan, diolch. A chithau?'

'Sut ma'i, Sirian, 'rhen ddyn?' ebe Bob Pritchard, heb godi. 'Eisteddwch wrth y tân 'ma, imi gael sgwrs hefo chi.' Ac aeth ati i lwytho'i bibell, fel dyn wedi cyrraedd pen siwrnai galed yn ddiogel.

'A dweud y gwir,' ebe Sirian, 'i'ch gweld chi y dois i, Bob. Mi elwais yn eich tŷ chi, ac fe ddwedodd Nia'ch bod chi yma. Rwy'n gobeithio nad ydi o ddim gwahaniaeth gan Mrs Morgan.'

'Dim o gwbwl, Mr Owen. Gymerwch chi goffi?'

'Llawer o ddiolch.'

Wrth droi'i goffi dywedodd Sirian,

'Dod i'ch atgoffa chi wnes i, Bob, mai'ch tro chi ydi hi i agor y drafodaeth yn y Clwb. Rydw i'n rhyw esgus o ysgrifennydd Clwb yr Eingion yn y dre 'ma, Mrs Morgan. Deg ar hugain sy ohonon ni, dynion i gyd am ryw reswm, ac fe fyddwn yn cyfarfod bob pythefnos i drafod pethau'r genedl yn gyffredinol, a llenyddiaeth yn arbennig.'

'Mi glywais am y Clwb,' meddai Ceridwen.

'Beth ydi'r testun i fod?' gofynnodd Bob Pritchard.

'Mae amryw o'r aelodau wedi awgrymu i mi y dylen ni dreulio noson efo *Aeron yr Hydref*, a'ch cael chi i ddarllen rhai o'r cerddi a dweud gair o'ch profiad yn eu llunio nhw.'

Bu saib cyn i Bob Pritchard ddweud,

'Mae'n ddrwg gen i, Sirian. Fedra i ddim.'

'Fedrwch chi ddim?' ebe Sirian, ei lygaid glas llymion yn cribo wyneb ei gyfaill.

'Na fedraf. Yr ydw i wedi cael achos i gredu heddiw nad ydi'r gyfrol ddim gwerth sôn amdani.'

'Bob, peidiwch â bod yn blentynnaidd,' ebe Ceridwen.

'Hanner munud, Mrs Morgan,' ebe Sirian. 'Mae hyn yn ddifrifol. Beth sy wedi digwydd, Bob?'

Taniodd Bob Pritchard ei getyn a dweud,

'Glywsoch chi sôn am Alfan Ellis?'

Rhoes Sirian ei goffi o'r neilltu a phlethu'i ddwylo dan ei ên, yn ôl ei arfer wrth fynd i'r afael â sefyllfa.

'Rydw i wedi gweld *Y Gwyliwr*,' meddai. 'Ac wedi diolch ar 'y ngliniau am yr hyn welais i ynddo.'

Llosgodd y fatsen flaenau bysedd Bob Pritchard cyn iddo'i thaflu i'r tân.

'Be andros ydach chi'n ei feddwl wrth hynna, Sirian?'

'Rydw i wedi diolch,' ebe Sirian, 'fod yna un bardd ifanc yng Nghymru eto sy'n medru nofio yn erbyn y cerrynt a dweud ei farn heb ofni neb.'

'Sut y gwyddoch chi mai bardd ifanc ydi o?'

'Rydw i'n hollol siŵr,' ebe Sirian. 'Rydw i'n iawn, on'd

ydw, Mrs Morgan? Mi ddwedodd Harri Prys-Roberts iddo fod yn siarad ag Alfan Ellis yma yn Nhrem-y-Gorwel oddeutu'r Nadolig—os nad ydw i'n methu?'

'Na, dydech chi ddim yn methu, Mr Owen.'

Clywodd Ceridwen ei llais yn farw, fel plwm oer. Fe ddaeth yr ergyd yn rhy annisgwyl, cyn iddi fedru paratoi dim, ac nid oedd yn teimlo dim ond cas oer at y dyn penwyn a ddaethai i'w thŷ i'w dryllio. Yr oedd Bob wedi troi tuag ati, a'i lygaid yn edrych arni, fel yr oedd wedi disgwyl iddynt edrych, yn hyll gan siom.

'Ydi hyn yn wir, Ceri?'

'Ydi.'

'Mi ddwedsoch gelwydd wrtha i y bore 'ma felly—'

'Beth arall ddwedwn i, a minnau'n gwybod ei fod o wedi'ch brifo chi? Doedd arna i ddim eisiau bod â rhan yn y brifo.'

'Fe fyddech wedi 'mrifo i'n llai pe baech chi wedi cyfadde'n gynt. Dydi anwiredd plentyn ysgol ddim yn gweddu i wraig fel chi. Roeddech chi'n gwybod am yr adolygiad, felly, cyn i mi'i roi o yn eich llaw chi.'

'Mi gefais i gopi gan Alfan Ellis ei hun. Ac i orffen eich brifo chi, yma, yn fy nhŷ i, y darllenodd o *Aeron yr Hydref.*'

Yr oedd gwefusau Bob Pritchard wedi gwelwi, a'i lygaid yn tyllu'n anghrediniol i'w llygaid hi.

'Ga i ddweud rhywbeth yma?' ebe Sirian. 'I Mrs Morgan yr ydw i am ymddiheuro. Rydw i'n meddwl mai celwydd cariad ddwedsoch chi, Mrs Morgan. Er mai camgymeriad oedd hynny.' Casaodd Ceridwen ef. 'Pe gwyddwn i, chymerwn i mo'r byd am ddweud yr hyn ddwedais i. Rwy'n gobeithio y credwch chi hynny. Ond wela i yn fy myw fod dim niwed wedi'i wneud. Yr adolygiad yna oedd y deyrnged fwyaf gafodd Bob ers blynyddoedd. Ac mae arna i isio gwneud iddo weld hynny.'

'Ewch ymlaen,' meddai Bob.

'Pan yw dyn wedi graddio'n gocyn hitio,' meddai Sirian,

171

'mae o wedi pasio'r arholiad uchaf mewn bywyd. Mae o'n fawr.'

'Ewch ymlaen.'

'Os ca i ddweud, Bob, fe fuoch chi'n rhy ffodus ar hyd eich oes yn yr adolygiadau gawsoch chi. Neu'n anffodus. Yr oedden nhw i gyd yn garedig, ar wahân i ambell bigiad, wrth reswm. Fe'ch derbyniwyd chi, o'r dydd y daeth *Blagur Ebrill* o'r wasg, fel rhyfeddod cenedl. Bardd rhy bwysig i neb fentro'i feirniadu. Mae'n ddealladwy, wrth gwrs; rydech chi wedi bod yn rhyfeddod llenyddol, ac yn para felly. Ond rydech chi wedi'ch difetha gan ganmol digymysg. Wedi'ch meddalu. Ac yrŵan, wedi i un llanc cwbwl ddinod wneud peth cwbwl anochel, sef lleisio adwaith arferol cenhedlaeth ifanc yn erbyn cenhedlaeth hŷn, dyma chi'n deilchion.'

'Rydw i wedi gwaedu f'awen yn sych er mwyn Cymru,' ebe Bob Pritchard.

'Ond fuoch chi erioed yng ngharchar, fel ambell genedlaetholwr. Throwyd mohonoch chi erioed o'ch swydd.'

'Nid oddi allan iddo'i hun y mae bardd yn dioddef.'

'Rwy'n cytuno. Ond os pigwyd chi gan un ymosodiad ifanc dibwys, beth fyddai'ch ymateb chi petai'ch cenedl wedi'ch gwerthu chi wedi ichi aberthu drosti? Ceisio'ch helpu chi yr ydw i, Bob, rydech chi'n deall hynny?'

'Nac ydw. Rydw i'n disgwyl i'm ffrindiau fynd yn gynddeiriog pan ymosodir arna i. Nid ceisio cyfiawnhau'r ymosod a rhoi lloches i'r ymosodwyr.'

Gwingodd Ceridwen dan ei edrychiad.

'Yr ydw i am ichi fod yn oddefgar, Bob,' ebe Sirian. 'Bai parod eich tebyg chi a'm tebyg innau ydi anghofio inni fod yn ifanc ein hunain. A dim ond echdoe oedd hynny. Roedden ninnau hefyd am newid y byd, am osod safonau newydd i fywyd. Ni oedd yn gweld yn glir, nid y bobol oedd wedi byw o'n blaenau ni. Roeddwn i'n ffyrnig wrth hen bregethwyr 'y nghyfnod am fethu deall fy oes i, am ddal i wthio ar eu cynulleidfaoedd syniadau a safonau oedd wedi gwneud y tro yn ystod eu hieuenctid nhw. Mae'n debyg eich bod chithau'n wfftio beirdd hŷn na chi—'

'Nac oeddwn. Does gen i ddim co' imi erioed fod yn amharchus o feirdd hŷn.'

Gwenodd Sirian, ac aeth ymlaen.

'Fe gawson ni'n ceryddu gan yr hen bregethwyr a'r hen feirdd, a'n hannog i gofio'n hieuenctid ac i barchu'n hynafgwyr ac i dawelu a chilio o'r golwg. Ond dal i wrthryfela wnaethon ni. Ac mae'n dda erbyn hyn inni wneud. Oni bai am ein gwrthryfel ni, fuasai gan Alfan Ellis a'i gyfoeswyr ddim byd gwerth gwrthryfela yn ei erbyn heddiw. Ein gwrthryfel ni gadwodd bethau'n fyw yng Nghymru. Ac mae'n dda bod ieuenctid yn driw iddo'i hun, yn dal i wrthryfela heddiw fel y gwnaeth o erioed—'

'Does dim rhaid iddyn nhw wrthryfela mor gas,' ebe Bob Pritchard.

'A,' ebe Sirian. 'Casaf yn y byd fo'r ymosod, mwya'n y byd ydi gwrthrych yr ymosod. Dyna'r deyrnged fawr y mae Alfan Ellis wedi'i thalu i chi.'

Gwthiodd Bob Pritchard y baco i'w bibell, a'r soriant ar ei wyneb o hyd. Daliodd Sirian i siarad.

'Fe fyddai'n edrych yn ddu ar Gymru, ar unrhyw wlad, pe na bai neb yn codi i'n cyhuddo ni o fethu siarad wrth yr oes yr yden ni wedi goroesi ynddi, ac i gynnig neges newydd mewn geiriau newydd. Yr ydw i'n dal i bregethu, yn cael gwahoddiad i bregethu o hyd ledled Cymru, ac fe fyddai'n hawdd imi feddwl bod yr hyn sydd gen i i'w ddweud yn bodloni angen yr oes yma fel y bodlonodd o angen yr oes y magwyd fi ynddi. Ond mi wn, yng ngwaelod fy mod, nad ydi o ddim. Mi fydda i'n eiddigeddu wrth fechgyn ifanc sy'n pregethu'n wahanol i mi, ac yn flin wrthyn nhw am awgrymu nad ydi 'mhregethu i'n dweud dim wrth eu hoes nhw. Ond mi wn hefyd mai nhw sy'n iawn. Mwy na hynny, mi wn y bydd ryw ddiwrnod bregethwyr ieuengach na nhw eto yn codi i'w collfarnu nhw am eu methiant. Ac felly ymlaen tra bydd pregethu mewn bod. Ac mae'r hyn sy'n wir am bregethwyr a phregethu yr un mor wir am feirdd a barddoniaeth.'

'Nac ydi,' ebe Bob Pritchard, yn fwy wrtho'i hun nag wrth Sirian. 'Dydi'r gyffelybiaeth ddim yn dal dŵr. Rhywbeth i'r diwrnod ydi pregethu, act sy'n bod ac yna'n peidio â bod. Mae barddoniaeth, sydd yn farddoniaeth, yn oesol. Dydi pregeth fawr ddim yn fawr ond i'r oes y lleferir hi wrthi. Os ydi hi i fod yn fawr i bob oes, mae'n rhaid iddi fod yn fawr, nid fel pregeth, ond fel rhywbeth arall—fel llenyddiaeth neu areithyddiaeth. Ond mae barddoniaeth sy'n fawr mewn un oes yn fawr i bob oes, ac yn fawr fel hi'i hun, fel barddoniaeth, ac nid fel dim arall dan haul. Fuaswn i heddiw ddim yn canu fel Dafydd ap Gwilym nac fel Islwyn, mwy nag y buasech chi'n pregethu fel John Jones Tal-y-sarn. Ond dydi pregethau Tal-y-sarn ddim yn fawr heddiw. Mae barddoniaeth Dafydd ac Islwyn yn fawr heddiw. Dydi hi ddim wedi peidio â bod yn fawr am funud. Felly, roedd y rhai a'i beirniadodd hi yn methu, ac yn methu'n enbyd. Roedd y farddoniaeth yn fwy na'i beirniaid.'

'Ac fe fydd eich barddoniaeth chithau'n fwy na'i beirniaid, Bob. Ond mae'n rhaid bod beirniaid, neu fydd gan gelfyddyd ddim byd i'w mesur ei hun wrtho. Y cwbwl ddweda i rŵan ydi: er eich mwyn eich hun ac er mwyn Cymru, ceisiwch weld safbwynt rhai iau na chi. Anghytunwch â nhw, os mynnwch chi. Anwybyddwch nhw, os ydi'n rhaid ichi. Mae'n debyg mai dyna wnewch chi, fel pob gŵr a gwraig lên sy'n eiddigus o'i safle. Ond ceisiwch gofio na fydd barddoniaeth Gymraeg ddim yn darfod pan fyddwch chi farw. Mae'n rhaid i Gymru gael beirdd i ganu pan fyddwch chi wedi tewi. Ac mae hanes yn ein sicrhau ni na fyddan nhw ddim yn canu'r un fath ag a wnaethoch chi. Cofiwch, fel yr oeddech *chi*'n obaith llenyddiaeth Gymraeg ddeng mlynedd ar hugain yn ôl, mai unig obaith llenyddiaeth

Gymraeg heddiw, yn ôl pob golwg, ydi Alfan Ellis a'i genhedlaeth.'

Siglodd Bob Pritchard ei ben.

'Druan o Gymru,' meddai.

'Mae arna i ofn, Mrs Morgan,' meddai Sirian, 'na allwn ni ddim argyhoeddi'r Doctor. Peth od ydi athrylith, wyddoch chi. Cyfuniad anesboniadwy o'r mawr a'r gwallgof a'r plentynnaidd. A feder meidrolion fel chi a fi ddim deall, dim ond rhyfeddu. Wel, rydw i am fynd rŵan. Mi ohiria i'r drafodaeth ar *Aeron yr Hydref,* Bob, nes bydd yr haul wedi codi arnoch chi eto. A gobeithio na fydd hynny ddim yn hir.'

'Mi ddo i hefo chi, Sirian,' meddai Bob. 'Mynd adra ydi'r gorau i mi, i sbio i'r tân.'

Siglodd Sirian law Ceridwen yn gynnes. Prin y dywedodd Bob bnawn da wrthi, ac aeth hi'n oer o'i mewn.

Wedi iddynt fynd y cafodd hi lonydd i feddwl am yr hyn a ddigwyddodd. Yr oedd Sirian yn siarad, siarad, siarad. Ei lais yn felodaidd, yn ddieflig felodaidd, byth yn baglu ar air, byth yn methu'i effaith, ac o dan y melodedd di-baid yn gwthio ewin dan y croen i'r galon. Am yr ail waith o fewn ychydig wythnosau yr oedd wedi eistedd yn ei thŷ hi ac wedi'i brifo. Ei brifo'n dirion, batriarchaidd, heb symud gewyn na syflyd amrant, fel neidr santaidd yn ei dal â'i lais a'i lygaid hypnotig, ac yna'n codi a'i gadael, wedi gadael brath ynddi nad oedd gwella iddo.

Ac i beth? Onid i brofi iddo'i hun fod ganddo allu drosti fel ag oedd ganddo dros Bob, a thros bawb a ddôi o fewn cyrraedd i'w lais a'i lygaid? Diolch iddo ef yr oedd Bob a hithau wedi'u tynnu o gymdeithas ei gilydd, i fod yn ddiarth i'w gilydd am gyfnod nad oedd pen draw iddo, hyd y gwelai hi. Nid oedd pen draw i ddim, hyd y gwelai hi.

Agorodd y drws, a brathodd Cecil ei ben i mewn.

'Ydi'r Doctor a'r Coler wedi mynd?' meddai.

'Ydyn.'

'Beth sy'n bod nawr 'te? Mae golwg angau arnoch chi, ferch.'

'Y dadrithiad.'

'O. Wedi cyffesu i'r tad rŷch chi?'

'Y tad gyffesodd drosta i.'

'Ie, dyna nhw. Does dim ond trwbwl yn eu dilyn nhw. O, wel, rŷch chi'n siŵr o fod yn teimlo'n hapusach nawr.'

Rhoes Ceridwen chwerthiniad cwta.

'Fe ellwch chi groesawu Alfan yn agored i'ch tŷ'n awr,' ebe Cecil.

'Dim, byth eto.'

'O, dyna drueni na wyddwn i. Rwy wedi'i wahodd e.'

'Yma?'

'Ie.'

'Pa bryd?'

'Yfory.'

'Yfory!'

'Ie. Mae'n dod lan i Gaerwenlli i weld Harri Prys-Roberts obeutu'r rhaglen radio 'na.'

'Cecil. Rydech chi wedi mynd yn rhy bell y tro yma. Mae'r bachgen wedi costio un cyfeillgarwch imi'n barod; dros dro, beth bynnag. Chaiff o ddim rhoi troed yn y tŷ yma. Mi dala i am le iddo yn y *Royal*. A chithau efo fo.'

'Fe gawn ni weld beth am hynny. Twdlŵ nawr!'

Diflannodd pen Cecil o'r drws, a chlywodd hi ef yn chwibanu wrth fynd ar hyd y neuadd. Yn chwibanu! Cydiodd ym mreichiau'i chadair i'w dal ei hun yn ôl, a'i hewinedd yn suddo i'r defnydd.

# 18

Bore trannoeth, er nad oedd hi'n teimlo'n hanner da, teleffoniodd Ceridwen am Jim, ac aeth i lawr i'r dref yn y car. Fe feddyliodd unwaith am alw Harri Prys-Roberts ar y teleffon, ond yr oedd hwn yn fater na ellid mo'i drafod ar y ffôn. Safodd y car wrth swyddfeydd y Gorfforaeth Ddarlledu, ac aeth i mewn.

'Ydi, ma'm,' meddai'r porthor wrthi. 'Mae Mr Prys-Roberts newydd ddod mewn. Sefwch funud.' Cododd y porthor y teleffon a siarad gair neu ddau iddo. 'Ddowch chi gyda fi, Mrs Morgan?'

Dilynodd Ceridwen ef i fyny grisiau ac ar hyd landing carpedog. Curodd y porthor ar un o'r drysau a rhoi'i ben i mewn. Cerddodd hithau i'r ystafell a chaeodd y porthor y drws ar ei hôl. Cododd Harri Prys-Roberts i'w chyfarfod.

'Hylô, Ceridwen? Am wneud darllediad inni?'

'Am rwystro darllediad, os galla i.'

'O'n wir?'

Eisteddodd Ceridwen mewn cadair a gwrthod sigarét.

'Yr Alfan Ellis 'na.'

'Wel? Beth amdano?'

'Mae'n dod i fyny yma heddiw.'

'Ydi, er na wn i ddim sut y gwyddech chi.'

'Fedrwch chi ddim gadael iddo wneud y darllediad yna.'

'Pam?'

'Does ganddo mo'r safle yn y byd llenyddol i ddarlledu ar farddoniaeth ddiweddar.'

'Hwyrach mai fi fedar farnu hynny orau at y pwrpas sydd gen i.'

'Welsoch chi'i adolygiad ar *Aeron yr Hydref*?'

'Do. Roeddwn i'n meddwl ei fod o'n dda iawn.'

'Oeddech chi'n wir? Mae o wedi brifo'r awdur.'

'Choelia i fawr! Mae Bob Pritchard yn rhy fawr i gymryd ei frifo gan un adolygiad.'

'Dyna oeddwn innau'n ei feddwl. Ond mae'n ymddangos bod dynion mawr, hyd yn oed, yn ddynol.'

'Mae'n ddrwg gen i glywed. Ond wela i ddim beth sy a wnelo hynny â'r darllediad sydd gen i mewn golwg.'

'Feder Alfan Ellis ddim siarad am ugain munud ar farddoniaeth Gymraeg ddiweddar heb sôn am Bob Pritchard.'

'Ddim yn hawdd.'

'Ac fe wyddom oddi wrth yr adolygiad beth ydi'i farn o am Bob Pritchard. Mae'n siŵr o ymosod ar Bob bob cyfle gaiff o. Ac mae hynny'n mynd i ladd Bob.'

Tynnodd Harri Prys-Roberts yn ei sigarét, ac yna dweud,

'Ceridwen. Mae gen i barch mawr i'r Athro Pritchard a'i deimladau. Yn anffodus, nid gofalu am deimladau'r Athro Pritchard ydi 'ngwaith i, ond diddori'r werin Gymreig. Ac i wneud hynny, mae'n rhaid imi roi'r meicroffon, hyd y caniateir imi, i'r ddwy farn sydd ar bob cwestiwn. Ac os oes dwy farn am farddoniaeth Gymraeg ddiweddar, does gen i ddim hawl i atal y meicroffon oddi wrth un ohonyn nhw.'

'Ond . . . rhywun heblaw Alfan Ellis—'

'Alfan Ellis, ar y funud, ydi'r mwya llafar a'r mwya diddorol o'r beirniaid ifanc. Mae'i adolygiad ar *Aeron yr Hydref* wedi tynnu mwy o sylw nag a wyddoch chi. Mae pawb yn y byd llenyddol yn gofyn pwy ydi o, ac yn cribo'r papurau am ragor o'i waith o. Y peth agosaf y medra i'i wneud i foddio'u chwilfrydedd nhw ydi cyflwyno'i lais o. Fe fydd y ffigurau gwrando'n uchel, ac mae'n rhaid i mi feddwl am hynny.'

'Ond mae 'na bethau pwysicach na "ffigurau gwrando".'

'Er enghraifft?'

'Lle bardd mawr mewn cenedl. Fe all rhagfarn llefnyn dibrofiad fel Alfan Ellis droi pobol oddi wrth Bob yn nydd ei nerth, heblaw rhoi taw ar ei awen o am byth.'

'Rwy'n deall sut yr ydach chi'n teimlo, Ceridwen. Ond mae arna i ofn fod yr ymgom yma'n hollol ofer. Mae'r darllediad eisoes ar y plan, a fedra i mo'i newid o.'

'Ond . . . fedrwch chi ddim gofalu nad ydi'r bachgen ddim yn crybwyll gwaith Bob?'

'Na fedraf. Yr ydan ni yn y Gorfforaeth yn ymfalchïo yn ein tegwch. Os ydan ni'n gwahodd rhywun i ddarlledu sgwrs, yna rydan ni'n rhoi rhyddid iddo ddweud beth fynn o—ond iddo beidio â bod yn enllibus, wrth gwrs. A fedrwch chi ddim galw beirniadaeth anffafriol ar waith bardd yn enllib.'

Cododd Ceridwen.

'Rydw i wedi fy siomi ynoch chi, Harri.'

'Nid chi ydi'r cynta, Ceridwen, rwy'n ofni. Mae'n ddrwg gen i.'

'Pe gwyddech chi beth mae hyn yn ei olygu i mi—'

'Rwy'n meddwl y gwn i. Os ca i ddweud, chwrddais i erioed â neb mwy anhunanol na chi, Ceridwen. Mae'n nodweddiadol ohonoch chi eich bod chi'n mynd i'r drafferth yma i arbed teimladau un o'ch cyfeillion, heb edrych am ddim mantais i chi'ch hun. Ond fel y dwedais i, darlledu ydi darlledu. Ac mae gwasanaethu'n gwrandawyr yn bwysicach i ni na chroen tenau un dyn, pwy bynnag ydi o.'

'Bore da, Harri.'

Aeth Ceridwen o'r swyddfa yn berwi. Ar hyd y landing carpedog, i lawr y grisiau, drwy'r neuadd, ac allan i'r dydd dwl. Yr oedd Jim yn agor drws y modur iddi. Plymiodd iddo, ac eistedd yn swp yn ei sedd.

'Y *Royal,* Jim.'

Eisteddodd Jim yntau yn ei sedd fel dyn yn deall ei feistres a'i thymherau i'r dim, ei ben dan y cap pig yn rhowlio i'r naill ochor ac yna i'r llall fel y trôi'r car mawr rownd conglau'r strydoedd. Safasant o flaen y *Royal.*

Daeth perchennog y *Royal* ei hun i siarad â hi. Yr oedd yn amlwg mewn gewyr diffuant.

'Pe bawn i wedi cael dim ond deuddydd o rybudd, Mrs Morgan. Dim ond deuddydd, mi allwn fod wedi cadw stafell ddwbwl i'ch dau ffrind. Ond mae Llys y Brifysgol yn cyfarfod yma heddiw a fory, ac mae pob stafell yn llawn. Pob un. Credwch fi, Mrs Morgan, mi wnawn i unrhyw beth i chi, fel y gwyddoch chi. Ond alla i ddim troi neb o'i stafell.'

'Rwy'n deall. Oes lle yn rhywle arall yn y dre 'ma?'

'Mi alwa i'r *Elephant* ichi, os mynnwch chi.'

Teleffoniodd y gwestywr i'r *Elephant* ac i'r *Gwenlli Arms* ac i'r *Mermaid*. Yr oedd yr *Elephant* a'r *Gwenlli* hefyd yn llawn o aelodau'r Llys, ac yr oedd y *Mermaid* wedi cau am fis i beintio.

'Mae'n ddrwg calon gen i, Mrs Morgan. Pe gallwn i wneud rhywbeth—'

'Does mo'r help. Fe fydd raid imi gael lle iddyn nhw mewn tai. Ga i ddefnyddio'ch teleffon chi?'

'Â chroeso mawr.'

Teleffoniodd hi at Martha i ddweud wrthi am bacio i'r ddwy, yn barod i fynd yn syth i Gaerdydd, o olwg pawb a phopeth. Pan ddywedodd Martha fod Mr Alfan Ellis eisoes yn Nhrem-y-Gorwel, a'i fod ef a Mr Matthews yn eu helpu'u hunain yn y pantri, aeth Ceridwen o'r gwesty heb ddweud gair wrth y perchennog, ac ar ei hunion i'r car.

'Adre, Jim, cynted ag y gellwch chi.'

A chyn gynted ag y gallodd yr aeth Jim. Yr oeddent yn codi'n gyflym uwchlaw'r dref, o dro i dro yn y ffordd, a'r coed a'r creigiau a'r gerddi'n disgyn heibio iddynt fel decor ffilm. Fe'i cafodd Ceridwen ei hun yn tawelu beth. Yr oedd egni'r modur rywsut yn llefaru'i hymdrech hi, y modur yn torri llwybr drwy'r rhwystredigaeth, yn mynd yn ôl ei hewyllys yn ufudd fel na allai dynion fod. Agorodd y ffenest a gadael i'r gwynt eillio'r gwrid oddi ar ei hwyneb. Ac yn yr asbri a'r ffresni fe'i cafodd ei hun bron yn barod i faddau i'r bore, yn agos at chwerthin. Yn agos iawn at chwerthin wrth ei gweld ei hun yn dal Cecil yn y pantri ac yn ei hoelio â'i llygaid fel plentyn wedi'i ddal ar ei ddrwg ac yn ei ddanfon ef a'i gyfaill sgryfflyd dros y drws i chwarae â bywyd rhywun diniweitiach na hi. Nid oedd angen paratoi araith. Fe fyddai gweld y ddau yno, yn atgas gan hyfdra, yn ddigon i chwipio geiriau ohoni y byddai'n well ganddi'u hanghofio wedi i'r ddau fynd.

Wrth frysio drwy'r drws i'r neuadd, safodd yn stond. Yr oedd rhywun yn canu'r piano yn y lolfa. Nid yn fedrus, ond yn unbys fel plentyn, yn baglu ar nodyn ac yn ei ail-daro, a'r rhythm yn rhacs. Closiodd yn ddistaw at y drws, a'i agor. Yn eistedd yno, ar stôl y piano, a'i gefn ati, yr oedd Alfan Ellis. Yr oedd yn ymdrechu ag alaw ac wedi ymgolli yn ei ymdrech.

'Bore da, Mr Ellis.'

Trodd ef ar y stôl ac edrych arni.

'Rŷch chi wedi anghofio f'enw cyntaf i'n barod,' meddai yn siomedig.

'Hwyrach mai dewis peidio â'i gofio rydw i,' meddai hithau'n galed. 'Beth ydech chi'n ei ganu?'

'Y noctwrn ganoch chi imi pan oeddwn i yma o'r blaen. Mae'n pallu gadael llonydd imi. Mae hi wedi cychwyn cerdd fawr yn 'y mhen i, ond ddaw'r gerdd dim nes daw'r alaw. Gwnewch ei chanu hi imi, os gwelwch chi'n dda.'

'Mae gen i amgenach pethau i'w gwneud heddiw.'

'Mrs Morgan.' Yr oedd bywyd yn llygaid y llanc nas gwelodd ynddynt y tro o'r blaen. 'Fedrwch chi ddim lladd cerdd yn y bru. Does gyda chi ddim hawl. Wa'th eich cerdd chi yw hi.'

Yr oedd hi'n petruso, ond trodd ei chefn a dechrau diosg ei chot a dweud,

'Na, does gen i ddim amser. Nac awydd. Mae 'na amser i bopeth, yn enwedig i ganu piano.'

Cododd y llanc, a chlywodd ef yn dweud,

'Yr adolygiad sy wedi'ch brifo chi, onte-fe?'

'Doedd o mo'r peth caredicaf i'w wneud, oedd o?'

'Nac oedd. Roedd e'n beth cas. Ond mi fûm i'n gasach

yn yr adolygiad nag own i wedi bwriadu. Ac arnoch chi roedd y bai.'

'Arna i?'

'Ie.' Aileisteddodd y llanc ar stôl y piano a'i ben rhwng ei ddwylo. 'Alla i ddim diodde eilunaddoliaeth, p'le bynnag y gwela i e.'

'Dydw i ddim yn eich deall chi.'

'Mi welais i pan oeddwn i yma y Nadolig eich bod chi mewn cariad â'r Doctor Pritchard—'

'Mewn—!'

'Nid â'r dyn, ond â'r bardd. Roeddwn i'n gwybod bod Cymru wedi ffoli ar ei waith, ond welais i ddim ffoli mor ddall, mor ddwl, nes gwelais i chi.'

'Wel, wir—!'

'Mi welais i nad oedd ond un bardd yng Nghymru i gyd i chi. Ac mi fethais i â diodde hynny. Wa'th roeddwn innau'n fardd hefyd. Er mwyn ichi gael gwybod, mi es i adre ar ôl y Nadolig yn sâl gan genfigen. Roeddech chi wedi bod yn garedig i fi, nid fel bardd, ond fel rhywun-rywun oedd wedi digwydd cael bwyta wrth eich bord chi a chysgu yn un o'ch gwelyau chi. Ac mi es i adre'n penderfynu 'mod i am ddangos ichi 'mod innau'n medru sgrifennu hefyd, ac y gallwn innau dynnu sylw Cymru. A'r ffordd rwyddaf i wneud hynny oedd dryllio'r ddelw roeddech chi'n ei haddoli. Mi wyddwn y byddwn i'n brifo mwy arnoch chi nag arno fe. Ac roedd yn rhaid imi'ch brifo chi.'

Pan allodd gael geiriau, dywedodd Ceridwen,

'Rydech chi wedi brifo'r Dr Pritchard hefyd.'

'Os do-fe, mae'n llai dyn nag oeddwn i wedi meddwl. Yng nghanol cynifer o adolygiadau clodforus, dyw un adolygiad anffafriol nac yma nac acw. Dyw colli un adolygiad ffafriol iddo fe ond fel colli punt i filiwnêr.'

'Rwy'n cyfadde,' meddai Ceridwen, 'na fedra i ddim dweud wrthoch chi faint yr ydech chi wedi'i frifo ar y

Doctor heb ei wneud o'n llai dyn yn eich golwg chi. Ddylwn i ddim bod wedi sôn am hynny. Ond pan ddeallodd o 'mod i wedi'ch lletya chi, fe ddigiodd. A digio efo fi. Fi, sy wedi bod yn gymaint o ffrind iddo ers blynyddoedd.'

'Rwy'n falch.'

'Rwy'n gofyn ichi adael y tŷ 'ma ar unwaith, Mr Ellis, os gwelwch chi'n dda. Rydw i'n gofyn yn garedig.'

Cododd y llanc.

'Rwy'n eitha bodlon,' meddai. 'Ond rwy am ofyn ichi wneud un peth i mi cyn imi fynd.'

'Beth?'

'Canu'r noctwrn yna. Peth bychan yw e i chi. Ond mae'n golygu llawer i fi. Mae'n golygu cerdd.'

Safodd Ceridwen, yn syllu ar y piano ac ar y llawr bob yn ail, yn teimlo'n gyfiawn ac yn euog bob yn ail.

'Peidiwch â gwrthod, Mrs Morgan,' meddai'r llais ifanc. 'Fe all y bydd yn edifar gyda chi.'

Clywodd hi'r piano'n ei thynnu, a blaenau'i bysedd yn dechrau cosi fel y byddent pan fyddai alaw'n ei goglais. Eisteddodd wrth yr offeryn a llithrodd ei bysedd i'r miwsig. Am ryw reswm—ei thymer, efallai—nid oedd yn cofio iddi erioed ganu'r darn yn well. Yr oedd y miwsig fel petai'n dod i'w chyfarfod yn donnau ac yn llifo drwy'i bysedd i'w chorff a thrwyddo. Nid oedd hi'n gwneud dim; yr oedd hi'n oddefol fel pianola, a'r darn yn ei ganu'i hun ynddi. Dim ond ei bod yn gorfod ei sadio'i hun i'w erbyn fel yn erbyn gwynt. Pan orffennodd yr oedd wedi diffygio, yn llesg.

Pan drodd ei phen yr oedd Alfan Ellis mewn cadair, a phapur ar ei lin, yn sgrifennu. Yr oedd chwys ar ei dalcen. Cododd hi a cherdded heibio iddo. Wrth fynd, trodd a dweud wrth ei wegil coch,

'Beth ydech chi, dyn ynte diawl?'

Yr oedd Martha'n ei chyfarfod yn y drws ac yn dweud,

'Rwy wedi pacio'r bagiau, Mrs Morgan.'

'Fe ellwch eu dadbacio nhw eto, Martha,' atebodd. 'Mae Mr Ellis yn aros.'

Syllodd Martha arni'n hurt.

'Fel y mynnoch chi, Mrs Morgan.'

# 19

Amser te, dywedodd Cecil, a'i geg yn llawn o deisen,

'Wyddoch chi, Ceridwen? Rwy'n becso amdanoch chi.'

'Pam?'

'Dŷch chi ddim yn edrych yn dda ers tro. Mae lliw gwael arnoch chi. Eich oedran chi, onte-fe?'

'Wel?'

'Mae'n oedran peryglus, wrth gwrs.'

'Ydi o?'

'Mi gefais i ffwdan â gwraig weddw yr un oedran â chi beth amser yn ôl. Roedd hi mewn cariad â fi.'

'Oedd rhyw ball ar ei 'mennydd hi?'

Sgowliodd Cecil.

'Roedd hi'n M.A.'

'Dydi hynny ddim help i bwyso dynion,' ebe Ceridwen.

'Na, na. Rŷch chi'n gwybod popeth, wrth gwrs.'

Bwytaodd Cecil yn fud am ysbaid, yna cododd ei lygaid gwyrddion a dweud.

'Dyw e ddim cynddrwg wedi'r cyfan, ody e?'

'Pwy?'

'Alfan.'

'Ydi. Mae o'n flêr, fudur, anghwrtais, gwenwynllyd, uchelgeisiol a maleisus,' ebe Ceridwen. 'Mewn gair, fo ydi'r bachgen annifyrraf groesodd fy llwybyr i erioed. Soniwn ni ddim mwy amdano, os gwelwch chi'n dda.'

'Na wnawn,' ebe Cecil. Cododd ei bapur newydd a'i roi i bwyso ar y tebot rhyngddo a Ceridwen.

'Gyda llaw,' ebe Ceridwen, 'ydech chi'n meddwl y bydd o i mewn i ginio heno?'

Dangosodd Cecil ei ben heibio i'r papur.

'Dŷn ni ddim yn sôn rhagor amdano, odyn ni?' meddai, a diflannodd ei ben yn ôl y tu ôl i'r papur.

Cododd Ceridwen ac aeth i'r stydi i sgrifennu llythyrau. Nid oedd wedi sgrifennu llythyrau ers tro. Ni fu mewn hwyl sgrifennu. Yr oedd pentwr o lythyrau busnes yn frown ac yn flin ar y ddesg, yn disgwyl eu hateb. Pentwr o fywyd brown yr ugeinfed ganrif, yn filiau trydan a theleffon a threth a gwasanaeth modurfa, yn ohebiaethau cyngor a swyddfa a swyddogion. Yr etifeddiaeth a adawodd Ceredig iddi, yr unig waith a ganiataodd iddi yn rhan anysgrifenedig ei ewyllys, a'r unig waith a allai fod yn gas gan un o'i natur hi. Byseddodd y biliau bob yn un ac un. Byddai'n arfer talu pob bil ar ei union. Yr oedd wedi gwneud hynny heb fethu er pan fu farw Ceredig. Ond ers rhai wythnosau'n awr yr oeddent wedi pentyrru. Yr oedd dau neu dri ail gais wedi dod, pethau nas cawsai o'r blaen yn ei bywyd. Yr oedd llawer i'w ddweud dros y bedwaredd ganrif ar bymtheg, a'r ganrif cyn honno, a'r ganrif cyn honno. Yr oedd cyfoeth yn eiddo i'w berchennog, o leiaf, yr adeg honno. Yr oedd gan ddyn, beth bynnag am wraig, hawl ar ei eiddo ac ar ei enaid ei hun. Ond yn y ganrif hon yr oedd bod dynol yn wydr i gyd, ar sioe, lle y gallai swyddogion o bob math wybedu ar ei wyneb a rhythu iddo a'i bigo ar bob modfedd ohono. Cyn hir fe fyddai treth ar haul ac awyr iach ac ar bob awr hamdden.

Clywodd y drws ffrynt yn agor a rhywun yn dod drwy'r neuadd. Cododd ac agor drws y stydi.

'Alfan, chi sy 'na? Ddowch chi i mewn yma am funud?'

Daeth y llanc, a sefyll wrth un o'r cypyrddau yn bodio cefnau'r llyfrau Cymraeg.

'Fuoch chi efo Harri Prys-Roberts?' gofynnodd Ceridwen.

'Do.'

'Rydech chi wedi trefnu'r darllediad.'

'Do.'

'Ydech chi wedi sgrifennu'ch sgwrs?'

'Ddim eto.'

'Alfan, eisteddwch yn y gadair yna lle galla i'ch gweld chi, ac edrychwch arna i.'

Yr oedd y llanc yn ufudd.

'Mi wyddoch, Alfan, 'mod i'n mentro colli'r cyfeill-garwch pennaf sy yn 'y mywyd i wrth eich cadw chi yma. Mae'r Doctor Pritchard a finnau'n gyfeillion agos iawn ers blynyddoedd bellach. Mae'i gwmni o wedi bod yn beth mawr i mi yn f'unigrwydd. Ac mi wn i na fydde fo ddim wedi canu llawer o'i gerddi diweddar oni bai amdana i. Ond stori arall ydi honno. Pan ddowch chi i f'oedran i, fe fyddwch chithau'n gweld gwerth pob cyfaill sy ganddoch chi. Maen nhw'n prinhau o flwyddyn i flwyddyn, ac rydech chi am gydio'n dynnach ym mhob un, yn enwedig pan ydech chi'n wraig weddw ddideulu. A does ar neb eisiau cau drws ei fywyd ar ei gyfaill pennaf. Rydech chi'n deall, felly, pam y mae'ch adolygiad chi wedi costio tipyn imi'n barod, oherwydd 'mod i un waith, yn fy niniweidrwydd, wedi rhoi llety ichi yma.'

Nid atebodd y llanc, dim ond syllu.

'Rŵan, fe ddwedsoch y bore 'ma, Alfan, eich bod chi wedi sgrifennu fel y gwnaethoch chi i 'mrifo i, a'ch bod chi'n falch eich bod chi wedi 'mrifo i. Dydw i ddim am ddigio efo chi am hynny. Yn hytrach, rydw i am ofyn ichi faddau imi os dangosais i mewn unrhyw ffordd pan oeddech chi yma o'r blaen nad oeddwn i ddim yn rhoi pwys arnoch chi fel bardd. Os dangosais i hynny, roedd o'n anfwriadol. Roeddwn i'n meddwl 'mod i wedi dangos pob diddordeb posibl yn eich gwaith chi, yn enwedig a chithau heb gyhoeddi cerdd erioed. Ydech chi'n maddau imi, Alfan?'

'O'r gorau, mi faddeua i ichi.'

'Wel, dyna un rhyddhad, o leiaf. Rŵan, wedi ichi lwyddo yn eich tasg o 'mrifo i, ac wedi ichi'ch bodloni'ch hun fod modd ichi bellhau'r Athro Pritchard a finnau oddi wrth ein gilydd, rydw i am ofyn i chi wneud rhywbeth i mi. Rydw i wedi newid 'y meddwl, ac wedi'ch cadw chi i aros yma heno eto. Wn i ddim pam. Fe fydd yr Athro Pritchard yn siŵr o glywed, a hwyrach gamddeall, a digio. Mae'ch croesawu chi fel y gwna i yn fentar i mi. Ac fel y dwedais i, wn i ddim pam yr ydw i'n gwneud. A siarad yn hollol blaen efo chi, dydech chi'n apelio dim ata i fel person. Rydech chi'n flêr eich gwallt a'ch dillad a'ch osgo, ac—mae'n gas gen i ddweud hyn—dydech chi ddim yn edrych yn hollol lân. Mae'ch cyfaill Cecil yn flêr. Ond bwriadol artistig flêr ydi o. Ac mae'n hollol lân. Fe ddylai fod, beth bynnag. Mae'n byw ac yn bod yn y bàth. Fe ellwch gymryd dalen o'i lyfr o. Achos, er nad ydech chi ddim yn un o'r dynion mwya golygus, fe allech chi, petaech chi'n lân ac yn rhesymol daclus, fod yn bersonoliaeth weddol ddymunol. Yn enwedig petaech chi'n gwneud ymdrech i fod yn gwrtais ac yn feddylgar hefyd.'

Yr oedd y llanc yn dal i syllu arni, ei lygaid gleision heb dyfu dim a ffurf ei wyneb heb newid. Nid oedd ddichon gwybod beth oedd yn ei feddwl. Dechreuodd hi deimlo'i bod wedi siarad siop wrth grebwyll a oedd gryn dipyn uwchlaw peth felly.

'Er hynna i gyd, Alfan, yr ydw i'n tybio'i bod hi'n werth y fenter i'ch cadw chi yma heno. Doeddwn i ddim wedi bwriadu gwneud. Roeddwn i wedi bwriadu'ch rhoi chi dros y drws. Mae'n rhaid bod rhywbeth ynoch chi, wedi'r cyfan, sy'n apelio ata i. Rhywbeth sy'n . . . llenwi rhyw le gwag yn 'y mywyd i. Does gen i ddim syniad beth ydi o, a fedra i ddim rhoi geiriau iddo. Dim ond 'mod i'n teimlo rywsut neu'i gilydd, am ryw reswm neu'i gilydd, 'mod i'n gwneud y peth iawn.'

Gostyngodd ei llygaid oddi ar yr wyneb ifanc heulfrych, a chasglu'i meddwl ar gyfer ei hapêl olaf. Yr oedd ei hyfory'n dibynnu ar lwyddo gyda hon.

'Yrŵan, gan fod cyfeillgarwch Bob Pritchard yn golygu bron bopeth i mi, a chan y gall eich cyfeillgarwch chithau olygu mwy imi nag a wn i rŵan, y peth delfrydol i mi fyddai'ch bod chi a Bob Pritchard yn ffrindiau â'ch gilydd. Dydi hynny ddim yn amhosibl. Ac fe fyddai'n talu i chithau. Fe allai Bob Pritchard fod yn wynt cry yn eich hwyliau chi petaech chi'n dewis. Fe fyddech chi'n llamu i fyny yn y byd llenyddol pe caech chi'i gefnogaeth o. Rŵan, rydech chi wedi gwneud eich protest yn eich adolygiad. Yr unig beth sy eisiau ichi'i wneud rŵan ydi darlledu'ch sgwrs ar farddoniaeth Gymraeg ddiweddar, a dweud eich bod chi, er yn gweld gwendid ambell gerdd, yn credu drwy'r cwbwl fod y Doctor Pritchard yn un o feirdd mwya Cymru, a rhoi darn o'ch sgwrs yn foliant personol iddo fo. Fe ellwch adael y gweddill i mi. Mi drefna i wedyn ichi'i gyfarfod o yn y tŷ yma, ac fe fydd eich dyfodol chi'n ddiogel. Wnewch chi hynny, Alfan? Er 'y mwyn i, er eich mwyn eich hun?'

Am y tro cyntaf, edrychodd y llanc oddi wrthi, ar y ddesg, ar y llawr, ar y silffoedd llyfrau. Bu'n hir heb ateb, fel petai'n meddwl am bopeth ond ateb. A phan atebodd yr oedd ei ateb yn od.

'Fedra i mo'ch galw chi'n ddim ond Ceridwen bellach,' meddai.

'Galwch fi'n Ceridwen ar bob cyfri. Rydw i'n falch.'

'Rŷch chi'n un o'r menywod galluocaf gwrddais i erioed. Na, nid mewn ystyr ddifrïol rwy'n dweud. Mae rhyw ansawdd ichi fel gwraig sy'n brin fel trysor. Does dim ymdrech yn ormod gyda chi i'w wneud i gyrraedd rhyw amcan sy'n ymddangos yn bwysig i chi. A does dim yn ormod gyda chi i'w wneud i arbed teimladau rhywun arall. Mae hynny'n anghyffredin heddi.'

'O, dydech chi ddim wedi cyfarfod â llawer eto—'

'Peidiwch â phwysleisio fy ieuenctid i o hyd!'

Yr oedd tymer yn llygaid y llanc.

'Mae'n ddrwg gen i.'

'Wrth gwrs,' ebe Alfan, 'rŷch chi'n gofyn llawer oddi arna i. Rŷch chi'n gofyn imi benderfynu p'un sydd bwysicaf, cyfeillgarwch ynte egwyddor. Dyw dyn sy'n pellhau'i gyfeillion er mwyn egwyddor ddim yn ddyn doeth. Ond dyw dyn sy'n gwerthu egwyddor er mwyn cyfeillion ddim yn ddyn da. Mae hi'n broblem, on'd yw hi?'

'Peidiwch ag edrych arni fel'na—'

'O'r gorau, wna i ddim. Ddim nawr, ta beth. Ond os ydw i wedi gwneud safiad fel beirniad llenyddol, ac wedi creu safbwynt, rwy'n mynd i ymddangos yn ddyn gwael os llynca i 'ngeiriau a newid 'y marn yn gyhoeddus. Os yw'r Doctor Pritchard yn fardd gwael imi heddi ac yn fardd gwych imi fory, pa bwys y mae neb yn mynd i'w roi ar ddim ddweda i?'

'Ydi barn y cyhoedd amdanoch chi'n bwysicach na barn rhywun fel fi?' ebe Ceridwen.

'Dyw barn neb yn bwysig amdanaf *fi*. Y peth sy'n bwysig yw ymddiried pobol yn yr hyn ddweda i.'

'Ydi pobol yn cofio yfory y pethau ddywedwyd ddoe?'

'Nac ydyn, nes bo'r sawl a'u dwedodd nhw ar lawr. Maen nhw'n cofio wedyn. Edrychwch yma, Ceridwen. Peidiwch *chi* â becso. Rwy'n ceisio bod yn feddylgar nawr, ar eich awgrym chi—'

'Diolch, Alfan.'

'Wnaf i ddim heb ystyried eich apêl chi heno a'i styried hi'n ddyfal. Rwy'n gweld eich bod chi mewn lle cas. Nawr, gan 'mod i'n ddyn cwbl hunanol, dyw hynny ddim o bwys i mi. Ond os dalia i at fy safbwynt rwy'n mynd i 'ngosod fy hunan mewn lle cas, wa'th rwy'n mynd i golli'ch cyfeillgarwch chi. Ac mae hwnnw'n bwysig imi bellach, gan taw chi yw'r unig wraig gwrddais i erioed â sylwedd ynddi. Dwy' ddim yn fodlon rhannu'ch cyfeill-garwch chi â'r Doctor Pritchard. Ond mae'n gwestiwn bellach o fodloni ar ddarn o'ch cyfeillgarwch chi neu fod heb ddim. Mi feddylia i am y peth, Ceridwen.'

A chododd Alfan Ellis a mynd o'r ystafell. Eisteddodd Ceridwen i feddwl. Yr oedd y llanc yn un o'r pethau odiaf a gyfarfu erioed. Yr oedd wedi siarad â hi'n dadol, fel dyn trigain. Yr oedd yn ymwybodol iawn o'i ieuenctid, yn gignoeth ar y pwnc. Ond yr oedd hefyd yn aeddfetach na fawr neb a welsai o'i oed. Yn aeddfetach mewn rhai cyfeiriadau, oherwydd mewn cyfeiriadau eraill yr oedd yn ofnadwy o ifanc. Yr oedd tro gwreiddiol i'w feddwl. Hwyrach fod deunydd mawredd yno yn rhywle, y tu ôl i'r masg heulfrych adolesent, o dan yr oraclu teirblwydd ar hugain. Yr oedd yn sicr yn ychwanegiad diddorol at ei chasgliad cyfeillion, cyhyd ag y talai i'w gadw.

# 20

Gosododd Ceridwen y cennin Pedr yn y llestr bob yn un ac un, a goleuo'r lamp fechan ar y mur uwch eu pennau. Yr oeddent yn ddigon o ryfeddod. Y golau'n golchi'u clychau ac yn meddalu blaenau'u dail. Rhywbeth fel yna a ddywedai Bob, meddai Ceridwen wrthi'i hun.

Wrth feddwl am Bob, clywodd bigyn ynddi. Ni fu ar y cyfyl ers wythnosau. Fe'i galwodd ef ar y teleffon unwaith neu ddwy. Y tro cyntaf yr oedd yn gwrtais ond yn ddisgwrs. Yr ail dro dywedodd Nia ei fod yn ei wely â chur yn ei ben. Ni alwodd mohono wedyn. Yr oedd yn ei gofio'n ddiarth ac yn bell o'r blaen. Ond nid cyhyd â hyn. Iselder ysbryd bardd oedd yn cyfri y troeon hynny. Y tro hwn, wrth gwrs, yr oedd rheswm . . .

Oni ddôi Bob i'r parti heno, yr oedd hi'n meddwl ei bod am dorri'i chalon. Yr oedd wedi anfon gwahoddiad iddo ef fel i'r lleill i gyd, gan mai'i barti pen-blwydd ef ydoedd. Yr oedd y cardiau gwahodd yn datgan hynny, ac fe ddôi pob un o'r lleill yno, gan y byddai'n noson hanesyddol y byddent yn sôn amdani wrth eu hwyrion. Fe fyddai gwerth cenedlaethol ymhen amser ar yr ychydig breiniol a fu'n dathlu tri ugeinmlwydd R. J. D. Pritchard gydag ef. Ond oni ddôi ef yno'i hunan wedi'r holl baratoi a'r addo, fe fyddai'i henw hi'n sbort.

Yr oedd ei phartïon yn sefydliad yng Nghaerwenlli bellach. Ac nid ar unrhyw esgus y byddai'n eu cynnal. Y flwyddyn wedi marw Ceredig fe roes barti ar ei phen-blwydd ei hun. Ond fe glywodd fod rhai'n dweud ei bod hi'n ceisio'i gwneud ei hun yn ffigur, ac ni roes barti ar ei phen-blwydd ei hun wedi hynny. Fe roes barti unwaith i ddathlu cyhoeddi trydedd nofel Idris Jenkins. Ond ni ddaeth Bob Pritchard i hwnnw, a phenderfynodd beidio â dathlu unrhyw lwyddiant i Idris Jenkins o hynny allan. Digon tebyg y talai Idris yn ôl heno trwy beidio â dod i barti pen-blwydd Bob, ond yr oedd ei golli ef yn llai o golled na cholli'r Doctor. P'un bynnag, yr oedd hi'n llwyddo i roi parti neu ddau bob blwyddyn, ac yr oeddent yn rhywbeth iddi feddwl amdano.

Rhyw ddau ddwsin neu lai a wahoddid i bob un, pigion bywyd Cymraeg y dref. Ergyd drom i rywun o bwys oedd peidio â chael gwa'dd. Ac yr oedd gwahoddiad yn gam tuag i fyny ym mywyd y dref i rywun nas gwahoddwyd o'r blaen. Yr oedd gwybod hyn yn cynhesu Ceridwen. Yr oedd ganddi beth gallu, yr oedd hi'n rhywfaint o rym, mewn ffordd dawel, mewn penderfynu pwy oedd o bwys yng Nghaerwenlli. Ac un o'i hoffterau oedd gwahodd newydd-ddyfodiad i'r dref, darlithydd ifanc neu athro ysgol newydd, yn lle cynghorydd neu henadur a fu ym mhob parti o'r cychwyn ac a aeth yn rhy hoff o'i lais ei hun.

Yr oedd peth o'r siarad am y partïon yn amharchus, fe wyddai. Yr oedd eu horiau hwyr, ac absenoldeb gweinidogion efengyl, a chyflwr sigledig ambell un o'r gwahoddedigion wrth yrru tuag adref, wedi rhoi achos i lawer feddwl nad oedd popeth a ddigwyddai y tu ôl i'r llenni melfed yn unol â'r Deg Gorchymyn. Ond fel rheol, yr oedd a wnelo eiddigedd rhai nas gwahoddwyd rywbeth â'r siarad hwn. Gwir bod mwy nag un garwriaeth wedi'i geni yno, ond carwriaethau rhwng rhai ifanc dibriod oeddent hyd yn hyn. Gwir hefyd fod yno win ar y bwrdd amser swper, ond nid oedd neb yn ei gymell, ac yr oedd yno lwyrymwrthod yn ogystal ag ymlawenhau.

Yr oedd y gwahoddedigion yn dechrau cyrraedd; gallai glywed Martha'n eu derbyn yn y cyntedd. Yr oedd car ar ôl car yn crafu'r gro yn y sgwâr ym mhen y dreif a'u peiriannau'n refian unwaith neu ddwy cyn tewi. Yr oedd ei gwaed hithau'n dechrau twymo. Rhoes bwniad neu ddau i donnau'i gwallt o flaen y drych ac esmwytho plygion ei gwisg laes cyn troi i dderbyn yr ymwelwyr.

'Mr Arthur, sut ydech chi? Mrs Arthur? Mae'n dda gen i'ch bod chi wedi dod.'

Ni fyddai byth yn caniatáu i Martha gyhoeddi'i gwesteion fel bwtler. Yng Nghymru Gymraeg yr oeddent, meddai hi, a pheth Seisnig oedd ffurfioldeb. Yn nesaf, daeth y Prifathro Lewis a'r Athro Lyndham-Lloyd a'u gwragedd. Yr oedd yn dda nodedig ganddi weld y Prifathro. Nid oedd wedi dod y tro cynt oherwydd annwyd, ac yr oedd hi wedi ofni mai esgus oedd yr annwyd. Ar eu hôl hwy daeth Idris a Mair Jenkins. Yr oedd golwg swil ar Idris, a golwg dangnefeddus newydd ar Mair.

'Gwnewch eich hunain yn gartrefol fel arfer, wnewch chi? Mae'r bar yn y gornel acw ichi'ch helpu'ch hunain, a does dim rhaid i neb yfed dim cryfach na lemonêd.'

Gwenodd pawb arni, a throes y Prifathro i barhau'i sgwrs ag Idwal Arthur, ac Idris Jenkins â Lyndham-Lloyd. Eisteddodd y gwragedd yn stiff ar bedair cadair yn y gornel bellaf oddi wrth y bar, Mrs Lewis a Mrs Lyndham-Lloyd yn siarad a'r ddwy arall yn gwrando. Cyrhaeddodd Dr Jones a'i briod—yr oedd Dr Wynne wedi anfon i ddweud bod yn ofidus ganddo na allai ddod. Ac yn sgil y meddyg a'i wraig daeth Bleddyn Rhys y llyfrgellydd a'r Cynghorydd Isaac a'u gwragedd hwythau.

Nid oedd dim golwg am Bob Pritchard eto. Yr oedd y parti'n anystwyth ac ni allai Ceridwen ei ystwytho. Yr oedd hi'n gwenu ac yn nodio ac yn dweud gair ysgafn wrth hwn ac wrth hon, ond ni allai ymdaflu. Ni fuasai cynddrwg petai Cecil yno. Fe fyddai hwnnw erbyn hyn wedi ffrwydro bom neu ddwy ac fe fyddai'r sgwrs wedi deffro. Ond nid oedd hwnnw byth ar gael lle gallai fod o werth.

Daeth Harri a Catrin Prys-Roberts a Miranda Lewis a'i gŵr. Yn hwyr er mwyn creu argraff wrth gerdded i mewn. Cynllun y gwragedd, wrth gwrs.

'Helô, Ceri bach!' llefodd Catrin, a'i chusanu'n frwd yng ngŵydd pawb. 'Sut yr wyt ti erstalwm? Rwyt ti'n *sobor* o ddiarth, ac rydw i wedi bod yn meddwl *cymaint* amdanat ti!'

'Mae'r Doctor Pritchard yma, wrth gwrs.' Torrodd llais fflat Miranda ar draws brwdfrydedd Catrin fel llafn.

'Dim eto,' meddai Ceridwen. 'Wnâi o mo'r tro i arwr y noson ddod yn rhy fuan.' Yr oedd yn meddwl ei bod wedi llwyddo i beidio â dangos pryder.

'Gobeithio y daw e, onte-fe?' meddai Miranda wedyn, ei llygaid dur hanner-cau yn troi oddi ar wddw Ceridwen i astudio'r gwesteion.

Arhosodd Harri Prys-Roberts am funud wedi i'r lleill symud ymlaen i'r ystafell.

'Diolch ichi am 'y ngwahodd i, Ceridwen, er 'mod i wedi'ch siomi chi.'

'Fydda i byth yn dal dig,' ebe Ceridwen, gan resynu na fyddai hynny'n wir.

Gwenodd Harri wên cynhyrchydd radio a symud ymlaen. Dechreuodd panig gerdded Ceridwen. Yr oedd y gwesteion i gyd yma ond Bob. A Cecil, wrth gwrs. Ond yr oedd ef rywle yn y tŷ. Fe fyddai'n rhaid iddi egluro mewn munud, sefyll o flaen y gwahoddedigion i gyd ac egluro nad oedd yr hwn y dethlid ei ben-blwydd wedi dod, a llunio rhyw esgus. Esgus y byddai Catrin a Miranda'n ei storio yn eu hymenyddiau ac yn troi pob carreg yfory i'w gael yn wir neu'n au. Fe alwai Bob ar y teleffon pe bai hi rywfaint haws. Ond y tebyg oedd y byddai wedi mynd i'w wely am y noson. A ph'un bynnag yr oedd hi'n rhy falch i'w alw. Chwarae teg iddi, yr oedd hi'n meddwl mai amdano ef yr oedd ei phryder pennaf. Iddo'i hun y gwnâi Bob niwed yng ngolwg y gwahoddedigion i gyd—ar wahân i Catrin a Miranda, wrth gwrs. Fe fyddent i gyd yn ei gyfri'n anghwrtais yn cadw draw heno, o bob noson, a hithau wedi mynd i gost ac i drafferth er ei fwyn.

Yn ei hing, gwelodd y Prifathro a Lyndham-Lloyd yn

croesi tuag ati. Gwelodd hefyd lygaid Catrin a Miranda'n dilyn y ddau fel llygaid dwy gath.

'Ddowch chi trwodd i'r stafell nesaf gen i, Mrs Morgan?' ebe llais dwfn y Prifathro.

Aeth y tri drwodd i'r stafell ginio lle'r oedd y byrddau bwyd. Caeodd y Prifathro'r drws ar eu holau.

'Nawr, Mrs Morgan,' meddai, 'er nad ŷch chi wedi dweud gair, rwy'n gwybod eich bod chi mewn penbleth. Fe ddwedais i wrth y Dr Pritchard bore heddi, "Fe'ch gwela i chi heno yn Nhrem-y-Gorwel." "Falle," medde fe, "na fydda i ddim yno." "Pam?" meddwn i. "Wel," medde fe, "dwy' ddim yn credu mewn ffyncshons i roi clod i mi." Nawr, mi wn i, chi'n gweld, nag yw hynny ddim yn wir am Bob. Fe ele fe i America i'w anrhydeddu petai galw arno. Rhywbeth arall sy'n bod ar yr hen frawd. Ond mae'n gwneud tro gwael iawn â chi, Mrs Morgan, ta beth yw ei reswm e. Ac mae Lyndham a finnau am fynd yno yn y car nawr i ddod ag e yma—'

'O, na—'

'Gwnawn. Ei gwnnu o'i wely os bydd rhaid. Peidiwch chi â becso, Mrs Morgan. Wnaiff e ddim anufuddhau i'w brifathro!'

A chan siglo'i fys arni, ciliodd y Prifathro hir yn wysg ei gefn i'r neuadd, ac allan, a Lyndham ar ei ôl fel ci defaid. Safodd Ceridwen wrth ddrws y stafell ginio am funud cyn mynd i blith y lleill. Os oedd hi'n adnabod Bob, ddôi o ddim os oedd wedi meddwl peidio. Yr oedd yn ystyfnig fel mul, ac ni allai'i brifathro chwaith newid ei feddwl athrylithgar drosto.

'Damo!' llefodd rhywun o ben y grisiau.

Trodd Ceridwen ei phen a gweld Cecil yn llamu i lawr y neuadd ac yn ymwthio heibio iddi, yn noeth at ei ganol ac yn dal trywsus melfaréd coch am ei wasg â'i ddwy law.

'Cecil—!' sibrydodd wrtho mewn dychryn.

Ond yr oedd Cecil eisoes yn y lolfa.

196

'Damo, damo, damo, damo!' gwaeddodd, gan neidio ymysg y gwahoddedigion. 'Beth ŷch chi'n moyn yma i gyd? A pham rŷch chi'n staran arna i fel rŷch chi? Oes cyrn yn tyfu ar 'y mhen i? Nag ŷch chi'n gweld y picil rwy ynddo? Crys newydd, wedi'i brynu y dydd o'r blaen yng Nghaerdydd, wedi diflannu. Yn llwyr!'

'Cecil, dowch yma mewn munud.' Yr oedd Ceridwen yn cydio ynddo, ac yn ceisio'i dynnu, orau y gallai heb golli urddas, tua'r drws.

'Gadewch fi i fod, ferch!' llefodd Cecil. 'Ble mae 'nghrys i?'

'Mi alla i ddweud wrthoch chi os dowch chi odd'ma'n dawel.'

Yr oedd hi'n dechrau chwysu o dan ei phowdwr. Yr oedd gwraig y Prifathro a gwraig yr Athro Lyndham-Lloyd wedi sythu gan ddychryn, a Catrin a Miranda wedi troi'u cefnau mewn diflastod. Cododd Idris Jenkins, fel yr unig un ar wahân i Ceridwen a oedd yn nabod Cecil yn weddol dda, a chroesi tuag ato.

'Cadw di draw, Jenkins,' ebe Cecil, yn rhyddhau un llaw i'w atal ac yn mentro noethni llwyr. 'Nawr, tra bo'r cyfle gyda ni. Sawl un ohonoch chi fenywod sy wedi gweld corff dyn ers blynydde? Syllwch nawr, tra cewch chi. Ar y corff hardda welwch chi, falle, y tu yma i baradwys—Aw!'

Yr oedd Idris Jenkins wedi cydio yn ei fraich rydd ac wedi'i throi am ei gefn. Aeth Cecil o'r ystafell o'i flaen yn ufudd ond yn huawdl. Caeodd Idris ddrws y lolfa ar eu holau a rhoes hergwd i Cecil nes oedd yn swp wrth fôn y wal. Cododd Cecil o'i drywsus melfaréd, a'i wyneb yn wyn gan dymer, ac anelu am Idris. Amserodd Idris ei ddyrnod yn berffaith. Yr oedd Cecil yn glwt ar lawr y neuadd, a gwaed yn treiglo o'i geg. Cyn i Idris ei godi drachefn i roi dwrn arall iddo, rhoes Ceridwen ei llaw ar ei fraich. Yr oedd y fraich yn crynu gan gynddaredd.

'Mi allwn i'i ladd o, Ceridwen, am wneud hyn i chi.'

'Peidiwch â'i ladd o, beth bynnag,' ebe hithau. 'Fe allwn wneud rhywbeth ag o tra bydd ganddo gorff. Allen ni wneud dim pe dôi'i ysbryd o yma i drwblo. Ac fe fyddai'n siŵr o ddod.'

Yr oedd Cecil yn trosi ac yn griddfan yn fabïaidd ar y llawr. Cododd Idris ef ar ei draed, a hanner ei gario, hanner ei lusgo i fyny'r grisiau i'w stafell wely. Yr oedd Martha ym mhen y grisiau a'i breichiau i fyny mewn braw.

'Ewch i wneud y te a'r coffi, Martha,' ebe Ceridwen. 'Cymryd bwyd cyn gynted ag y medrwn ni ydi'r gorau ar ôl hyn, er mwyn i bawb gael mynd adre.'

Ffwdanodd Martha i lawr y grisiau am ei bywyd, ac aeth Ceridwen ar ôl Idris a Cecil i'r stafell wely. Llanwodd sbwng â dŵr yn y cawg ymolchi, a mynd i olchi gwefusau Cecil.

'Aros di'r nofelydd diawl,' ebe Cecil, 'nes bydda i wedi cryfhau ar ôl hyn. Mi wna i bwdin o dy berfedd llenyddol di.'

'Pryd y mynnot ti,' ebe Idris, wedi oeri beth. 'Ond nid yn nhŷ Ceridwen, y ferch sy wedi dy gadw di a dy ddilladu di a dy fwydo di—'

'Ie, rwyt ti mewn cariad â Ceridwen,' ebe Cecil drwy'r sbwng. 'Mae hi'n bertach na dy wraig di dy hunan, on'd yw hi?'

Cydiodd Ceridwen yn Idris eto i'w gadw'n ôl. Fe fuasai wedi'i falu.

'Dyna chi, Cecil,' meddai hi, yn rhyfeddu'i chlywed ei hun mor dawel, 'peidiwch â siarad dim chwaneg rŵan, mae'ch gwefusau chi'n boenus.'

'Nag ŷn!' ebe Cecil yn flin.

'Wyt ti'n gweld,' ebe Idris wrtho, 'mae dy gampau modernistig di'n iawn ar y cynfas. Mae pobol wedi dysgu'u goddef nhw fan honno erbyn hyn. Ond pan wyt ti'n cyfieithu dy gelfyddyd sioclyd yn weithredoedd—'

'Nos da,' ebe Cecil, gan droi a thynnu gobennydd dan ei

ben i gysgu. 'Rwy'n ei deall hi'n awr. Does dim lle mewn cymdeithas rispectabl i estroniaid brith fel fi. Nos da, damo chi!'

Ciliodd y ddau o'r ystafell a chau'r drws ar eu hôl. Yn sydyn yr oedd Ceridwen wedi gollwng ei phen ar ysgwydd Idris, ac yn wylo. Clywodd ei freichiau ef yn nyddu amdani, ac yn ei thynnu'n nes, nes.

'O, Idris,' sibrydodd, 'fedra i ddim diodde pethau fel hyn . . . fedra i ddim . . .'

Clywodd ei law o dan ei gên yn codi'i hwyneb, a chyn iddi fedru'i atal yr oedd ei wefusau wedi'u gludio ar ei gwefusau hi. Ni allai ymryddhau, ac ildiodd. Hyd yn oed yn nhywyllwch serog y cusan, fe wyddai mai â'i chorff yn unig yr oedd hi'n cusanu. Nid oedd ynddo ddim rhamant, dim cariad, dim teimlad serchus, hyd yn oed. Dim ond rhyddhad bendithiol i'r cnawd, fel a fydd pan dorro dyn syched hir mewn ffynnon. Darfu'r cusan mor sydyn ag y daeth.

'Ddylen ni ddim bod wedi gwneud hynna,' meddai hi'n ddideimlad. 'Roedd o'n odineb.'

'Beth bynnag oedd o,' meddai Idris, a'i lais ef yn dynn gan gynnwrf, 'mi fydda i'n falch ohono tra bydda i byw. Mae un o'm breuddwydion cyson i wedi dod yn wir. A phetaech chi'n gwrthod 'y ngweld i byth eto, mae 'na un edefyn yn 'y mywyd i'n gyfan o'r diwedd.'

'Dyma'r noson waethaf aeth dros 'y mhen i erioed,' meddai Ceridwen. 'Fedra i byth wynebu pobol y dre 'ma eto.'

'Na fedrwch,' ebe Idris, 'os nad ewch chi i lawr a'u hwynebu nhw yn syth y funud yma. Fe fydd rhywfaint o gydymdeimlad yn gymysg â'u dirmyg nhw os wynebwch chi nhw rŵan. Ac fe ellwch chi dynnu ar y cydymdeimlad hwnnw os defnyddiwch chi'ch pen. Ond cadwch o'r golwg heno, fydd yna ddim ond dirmyg.'

Syllodd Ceridwen yn llonydd i lawr y grisiau, yna aeth tua'i stafell wely.

'Ble'r ewch chi?' meddai Idris.

'I dwtio tipyn arnaf fy hun.'

'Wnewch chi ddim o'r fath. Ewch i lawr fel yr ydach chi, dagrau ar eich amrant a'ch gwallt fymryn yn flêr. Fe ellwch doddi calon craig fel yr ydach chi rŵan.'

Ac aeth Ceridwen i lawr fel yr oedd, gan adael i Idris fynd i'r ymolchfa i dwtio. Pan aeth i'r lolfa, daeth distawrwydd ar bawb. Distawrwydd sydyn, fel pe baent wedi bod yn siarad amdani. Neidiodd y dagrau i'w llygaid, a buont yn help iddi.

'Mae'n ddrwg gen i am hyn, gyfeillion,' meddai. 'Fynnwn i ddim iddo ddigwydd er dim . . .'

Trwy'r niwl yn ei llygaid gwelodd Miranda'n gwyro i ddweud rhywbeth yng nghlust Catrin. A gwelodd Harri Prys-Roberts yn codi.

'Ffrindia,' meddai, a phawb yn troi tuag ato i roi cyfle i Ceridwen bigo'r dagrau o'i llygaid, 'does gan Ceridwen ddim mwy o help am yr hyn ddigwyddodd na neb ohonon ni.' Bendith arno am ei galw'n Ceridwen ar y funud hon. 'Ac rydw i'n cynnig ein bod ni'n cael cân ganddi ar y piano i ddangos nad oes dim drwgdeimlad.'

Curodd pawb ddwylo. Ond fe sylwodd nad oedd yn guro brwd. Eisteddodd ar unwaith wrth y piano, heb feddwl beth yr oedd hi'n mynd i'w ganu. Sylweddolodd mai'r darn yr oedd hi'n ei ganu oedd y noctwrn a ganodd ddwywaith i Alfan Ellis. Sylweddolodd hefyd ei bod wedi'i ganu droeon wrthi'i hun er pan aeth Alfan i ffwrdd. Wedi iddi orffen, curodd pawb ddwylo drachefn. Nid oedd y curo y tro hwn ychwaith yn frwd, ond chwyddodd yn sydyn yn guro cynnes mawr. Trodd i gydnabod y toddi sydyn ar deimladau'i chynulleidfa. Ond yna gwelodd achos y curo cynhesach. Yr oedd Bob Pritchard yn sefyll yn y drws.

Yr oedd golwg hanner-swil, hanner-surbwch arno, fel dyn newydd ei godi o'i wely. Fe ddeallodd wedyn mai hynny a ddigwyddodd. Y tu ôl iddo, yn gwenu'n braf, safai'r

Prifathro. A thu ôl iddo yntau, fel ci defaid eto fyth, safai Lyndham-Lloyd.

'Mae'n ddrwg gen i fod yn hwyr, Ceridwen,' meddai Bob Pritchard. 'Tipyn o waith sgrifennu cadwodd fi'n ôl.'

Gwenodd y Prifathro'n lletach, a chroesi at ei briod. Yr oedd yn amlwg yn methu deall yr oerni yn ei hosgo hi. Aeth Lyndham-Lloyd at ei briod yntau, yntau'n syllu'n ddryslyd ar ei gwep hithau. Galwodd Ceridwen ar bawb i fynd i'r stafell ginio at y bwyd.

Dull *buffet* oedd i'r swper, a phawb yn bwyta mwy neu lai yn ôl ei fagwraeth.

'Mae'n dda gen i'ch gweld chi, Bob,' meddai Ceridwen.

'Pam?'

'Dyna'r cwestiwn ffolaf ofyn'soch chi imi erioed. Ond mi alla i'ch sicrhau chi eich bod chi wedi achub y noson i mi.'

'Mae'n dda gen i ddeall 'mod i o ddefnydd i rywun yn fy henaint.'

'Bob, mi dorrwch 'y nghalon i.'

'Oes modd?'

Gadawodd ef yno'n cnoi ciwbiau betys. Ceisiodd lyncu'r lwmp yn ei gwddw. Aeth i annog y Prifathro a'i briod i fwyta. Yr oedd priod y Prifathro heb ei thoddi gan na'r noctwrn na'r bwyd. A hithau'n arfer bod mor ddymunol bob amser. Yr oedd hi'n llwyrymwrthodwraig hefyd, neu fe fyddai modd ei hystwytho â gwin. Ond yr oedd y Prifathro, bendith ar ei ben Groegaidd, yn fonheddwr i gyd.

Galwodd heibio i Dr a Mrs Jones. Yr oedd Mrs Jones yn dipyn o gymeriad, ac wedi cymryd anffawd y noson yn yr ysbryd gorau.

'A dweud y gwir,' sibrydodd yng nghlust Ceridwen, 'roedd yr olwg ar wynebau rhai o'r merched 'ma heno pan oedd eich ffrind yn mynd trwy'i antics yn well tonic na dim gefais i gan 'y ngŵr ers cyn inni briodi. Hi! Hi!'

'*Exhibitionism*, wrth gwrs,' meddai'r meddyg, a'i wydryn clared yn llawn hyd yr ymyl. 'Mae'n debyg ei fod e wedi'i

201

gadw dan y fawd ormod pan oedd e'n blentyn, chi'n gweld, a . . . ei rieni, falle, wedi bod yn rhy gynnil gyda'r *facts of life*, a . . . chi'n deall,' gan sgriwio'i drwyn a'i lygaid yn y dull doethaf posibl.

Na, doedd hi ddim yn deall. Ei ffrind yn mynd trwy'i antics. Bobol annwyl, fel y dirywiodd ei haelwyd hi! Yr oedd Idwal Arthur a'i wraig yn edrych arni'n garedig dosturiol. Ond gwraig dyner fu Mrs Arthur erioed. Ac yr oedd yntau'n bur ddynol, er na ellid disgwyl iddo ddeall teithi meddwl arlunydd modern.

'Peidiwch â becso, Mrs Morgan fach,' meddai Mrs Arthur.

'Fe ddiolchwn ni, onte-fe, nad yw popeth yn mynd i'r papur,' meddai'i phriod.

Cyn cyrraedd yr Athro a Mrs Lyndham-Lloyd, clywodd Ceridwen lais dur Miranda Lewis wrth ei phenelin.

'*Braidd* yn anffodus heno, onte-fe?' meddai honno, gan chwythu llinyn o fwg sigarét drwy gornel ei cheg.

'Beth fuaset *ti* wedi'i wneud yn fy lle i, Miranda?' gofynnodd Ceridwen, yn dechrau colli'i thymer.

'Fe wna'r boi yna rywbeth mawr ryw ddiwrnod,' ebe Miranda. Nid oedd hi byth yn ateb cwestiwn. 'Digon mawr i'w lando yn y jâl. Beth yw dy siârs di ynddo fe, Ceri?'

'Tosturi.'

'Hm! Dyna'r *investment* sy'n talu waela yn y byd rŷn *ni*'n byw ynddo. Wyddet ti ddim?'

Gadawodd Ceridwen hi. Ymwthiodd Mair Jenkins ati drwy'r lleill.

'O, Ceridwen, roeddwn i'n meddwl eich bod chi'n ardderchog yn medru canu'r piano fel y gwnaethoch chi, yn syth ar ôl i'r peth ofnadwy yna ddigwydd. Roeddwn i'n dweud wrth Idris rŵan, wn i ddim am neb arall fedrai fod wedi gwneud. Mae gennoch chi blwc, Ceridwen. Roeddwn i'n dweud wrth Idris rŵan, mai dim ond pobol â chyd-wybod dawel feder wynebu sefyllfa fel'na heb gracio—on'd oeddwn, Idris?'

'Y . . . oeddech, Mair.' Gostyngodd Idris ei lygaid i'w gwpan coffi.

Wedi swper, gwahoddodd Ceridwen bawb yn ôl i'r lolfa. Wedi i bawb eistedd, daeth hi â pharsel helaeth mewn papur llwyd a'i roi ar y piano. Eglurodd unwaith eto mai er anrhydedd y Doctor Pritchard yr oedd y parti, a'i bod yn awr am gyflwyno'i hanrheg pen-blwydd iddo yn eu gŵydd i gyd. Symudodd y Doctor yn anesmwyth yn ei gadair freichiau isel, wedi taflu llygad go fyw unwaith neu ddwy i gyfeiriad y parsel.

Diolchodd Ceridwen fod Bob wedi dod, ac y byddai'r noson yn hanesyddol wedi'r cyfan. Nid yn unig am y rheswm y bwriadwyd iddi fod, ysywaeth. Er bod Bob yma, ac er bod diddordeb, ni allai'r noson fod yn llwyddiant bellach. Yr oedd Cecil wedi gofalu hynny. Galwodd ar Idwal Arthur i agor y parsel ac i estyn ei gynnwys. Daeth yntau, yn eiddgar ymddiheurol. Yr oedd cynnwys y parsel i fod yn hysbyseb ddisglair iddo ef. A phawb yn fud, yn disgwyl, torrodd gylymau'r parsel â siswrn bychan o boced ei wasgod. Dadorchuddiodd ddeuddeg o lyfrau wedi'u rhwymo mewn lledr coch gyda llythyren aur.

'Fyddai'n rhywbeth gennoch chi sefyll, Doctor?' gofynnodd Ceridwen.

Gan ffugio anfoddogrwydd, safodd Bob Pritchard a dod yn araf tuag ati.

'Mae'n anrhydedd imi,' ebe Ceridwen, 'gael cyflwyno i chi ar eich pen-blwydd yn dri ugain mlwydd oed gopi o bob un o'ch deuddeg llyfr eich hun, wedi'u rhwymo'n unffurf, fel arwydd o'm diolch i chi am y pleser difesur y mae'ch llyfrau wedi'i roi i mi'n bersonol, fel arwydd o'm hedmygedd o'r gwasanaeth roesoch chi drwyddyn nhw i'ch cenedl, ac fel arwydd 'mod i'n gwerthfawrogi uwchlaw'r cyfan eich cyfeillgarwch personol chi. Dyma nhw, yn y rhwymiad hardd yr ydw i wedi'i ddychmygu ar eu cyfer nhw ers blynyddoedd—eich nofel chi, *Rhiannon,* eich cyfrol o storïau byrion, eich dwy gyfrol ysgrifau, eich llyfrau ysgolheigaidd, a'ch tair cyfrol o farddoniaeth gan gynnwys y gyfrol fwyaf, ond odid, ohonyn nhw i gyd—beth bynnag ddywed y beirniaid—*Aeron yr Hydref*.' Curo dwylo. 'Derbyniwch nhw, Bob, os gwelwch chi'n dda, gyda'r teimladau gorau sy'n bosibl i feidrol fel fi.'

Yr oedd yn dda ganddi fod y gymeradwyaeth wedi boddi'r sillaf olaf a ddywedodd, gan na ddywedodd mohoni. Fe wyddai hefyd mai i Bob am ei fawredd yr oedd y gymeradwyaeth, nid iddi hi am ei meddylgarwch. Yr oedd hi wedi colli edmygedd y bobol a eisteddai o'i chwmpas, ac ni allai ond diolch nad oedd hi'n rhwystr iddynt edmygu Bob fel cynt. Galwodd y gwesteion am air gan Bob.

'Annwyl Mrs Morgan a chyfeillion,' meddai'r bardd. 'Anaml y bydda i'n methu dod o hyd i eiriau. Ond yr ydw i'n methu heno. Yn un peth, chefais i ddim rhybudd y disgwylid gair gen i. Na dim rhybudd y byddai achos imi ddweud gair. Bid a fo am hynny, mae'r caredigrwydd yr ydach chi newydd fod yn dystion iddo heno yn lladd geiriau yn y bru, fel petae. Er nad ydw i ddim yn ymffrostio fy hun, fe ddywedir—gan rai hedegog eu dychymyg—'mod i wedi cyrraedd rhyw binaglau mewn llenyddiaeth Gymraeg. Beth bynnag ydi gogoniant pinagl, mae'n lle oer ac yn lle unig. Mae llawer artist wedi fferru i farwolaeth, yn ddyn ac yn ddawn, ar binagl. Ac mi wnaethwn innau hynny oni bai am ambell gyfeillgarwch fedrodd ddringo i'm cyrraedd i ble bynnag yr oeddwn i. Ac mi fûm i lawr yn ogystal ag i fyny. A phrawf o gyfeillgarwch felly welsoch chi yma heno. Cyfeillgarwch nad ydi o ddim yn fodlon ar ddywedyd edmygedd, ond sy'n mynnu'i weithredu hefyd. Wel, ofer ydi siarad.' Nage, meddai llais y tu mewn i Ceridwen, siarad ymlaen. Ond darfod a wnaeth y siarad. 'Wrthoch chi, 'nghyfeillion i a 'nghydweithwyr i yn nhref Caerwenlli, yr ydw i am ddweud: diolch ichi am eich teyrngarwch. Wrth Mrs

Morgan yr ydw i'n dweud: ti wyddost beth ddywed fy nghalon.'

Ac wedi tynnu llaw'n garuaidd hyd y llyfrau, eisteddodd y Doctor yn raenus ar gadair a wacawyd iddo gerllaw'r piano. Ychydig iawn a glywodd Ceridwen ar yr areithiau a ddilynodd. Yr oedd hi'n siŵr fod y Prifathro'n siarad yn dda, a Lyndham-Lloyd, ac Idwal Arthur, a Harri Prys-Roberts. Yr oedd Dr Jones yn siarad yn ddoniol, yn ôl y chwerthin. Ar un peth yn unig y sylwodd hi yn nwfn ei myfyrdodau. Ni chlywodd mo'i henw'i hun gymaint ag unwaith. Do, unwaith gan y meddyg, mewn clyfreb a dynnodd chwerthin—rhywbeth am ei medr hi yn cadw *ménagerie* o greaduriaid od—a dim ond hynny. Am Bob yr oedd y siarad i gyd. Bob fel bardd, Bob fel llenor, Bob fel athro, Bob fel ysgolhaig, Bob fel bonheddwr. A Bob yn yfed y cwbwl trwy'i fasg llydan gostyngedig.

Petai Bob wedi ymhelaethu mwy ar ei charedigrwydd hi, fe allai fod wedi'i hachub, hyd yn oed yn awr. Fe allai ef fod wedi troi'i olau ysblennydd arni, petai'n dymuno. Sôn am ei chyfeillgarwch, am ei hysbrydoliaeth yn y blynydd-oedd tywyll—gallai, fe allai fforddio dweud cyfrinach neu ddwy heno, dweud fel y bu hi'n fam i'w gerddi, i'w soned fwyaf. Dweud fel y bu hi'n seren iddo pan oedd ei awen mewn niwl. Ond wnaeth o ddim. Fe'i gadawodd fel yr oedd, yn weddw garedig ond dibwys mewn tŷ mawr ar ben bryn, dim ond hynny. Ac yn lle peri i'w wrandawyr ymadael yn ei chofio hi'n un o gymwynaswyr pennaf ei awen ef, gadael iddynt ei chofio'n ddim ond gwraig a roddodd barti pen-blwydd, a ddiflaswyd gan gampau cwrs arlunydd didoriad a noddwyd ganddi hi. Boed ei binagl mor oer ac mor unig ag y bo, yr oedd yn amlwg nad oedd Bob am ei rannu â neb.

Estynnodd hi law ddideimlad i bob un o'i gwesteion wrth iddynt ymadael. Dywedodd nos da ar ôl nos da yn yr un dôn ddi-liw. Gwyliodd olau coch ar ôl golau coch yn llithro rhwng manwydd y dreif fel yr âi'r moduron tua'r ffordd, gan wybod mai hwn oedd y parti olaf a roddai hi yn Nhrem-y-Gorwel. Ni allai oddef derbyn llythyr ar ôl llythyr yn gwrthod ei gwahoddiad i'r parti nesaf.

Trodd o'r ffenest a gweld Bob yn tynnu yn ei bibell yn nyfnder cadair freichiau rhyngddi a'r tân. Yr oedd yn bodio un o'r llyfrau yn y rhwymiad anrheg.

'Mae Arthur wedi gwneud gwaith da ar y rhein,' meddai.

'Ydi, da iawn,' meddai hithau'n wrol.

'Mae'r rhwymiad 'ma wedi costio rhai punnoedd ichi, Ceridwen.'

'Dim dimai gormod.'

'Rydw i'n ddiolchgar ichi.'

'Raid ichi ddim.'

Symudodd hi o gwmpas y stafell, gan na fedrai fod yn llonydd. Fe fyddai'n dda ganddi petai Bob yn mynd.

'Mae'n ddrwg gen i, Ceridwen, imi fod mor ddiarth yn ddiweddar.'

'Popeth yn iawn.'

'Fe ddaru adolygiad yr hogyn yna 'mrifo i, wyddoch.'

'Do, mi wn.'

'A fedrwn i ddim . . . rywsut . . . eich datgysylltu chi a fo yn 'y meddwl.'

'Na, na, rwy'n deall.'

'Ond dyna fo, mae'ch anrheg chi heno wedi dadwneud y cwbwl. Mae'n debyg na fydd Alfan Ellis byth yn aros yma eto, ac na chlywa innau ddim rhagor o sôn amdano. Ac y bydda i'n ddig wrthyf fy hun am fod mor fychan.'

Chwarddodd Bob Pritchard yn gwta a chodi.

'Wel,' meddai, 'y broblem rŵan ydi cario'r deuddeg llyfr yma adra.'

'Peidiwch â phoeni,' meddai Ceridwen. 'Fe ddaw Jim â nhw fory yn y car.'

'Ddaw o? Campus, campus. Wel, nos dawch, Ceri. A llawer o ddiolch.'

Ac wedi ysgwyd ei llaw, brasgamodd y Doctor i wyll y dreif. Trueni na ddeuai'i broffwydoliaeth hapus i ben. Ond yr oedd Alfan Ellis i ddarlledu nos drannoeth ar farddoniaeth Gymraeg ddiweddar, ac i aros yn Nhrem-y-Gorwel. Diffoddodd Ceridwen oleuon y lolfa, ac aeth yn lluddedig i fyny'r grisiau i'w gwely.

# 21

'Alfan, pam y gwnaethoch chi hyn i mi? *Pam?*'

Syllodd y llanc arni, a'i lygaid yn drist ac yn boen i edrych iddynt.

'Doeddech chi ddim yn hoffi'r darllediad, Ceridwen?'

'Ei hoffi!' Cerddodd hi'n ysbeidiol o gylch y stydi. 'O, Alfan, a minnau wedi gofyn ichi beidio. Os gwnaethoch chi Bob yn neb yn eich adolygiad, fe'i gwnaethoch o'n ddim yn y sgwrs 'na heno. Fydd o ddim calondid iddo fo eich bod chi wedi malurio beirdd mawr eraill dechrau'r ganrif—'

'Ond Ceridwen, doedden nhw ddim yn fawr!'

'Pwy ydech chi i ddweud hynny? Fedrwch chi ddangos llinell o'ch gwaith feder fyw am flwyddyn? Fedrwch chi brofi bod gennoch chi un cymhwyster, dim ond un, i roi unrhyw fath o linyn mesur ar waith Bob a'i gyfoeswyr?'

'Ceridwen, rŷch chi'n 'y mrifo i.'

'O, ac mae gennoch chithau deimlad? Wrth gwrs, y rhai parotaf i feirniadu ydi'r rhai gwannaf i ddal beirniadaeth. Mae hynny'n wir amdanoch chithau, on'd ydi, Alfan?'

'Nag yw ddim. Mi alla i oddef unrhyw feirniadaeth arna i os yw'n feirniadaeth deg.'

'Beth ydi teg? Fuoch chi'n deg heno? Ai teg oedd dweud bod baledwyr pen ffair y ganrif ddiwethaf yn deall natur barddoniaeth yn well na Bob? Ac mai'i ddawn bennaf o ydi dawn i lunio odlau dwbwl?'

'Mae'n rhaid ichi lefaru'n eithafol os ŷch chi am wneud eich safbwynt yn glir.'

'Felly doeddech chi ddim yn credu popeth ddwedsoch chi?'

'Nid â'm pen, falle, ond â'm calon. Mae gwaith Bob Pritchard yn 'y ngwneud i'n sâl.'

Daeth Ceridwen ato a mynd ar ei gliniau o'i flaen.

'Alfan, 'y mhlentyn i, mi fuaswn yn eich gyrru chi o

'mywyd oni bai fod arna i angen eich ieuenctid chi. Achos yr ydw i'n colli fy ieuenctid fy hun a does gen i'r un plentyn i ail fod yn ifanc ynddo. A phetawn i'n ifanc eto, ac yn ddyn ac nid yn ferch, rwy'n sicr mai rhywbeth tebyg i chi fuaswn i. Neu o leiaf, mi garwn i'ch gwneud chi'n debyg i'r hyn y carwn i fod. Mae'n debyg fod mam yn fwy hoff o'r plentyn sy'n peri poen iddi. A'r peth andwyol ydi 'mod i'n mynd yn fwy hoff ohonoch chi po fwya rydech chi'n 'y mrifo i. Ac rydech chi wedi 'mrifo i heno. Rydech chi wedi maeddu yng nghlyw miloedd o Gymry y bardd y bûm i'n ei addoli bron er pan ddechreuais i ddarllen barddoniaeth, a'r cyfaill mwya fu gen i ers blynyddoedd. Fedrwch chi ddim edifarhau, Alfan?'

'Pam y dylwn i?'

Yr oedd y llanc yn syllu arni heb symud, yn syllu i lawr arni a buddugoliaeth gynnar yn caledu'i lygaid.

'Pam y dylwn i edifarhau am fod yn onest, ac yn eirwir, ac yn wrol? Pwy ŵyr pa sawl adolygiad ffafriol yr wy' i wedi'i golli erbyn y daw cyfrol o'm gwaith i fy hunan o'r wasg? A pha sawl edmygydd yr wy' i wedi'i golli? A pha sawl cefnogaeth? A pha sawl cydymdeimlad? Ydych chi'n meddwl, Ceridwen, taw er mwyn bod yn boblogaidd yr ydw i wedi sgrifennu ac wedi darlledu fel y gwnes i?'

Siglodd Ceridwen ei phen.

'Mae'r un rhamant mewn amhoblogrwydd i'r ifanc, Alfan, ag sy mewn poblogrwydd i'r hen. Mae'r groes yn fwy deniadol i'r deg ar hugain oed nag i'r deg a thrigain. Ond cofiwch hyn. Hwyrach mai rŵan yr ydech chi'n saernïo'ch croes, ond mai ym mhen arall eich bywyd yr hoelir chi arni, pan fydd hi wedi colli'i rhamant a chithau wedi'i diarddel hi. Y syniad o gael eich erlid sy'n eich denu chi rŵan. Pan ddaw'r erlid ei hun, yn y cyfryngau ac yn y personau y byddwch chi'n ei ddisgwyl o leiaf, fydd o ddim mor hawdd ei ddwyn.'

'Mae bywyd wedi dysgu llawer ichi, on'd yw e, Ceridwen?'

'Rydw i'n dal i ddysgu bob dydd.'

'Ond dyw pawb ddim yn dysgu'r un pethau nac yn eu dysgu nhw yn yr un ffordd. Efallai na fydd y pethau ddysgoch chi o ddim gwerth i mi. Efallai na ddaw'ch proffwydoliaeth chi am 'y nghroes i a'r erlid sy'n f'aros i ddim yn wir.'

'Efallai.'

Cododd Ceridwen yn araf oddi ar ei gliniau a chroesi at y ffenest. Yng Nghaerwenlli yr oeddent yn dathlu Gŵyl Ddewi. Yr oedd cinio yn y *Royal* a chinio yn yr *Elephant*. A gallai weld golau yn ffenestri'r coleg ar y llechwedd draw. Yr oeddent yn dathlu yno hefyd. Yr oedd pob gobaith nad oedd Bob wedi clywed y darllediad. Fe fyddai yn un o'r dathliadau. Ac yr oedd pob gobaith y byddai bron bob un a fyddai'n debyg o wrando ar ddarllediad llenyddol yn un o'r dathliadau hefyd, fel na chlywai Bob gan neb.

Agorodd drws y stydi a daeth Cecil i mewn.

'Hylô, Alfan,' meddai. 'Shwd aeth y sgwrs?'

'Roeddwn i'n meddwl,' meddai Alfan, 'ei bod hi'n dda. Ond doedd Ceridwen ddim yn ei hoffi.'

'Nag oedd hi?' ebe Cecil. 'Ddwedodd hi ddim wrthw i. Dyw hi ddim wedi siarad gair â fi er neithiwr.'

'Pam?'

'Fe geisiais i roi tipyn o fywyd mewn parti oedd gyda hi neithiwr, a doedd hi ddim yn hoffi'r teip o adloniant. Trueni, hefyd. Roedd e'n rhad ac am ddim.'

'Fu o ddim yn rhad i chi,' meddai Ceridwen heb droi'i phen.

'Diawch,' ebe Cecil, 'mae'r mudan wedi llefaru. Na, mae gen i ddant rhydd yn 'y mhen. Rhaid i'r nofelydd gofio bod y pìn yn gryfach na'r cledd—na'r dwrn, ta p'un i. Aiff e ddim ymhell os bydd e'n ymroi i gnoco'i ffrindiau obeutu.'

210

'Cymerwch berl o enau llyffant, Alfan,' ebe Ceridwen. 'Aiff neb ymhell pan yw'n dechrau cnocio'i ffrindiau o gwmpas. Un cyfiawnhad sydd i ymladdgarwch: pan fo arlunwyr modern wedi mynd yn niwsans i gymdeithas.'

Aeth o'r stydi a gadael y ddau i sgwrsio amdani.

# 22

Drannoeth, yr oedd Alfan a Cecil wedi mynd, ac am ei bod yn ddiwrnod braf aeth Ceridwen i lawr i'r dre i de. Edrychodd Martha'n syn pan ddywedodd wrthi. Chwarae teg i Martha, yr oedd yn beth anarferol. Nid aethai allan i de ers dyn a ŵyr pa bryd. Ond nid oedd yn hi'i hunan ers tro. Yr oedd wyneb Martha'n dweud hynny. Nid oedd dim rheswm dros fynd allan i de heddiw. Ond yr oedd gwell blas weithiau ar wneud rhywbeth heb orfod rhoi rheswm wrth ei gynffon.

Un o'r dyddiau braf llwynog yn nechrau Mawrth, a phob awel yn sibrwd gwanwyn heb fod un arwydd gweledig o wanwyn yn unman. Môr glas a mynyddoedd llwydion clir, y smotiau haul ar y palmentydd yn gynnes, a'r talpiau cysgod ar draws y strydoedd yn filain oer.

Safodd y car o flaen tŷ bwyta Rowlands.

'Dowch yn ôl ymhen tri chwarter awr, Jim.'

''Gore, Mrs Morgan.'

A llifodd y car i ffwrdd drwy'r cysgodion.

Aeth hi drwy'r siop dan y caffe'n hamddenol, yn edrych ar y bara a ddaethai'n ffres o'r ffyrnau—yr oedd aroglau bara newydd ei grasu'n ei hatgoffa o'i phlentyndod—ac archebu ychydig deisennau fel y rheina dan y gwydr. Safai dwy neu dair o enethod gweini yn dwr ym mhen arall y siop yn sisial amdani, yn edmygu'i dillad. Cerddodd yn hamddenol i fyny'r grisiau llydain i'r caffe uwchben.

Yr oedd cwpwl ifanc yn cael te wrth fwrdd i ddau yn un o'r ffenestri, myfyrwyr yn ôl eu lliwiau, ac wedi llwyr ymgolli yn ei gilydd. Chware teg iddynt, dyma'u hamser. Nid oedd neb arall yn yr ochor honno i'r stafell. Pan aeth cyn belled â'r alcof fawr ar y chwith, bu agos iddi droi'n ôl. Wrth fwrdd yn y ffenest honno eisteddai Bob Pritchard a Sirian, yn ddwfn ac yn ddistaw mewn trafod. Fe'i gwelodd Sirian hi cyn y gallodd gilio.

'Mrs Morgan! Wel, wel. Pur anamal y byddwn ni'n eich gweld chi yn y dre. Dowch ymlaen.'

Yr oedd Sirian wedi codi a Bob wedi troi'i ben, a rhaid oedd mynd atynt.

'Hylô, Ceridwen,' meddai Bob, yn amlwg mewn tymer dywyll, 'cŵc Trem-y-Gorwel ar streic?'

'Nage,' atebodd Ceridwen, 'gwraig Trem-y-Gorwel wedi cael ffit gymdeithasol.'

Sirian yn unig a chwarddodd, ei chwerthin proffesiynol tawel. Ymgladdodd Bob yn ei wicsen de. Eisteddodd hi gyda hwy, a daeth merch weini am ei harcheb. Yr oedd Sirian a Bob yn agos at orffen. Archebodd hi de plaen, a'r te i fod y te gorau mewn tebot tegan.

'Dydi Bob ddim yn ei hwyliau heddiw,' ebe Sirian.

'O?'

'Nac ydi. Fe alwodd acw'n llawn ei helynt, ac er mwyn tawelwch mi ddois ag o yma i de. Mae Mrs Owen acw'n digwydd bod oddi cartre.'

'Beth sy'n bod, Bob?' ebe Ceridwen. 'Dan annwyd?'

'Roeddwn i dan annwyd neithiwr. Dyna pam nad eis i ddim i ginio'r Cymmrodorion yn y *Royal*.'

'O . . .' Clywodd Ceridwen ei llais yn darfod yn yr awyr.

'Ac wrth gwrs,' ebe Sirian, 'fe ddigwyddodd droi dwrn ei set radio am saith—*digwyddodd,* sylwch chi. Ac fe glywodd un o'n beirniaid llenyddol ifanc yn trafod barddoniaeth Gymraeg ddiweddar.'

'Beirniad faw!' chwythodd Bob.

'Chlywais i mono fy hun,' ebe Sirian. 'Roeddwn i'n esgus o ŵr gwadd yng nghinio'r coleg. Glywsoch chi o, Mrs Morgan?'

'Y . . . do, mi'i clywais i o.'

'Do, wrth gwrs,' ebychodd Bob.

'Mae'n ymddangos,' meddai Sirian, 'iddo fod yn bur chwyldroadol eto neithiwr. Ac nad Bob yn unig sy dani ganddo rŵan, ond beirdd y dadeni diweddar i gyd. Mae hyn yn bwysig.'

'Pam?' meddai Bob.

'Wel, mae'r adwaith wedi cychwyn—'

Gollyngodd Bob ei law drom ar y bwrdd â chlep a wnaeth i'r ddau fyfyriwr cariadus ar draws y stafell droi'u pennau.

'Peidiwch â dweud y gair adwaith 'na yn 'y nghlyw i eto!' gwaeddodd. 'Fe ellwch wneud unrhyw ffwlbri'n grand os rhowch chi enw crand arno. Rydach chi mor syml â'r bobol sy'n galw syrcas yn "ddiddorfa" a thomen dail yn "gronfa gwrtaith". Ond fedar enw newid dim ar natur peth. Syrcas fydd syrcas a thomen dail fydd tomen dail beth bynnag y galwch chi nhw. A dydi'r peth yma rydach chi'n mynnu'i alw'n "adwaith" byth a hefyd yn ddim oll ond powldrwydd adolesent anghyfrifol.'

'Dydw i ddim mor siŵr,' meddai Ceridwen, cyn medru'i hatal ei hun.

Rhythodd Bob arni.

'Chware teg ichi, Mrs Morgan,' meddai Sirian. 'Rydech chi, fel finnau, yn awyddus i fod yn deg. Dydi tegwch yn costio dim i neb, a dydi o'n gwneud dim niwed.'

'Estynnwch y cylchgrawn 'na, Sirian,' meddai Bob.

Estynnodd Sirian gylchgrawn bach melyn o boced ei frest, a'i agor. Gwelodd hi mai rhifyn o'r *Gwyliwr* ydoedd. Estynnodd Sirian ef iddi.

'Darllenwch hwnna,' meddai Bob. 'Darn o "farddoniaeth" y llanc y daru chi'i lochesu un tro.'

Cyflymodd ei hanadl hi fymryn wrth weld darn o *vers libre* o waith Alfan Ellis.

'Darllenwch o'n uchel,' gorchmynnodd Bob.

Darllenodd hi'n uchel.

> *Ploryn wyf*
> *Ar wefus y ddynoliaeth—*'

'Ddwedodd o rioed fwy o wir,' meddai Bob.

'*Ddoe bûm yn Dduw—*'

'Hy!'

    '*Ac yfory, pwy a ŵyr?*'

'Pwy'n wir!'

'Bob, fedra i ddim cael cyfanrwydd y darn a chithau'n ebychu ar 'y nhraws i.'

'Peidiwch â phoeni. Does dim cyfanrwydd.'

'Gadewch lonydd, Bob,' ebe Sirian.

    *Rhydd fi, ac eto caeth,*
    *Yn gwasgu gwaed o'r gwair,*
    *Yn cloddio tyllau'n y gwynt,*
    *Yn brodio'r sêr i'm deunydd;*
    *Lle gynt y bûm yn tangnefeddus sipian diden fy mam,*
    *Rwy'n awr yn swp o arennau a chwarennau*
    *Chwith—*'

'Y nefoedd, rhowch y gorau iddi fan'na,' meddai Bob. 'Mae'n 'y ngwneud i'n sâl.'

'Dydw i ddim yn ei weld o'n ddrwg o gwbwl,' meddai Ceridwen.

Rhythodd Bob arni ato.

'Be sy arnoch chi, hogan?' meddai. 'Fedrwch chi ddim smalio gweld rhinwedd mewn peth fel'na. Codl plentyn teirblwydd ydi peth fel'na—'

'Nage.'

'Y?'

'Mae 'na fraiddgyffwrdd cynghanedd yna. Mae 'na rythm bwriadus yna. Ac mae 'na syniadau barddonol sy cystal â dim . . . dim sydd . . .'

'Wel?'

'Na hidiwch.'

'Cystal â dim sydd yn *Aeron yr Hydref*, hwyrach.'

'Bob, ddwedais i mo hynna.'

'Ond hwyrach ei fod o yng nghefn eich ymennydd chi yn rhywle. Ydi o'n bosibl?'

'Nac ydi, nac ydi, mae hynna'n gwbwl amhosibl,' ebe Sirian. 'Mae chwaeth Mrs Morgan—'

'Nid hefo chi'r ydw i'n siarad, Sirian,' meddai Bob. 'Dach chi'n gweld, merched fel Mrs Morgan ydi'n cynulleidfa ni'r beirdd. Nhw hefyd ydi'r beirniaid distaw na welwch chi byth adolygiad ganddyn nhw, sy'n anadlu'u beirniadaeth uwchben ein gwaith ni, a'r feirniadaeth yn mynd ar goll hefo'r anadl. A dyna un o drychinebau mwyaf llenyddiaeth — y beirniadaethau coll, y gallai'n holl waith ni fod yn wahanol o'u clywed nhw. A rŵan, Ceridwen—'

'Bob, rydw i wedi dweud a dweud mai'ch barddoniaeth chi ydi un o'r pethau mwya cyfareddol welodd 'y nghenhedlaeth i, ac mai chi ydi un o feirdd mwya'r ganrif—'

'Ydach. Rydach chi wedi'i ddweud o. Dyna, rwy'n ddigon sicir, oedd eich barn chi unwaith. Ond fe all eich barn chi newid. Ac os ydach chi'n gweld rhinwedd yn rwtsh digydwybod yr Alfan Ellis 'ma, mae'ch barn chi *yn* newid. Fedrwch chi ddim hoffi 'ngwaith i a hoffi peth fel'na. Fe fyddai'n rhaid ichi fod yn ddau berson i hynny. Ac rydach chi'n rhy syml i fod yn ddau.'

'Fe alla i nabod barddoniaeth ple bynnag y gwela i o.'

'Ac mae 'na farddoniaeth mewn "diden" ac mewn "arennau a chwarennau chwith"?'

'Mae'n bosibl.'

'Mae'n gwbwl *am*hosibl. Os nad oes gynnoch chi feddwl personol o'r awdur, wrth gwrs. Mae unrhyw beth yn bosibl wedyn.'

Tynnodd Ceridwen anadl sydyn.

'Rŵan, Bob,' ebe Sirian. 'Rydech chi'n gwneud môr a mynydd o ddim. Fedrwch chi ddim gwneud deddf ar beth sy'n farddoniaeth a beth nad yw. Eich busnes chi ydi creu barddoniaeth, a'ch cysur chi ydi fod eich gwaith chi yn farddoniaeth. Fe all fod ambell linell o waith Alfan Ellis yn farddoniaeth. Charwn i ddim gwadu hynny fy hun. Fe all fod llinell o farddoniaeth rywle yng ngwaith y Bardd Cocos, hyd yn oed. Ond eich camp chi ydi profi, a hynny'n unig trwy farddoni, mai barddoniaeth ydi'r rheol yn eich gwaith chi, nid yr eithriad. Nid damwain.'

'Mae'n ddrwg gen i anghytuno â chi, Sirian. Mae bardd yn fardd neu dydi o ddim. Mae'i waith o'n farddoniaeth neu'n ddim. Os ydw i'n fardd, fedar Alfan Ellis ddim bod. Os ydi'i waith o'n farddoniaeth, mae 'marddoniaeth i'n rhyddiaith. Neu'n waeth. A dyna, hyd y medra i gasglu, ydi barn un sy'n eistedd wrth y bwrdd 'ma pnawn 'ma.'

'Bob,' meddai Ceridwen, a'i dig yn ei siglo, 'o fardd mawr, rydech chi'n fwy o blentyn na neb ydw i wedi'i nabod. Wnes i ddim ond dweud nad oedd y darn yna gan Alfan Ellis ddim yn ddrwg—wnes i ddim dweud ei fod o'n farddoniaeth, hyd yn oed—ac rydech chi wedi cyfieithu fy sylw bach diniwed i'n gollfarn absoliwt ar eich gwaith chi'ch hun—'

'Fel y dywedais i o'r blaen, Mrs Morgan,' ebe Sirian, 'mae 'na wythïen blentynnaidd ym mhob athrylith, a rhaid ichi beidio â disgwyl i Bob fod mor gytbwys yn ei ymateb i sefyllfa â chi—'

'Ydi Ceridwen yn gytbwys?' meddai Bob. 'Wedi'i thrwytho'i hun am flynyddoedd mewn un math ar farddoniaeth—a chydnabod am funud fod mwy nag un math yn bosibl—ac wedi'i llwyr gyfareddu, yn ôl ei thystiolaeth ei hun, gan waith un bardd, fedar hi weld rhagoriaeth mewn math ar farddoniaeth gwbwl groes heb fod yn anghytbwys? Peth arall. Pa mor felys bynnag oedd 'y marddoniaeth i iddi cyn iddi fy nabod i, fe'i melyswyd hi'n llawer mwy iddi gan y cyfeillgarwch fu rhyngof i a hi. Yn yr un modd, yr ydw i'n berffaith siŵr, o'i nabod hi, na fyddai rhigwm yr Alfan Ellis 'ma'n ddim ond rhigwm iddi flwyddyn yn ôl. Ond mae'r ffaith i'r Alfan Ellis ei hun fod yn ei thŷ hi, a'i fod wedi creu argraff o fath arni, wedi peri iddi weld rhinwedd yn ei waith o lle nad oes rhinwedd—'

'Bob, rydech chi'n wrthun—'

'A sylwch,' aeth Bob rhagddo, 'ei bod hi'n gweld rhinwedd lle nad oes rhinwedd yng ngwaith dyn sy wedi gwneud dau ymosodiad anghyfrifol arna i sy'n gyfaill iddi. Ymhle rydan ni'n sefyll?'

Nid oedd gan Sirian, hyd yn oed, ateb. Cododd Bob ei lais.

'Ac mi fynnwn i'ch atgoffa chi, Ceridwen, ichi ddweud un noson wrtha i ar draws y bwrdd swper, pe clywech chi unrhyw ymosod ar *Aeron yr Hydref*, y cymerech chi'r awyren gyntaf i'r Bahamas. Pa bryd rydach chi'n cychwyn?'

Gwasgodd hi'i llygaid i atal y dagrau.

'Ac mi fynnwn i'ch atgoffa chi 'mhellach,' meddai Bob, 'ichi ddweud yr un noson, petaech chi'n caru rhywun fwya rioed, a hwnnw'n 'y meirniadu i, y digiech chi wrtho ac na wnaech chi ddim mwy ag o. Mae'n rhyfedd y cof sy gen i, on'd ydi? Rŵan, dydw i ddim yn gofyn ichi ddigio hefo neb na thorri'ch cysylltiad â neb er 'y mwyn i. Fyddai gen i mo'r hawl i ofyn. Ond mae'n ddiddorol nad ydach chi, hyd y gwn i, ddim wedi digio â'r adolesent 'ma sy wedi 'nghymryd i'n darged, ac nad ydach chi, hyd y gwn i, ddim wedi torri cysylltiad ag o. Gyda llaw, ymhle roedd o'n aros neithiwr ar ôl ei ddarllediad?'

'Pwyll, Bob,' ebe Sirian.

'Dydw i ddim ond yn gofyn,' meddai Bob. 'Oes drwg mewn gofyn? Ynte ydi bywyd 'y nghyfeillion penna wedi mynd yn rhy breifat rŵan i mi fod â rhan ynddo?'

Yr oedd y naill ddyrnod ar ôl y llall wedi pwyo Ceridwen yn fud. Ond yn awr, wedi iddynt beidio ac iddi ddechrau dadebru, fe glywodd wres yn ei cherdded na allai mo'i ffrwyno. Gwelai Bob a Sirian yn eistedd o'i blaen, yn ddwy golofn o ddynoliaeth welw aneglur mewn niwlen goch. Clywodd yr hen fôr yn torri dros draethau poléit ei hymennydd ac fe'i daliodd ei hun yn dweud,

'O'r gorau, Doctor. Rydech chi'n sâl isio gwybod, ac fe gewch. Roedd Alfan Ellis yn aros efo fi neithiwr yn

Nhrem-y-Gorwel. Mae o wedi bod droeon, ac fe ddaw droeon eto. Am ei fod o'n ifanc, ac yn ddidwyll, a heb ei ddifetha gan y maldod llenyddol sy wedi crebachu'ch enaid chi. Mi fydd yn fwy bardd na chi, mi fydd yn sicir yn fwy dyn na chi. Ac mae o fel awel y gwanwyn i mi ar ôl blynyddoedd o'ch myllni athrylithgar chi. Ac mae'n dda gan 'y nghalon i ddweud 'mod i wedi blino'ch anwesu chi, 'mod i'n medru byw'n orfoleddus heboch chi, ac nad oes dim rhaid imi wrth eich cwmni cenfigenllyd, babïaidd, hunanganolog chi ddim mwy.'

Yr oedd Sirian wedi codi i'w hatal, ond yr oedd hi'n cerdded oddi wrthynt yn gyflym drwy'r caffe. Gwelodd heb sylwi fod y caffe wedi llenwi, a bod llygaid yn syllu arni o bob tu, yn fudion, wedi bod yn gwrando. Rhedodd i lawr y grisiau, taflodd bapur chweugain ar y cownter talu, ac aeth allan i'r stryd heb ddisgwyl am ei newid.

Allan yn y stryd, a'r llid yn dechrau treio, y dechreuodd hi feddwl beth a wnaeth. Gwelodd ei bod wedi dod allan heb ei menig. Yr oedd rhagluniaeth yn rhoi esgus iddi fynd yn ôl at y bwrdd lle bu'n bwyta, cyfle iddi ymddiheuro tra oedd y sefyllfa'n dal yn hylif. Yfory fe fyddai wedi ymsoledu ac ni fyddai mynd yn ôl. Yr oedd hi'n synhwyrol, ond yr oedd hi'n rhywbeth arall. Yr oedd hi'n falch. Byth, tra byddai anadl ynddi, ni allai faddau i Bob am fod mor giaidd wrthi. Os oedd rhwyg rhyngddynt na allai oes ei chyfannu, arno ef, ac nid arni hi, yr oedd y bai.

Nid oedd Jim a'r car yma, wrth gwrs. Yr oedd hi wedi dod allan yn llawer rhy fuan. Nid oedd hyd yn oed yn cofio a gafodd hi de ai peidio. Dechreuodd gerdded tua'r fodurfa lle roedd Jim yn gweithio. Yr oedd yn fwy na thebyg mai yno yr oedd. Cyflymodd ei cham wrth ail-gofio'i chynnwrf. Fel y bwriai geiriau'r bwrdd te yn erbyn ei gilydd yn ei phen, fe'i cafodd ei hun yn cerdded yn gyflym, gyflymach, ymron yn rhedeg. Llithrodd car mawr heibio iddi a sefyll yn ddi-sŵn ychydig gamau o'i blaen. Daeth Jim allan a dal drws yn agored iddi, gan fwmblan ymddiheuro am beidio â bod wrth ddrws Rowlands i'w disgwyl. Dringodd hithau i'r modur ac ymgladdu dan y rwg yng nghornel y sedd.

# 23

Yr oedd hi'n dal i eistedd yn ffenest ffrâm-bictiwr y lolfa.
Yr oedd hi'n eistedd yno ers ni allai gofio pa hyd. Y cwbwl
y gallai'i gofio oedd yr awyr yn tywyllu a'r môr yn diflannu
a'r sêr a goleuon Caerwenlli'n dod allan bob yn un ac un.
Unwaith neu ddwy fe gurodd Martha'n ysgafn ar y drws
a'i agor a gofyn rhywbeth pitw. Yr oedd yn amlwg mai
esgusion oeddent i ddod i sbecian. Fe ddywedodd wrthi os
dôi hi i mewn eto y noson honno y byddai'n chwilio am
waith yn rhywle arall. Ni ddaeth Martha wedyn.

Yr oedd hi'n dal wrth y bwrdd te yng nghaffe Rowlands,
ac yr oedd Sirian yno, a Bob, a'r caffe'n llawn o bobol a
wrandawodd arni'n bod yn ffŵl. Yr oedd hi'n dal i ffraeo,
ffraeo, ffraeo, ac yn dymchwel y byrddau ac yn dymchwel
y llestri arnynt ac yn dymchwel Bob. Yr oedd wyneb hardd
Bob wedi mynd yn annioddefol. Yr oedd fel cosyn swnllyd
a'i athrylith wedi pryfedu hyd-ddo i gyd. Yr oedd hi'n dweud
wrtho drosodd a throsodd am fynd i'r diawl ac yr oedd yno
o hyd; fe fyddai yno, ar flaen ei hymennydd, hyd ddiwedd
amser. Yr oedd ei hoffter afresymol ohono wedi suro'n
sydyn yn gasineb. Yr oedd yn gasach ganddi Bob na neb a
adnabu erioed. Yr oedd yn gas ganddi'i farddoniaeth, yr
oedd yn gas ganddi'i ryddiaith, yr oedd yn gas ganddi'r
moli cyfoglyd arno gan y genedl. Ac nid oedd arni byth
eisiau deffro o'i chasineb.

Cododd, a cherdded o'r lolfa fel dyn a'i fryd ar ladd.
Drwy'r neuadd, drwy'r gegin, ac agor y drws i'r seler.
Clywodd lygaid Martha'n cosi'i gwegil, ond pan drodd ei
phen nid oedd Martha yno. Aeth i lawr y grisiau carreg oer
i'r seler, a sefyll o flaen y rhesi poteli ar y silffoedd.
Dewisodd hen sieri a brynodd Ceredig rywdro, ac aeth ag
ef i fyny gyda hi i'r lolfa. Agorodd y botel â chorcsgriw o'r
cwpwrdd coctel, a thywalltodd lond gwydryn sieri. Yr oedd
y ddiod yn hen fel y gwe pry copyn y tu allan i'r botel, ac

yn orfelys, a blas y pren arno'n gry. Fe'i gwnâi hi'n sâl. Yr oedd arni eisiau bod yn sâl.

Yfodd yn hir, heb arafu. Yfodd heb gwmni am y tro cyntaf erioed. Yfodd yn anghelfydd. Yr oedd yn mynd i foddi Bob a boddi'r te yng nghaffe Rowlands yn yr hylif brown, hen. Daliodd i yfed heb olau ond golau tân, a throes ddwrn y radio. Daeth *jazz* i'r lolfa. Yr oedd yn gas ganddi *jazz*, ond yr oedd bref finiog y sacsoffonau'n torri'n iachusol drwy'i hatgofion poethion ac yn ei lleddfu. Chwarddodd am ben y sacsoffonau. Yr oeddent yn ofnadwy o ddigri. Chwarddodd am ben y dyn oedd yn cyhoeddi'r caneuon. Y ffŵl dwl gyda'i lais triog-melyn, yn meddwl mai ganddo ef yr oedd y llais neisia'n y byd ac yn meddwl bod y byd i gyd yn gwrando arno. Canodd rhywun *Sweet Friend*. Gan bwy yr oedd cyfaill? Beth oedd cyfaill? Y swnyn simpil! Daeth talp sgwâr o gasineb fel gwrthban ar ei hymennydd, ac yna chwalodd fel llun mewn caleidosgop, a chwarddodd drachefn. Yr oedd hi bellach y tu hwnt i garu a chasáu; yr oedd ei phrofiadau'n rhydd ynddi fel gronynnau rhew yng ngwaelod gwydryn lemonêd ym Marseilles; yr oedd hithau'n rhydd, fel dafad mewn corlan, i drosi ac i droi rhwng palis a phalis ganol haf mewn gwres, heb orfod pori, heb orfod dilyn llwybr dafad arall. Yr oedd y byd yn mynd bwm . . . bwm . . . bwm yn ei phen, ac yr oedd hi'n syrffedlyd ddiofal. Hwyrach y byddai'n sâl, a hwyrach na fyddai hi ddim. Doedd dim gwahaniaeth ganddi fod yn sâl. Chwarddodd wrth weld y gwin brown yn siglo yn ei llaw. Bwm . . . bwm . . . bwm . . .

Daeth curo ar y drws eto. Martha eto. Yr oedd Martha'n mynd i golli'i job. Daeth Martha i mewn, a throi'r golau.

'Mrs Morgan . . . O . . .'

'Wel?'

Yr oedd Martha'n syllu arni hi ac ar y gwydryn ac ar y botel dri-chwarter gwag.

'Mrs Morgan, mae . . . mae Mr Sirian Owen yma. Ga i ddweud wrtho am alw ryw adeg arall?'

'Pam?'

'Wel . . .'

'Meddwl yr ydech chi nad ydw i ddim ffit i weld neb?'

'N-na . . .'

'Yn enwedig y gweinidog?'

'Na-na . . .'

'Dowch ag o i mewn, Martha. Mae arna i angen y gweinidog yn arw iawn.'

A chlywodd Ceridwen ei gwefusau'n cyrlio'n wên.

'O'r gore, Mrs Morgan.'

Aeth wyneb dychrynedig Martha o'r golwg, a chlywodd Ceridwen ei thraed yn mynd tap . . . tap . . . bwm . . . bwm ar hyd y neuadd. Wedyn clywodd sisial ym mhen draw'r neuadd, a daeth traed trymach yn nes, nes, nes, a daeth Sirian i mewn.

'Wel, Mr Owen? Sut mae'n canu erbyn hyn? Maddeuwch imi am beidio â chodi.'

'Does dim eisiau ichi godi, Mrs Morgan fach.'

'Diolch yn fawr.'

Yr oedd y gweinidog patriarchaidd yn syllu arni ac yn ceisio peidio â syllu, ei wyneb hir gwyn fel wyneb draig a roes heibio'i mileindra ac a benderfynodd derfynu'i hoes yn myned o amgylch gan wneuthur daioni. Clywodd Ceridwen chwerthin yn eu choluddion.

'Eisteddwch, 'rhen gyfaill,' meddai.

'Wna i ddim aros, Mrs Morgan—'

'Pam na wnewch chi? Yr awyrgylch ddim yn gwbwl iach i weinidog efengyl?'

'Na, nid hynny—'

'Gymerwch chi lasied o sieri?'

'Dim diolch.'

Yn y saib nesaf tynnodd Sirian rywbeth o boced ei got fawr.

'Rydw i wedi dod â'ch menig chi, Mrs Morgan. Fe'u gadawsoch nhw yn y caffe pnawn 'ma.'

'O.'

Daeth y gwrthban casineb yn ôl ar ei hymennydd.

'Mi allech fod wedi'u hanfon nhw i fyny efo rhyw blentyn,' meddai. 'Doedd dim rhaid i ddyn fel chi ddod yr holl ffordd i ddanfon pâr o fenig. Pe bawn i'n dlawd, a hwythau'r unig bâr oedd gen i, fe fyddai rhyw reswm . . . Eisiau esgus i ddod i fyny oedd arnoch chi 'ntê?'

'Wel—'

'I weld sut y cymerais i'r ffiasco 'na y pnawn 'ma.'

'Roedd Bob yn ofnadwy ar ôl ichi fynd, Mrs Morgan.'

'Mae'n siŵr.'

'Roedd dagrau yn ei lygaid o.'

'Dagrau tempar.'

'Mrs Morgan—'

'Eisteddwch, Sirian.' Yng ngrym y sieri yr oedd hi'n medru siarad ag ef fel cydradd ysbrydol. 'Eisteddwch i lawr a gwneud job iawn o'r sgwrs 'ma. Fedrwch chi ddim bugeilio enaid colledig ar eich traed.'

Yn betrus yr eisteddodd Sirian. Synhwyrodd hi nad oedd ef yn hollol hapus yn y sefyllfa. Yr oedd sioc ei gweld hi fel hyn wedi siglo'i hunanhyder graenus di-feth yr oedd hi wedi arfer meddwl nad oedd dim a allai'i siglo byth. Rhoes hynny fantais iddi. Doedd dim rhaid iddi berfformio'r parch arferol iddo, tagu'i theimladau, gwyro'n wylaidd dan ei chwip garedig. Fe allai ddweud beth a fynnai wrtho heno, rhoi'n ôl iddo beth o'i ffisig ei hun os byddai'n rhaid.

'Rydw i wedi meddwi, Sirian.'

Nodio a wnaeth y Parchedig, a dweud dim.

'Mi fydd raid ichi 'nhorri i allan o'r capel.'

'Nid dyna wnâi'r Gwaredwr.'

Aeth y sylw iddi fel nodwydd oer.

'Sut y gwyddoch chi?' meddai.

'Doedd O byth yn gweld cwymp heb weld y peth a'i hachosodd.'

Drwy'r aneglurder gwelodd ei bod hi'n colli'i mantais, a'i fod ef yn graddol ddirwyn y sefyllfa ar ei wŷdd ei hun i weu'i batrwm ei hun arni fel arfer. Yr oedd yn rhaid ei thynnu o'i afael cyn iddo fedru'i meistroli.

'Mae gennoch chi dipyn o feddwl ohonoch eich hun, on'd oes, Sirian?'

Fe roddai hon'na sioc iddo. Ymffurfiodd poen am eiliad ar y talcen patriarchaidd.

'Rydw i mor ddynol â neb, Mrs Morgan, Duw a'm helpo i.'

Yr oedd wedi dal hon'na hefyd.

'Ceridwen mae fy ffrindiau i gyd yn 'y ngalw i.'

Gwenodd Sirian yn fyr ac yn brudd, heb ateb.

'Pan oedd gen i ffrindiau,' chwanegodd Ceridwen.

Gwelodd Sirian yn gwyro 'mlaen.

'Mae gennoch chi ffrindiau, Mrs Morgan,' meddai. 'Pe methwn i'ch cael chi i gredu dim arall heno, credwch fod gennoch chi ffrindiau. Mae gennoch chi ddawn fawr i wneud ffrindiau, ffrindiau fyddai'n barod i sefyll drosoch chi hyd at waed. A does dim rhaid ichi'u colli nhw.'

'Mae gen i ddawn i'w colli nhw.'

'Os cyfeirio at y pnawn 'ma'r ydech chi—'

'Peidiwch â sôn am y pnawn 'ma.'

'Dim os ydi o'n boen ichi.'

'Mae o.'

Bu saib, cyn i Sirian fentro dweud,

'Mae Bob a chithau'n rhy debyg i'ch gilydd, fel y gwyddoch chi. Mae o fel chithau yn esgud i ddigio. Ond tra bydd o byw fe fydd lle gwag yn ei galon o lle buoch chi.'

Slempiodd Ceridwen yn ei chadair a gwgu.

'Mae'r Doctor Pritchard a finnau wedi dweud ta-ta. Am byth.'

'Nid am byth—'

'Fyddwch chi cystal â mynd rŵan, Sirian?'

'Ar bob cyfri. Rydw i wedi'ch blino chi. Mae'n ddrwg gen i.'

'Peidiwch ag ymddiheuro fel morwyn!'

'Fynnwn i er dim, Mrs Morgan—'

'Nos da.'

Safodd Sirian, yn dal ac yn llathraidd yn y golau, a'i lygaid mawr gleision yn syllu arni rhwng poen a thosturi, fel petai'n gofyn bendith arni. Nid oedd arni eisiau'i fendith. Nid oedd arni eisiau'i fendith! Pam nad *âi*? Yr oedd fel oes yn mynd.

'Duw a'ch bendithio chi, Mrs Morgan.'

A phan gododd ei llygaid yr oedd wedi mynd.

Er iddi ddangos y drws iddo i bob pwrpas—peth y dymunodd ei wneud lawer tro ond na fagodd ddigon o blwc i'w wneud tan heno—fe wyddai trwy'i diod mai hi a gafodd y gwaethaf yn y gyfranc. Sut bynnag y triniai ef, yn gas neu'n glên, ef oedd y trechaf bob tro. Yr oedd ganddo air ar gyfer pob gair ganddi hi, ac onid oedd ganddo air yr oedd ganddo'i lygaid. Yr oedd sefyll Sirian yn fuddugoliaeth. Yr oedd mor siŵr o'i uchafiaeth ar bawb, yr oedd eich gwrthwynebiad iddo'n chwalu ar ei bersonoliaeth fel tsieni ar lawr flacs. Hwyrach mai ar fywyd ysbrydol nad oedd ganddi hi amgyffred amdano y meithrinodd ef ei bersonoliaeth ddiddymchwel. A hwyrach mai ar hunan-dyb mwy pechadurus na dim a allai dyfu y tu faes i bulpud.

Fe gafodd ei bod hi'n sobri'n gyflym, a'r sobri'n tynnu gewynnau'i phen fel ar gordyn dur. Eisteddodd yn sythach yn ei chadair i dawelu'r aflonyddwch yn ei chylla. Yn grin gan loes ac yn flin gan fethiant, ymladdodd yn erbyn bendith Sirian, yn erbyn annhegwch ei faddeugarwch ystwyth ef. Yr oedd wedi galw ar win i'w chynnal, ac yr oedd y gwin wedi'i gwadu. Wedi porthi'i phlwc yr oedd wedi drysu'i hymosod, ac wedi'i chyflwyno'n aberth meddal i ddelw esgyrnog nad oedd ganddi obaith yn ei herbyn. Fel y

226

gwnaethai uchelwr o'r hen fyd nobl nad ydoedd mwy, taflodd ei gwydryn sieri at y drws yr aethai Sirian drwyddo, a chwalodd hwnnw'n deilchion ar y coedyn gan adael seren wleb ar y paent ifori.

Fel y disgwyliodd, yr oedd Martha yn y fan a'r lle mewn eiliad, wedi clywed torri'r gwydr. Ni wnaeth sylw o Martha. Ymwthiodd heibio iddi a simsanu'i ffordd i fyny'r grisiau i'r ymolchfa. Bu'n sâl yn yr ymolchfa, a phan edrychodd arni'i hun yn y drych yr oedd hi'n hyll.

# 24

Fe gafodd Ceridwen na wnaeth y newid ynddi hi ac yn ei pherthynas hi â'i chymdeithas ddim gwahaniaeth i gerdded y flwyddyn. Trodd y gaeaf yn wanwyn fel arfer. Agorodd y blagur ar y coed afalau a'r coed eirin a'r coed ceirios, a chwalu, a disgyn. Aeth yr eirlysiau, daeth y daffodil a mynd, daeth y rhododendron. Canodd y gog, a chrygodd, a thewi. Pan âi hi allan i anadlu'r boreau, clywai siffrwd pladur Tomos yn y berllan. Ac ar hyd y tridiau braf hynny ym Mai yr oedd ei laddwr modur yn rhuo hyd y lawntiau, yn ôl a blaen, ymlaen ac ôl, nes ei phensyfrdanu. Dechreuodd y machludoedd cochion ar y môr. Parhaodd y golau dydd ychydig yn hwy bob pnawn.

Daeth Cecil droeon yn ystod y misoedd hynny. Dim ond aros deuddydd neu dri, a mynd. Yr oedd yn peintio yng Nghei Bach: y cychod pysgota, a'r hen longwyr yn eistedd yn swp ar y cei, a'r bae. Yr oedd ei ddarlun o'r hen longwyr yn trwsio rhwydau yn y bore gwlithog yn neilltuol o dda, meddai ef. Ychydig y byddai hi ac yntau'n sgwrsio, er hynny. Dim ond cymaint ag a oedd raid. Yr oedd ef yn haws byw gydag ef am ei fod yn gweithio, ond nid oedd hi wedi medru maddau digon iddo i sgwrsio fel ffrind. Yr oedd ei fynd a'i ddyfod ef, fodd bynnag, yn amrywiaeth, yn rhywbeth i liwio'r undonedd.

Arhosodd yn ei gwely am wythnos. Pwl arall o'r iselder ysbryd, ac ymgais i ymddatod o'r llesgedd parhaus a oedd yn hongian fel canpwys wrth ei chymalau. Yn ei gwely ail-ddarllenodd *Youth Was My Sin*. Yr oedd yn ddarllen poenus. Yr oedd yn ei gweld ei hun o hyd yn yr Almaenes weddw artistig yn y nofel, am fod Idris wedi dweud mai hi oedd hi mewn gwirionedd. Teimlodd bob peth diflas yn yr Almaenes yn gerydd arni'i hun; bob tro yr oedd yr Almaenes yn dyheu am arwr y nofel fe wyddai Ceridwen mai fel yna'r oedd Idris yn dymuno iddi hi ddyheu amdano ef. Am ei bod wedi methu dyheu amdano yr oedd yr Almaenes yn mynd yn syrffed iddi. Yr oedd arni eisiau newid y nofel o hyd ac o hyd, eisiau newid cymeriad yr Almaenes a'i gwneud hi'n galed ac yn gall, fel y carai hi'i hun fod. Ac am fod yr Almaenes yn gwrthod newid, ac yn mynnu dweud a gwneud yn ôl ewyllys Idris ac nid yn ôl ei hewyllys hi, yr oedd hi'n mynd yn fwyfwy digalon. Wedi gorffen y nofel, darllenodd lawer o Wodehouse i geisio'i hanghofio.

Ond nid oedd anghofio i fod, oherwydd y diwrnod wedi iddi godi o'i gwely daeth llythyr oddi wrth Idris yn gofyn iddi'i gyfarfod mewn tafarn yng Nghei Bach. Methodd hi â ffrwyno'i chwilfrydedd. Yr oedd yn noson braf yn niwedd Mai, a'r pentref bach gwyngalchog yn felyn gan haul a thywod. Er iddi fod yng Nghei Bach laweroedd o weithiau, dyma'r tro cyntaf iddi fod yn y *Ship*. Yr oedd yn bopeth y gellid disgwyl i hen dafarn fach mewn hen borthladd bychan fod, cwareli bychain plwm yn ei ffenestri boliog, a model o long hwyliau uwchben y drws derw isel gyda'i gylch haearn o gliced; nenfydau isel i'w stafelloedd a'u trawstiau a'u distiau'n dderw du wedi'i fwyta gan flynyddoedd.

Pan aeth drwodd i'r parlwr yr oedd Idris yno'n disgwyl amdani. Cododd pan welodd hi, a ffwdanu i'w rhoi i eistedd lle byddai hi fwyaf clyd. Dewisodd hi gornel mainc ledr a redai hyd ddau fur i'r parlwr. Yn y gornel arall yr oedd dau Sais uchel eu cloch yn yfed cwrw. A barnu wrth eu hacen a'u hymddwyn, dau y daethai'n well byd arnynt yn weddol ddiweddar ar eu hoes, a hwythau heb ddysgu'r urddas a weddai i'w cyfoeth newydd. Archebodd Idris fara a chaws a chwrw. Ni chymerodd hi ddim. Nid oedd arni awydd bwyd, ac ni chymerodd ddim i'w yfed rhag iddo'i phenysgafnu ac i Idris fanteisio ar hynny.

Yr oedd Idris yn bur siaradus ac yn amlwg wedi yfed rhywfaint cyn iddi ddod i mewn.

'Fel y gwyddoch chi,' meddai, 'fûm i ddim i fyny yn Nhrem-y-Gorwel heb Mair ers misoedd. Mae Mair yn falch. Mae'n credu 'mod i rŵan wedi 'natod fy hun oddi wrthoch chi ac yn rhoi 'nghariad i gyd iddi hi.'

'Hynny ddylech chi, Idris.'

'Wel, i raddau, mae hynny wedi digwydd. Wrth gwrs, wnes i ddim peidio â'i charu hi o gwbwl ar y lefel gyffredin. Fel dyn, rydw i wedi bod yn gwbwl ffyddlon iddi, ac mi fyddaf. Fel llenor, rydw i'n methu bodloni. 'Y mhroblem i ydi fod cynifer o fathau o gariad yn bosibl i ddyn. Po fwya cymhleth ydi o, mwya'n y byd o ferched sy'n ei ddenu o. Fe all dyn dwl garu mwy nag un, ond nid mwy nag un ar y tro. A phetai'n caru dwsin o ferched yn ystod ei oes, yr un math o ferched fydden nhw i gyd. Ond am ddyn cymhleth, mae'i anghenion o'n gymhleth . . . Wyddoch chi be, Ceridwen, rydw i'n credu mai un arwydd o ddoethineb Solomon oedd fod ganddo fil o wragedd—'

'Rydech chi wedi bod yn yfed, Idris.'

'Ar fy ngwir. Roedd arno eisiau merch hardd, roedd arno eisiau merch hyll. Mae 'na rywbeth yn ddeniadol mewn merch hyll, wyddoch. Roedd arno eisiau merch ddoeth, roedd arno eisiau merch ddwl. Roedd arno eisiau merch am ei chyfoeth, roedd arno eisiau merch oedd yn ffres gan dlodi. Roedd arno eisiau merch fyddai'n sêl ar ei gynghrair â brenin arall, roedd arno eisiau—'

'Y cwestiwn ydi, Idris, beth sy arnoch *chi*'i eisiau efo fi mewn tafarn yng Nghei Bach. Mae'r ddau Sais 'na wedi bod yn edrych arnoch chi'n areithio.'

'Waeth amdanyn nhw. Rydw i'n hapus am eich bod chi wedi dod. Mi ofynnais ichi ddod am fod gen i isio dweud rhywbeth wrthoch chi.'

Yr oedd ei wyneb plentyn yn fwy pinc nag y gwelsai ef erioed, ac yn serennu.

'Mae'n gaethiwed arna i, Ceridwen, nad ydw i ddim yn cael trafod 'y ngwaith hefo chi fel y bûm i. Rydw i wedi dechrau ar nofel newydd, ond dydi hi ddim yn tyfu. Does gen i neb i sgwrsio amdani. Ond mi fedra i ddioddef hynny,

hyd yn oed, ar un amod. A'r amod ydi nad ydach chi ddim
yn rhoi'ch calon i neb arall, hyd yn oed os methwch chi â'i
rhoi hi i mi.'

'Amod hunanol iawn, Idris, os ca i ddweud.'

'Rwy'n gwybod. Mae'n debyg 'mod i'n un o'r dynion
mwya cenfigenllyd grewyd erioed. Ac mi alla i ddweud
wrthoch chi rŵan: roedd eich perthynas chi â'r Doctor
Pritchard yn 'y ngyrru i'n wallgo.'

'Perthynas feddyliol bur—'

'Mi wn. Ond i mi, fuasai waeth ichi roi'ch corff iddo na
rhoi'ch meddwl. Dydi cenfigen llenor ddim yn gwahaniaethu.
A phan ddëellais i'ch bod chi wedi darfod ag o fel y bydd
merch yn darfod â'i chariad, chredwch chi byth mor llawen
fûm i. Rydw i'n llawen o hyd.'

'Oes esbonio arnoch chi, Idris?'

'Dach chi'n gweld, Ceridwen, mi wn i bellach na cha i
mo'ch meddiannu chi fy hun. Rydw i'n ddiolchgar am bob
cyfran gefais i ynoch chi. Roedd eich cymdeithas chi imi
fel llenor yn un o'r pethau cyfoethocaf brofa i byth. Dydw i
byth wedi anghofio blas eich gwefusau chi noson y parti.
Ond cha i byth fwy ohonoch chi na'r hyn gefais i. Cha i
byth mo'ch meddiannu chi, a dydw i ddim yn meddwl bod
arna i eisiau. O achos fe fyddai'n golygu chwalu 'mywyd i
ac ailgychwyn, ac rydw i eisoes yn rhy hen fy meddwl i
hynny. Ond cyhyd ag y parhewch chi'n sengal, gorff a
meddwl, heb yr un dyn arall ar acer gysegredig eich bywyd
chi, mi alla i 'mherswadio fy hun eich bod chi mewn ystyr
yn ffyddlon i mi . . .'

Ond wedi dod adref, a sefyll o flaen y darlun olew yn y
stafell ginio, fe wyddai hi nad oedd hi'n ffyddlon hyd yma
i neb ond Ceredig. Yr oedd ei hudlath ef arni heb ei thorri.
Yr oedd ei haddewid olaf hi iddo'n dal.

Fe welodd Bob rai troeon yn ystod y misoedd hynny.
Dim ond ar y stryd, neu mewn siop, neu yn y banc. Byddai'n
codi'i het iddi. Byddai hithau'n ei gyfarch. Ond ni fyddai

sgwrs. Byddai'n anodd i neb ddweud bod dim wedi bod rhyngddynt, ond fe wyddai hi fod y dref yn gwybod. Hynny yw, hynny o'r dref a fyddai â diddordeb ym mywyd bodau fel hwy. Ni allodd eto edifarhau am a ddigwyddodd. Dim ond fod enw Bob Pritchard yn ddigon i gychwyn rhyw gnoi yn ei hysbryd a fyddai'n para am oriau, a bod bywyd gryn dipyn yn wacach nag a fu. Ac yr oedd ei lyfrau yn ei thŷ, a'r cadeiriau lle bu'n eistedd, a'r darnau miwsig y byddai'n hoff ohonynt.

Ond y darn miwsig y byddai'n ei ganu amlaf oedd y noctwrn gan Chopin a ganodd fisoedd yn ôl i Alfan. 'Noctwrn Alfan' ydoedd erbyn hyn. Byddai'n ei ganu a'i ganu, ac nid oedd wedi sylweddoli'i bod hi'n ei ganu mor amal nes daeth Cecil drwy'r drws fel corwynt un diwrnod a gweiddi:

'Arswyd y byd, ferch, ydi'ch *repertoire* chi'n cynnwys dim ond un diwn? Newidiwch y record, neu mi fydda i wedi danto yn y lle hyn!'

Bu'n ofalus i beidio â'i ganu wedyn ond pan nad oedd neb ond hi yn y tŷ. A phan oedd Alfan yno, wrth gwrs. Fe ddaeth ef am wythnos pan dorrodd ei ysgol dros y Sulgwyn. Yr oedd hi wedi dod i deimlo bod ganddi gyfrifoldeb amdano fel ei chyfrifoldeb am Cecil. Mwy, am ei fod gymaint ieuengach na Cecil. Petai hi wedi priodi'n gynt a phriodi rhywun heblaw Ceredig fe allai fod ganddi fab tua'r un oed ag Alfan. Yr oedd y bwlch hwnnw yn ei bywyd yn llai o fwlch pan oedd Alfan yno, a phan oedd hi'n medru gwneud rhywbeth iddo y gallasai fod yn ei wneud i fab.

Yr oedd y Llungwyn yn fendigedig braf, ac aethant yn y car ar hyd yr arfordir ac i benrhyn Llŷn. Rhoesant wahoddiad i Cecil, ond ni allai ef ddod. Yr oedd ganddo waith peintio pwysig. Yn ôl y chwyrnu cynnar yn dod o'i stafell wely y noson honno, yr oedd yn amlwg mai 'peintio' o natur bur wahanol a fu yn ystod y dydd. Sylwodd Ceridwen wrth fynd yn y car fod Alfan mewn dillad haf

newydd, gyda chrys neilon porffor. Nid oedd y porffor yn
asio'n rhy dda â'i wallt cringoch, ond yr oedd hwnnw'n
amlwg wedi'i olchi ac wedi'i frwsio'n drwch tonnog digon
golygus dros ei ben hir. Yr oedd ei gorff hefyd yn gwbwl
lân am unwaith, ac aroglau sebon lafant yn cyrlio oddi arno
gyda phob awel. Yr oedd yn eglur fod peth ymdrech wedi
bod.

Yr oeddent yn Aberdaron erbyn te, ac ar ôl te aeth Jim i
ffwrdd yn y car ar draws trwyn Llŷn i weld modryb iddo
yn un o'r pentrefi draw. Aeth Alfan a hithau i lawr i'r
traeth. Aeth hi i dynnu amdani i fynd i'r dŵr. Ond nid
Alfan. Nid oedd wedi dod â'i wisg ymdrochi, meddai ef.
Amheuodd hi nad oedd yn medru nofio, ac nad oedd am
ddangos ei fethiant i ferch. Cerddodd hi'n ysgafn i lawr y
traeth a'r awel wanwyn yn ei hanwesu ac yn ei phwnio bob
yn ail. Safodd a'i breichiau ymhleth a'i fferau yn y dŵr
glas oer. Yr oedd yn rhy oer i fynd iddo ond nid oedd am
ildio wedi gwneud sioe o dynnu amdani. Ymwthiodd allan
nes bod y dŵr at ei chanol ac yna estynnodd ei breichiau a
phlymio i mewn. Rhedodd y dŵr oer i gonglau'i chyfan-
soddiad. Sugnodd hi iddo ac yna'i gwthio i fyny oddi
wrtho fel petai'n flin wrthi am dorri ar ei lonydd yn rhy
gynnar yn y flwyddyn. Clywodd hi weddillion ei hieuenctid
yn mwynhau anwes y môr. Pwysodd yn ei erbyn fel yn
erbyn cariadlanc. Gadawodd iddo'i threiddio fel bysedd
oerion hir. Trodd a phlymio rai troeon fel llamhidydd, ac
yna, yn osgeiddig, nofiodd rai llathenni tua'r dwfn, a throi,
a nofio'n gryf yn ôl i'r lan.

Pan ddaeth i'r lan, yr oedd y tywod caled yn gynnes dan
ei thraed. Taflodd ei phen yn ôl a rhedodd fel y byddai'n
rhedeg yn fuddugol gynt yng nghampau'r ysgol, yn ôl i'r
lle'r oedd Alfan yn eistedd yn swrth wrth fôn heulog y wal.
Estynnodd am y tywel a'i sychu'i hun yn galed nes bod ei
chroen yn gwrido. Sychodd ei gwallt a'i ysgwyd yn gyrls
gwylltion am ei phen. Sylwodd fod llygaid Alfan arni, yn

rhyfedd ac yn ofnus. Mwynhaodd ei lygaid. Fe wyddai fod ganddi gorff gyda'r llunieiddiaf, nad oedd plentyn wedi'i chwyddo a'i sugno o'i siâp, na chanol oed wedi'i ledu. Fe welodd fod lygaid y lleill arni hefyd, y tyrrau ymwelwyr tewion â'r wynebau diflas, wedi dod â'u hwynebau'n grintach am ddiwrnod i olwg yr haul cyn ymgladdu'n ôl i fyllni'u dinasoedd d-achefn. Cododd ei sypyn dillad ac aeth o'r golwg i'w gwisgo.

Pan ddaeth yn ôl ac eistedd wrth y wal yn ei ymyl fe welodd fod Alfan yn ddisiarad. Yr oedd yn gwthio'r tywod â blaenau'i esgidiau, ac yn ei redeg trwy'i fysedd, fel plentyn wedi sorri.

'Roedd y dŵr yn dda, Alfan.'

'Oedd e?'

'Maen nhw'n dweud bod môr Aberdaron cystal â'r un.'

'Ydyn nhw?'

'Gresyn na fyddech chithau wedi dod i mewn.'

'Falle.'

Edrychodd ef draw tua'r creigiau o boptu'r bae, i fyny i'r gromen awyr las uwchben, i lawr yn ôl tua'r ewyn yn torri'n llinell serennog syth ar y tywod. Yr oedd hi'n siŵr erbyn hyn ei fod yn ddig wrthi am fynd i'r môr hebddo ac am ddangos ei phob rhagoriaeth, ei nofio a'i rhedeg a'i chorff, ac yn ddig wrtho'i hun am fod yn ddig. Ond angharedig fyddai sôn am hynny.

'Rydech chi'n ddistaw iawn, Alfan.'

Dim ateb.

'Rydech chi'n meddwl am rywbeth. Neu am rywun.'

Dim ateb.

'Oes gennoch chi gariad, Alfan?'

'Oes.'

'O. Beth ydi i henw hi?'

'Nesta.'

'Enw tlws. Ydi hi'n dlws?'

'Ydi.'

'Ydech chi mewn cariad â hi?'

Ochenaid ifanc.

'Ydw.'

Teimlodd hi'n flin wrth Nesta, ac ni wyddai pam. Yr oedd yn siŵr nad oedd hi'n ddigon da i Alfan.

'Pa bryd rydech chi'n priodi?'

'Pan gaf i swydd well.'

'Gwell nag athro ysgol?'

'Gwell o ran safle, nid o ran cyflog. Rwy wedi gwneud cais am swydd darlithydd mewn Cymraeg yn y coleg.'

'Yng Nghaerwenlli?'

'Ie. Mae Bob Pritchard yn ymddeol, ac mae Osborn wedi cael ei le fel athro—'

'Ydi, mi wn, ac maen nhw wedi hysbysebu am ddarlithydd cynorthwyol. Alfan druan, does gennoch chi'r un gobaith. Mae Bob Pritchard ar y pwyllgor dewis.'

'Ydych chi'n meddwl y byddai'n caniatáu i'w deimladau personol yn f'erbyn i—?'

'O, byddai. Alfan, rydech chi'n rhy syml. Mae'n rhaid ichi lyfu'ch ffordd i'r safleoedd gorau yng Nghymru. Os ydech chi'n mynnu ymosod ar y gwŷr sy ag allweddau'r safleoedd gorau yn eu dwylo, er ichi fod â'r cymwysterau gorau yn y byd, chewch chi ddim ond clo yn eich erbyn ym mhobman. Pe baech chi heb ymosod ar Bob ddwywaith fel y gwnaethoch chi, mi allwn i ddweud gair wrtho ar eich rhan chi—'

'Ellwch chi ddim nawr?'

'Na fedraf. Mae Bob a finnau wedi cweryla.'

'Ynglŷn â beth?'

'Ynglŷn â chi.'

Tynnodd Alfan ei fysedd ar hyd y tywod yn ei ymyl.

'Wyddwn i ddim, Ceridwen.'

'Fe ddwedodd rai pethau cas amdanoch chi ac am eich gwaith, ac mi fethais i â dal. Mi wnes dipyn o ffŵl ohonof fy hun.'

'Mi ddylwn ddweud fod yn flin gen i.'

'Does dim rhaid ichi ragrithio.'

'Rwy yn eich dyled chi'n awr, on'd ydw?'

'Mewn ffordd, ydech. Fe fyddai'n braf eich cael chi i Gaerwenlli'r un pryd.'

Yr oedd yr awel yn oeri, a phan aethant i fyny i'r pentref yr oedd y car yn disgwyl a Jim yn eistedd ynddo. Ar hyd y ffordd adref yr oedd Ceridwen yn teimlo'n ddiddig braf am y tro cyntaf erstalwm, gan frath hyfryd yr haul a'r heli yn ei chroen a'r dyndod ifanc o'i chwmpas.

# 25

Aeth y gwanwyn yn haf.

Treuliodd Ceridwen wythnosau olaf Mehefin yn Y Bwthyn. Yr oedd Tomos wedi bod yno yr wythnos gynt yn twtio, a phan gyrhaeddodd Martha a hithau yr oedd y lle bach yn ddigon o ryfeddod. Yr oedd y ffrynt yn danlli gan flodau, ac yr oedd yr ardd lysiau wedi cael llonydd gweddol eleni gan anifeiliaid yr ardal, fawr a mân. Safai'r masarn mawr a'r ynn dros y bwthyn fel ambarelo, yn groch gan adar ac yn swrth gan haf. Yr oedd Tomos wedi peintio'r giatiau bychain yn felyn, ac yr oedd llwyth o ro newydd ar y llwybrau. Oddi amgylch ac ar draws y dyffryn, yr oedd y llechweddau'n wyrdd â'r gwyrdd hwnnw na welir mohono ond ym Mhowys. Yr oedd y boreau'n dirion a'r hwyrnosau'n heulog ac yn hir.

Ond yno, ar y noson olaf, y profodd Ceridwen y storm daranau waethaf yr oedd hi'n ei chofio. Yr oedd ar ei phen ei hun. Yr oedd Tomos wedi mynd yn ôl ers rhai dyddiau i Gaerwenlli, ac yr oedd Martha wedi mynd i lawr i'r Ddôl Isaf i gysgu yn ôl ei harfer, tua deg o'r gloch. Bu'r wlad yn ddistaw ac yn drwm drwy gyda'r nos, ond yn awr, wedi i Martha fynd, aeth y trymder yn llethol. Yr oedd Martha wedi gofyn yn bryderus cyn mynd,

'Rŷch chi'n siŵr y byddwch chi'n olreit, Mrs Morgan?'

'Byddaf, Martha, mi fydda i'n olreit.'

Ond cyn gynted ag y caeodd y drws ar ôl Martha, nid oedd mor siŵr. Yr oedd yr adar olaf wedi tewi, yr oedd Y Bwthyn yn hollol dywyll, ac yr oedd y taranau wedi dechrau chwyrnu yng nghefnau'r bryniau. Yn sydyn, yr oedd arni ofn. Goleuodd y trydan yn y ddwy ystafell, agorodd y ffenestri i ollwng pob awel bosibl i mewn, tynnodd y llenni, ac aeth i wneud cwpanaid o de.

Eisteddodd gyda'i chwpanaid yn y stafell fyw fechan, a'r taranau'n dod yn nes. Yr oedd y mellt yn ddigon llachar erbyn hyn i'w gweld yn chwarae ar lenni'r ffenestri, er bod y stafelloedd yn olau. Ceisiodd beidio â meddwl am ddim annymunol. Ceisiodd beidio â meddwl am Ceredig, er bod ei ddarlun yn syllu arni o'r silff-ben-tân. Syllodd yn ôl i lygaid y llun, i brofi iddi'i hun nad oedd arni mo'i ofn, hyd yn oed os oedd yno gyda hi. Clywodd nerf ar ôl nerf yn neidio ynddi fel y daeth taran ar ôl taran. Boliodd llenni un o'r ffenestri i mewn fel y daeth awel gynnes drwy'r ffenest, a chododd yn ei dychryn. Eisteddodd drachefn, gyda chipolwg heriol ar lun Ceredig, cyn arllwys cwpanaid arall o de.

Yn sydyn, craciodd taran enbyd awyr y cwm, a siglodd y bwthyn fel llong. Tybiodd Ceridwen mai honno oedd y daran waethaf a glywsai erioed. Ond nid hi oedd y waethaf. Ymhen ychydig wedyn llanwodd mellten wynias y ffenest o'i blaen a diffoddodd y golau trydan. Yr oedd y daran a'i dilynodd yn ofnadwy yn y tywyllwch. Neidiodd Ceridwen ar ei thraed a thynnu llenni'r ffenest ac edrych allan dros y dyffryn, gan na allai oddef y tywyllwch llethol y tu mewn. Yr oedd yr olwg ar y dyffryn yn arswydus. Sïai'r mellt fforchog o'r awyr gan gyffwrdd pennau'r coed â'u traed dirifedi, a chyrnau dŵr yr afon yma ac acw ar ei hyd. Dawnsiai dreigiau yn y cymoedd, fel tân glas oer yng nghefnau'r bryniau yn eu chwyddo ac yn gwneud iddynt neidio yn eu socedi. Clywai'r taranau'n eco i lawr y dyffryn yng Nghreigiau Eglwyseg. Yr oedd yn ceisio siarad â hi'i hun i gadw'i hysbryd, ac yn methu. Yr oedd yn ddiffrwyth gan ofn.

Pan drodd ei phen, gwelodd fellten yn fflachio ddwywaith ar lun Ceredig ar y silff-ben-tân. Yr oedd ei wyneb yn hollol eglur, yn angheuol wyn fel yr oedd pan oedd gyda hi yma. Cythrodd am y llun a'i gladdu dan un o glustogau'r soffa. Gwrandawodd. Yr oedd y glaw wedi dechrau disgyn, ac yr oedd y coed o flaen y tŷ yn rhuo gan hwrdd sydyn o wynt fel petai rhyw greadur yn cerdded drwyddynt. Yn ddirybudd, agorodd y drws o flaen ei llygaid, a gwelodd gysgod yn sefyll yno.

'Ceredig!'

Ni allodd ddim ond sibrwd bloesg. Gwelodd y cysgod yn mynd ac yn dod gyda'r mellt, yn gwyro tuag ati ac yn estyn y breichiau cyfarwydd i gydio ynddi.

'Ceredig, peidiwch â 'nghyffwrdd i! O Dduw, paid â gadael iddo 'nghyffwrdd i!'

Gollyngodd sgrech i'r tywyllwch, a throi, a chladdu'i hwyneb yng nghlustogau'r soffa.

Ni wyddai a lewygodd hi ai peidio. Pan ddeffrôdd yr oedd yn fore tyner, a haul gwlithog yn graddol ymwthio dros garreg y drws i'r tŷ. Clywodd draed ar ro'r llwybr y tu allan, a daeth arswyd y noson cynt yn ôl. Ond Martha oedd yno, wedi dod i fyny oriau cyn ei hamser. Pan welodd hi, rhuthrodd ati a thaflu'i breichiau am ei gwddw a thorri i lawr ar ei mynwes helaeth.

'Mrs Morgan fach, dewch chi'n awr. Ro'n i'n ofni y byddech chi wedi cael ofan gyda'r storom ofnadw 'na neithwr. Mi ffaeles i gysgu'n meddwl amdanoch chi. Dyna pam y deutho i lan yn gynnar. Dewch chi'n awr. Fe gymerwn ni ddysgled o de ni'n dwy. Mae hi'n fore ffein gwelwch, ac mae'r cyfan drosodd.'

Yr oedd hi'n meddwl y funud honno nad oedd neb tebyg i Martha yn y byd. Ni allai ddweud wrthi beth a welsai. Ni fyddai Martha'n deall. Ond yr oedd fod arni ofn yn ddigon i ennyn cydymdeimlad Martha. Pa un ai Ceredig a welsai neithiwr ai peidio, yr oedd hi'n siŵr ei fod ef yno. Fe fyddai yno tra deuai hi yno, tra oedd ei fuddugoliaeth arni yn Y Bwthyn heb ei dileu.

'Martha, alla i ddim aros noson arall yn y lle 'ma. Rhaid inni fynd yn ôl i Gaerwenlli.'

'O'r gore, Mrs Morgan. Fe awn ni'n ôl.'

Aeth i lawr i'r bwth teleffon yn y tro tra bu Martha'n paratoi cinio, ac ymhen ychydig dros ddwyawr yr oedd Jim a Tomos wedi cyrraedd.

Wedi cyrraedd yn ôl i Drem-y-Gorwel eisteddodd yn y

stydi i sgrifennu llythyr hir at Alfan. Yr oedd yn fwy o ryddhad nag yr oedd wedi dychmygu. Wedi cau'r llythyr aeth i'r lolfa at y piano a chanu 'Noctwrn Alfan' ddwywaith neu dair. Dradwy, a hithau'n aflonydd gan ddisgwyl, fe ddaeth llythyr hir yn ôl oddi wrth Alfan. Llythyr yn llawn o ddisgrifiadau cywrain o Gwm Rhondda Fawr ganol haf, gyda'i chwys a'i syrthni a'r haul yn troi'i ddüwch yn biws. A chyda'r llythyr yr oedd copi o'r gerdd a luniodd, 'Wedi Clywed Noctwrn Gan Chopin'. Er ei bod yn un o'r pethau dieithriaf i edrych arni, fe dybiodd Ceridwen, wedi'i darllen yn uchel ddwywaith neu dair, ei bod yn un o'r cerddi gorau a ddarllenodd erioed. Eisteddodd i sgrifennu llythyr hir arall at Alfan i ddiolch iddo am y gerdd, ac i ddweud wrtho ei bod yn bryd iddo ddechrau casglu'i gerddi'n llyfr.

Drennydd, ni ddaeth llythyr yn ôl oddi wrth Alfan, ond fe ddaeth llythyr arall. Adnabu Ceridwen lawysgrifen Syr Madog Owen ar yr amlen, ac agorodd ef ar frys. Yr oedd Syr Madog yn trefnu deng niwrnod iddo ef a'i briod ym Mharis ganol Awst, ac os oedd Ceridwen am fynd gyda hwy yr oedd i anfon ato ar unwaith er mwyn iddo sicrhau lle iddi yn yr awyren ac yn y gwesty. Ffolodd Ceridwen ar Syr Madog. Yr oedd yn nodweddiadol ohono ef ddiflannu'n llwyr o fywyd rhywun am gyfnod hir ac yna ymddangos drachefn yn sydyn gyda'r syniad gorau yn y byd. Siarsiodd Martha hi i dderbyn y gwahoddiad ar unwaith. Nid oedd hi'n edrych yn dda er y storm fellt-a-tharanau yn Y Bwthyn, meddai hi, ac yr oedd arni angen newid llwyr.

Gan fod Gorffennaf ar ei hyd cyn mis Awst, penderfynodd Ceridwen fynd i Gaerdydd am ddeuddydd neu dri. Fe gâi Martha ddod gyda hi i weld ei brawd. Yr oedd Ceridwen yn hoff o Gaerdydd. Pa ddinas well yn brifddinas i Gymru, gyda'i hadeiladau gwynion heirdd a'i pharciau a'i phorthladd a'i hamrywiaeth pobloedd? Fe allai drefnu i weld Alfan. A hwyrach gael golwg ar Nesta. Yr oedd hi'n awyddus i weld Nesta. Yr oedd hi'n amau'n fwy bob dydd na wnâi hi mo'r tro i Alfan. Yr oedd hefyd yn chwilfrydig i weld mam Alfan, os oedd modd. Anfonodd ato i ofyn iddo'i chyfarfod i de yn Queen Street, a dod â'i fam a Nesta gydag ef.

Fe ddaeth Alfan a'i fam, ond nid Nesta. Eglurodd mai pobol ddŵad oedd teulu Nesta, a'i bod hi wedi mynd i dreulio'r wythnos gyda'i thad-cu a'i mam-gu yn Shir Gâr. Yr oedd yn wythnos wyliau iddi yn y siop ddillad lle'r oedd hi'n gweithio. Yr oedd Ceridwen yn sicrach nag erioed na wnâi merch yn gweithio mewn siop ddillad mo'r tro i Alfan. Yr oedd mam Alfan yn ddigon da. Nid oedd Alfan yn gwneud sylw mawr ohoni. Yr oedd fel petai arno beth cywilydd ohoni am ei bod yn ddi-Gymraeg. Ond yr oedd yn frwd iawn wrth gyflwyno Ceridwen iddi, yn amlwg yn falch o'i gyfeillgarwch newydd.

'Your son writes very good poetry, Mrs Ellis,' meddai Ceridwen.

'Does 'e?' meddai'r wraig. ''E tells me 'e's a bit of a powet. Of course, I don't understand Welsh misself. Alfan's learnt et. Pretty good of 'im too, wasn'et?'

Er gwaetha'i Saesneg, nid oedd yn ddrwg ganddi mo Mrs Ellis. Yr oedd hi'n ddigon annwyl yn ei ffordd, a throeon bywyd wedi harddu'i hwyneb yn hytrach na'i hagru. Yr oedd hi'n ddigon trwsiadus hefyd, ac yn amlwg yn hoff iawn o Alfan. Ac yn ddoeth, oherwydd ar ôl te gwnaeth esgus fod arni eisiau siopa, er mwyn eu gadael gyda'i gilydd i sgwrsio yn Gymraeg.

'Rwy'n hoffi'ch mam, Alfan.'

'Ydych chi?' Yr oedd ymron yn eiddgar. 'Rwy'n falch.'

'Gyda llaw, gawsoch chi'r swydd yn y coleg?'

Siglodd Alfan ei ben.

'Naddo. Bachgen o Sir Aberteifi cafodd hi.'

'Roeddwn i'n bur sicir. Wel, na hidiwch, mae gen i gyfle arall ichi.'

'Oes e?'

'Mae athro Cymraeg yr ysgol ramadeg acw newydd farw'n sydyn. Fe'i cafwyd o ar stepen ei ddrws y bore o'r blaen. Sioc go fawr. Maen nhw'n hysbysebu am athro newydd. Rhaid ichi wneud cais ar unwaith.'

'Fe fyddai hynny'n golygu byw yng Nghaerwenlli.'

'Wrth gwrs. Dyna oedd eich bwriad chi 'ntê?'

'Os cawswn i'r swydd yn y coleg, ie.'

'Yr un lle ydi Caerwenlli, beth bynnag fo'r swydd.'

'Ond roeddwn i wedi addo i Nesta y câi hi briodi darlithydd.'

Bu agos i Ceridwen ddweud y byddai'n o dda i ferch mewn siop ddillad gael priodi siopwr, ond ymataliodd.

'Dŷch chi'n gweld, Ceridwen, mae Mam yma'n weddw ac yn byw ei hunan; hoffai hi ddim imi fynd ymhell, er na ddwedai hi ddim. Ac mae Nesta yma.'

'Fe ellwch gael tŷ, a chael y ddwy i fyw yng Nghaerwenlli.'

Bu agos i Ceridwen gynnig benthyg yr arian iddo, ond y peth a ddywedodd oedd,

'Fe gewch letya yn Nhrem-y-Gorwel i aros. Fe gewch letya efo fi am ddim, a chynilo i brynu tŷ. Beth ydech chi'n ddweud?'

'Wn i ddim. Ga i feddwl dros y peth?'

'Gwnewch. Ond rhaid ichi feddwl yn gyflym.'

'Mi feddylia i'n gyflym.'

Drannoeth, treuliodd Alfan a hithau'r pnawn yn yr Amgueddfa Genedlaethol. Nid oedd ef eto wedi penderfynu ynglŷn â'r swydd; yr oedd ei fam yn fodlon, ond yr oedd arno eisiau siarad â Nesta.

'Cofiwch Alfan,' meddai Ceridwen, 'hwyrach nad oes gan Nesta mo'r profiad i wybod beth sy orau er eich lles chi.'

Edrychodd Alfan arni fel petai ar fin amddiffyn profiad Nesta, ond dywedodd,

'Na, na, efallai'ch bod chi'n iawn.'

Ychwanegodd Ceridwen,

'Mae Caerwenlli'n gylch llawer gwell i ddyn fel chi ar

hyn o bryd nag ydi Caerdydd. Os gwnaethoch chi enw drwg i chi'ch hun fel rebel yn y cylchoedd llenyddol, Caerwenlli ydi'r lle ichi dyfu drwy'r enw drwg. Fel y daw'r bobol lenyddol sy acw i'ch nabod chi, fe ddôn nhw i weld eich bod chi'n llawer mwy na rebel. A phan ddaw swydd darlithydd yn wag nesaf yn un o'r colegau, fe fyddwch chi'n llawer mwy cymeradwy o fod wedi byw acw am gyfnod.'

'Ond Ceridwen, pan beidia i â bod yn rebel mi beidiaf â bod yn ddyn.'

'Mi wn i'n hollol sut yr ydech chi'n teimlo, Alfan. Ac yr ydech chi'n fwy iawn mewn ystyr na'r gwŷr llên sy ddwywaith a theirgwaith eich oed chi. Ond cofiwch fod tipyn bach o synnwyr yn yr hyn ddwedais i gynnau.'

Y peth cyntaf a wnaeth wedi mynd yn ôl i Drem-y-Gorwel oedd dewis stafell wely i Alfan. Wedi pendroni a chrwydro'r llofftydd yn hir, penderfynodd ei roi i gysgu yn ei llofft hi'i hunan yn y ffrynt, y llofft orau ar wahân i lofft yr ymwelwyr. Fe'i gwnâi'n llofft-stydi, gyda desg a chypyrddau llyfrau a phopeth y byddai'i angen arno. Nid arbedai ddimai i'w wneud mor gysurus ac mor hapus ag yr oedd dichon i feidrol fod.

Daeth canol Awst, a chychwyn am Baris, gan adael Martha yn Nhrem-y-Gorwel i edrych ar ôl Cecil, hwnnw wedi cyrraedd yn sydyn gyda thomen o gêr, newydd gael comisiwn ollbwysig i beintio i mewn yn y wlad ac i orffen y cyfan o fewn mis. Ofer fu ymbil Ceridwen arno i aros yn y *Royal* ac iddi hithau dalu; yr oedd yn rhaid iddo ddefnyddio'i stiwdio yng ngarat Trem-y-Gorwel. Nid oedd dim amdani ond i Martha aberthu'i hwythnos wyliau ac aros yno i edrych ar ei ôl. Nid oedd wiw ei adael yno'i hun; fe fyddai'r lle fel beudy cyn pen tridiau, ac nid oedd wybod pa laslanciau fyddai wedi bod yno'n trybaeddu gydag ef.

Treuliodd Ceridwen noson yn nhŷ Syr Madog a Lady Owen yn Llundain. Tŷ ysblennydd mewn ffordd dawel yn St John's Wood, a godwyd yn oes Victoria ac a wrthsafodd bob bwriad i'w droi'n fflatiau. Gan ei bod yn noson gynnes, bwyta cinio cynnar allan ar y lawnt yng nghefn y tŷ, a morwyn Wyddelig radlon yn tendio. Yr oedd Syr Madog yn ôl ei natur a'i arfer wedi cynllunio'r noson hyd y manylion. Gyda gorffen cinio, chwipiodd hwy i mewn i'w *Bentley* gloywddu, a chyn bod wedi anadlu bron yr oeddent mewn bocs yn Drury Lane a drama-ganu afieithus yn difyrru'r nos iddynt ar y llwyfan enfawr hwnnw. I mewn i un o'r tafarnau coffi newydd am goffi percoladur, a therfynu'r nos yn drwy lithro yn y *Bentley* drwy oleuadau Piccadilly a Chylch Oxford a'r Strand.

Yr oedd Llundain yn debyg, meddai Ceridwen wrthi'i hun, i'r fel yr oedd pan oedd hi'n byw yma. Mwy o sŵn, mwy o ruthr, goleuadau mwy llachar. Neu efallai mai hi oedd wedi newid, wedi'i harafu erbyn hyn gan heddwch gwlad a gwell gwastadrwydd beunyddiol y môr. Er ei gwaethaf, yr oedd hi'n meddwl am Ceredig. Ef a ddaeth â hi yma a'i thorri i mewn yma i fywyd meddalach, moethusach nag a welsai hi erioed yn Nyffryn Llangollen. A'i dysgu i dderbyn gwesteion yn rasol ac i eistedd wrth ben ei bwrdd fel iarlles, a'i charcharu â chyfoeth, a'i mireinio â moesau. Beth bynnag ydoedd hi heddiw, i Ceredig yr oedd hi'n ddyledus, i r Ceredig a wnaed gan Lundain.

Ni allodd Ceridwen erioed benderfynu pa un ai Llundain ai Paris oedd orau ganddi. Ond y funud y camodd o'r awyren i lawr y maes glanio fe wyddai. Gwybod dros dro, fel y gwyddai bob tro o'r blaen. Cyn gynted ag y ffroenodd yr awyr ddigymar honno a chlywed y Ffrancwyr a gweld Tŵr Eiffel yn codi'n rhimyn gwlithlas o we pry cop uwch y ddinas, fe waeddodd ei henaid 'Paris!'. O'r foment honno nid Ceridwen oedd hi, ond rhywun arall, organwaith newydd sbon wedi'i greu ar y maes glanio ac wedi'i weindio'n orfoleddus dynn gan y profiadau i ddod. Ar unwaith, yr oedd Trem-y-Gorwel a chymdeithas Caerwenlli fel breuddwyd, fel rhywbeth a ddarllenodd mewn stori, ymhell ac yn

244

aneglur ac yn ddibwys fel nad oedd wahaniaeth ganddi a welai hwy byth. Yn y tacsi gwallgof, a Syr Madog a Lady Owen yn rhowlio yn ei herbyn ac yn erbyn ei gilydd ac yn chwerthin, yr oedd hi'n rhy hapus. Rhedai strydoedd Paris drwyddi fel ffilm. Yr oedd ei gwaed yn carlamu a'i llygaid yn gwlitho a gallai yfed y Seine.

Yr oedd Syr Madog wedi cael lle idddynt mewn *pension* oddi ar y Place de la République. Lle rhad, dim ond i gysgu.

'Dyna'r ffordd i wneud ym Mharis, Ceridwen,' meddai. 'Cysgu'n rhad a bwyta'n ddrud.'

Ond fe wyddai hi fod Syr Madog, yr hen bry ag ydoedd, yn dewis lle rhad, nid am ei fod yn rhad ond am ei fod yn ddiddorol. Yno yr oedd Madame a'i bronnau breision a'i chroeso personol, a myllni sur cefn Paris, a'r chwa gynilaf o sawr garlleg yn dod o'r gegin. Yno hefyd yr oedd Jacques, yn ddwylath ac yn ddu gan haul y Midi, ac yn tragwyddol ymffrostio yn ei gyllell boced enfawr a fu yng nghefnau chwech o swyddogion y Gestapo yn nyddiau'r Maquis. Ac yno yr oedd Yvonne, y ddelaf a'r ystwythaf o ferched deunaw oed, a fyddai'n heulwen gyda'u coffi yn eu hystafell wely y bore, er iddi fod allan ynglŷn â'i 'gorchwyl' amheus drwy'r nos.

Llifodd y dyddiau fel dŵr. Yr oedd dail y coed yn cochi eisoes yng ngerddi'r Tuileries, a'r cleddyfau goleuni wedi'u plannu bob nos i Afon Seine. Nid âi'n angof byth y porthor a gymerodd ambarelo Syr Madog oddi arno yn y Louvre rhag iddo falu gwydr y Mona Lisa â'i bwyntio cynhyrfus, a'i roi'n ôl iddo ar ei ffordd allan gyda cherydd a winc. Na'r hen wraig flodau o flaen Eglwys y Madeleine a gymerodd i'w phen mai'r Tywysog Olaf a'i briod oedd Syr Madog a Lady Owen ac a heliodd dyrfa o'u cwmpas nes daeth y *gendarme* i ofyn am eu pasport i'w darbwyllo. Llifodd y dyddiau . . . Yr oedd yr haul fel ymenyn ar Baris o'r lle y safent o flaen y Sacré Coeur, ac yr oedd yr hedd i'w weld â'r llygaid yng nghlwystyr y Notre Dame. Yr oedd hyd yn oed y gawod a ddaeth i olchi'r haul oddi ar y palmentydd yn chwerthin wrth ei gwaith. Grwgnach colomennod y Champs Élysées, sigl y fflam anniffodd dan yr Arc de Triomphe, chwyrnu diddannedd yr hen gŵn yng nghysgodion y Place Contrescarpe—Llifodd y dyddiau . . .

O siop i siop, o'r siopau trugareddau yn yr heolydd cefn a'r stondinau llyfrau ger yr afon i dai ffasiwn Fath a Dior, yr arian yn mynd a'r wardrob yn tyfu. O dŷ bwyta i dŷ bwyta, o'r bistros bychain yn y *Quartier Latin* i'r Ritz a'r Balzar, lle'r oedd cinio'n rhad am bum gini ac yn fythgofiadwy. Dyddiau'n flasus gan omledi a chigoedd a llyffaint rhost a chaws, a'r grawnwin a'r orenau a'r gellyg mawr yn dod yn syth i'r bwrdd o'r haul ar y goeden. Ac er bod Syr Madog a Lady Owen yn llwyrymwrthodwyr, nid oedd hi, Ceridwen, yn gynnil gyda'r gwin, ac ar ôl dau *pernod* mynd yn enbyd sâl ar ganol y Place Pigalle. Sudd oren a rhew allan ar y bwlefardiau liw dydd, coffi ar y bwlefardiau liw nos, dyddiau'n llawn o fyrddau bach dan yr awyr a gweision gwynion esgud am gildwrn a baldordd y bandiau yng nghefn eu hymennydd, a Pharis, Paris, Paris.

Yn yr awyren ar y ffordd adref y deffrôdd Ceridwen o'r gorfoledd, ar y ffordd adref a'r Sianel oddi tani a Lloegr yn nesáu mewn niwl. O'i hôl yr oedd Ffrainc yn felyn rhwng awyr las a môr glasach; o'i blaen yr oedd Cymru a Chaerwenlli a busnes ailddechrau byw. Yn ôl i fywyd o farwolaeth heulog y deng niwrnod na châi mo'u cofio mwy heb rywfaint o boen. Yn ôl i'w thrafferthion, i blith y gymdeithas yr oedd cwymp y naill yn fwyd i'r llall, yn ôl i'r undonedd.

Ond yr oedd elfen newydd yn ei byw. Un drugaredd newydd ganddi i'w gwneud ag un artist newydd, un a oedd yn well na'r lleill am ei fod yn ieuengach a heb ei ddifetha gan y frwydr am fod yn fwy. Fe'i cadwai heb ei ddifetha os gallai, ei gadw'n ifanc fel y carai hi fod, heb ei ddifetha fel y difethwyd hi.

# 26

Safodd yn y stafell wely i edmygu'i champwaith. Yr oedd y dodrefn derw golau yn newydd bob darn. Yr oedd carped newydd ar y llawr, papur newydd ar y parwydydd, llenni newydd ar y ffenest a oedd yn cilagor yn awgrymog i'r balcon. Ar un mur crogai hafau Constable a Watteau yn felyn ac yn wyrdd, a Chader Idris Wilson yn dywyll dawel uwchben y gwely. Ger y ffenest, yn hanner wynebu'r môr, yr oedd desg lydan o'r un derw, gyda lamp yn gwyro drosti a hanner cylch o gypyrddau llyfrau o'i hôl o fewn cyrraedd llaw. Gwthiodd Ceridwen o'i meddwl yr arian a wariodd. Yr oedd wedi gwario er mwyn creu bardd. Yr oedd yr ystafell yn anadlu barddoniaeth.

Eisteddodd funud wrth y ddesg i ddychmygu fel y byddai Alfan yma'n creu. Fe fyddai'n edrych draw i'r môr, i lawr ar y dref, i lawr ar doau tai Bob Pritchard ac Idris Jenkins, ac yr oedd ganddo hawl i edrych i lawr arnynt. Fe fyddai'n fwy na hwy. Fe fyddai'n sgrifennu llinell ac yna'n oedi, yn syllu ar ddarlun, yn estyn am lyfr, yn pensynnu, yna'n sgrifennu drachefn. Ac ar ddiwedd y noson, wedi iddo roi'i ysfa greu i gadw, fe fyddai'n rhoi caniatâd iddi hi ddod i'w stafell ac yn darllen iddi beth a greodd. Ac fe fyddai hithau'n dweud 'Da', ac yn ymfalchïo'n dawel yn y bardd newydd a roes hi'n rhodd i Gymru. Gresyn na chawsai'i gadw'n gyfan gwbl i farddoni. Ei gynnal fel yr oedd hi'n mwy na hanner cynnal Cecil. Hwyrach, ryw ddydd, ond yr oedd yn rhy gynnar eto.

'Odi, wir, yn neis iawn.'

Trodd, a gweld Cecil yn y drws, yn sbio i bob twll a chornel yn y stafell.

'Man hyn mae'r babi newydd i gysgu, ie-fe?'

Rhoes hithau fin ei hateb yn yr un melfed, er ei bod yn dân oddi mewn.

'Dydech chi rioed yn dechrau cenfigennu'n barod, Cecil?'

247

'Y fi? Cenigennu? Dir, dir, nag w', am beth? Rown i ddim thanciw am faldod fel hyn. Rhowch y garet i fi. Gwyliwch ch the, fe fyddwch wedi mogi'r boi bach â chyrtens a ffal lal.'

'Dyna ddigon, Cecil. Chi ddaeth ag Alfan yma, ac arnoch chi mae'r bai am beth bynnag ddigwydd iddo rŵan.'

'Ac os bydd e'n llwyddiant, ai i fi y bydd y clod? Dir, dyna beth annheg yw bywyd, onte-fe? Y bai i gyd i rai, y clod i gyd i'r lleill. Y garet i rai a'r bedrwm ore i'r lleill. Onte-fe? Wel, gw-bei nawr.'

Gwrandawodd ar draed Cecil yn cilio ar hyd y pen-grisiau fel ar talfau llewpard a roes bywyd wrth ei drws i'w gwylio. Ni allai wneud dim nad oedd ef yn gweld, â'r llygaid gwyrddion hynny a grewyd yn unswydd i weld popeth fel na ddylai fod. Iddo ef, nid oedd ei nawdd hi iddo ond gwendid ynddi, na'i thŷ a'i haelioni ond pethau yr oedd ganddo ef hawl ddigwestiwn arnynt fel un o hil ddwyfol artistiaid. Ac wedi dechrau'i noddi yr oedd hi wedi mynd yn rhy wan i beidio. Oni ddôi rhyw gymhelliad cryfach na'i gilydd i'w droi dros y drws . . .

Safodd car wrth y tŷ a gwelodd fod Jim wedi dod ag Alfan oddi wrth y trên. Brysiodd i lawr y grisiau i'w gyfarfod. Galwodd ar Martha i ddod â'r te, ac aeth at y drws.

'Alfan, rydech chi wedi dod. Croeso ichi i Drem-y-Gorwel, i fyw.'

Hwyrach mai hi oedd wedi cynefino â'i weld erbyn hyn, ond iddi hi heddiw yr oedd yn llanc dymunol i edrych arno. Yr oedd yn edrych i lawr arni â pharch ar ei wyneb synhwyrus. Gweldïodd hi'n fyr am i'w wyneb aros fel yna am byth.

Gorchmynnodd i Jim fynd â bagiau Alfan i fyny i'w stafell wely, ac yna aeth ag ef i'r lolfa.

'Ydech chi wedi blino, Alfan? Ydech, mi wn. Eisteddwch yn y gadair yma a rhowch eich traed i fyny . . . arhoswch, mi ddo i â'r stôl acw—'

'Ceridwen, peidiwch â ffwdanu, os gwelwch chi'n dda—'

'Ond dydi o ddim trafferth i mi. Mae arna i isio ichi fod yn gysurus yma, Alfan, ac yn gartrefol, ac mor hapus ag y gall neb fod. Fe fyddwch, on' byddwch chi?'

'Hwyrach na fydda i ddim yma'n hir, Ceridwen—'

Torrodd hi ar ei draws.

'Sut mae'ch mam?'

'Yn bur dda, diolch.'

Nodiodd hi'i phen. Fe fyddai hi'n well iddo na mam.

'A . . . sut mae Nesta?'

Fe'i gorfododd ei hun i ofyn. Yr oedd bywyd yn ei lygaid, ac fe'i gwelodd hi ef.

'Mae Nesta'n iawn.'

Daeth Martha â'r te. A oedd Martha'n edrych arnynt yn od? Dychmygu'r oedd hi hwyrach. Fe allasai croeso Martha i'r bachgen fod yn gynhesach er hynny. Gadawodd Ceridwen iddo fwyta'i de heb aflonyddu arno. Os dymunai ef siarad, fe gâi. Ni siaradodd. Ar ôl te aeth ag ef i fyny i ddangos ei stafell iddo. Agorodd y drws, a gadael iddo ef gamu i mewn i'r stafell ryfeddol yn gyntaf, gan ddisgwyl yn astud am ei adwaith.

'Man hyn, ie-fe?' meddai Alfan. 'Diolch ichi, rwy'n gwybod fy ffordd nawr.'

'O. Dyna chi 'te.'

Tynnodd hi'r drws ati, ond cyn ei gau gwnaeth un ymgais arall.

'Alfan.'

'Mm?'

'Ydech chi'n . . . ydech chi'n hoffi'ch stafell?'

'Y stafell? O . . . ydw i. Mae'n ddymunol iawn. Diolch.'

Caeodd hi'r drws arno, ac fe wyddai'i bod wedi'i brifo, er na wnaeth hi ddim cydnabod hynny iddi'i hun. Sut yr oedd y bachgen i wybod ei bod wedi gwario cymaint ar y stafell: arian, ac amser, a breuddwydion? Ni allai hi byth ddweud wrtho. Heblaw hynny, nid oedd yn nodwedd mewn dynion ifainc sylwi ar ystafelloedd ac ar ddodrefn ac ar bapur wal. Yr oedd wedi disgwyl gormod wrth ddisgwyl iddo ryfeddu a brwdfrydu. Fe fyddai'i weld yn cartrefu ac yn creu yn ei stafell yn ddigon o ddiolch iddi hi.

Wrth gwrs, yr oedd yn rhaid i Martha ofyn pan aeth hi i lawr,

'Oedd Mr Ellis yn hoffi'i stafell?'

'Y . . . oedd, Martha. Roedd o wedi gwirioni.'

Unwaith eto, fe dybiodd fod Martha'n edrych arni'n od.

## 27

'Sut roeddech chi'n hoffi'r ysgol?' meddai hi wrth Alfan pan ddaeth adref bnawn trannoeth. 'Yn iawn, gobeithio.'

Gollyngodd Alfan rywbeth tebyg i ochenaid.

'Roedd hi cystal ag y gall ysgol fod.'

Yr oedd y siom ynddi unwaith eto, ac unwaith eto nis cydnabu. Yr oedd yn annhebyg y byddai dyn yn hoffi lle newydd ar ei ddiwrnod cyntaf.

'Roedd y prifathro'n eitha ffeind wrthoch chi?'

'Oedd, oedd.'

'A'ch cyd-athrawon?'

'Hwythau hefyd.'

'A'r plant?'

'Mor ddwl ag unrhyw blant.'

'Beth am drefn y gwersi?'

'Ceridwen, does arna i ddim awydd siarad.'

'Alfan annwyl, mae'n ddrwg gen i. Rydw i'n ddifeddwl. Mi'ch gadawa i chi, ichi gael llonydd.'

Clywodd ef yn dringo'r grisiau i'w stafell. Gwrandawodd am ei draed ar y llofft, i glywed a oedd yn mynd at ei ddesg. Ond yr oedd y carped a roesai ar lawr ei stafell yn rhy drwchus iddi glywed. Eisteddodd am ychydig yn plethu ac yn dadblethu'i dwylo, ac yna aeth drwodd at Martha i'w chynghori ynglŷn â'r cinio hwyr.

'Salad sy gen i,' ebe Martha.

'Dydw i ddim yn credu bod Mr Ellis yn hoff o salad,' meddai Ceridwen. 'Gwell ichi wneud cinio poeth.'

Edrychodd Martha arni.

'Mae pawb wedi arfer hoffi salad yn Nhrem-y-Gorwel ganol Medi,' meddai.

'Cinio poeth ddwedais i, Martha.'

Ac aeth Ceridwen yn gyflym o'r gegin. Yr oedd Martha'n gallu bod yn ystyfnig. Ond fe fyddai'n rhaid iddi newid ei rwtîn os oedd cysur Alfan yn galw am hynny. Fe fyddai'n well iddi ni, Ceridwen, arolygu'r fwydlen pan fyddai Alfan i mewn. Fe gododd y bore yma i arolygu'i frecwast. Fe wnâi hynny bob bore.

# 28

Nos Wener, wedi gorffen wythnos yn yr ysgol, yr oedd Alfan mewn hwyl siarad. Fe borthodd Ceridwen ei hwyl. Yr oedd wedi anfon Martha am fin nos at ei chwaer, ac wedi dweud y gwnâi hi ginio i Alfan a hithau. Yr oedd Cecil wedi diflannu am y dydd.

Ar ôl cinio, aethant i eistedd yn y lolfa. Gan ei bod yn noson gynnes, agorodd Ceridwen y ffenest ffrengig a gollwng i mewn arogleuon y gerddi a'r môr. Eisteddodd wrth y piano a chanu o dow i dow bethau gan Beethoven a Liszt a Brahms, a gorffen gyda 'Noctwrn Alfan'. Wedi gorffen, trodd i edrych arno. Yr oedd yn eistedd ar dro moethus mewn cadair freichiau, mewn siersi las llongwr a llodrau melfaréd coch. Yr oedd yn mynd yn fwy golygus bob dydd.

'Mae 'na ddewin yn eich bysedd chi, Ceridwen,' meddai. 'Rwy mewn cariad â nhw, ddeg ohonyn nhw.'

Fe'i clywodd hi'i hun yn gwrido. Yr oedd gair gan Alfan yn well na chant gan feirniaid petai hi'n bianydd cyngerdd.

'Pam nad ŷch chi'n canu piano ar lwyfan, Ceridwen?'

'Mi addewais i 'ngŵr na wnawn i ddim.'

'Hawyr bach, pam?'

'Doedd o ddim yn credu bod perfformio ar lwyfan yn weddus i foneddiges.'

'Trueni iddo farw. Mi garwn i gael y pleser o'i saethu e.'

Plygodd Ceridwen ei phen.

'Mae'n flin gen i,' ebe Alfan, 'mi ddwedais i beth na ddylwn i.'

'Naddo,' meddai Ceridwen. 'Dim ond . . . fedrech chi ddim cael gwared â dyn fel Ceredig drwy'i saethu o. Dydi dynion fel fo ddim yn marw wrth farw. Mae'n ddrwg gen i . . . fedra i ddim egluro.'

'Efallai 'mod i'n deall. Doeddech chi ddim yn hapus gydag e.'

Siglodd ei phen.

'Mi garwn i allu'ch helpu chi i'w anghofio, Ceridwen.'

Edrychodd hi arno. Ysglyfiodd ef â'i llygaid.

'Hwyrach y gellwch chi,' meddai. 'Ryw ddiwrnod.'

Trodd yn ôl at y piano a chanu *Claire de Lune*. Drwy'r nodau atgofus dywedodd,

'Ydech chi mewn cariad yn ofnadwy â Nesta, Alfan?'

'Os gwn i beth yw cariad, ydw.'

'Beth ydech chi'n feddwl ydi cariad?'

'Dwy elfen yn dod at ei gilydd ac yn uno; gwryw a benyw, gwyllt ac araf, creadigol ac ymarferol—'

'Ifanc a chanol oed—'

'Dwy' ddim yn meddwl. Pam?'

'O, dim ond gofyn.'

Chwyddodd *Claire de Lune* a dringo'n ddisylwedd drostynt, fel gwe yn eu gwau i'w gilydd. Safodd y cord olaf yn y gwyll yn hir wedi'i ganu. Tynnodd hi'i throed oddi ar y pedal a datododd y cord. Croesodd y stafell a rhoi'r golau.

'Ydi llun Nesta gennoch chi?' gofynnodd.

'Ydi.'

Estynnodd Alfan ei waled o'i siaced ar lawr yn ei ymyl. Yn nwylo Ceridwen rhoes lun geneth a oedd ar yr olwg gynta'n wirioneddol dlws, gyda rhaeadr o wallt golau a llygaid byw a dannedd gwastad, gwyn. Ond po hwyaf yr edrychai, mwya'n y byd o wendidau a welai Ceridwen yn yr wyneb. Erbyn iddi dynnu'i golwg oddi arno, nid oedd mor gryf, nac mor gytbwys, nac mor dlws.

'Geneth dlws iawn, Alfan.'

'Chi'n meddwl 'ny? Fe fyddech chi'n hoffi Nesta. Mae hi'n ddidwyll.'

'Beth ydi'i diddordebau hi?'

'Wel, wrth gwrs, fel pob merch ifanc o'i hoedran mae'n hoff o ffilm ac yn hoff o ddawns—'

'Ydi hi'n hoff o farddoniaeth Gymraeg? Dyna sy'n bwysig i chi.'

'Er pan ddechreuais i'i chanlyn hi, mae hi wedi darllen cryn dipyn.'

'Pam? Ai o gariad at y farddoniaeth, ynte o gariad atoch chi?'

'Wel, rhowch amser iddi . . . Pam rŷch chi'n holi cymaint, Ceridwen?'

'Allwch chi ddim gweld?' Eisteddodd hi ar y *pouf* yn ei ymyl, a'i braich ar fraich ei gadair. 'Eich hapusrwydd *chi* sy'n bwysig, Alfan. Mae'n bwysicach i mi na dim yn y byd.'

'Yn barod?'

'Yn barod. Welwch chi, pe bawn i'n credu'ch bod chi ar fin ymrwymo efo merch na allai mo'ch helpu chi i greu'r bywyd sy'n hanfodol i enaid mawr fel chi, mi'ch rhwystrwn chi. Beth sy gan yr eneth yma i'w gynnig ichi heblaw wyneb ifanc tlws?'

'Mae hwnnw'n eitha hanfodol, on'd yw e?'

'Ond pan fydd y blynyddoedd wedi'i grino, beth fydd ar ôl?'

'Wn i ddim . . . y bywyd y byddwn ni wedi'i greu gyda'n gilydd, mae'n debyg—'

'Wedi'i greu o beth? Fedrwch chi ddim creu bywyd o dlysni cnawd yn unig—fedrwch *chi* ddim, beth bynnag. Mae'n rhaid bod yna gyd-ddeall a chyd-deimlo. A feder masg tlws heb ddim y tu ôl iddo ddim cyd-ddeall a chyd-deimlo â dyn o'ch anian chi.'

'Pwy ddwedodd taw dim ond masg tlws yw Nesta?' Yr oedd Alfan wedi twymo'n sydyn. 'Welsoch chi hi erioed? Fuoch chi'n siarad â hi erioed? Fe ryfeddech chi gymaint sy ynddi. Dyw'r ffaith ei bod hi'n gweithio mewn siop ddim yn dweud ei bod hi'n wag. Mae un rhinwedd mawr ynddi, ta beth. Mae hi'n gweithio am ei thamaid.'

Gwingodd Ceridwen dan yr ergyd. Yr oedd y bachgen wedi'i brifo o ddifrif y tro hwn. Ond fe fu'n ddigon call i beidio â dweud hynny. Ac yn gyflym i faddau. Arni hi'n unig yr oedd y bai. Yr oedd wedi gadael i'w thafod ei harwain ac wedi ymyrryd lle nad oedd ganddi hawl eto i ymyrryd.

'Mae'n ddrwg gen i, Alfan. Ddylwn i ddim siarad am Nesta fel y gwnes i.'

'Rwy'n maddau ichi.' Llaciodd wyneb Alfan bob yn dipyn nes bod ymron yn gwenu. 'Pan ddowch chi i f'oedran i, Ceridwen, fe ddowch i weld pethau'n gliriach.'

Wrth weld y syndod ynddi, taflodd ei ben yn ôl a chwarddodd dros y lle. Y chwerthin mwyaf melodus a glywsai hi yn ei dydd. Gallasai'i gusanu ar y foment honno. Ac onid oedd gan fam ryddid i gusanu mab a fabwysiadodd?

'Mae'n wir, Ceridwen, on'd yw e?'

'Beth sy'n wir?'

'Fod bardd yn hŷn na'i flynyddoedd. Os yw'n fardd, mae'n gwybod pethau trwy reddf yn ugain oed na wnâi can mlynedd o brofiad mo'u dysgu iddo.'

Nodiodd hi'i phen a dweud,

'Ac mae'n dadwybod llawer ohonyn nhw pan wêl fod profiad yn dysgu'n wahanol.'

'Dyna'ch profiad chi o feirdd?' meddai Alfan. 'Wel, wel. Does ryfedd eu bod nhw'n aros yn eu hunfan wedi mynd heibio i'r deg ar hugain oed.'

Synfyfyriodd am ychydig, yna dweud,

'Ceridwen, dŷch chi ddim yn meddwl y dylwn i fynd i farcio ychydig o lyfrau? Maen nhw'n dweud i mi fod gan yr iaith Gymraeg ramadeg yn ogystal â barddoniaeth, er na wn i ddim pam. Ŵyr y plant yn yr ysgol acw ddim pam ychwaith, a barnu wrth eu llyfrau. Ond gan 'mod i'n derbyn cyflog am weinyddu'r ramadeg hon, mae'n well imi fynd, sbo. Yn iach, arglwyddes!'

Safodd yn y drws i wenu arni, ac aeth. Ni welsai mohono erioed mor hwyliog ag ydoedd heno. Yr oedd ei dymherau i gyd yn agos i'r wyneb. Yr oedd yn gallu'i brifo a'i gwirioni yn yr un gwynt. Yr oedd un funud yn dalp o anniolchgarwch tywyll, y funud nesaf yn feddylgarwch i gyd, ac yr oedd hi'n mynd yn glai yn ei ddwylo, er nad oedd dim pellach o'i natur ef, fe wyddai, na'i thrin hi'n fwriadus, ymwybodol. Yr oedd yn rhy hunanganolog, fel pob artist, ac yn rhy ddifeddwl. Am ryw reswm yr oedd hi'n hapus. Nid yn bendant hapus ond yn annelwig hapus, yn ddwfn ynddi islaw geiriau, fel petai un o'i hanghenion sylfaenol fel gwraig yn graddol ymddigoni.

## 29

Yr oedd Alfan wedi mynd i'r ysgol, ac yr oedd Cecil a hithau wrth eu brecwast. Yr oedd Cecil o'r golwg y tu ôl i'w bapur.

'Ydech chi wedi gorffen peintio yng Nghei Bach, Cecil?'

Symudodd Cecil ei bapur a rhythu arni.

'Pam?'

'Wnes i ddim ond gofyn.'

'Rŷch chi am gadw 'nhrwyn i ar y maen, on'd ŷch chi? Mae arnoch chi ofan imi gymryd diwrnod off i anadlu, i feddwl, i fyfyrio—'

'Cecil, peidiwch â bod mor flin—'

'A ph'un bynnag, mae'n amhosibl i arlunydd arlunio yn y tŷ yma, ac Alfan a chithe'n strymian ar y piano 'na ac yn cadw shwd randibŵ.'

'Does dim rhaid ichi aros yma, fe wyddoch.'

'Nac oes, gwlei. Rŷch chi wedi cael tegan newydd i whare ag e'n awr. Mae bardd yn fwy diddorol nag arlunydd, on'd yw e? A falle'i fod e'n whare'n well.'

'Cecil, mag cywilydd ichi!'

'Ellwch chi mo 'nhwyllo i, Ceridwen. Pan fydd hen fenywod fel chi'n diodde gyda newyn rhyw, does dim ots gyda nhw beth wnân nhw. Dyw'r crwt 'na ddim wedi bod yma fis, a dyw'ch llygaid chi byth yn ei adael e.'

'Peidiwch chi â sôn am Alfan a rhyw yn yr un gwynt. Pe bawn i'n byw ar y lefel honno mi allwn fod wedi ailbriodi ers tro. Fûm i ddim yn fyr o gynigion. Fedrwch chi ddim bod yn ddeniadol ac yn gyfoethog, beth bynnag ydi'ch oed chi, nad ydi dynion o'ch cwmpas chi'n bla. Mae Alfan yn medru rhoi cymdeithas ddiwylliedig imi, dyna i gyd—peth na fedrech chi mo'i roi.'

'Falle'i fod e'n llanw'r bwlch adawyd gan y Doctor Pritchard.'

'Beth am hynny? Mae chwaeth farddonol iach yn newid.'

'Ond nid mor sydyn ag y newidiodd eich un chi. Roeddech chi'n meddwl eich bod chi'n athrylith o fenyw, on'd oe'ch chi, Ceridwen, yn gallu jilto bardd mawr?'

'Wn i ddim am beth rydech chi'n sôn. Ac mi fuaswn i'n meddwl mai chi, Cecil, fyddai'r olaf i alaru ar ôl Bob o'r tŷ yma, wedi'r sylw wnaeth o am lun Porthcawl.'

'O, dwy' i'n becso dim ar ôl Bob Pritchard. Dwy' *i* ddim.' A hoeliodd y llygaid gwyrddion yn awgrymog arni.

'Gwell ichi fynd at eich gwaith, Cecil.'

'Af, af, yn ddiolchgar,' ebe Cecil, gan godi. 'Nid pawb sy â gwaith i fynd ato, nag e, Ceridwen? Diolch am waith. Mae gwaith yn iach, mae gwaith yn bodloni'r ysbryd, yn tawelu'r cyfansoddiad . . . Mae gwaith yn gyflog ynddo'i hunan—'

'Cecil! Ewch!'

Wedi iddo fynd, gollyngodd hi'i phen ar ei breichiau ar y bwrdd oer. Yr oedd Cecil mor annymunol â chydwybod. Gresyn na chydiai haint ynddo, a'i roi o'r golwg dan dywarchen bell, bell o Gaerwenlli. Os gallai aros dan dywarchen. Oni ddôi'n ôl o hyd i'w phoeni fel Ceredig. Ocheneidiodd yn sych, a'i phen felly ar y bwrdd, a geiriau Caradog Prichard, *O dristwch oer, diddagrau, na chawn ddiddanwch wylo,* yn tynnu yn ei hymennydd.

Cododd, a theleffonio am Jim a'r car. Cyn pen awr yr oedd i lawr yn y banc. A hithau wrth y cownter, daeth Mr Samuel y rheolwr allan o'i swyddfa ac amneidio arni i mewn am sgwrs. Rhoddodd hi i eistedd mewn cadair am y bwrdd ag ef, ac yna rhoes ei wyneb mewn ystum ddifrifol.

'Dwy' ddim am eich dychryn chi, Mrs Morgan,' meddai, 'ond . . . y . . .'

'Mae f'incwm i i lawr,' meddai Ceridwen.

'Ydi. A mwy na hynny, mae arna i ofn eich bod chi'n byw ers tro uwchlaw hynny o incwm sydd gyda chi. Chi'n gweld, dyw'ch *investments* chi ddim yn gwneud cystal ers tro, fel y gwyddoch chi—'

'Gwn.'

'Ie, wel, busnes Mr Tomlinson eich *broker* chi yw egluro hynny ichi, wrth gwrs, nid fy musnes i. Ac mae'n ddiamau'ch bod chi'n clywed oddi wrtho.'

'Ydw.'

'Ie, wel, yn wyneb yr incwm llai yma sy'n dod i mewn, mae . . . rŷch chi . . .'

'Rydw i wedi bod yn gwario gormod yn ddiweddar.'

'Ie, wel, eich busnes chi yw hynny, wrth gwrs, Mrs Morgan—'

'Rydw i'n ymddiried popeth ichi fel ffrind, Mr Samuel. Yr ydw i mwy neu lai yn cynnal chwech o bobol ar hyn o bryd—'

'Eich busnes chi, Mrs Morgan—'

'Dydw i ddim ond yn meddwl yn uchel, Mr Samuel, os caniatewch chi imi—'

'*I'm sorry*—'

'Dyna'r garddwr, a'r howscipar, a Mr Ellis, sy'n lletya acw'n ddi-dâl. A fi fy hun. Ac wedyn dyna'r gyrrwr . . . rhan-amser ydi o . . . a . . . Mr Matthews, wrth gwrs. Rydw i'n rhyw fath o dreio cadw Mr Matthews uwchlaw'r dŵr, os ydech chi'n deall—'

'*Quite, quite*, ond—'

'Ac wedyn rydw i wedi gwario tipyn ar y bwthyn sy gen i, ac wedi gwario *cryn* dipyn ar un ystafell yn arbennig yn Nhrem-y-Gorwel acw'n ddiweddar, ac wrth gwrs mi gefais amser mawr ym Mharis, fel rhwng popeth, mae 'na dipyn yn . . .'

'Ie, wel, eich busnes chi, Mrs Morgan, fel roeddwn i'n dweud, yw beth ŷch chi'n ei wneud â'ch arian. Ond wrth gwrs, mae'n rhaid ichi fod dipyn *bach* cyfoethocach nag ŷch chi yn eich sefyllfa bresennol i wneud yr holl bethau hyn *and get away with it*, fel mae pethau heddiw . . . rwy'n ei roi e fel'na er mwyn gwneud y sefyllfa'n hollol glir, *you know what I mean*—'

260

'Rydw i'n ddiolchgar iawn ichi am ddweud, Mr Samuel—'

'Ie, wel, eich busnes chi, fel roeddwn i'n dweud, *and so on*, ond . . . cynilo tipyn *bach*, falle, Mrs Morgan? Dyw'r sefyllfa ddim yn beryglus, *by any means,* wrth gwrs, ond *just to be on the safe side, you know what I mean?*'

'Rydw i'n ddiolchgar iawn ichi, Mr Samuel.'

'Ie, wel, roeddwn i'n meddwl y carech chi gael gwybod, Mrs Morgan, dyna i gyd. *Good-bye* nawr, *good-bye*.'

Ar y ffordd yn ôl yn y car, aeth hi i'r afael â'i sefyllfa ariannol. Peth nas gwnaethai ers llawer o amser, a pheth nas gwnaethai'n fedrus erioed. Yr oedd hi rywsut yn rhy ddig wrth ei hincwm fel peth a adawodd Ceredig yn garchar amdani i falio llawer am ba fodd y dôi na pha beth a wnâi ag ef. Fe'i defnyddiai am ei fod yna, fel y defnyddiai haul a dŵr ac awyr iach. Ond yr oedd peirianwaith ei gynhyrchu a'i drethu a'i reoli ymhell y tu hwnt i'w chrebwyll aneconomaidd hi.

Ar y ffordd yn ôl yn y car yn awr, fodd bynnag, bu'n meddwl. Yr oedd rhywbeth y gallai'i dorri allan o'i bywyd am ei fod yn rhy gostus, rhywbeth yn rhywle pe gallai roi bys arno. Yr oedd yn rhaid iddi wrth Martha, er rhyfedded oedd honno o bryd i bryd yn ddiweddar. Ond yr oedd yn annichon gwneud heb Martha. Yr oedd bron yn annichon gwneud heb Tomos hefyd. Gwir, fe allai dyn ieuengach wneud y gwaith a wnâi Tomos a'i wneud yn rhan-amser, er na wnâi mohono â hanner y graen. Ond fe fyddai digyflogi Tomos yn torri'i galon. Byddai ar ei bensiwn yn ddeg a thrigain cyn hir, p'un bynnag. Bu'n meddwl am wneud heb Jim. Cael modur llai a dysgu'i yrru'i hunan. Yr oedd y syniad yn gas ganddi. Byddai'n rhaid ei wneud os âi pethau'n waeth. Ond yr oedd rhywbeth arall, yr oedd hi'n siŵr, y gallai'i wneud yn gyntaf.

Gwerthu'r Bwthyn. Yr oedd ei holl fod yn crefu am werthu'r Bwthyn, yn crefu ers amser. Ond yr oedd arni ofn cyffwrdd â'r Bwthyn. Nid ei heiddo hi ydoedd, er mai hi mewn enw oedd y perchennog. A phe gwerthai ef, fe wyddai na châi hi ddim llonydd gan ei hofn. Yr oedd rhywbeth yr oedd yn rhaid iddi'i wneud yn Y Bwthyn cyn rhoi'r ysbryd a oedd yn trwblo yno i orffwys.

Fe wyddai mai am fod Alfan wedi dod yr oedd hi'n gwario mwy. Yr oedd yn ei gadw fel tywysog, ac yr oedd creu'i stafell odidog wedi dweud ar ei chyllid. Ond fe fyddai gwneud heb Alfan yn awr yn gwacáu'i bywyd o'r unig bleser gwir a oedd ynddo. Ac ni allai byth ofyn iddo dalu am ei lety. Ni ofynnai mo hynny gan neb, heb sôn am Alfan. Yr oedd hi am gadw Alfan.

Ond dyna Cecil. Yr oedd ef wedi goroesi'i ddefnydd-ioldeb iddi bellach. Yr oedd wedi peintio hynny a beintiai iddi hi. Yr oedd wedi hen fynd yn annioddefol ers tro. Rhwng ei gadw am wythnosau bwygilydd a thalu'i ddyledion, yr oedd y swm a wariai hi arno'n dri ffigur bob blwyddyn. Gallai, fe allai wneud heb Cecil.

# 30

Un peth oedd penderfynu. Peth arall oedd gweithredu'r penderfyniad.

Bu Ceridwen am ddeuddydd yn dyfalu sut i ddweud wrth Cecil am fynd. Yr oedd wedi dweud wrtho ganwaith yn ei thymer, heb fwriadu iddo wrando ac yn gwybod yn eithaf da na wrandawai. Ond yn awr, pan ddaeth yn bryd dweud wrtho o ddifri, mewn gwaed oer, ac yntau i fynd, fe'i cafodd yn anodd. I'w wneud yn anos, fe fu Cecil yn ystod y ddeuddydd gryn dipyn yn fwy dymunol nag y buasai ers tro.

Ond y noson honno, fe'i helpwyd gan rywbeth a ddigwyddodd yn stafell wely Alfan.

Yr oedd hi wedi mynd i orffwys tua deg, wedi dadwisgo ac ymolchi a mynd i'w gwely. Cyn mynd i gysgu yr oedd hi'n darllen ychydig yn ôl ei harfer, pan glywodd siarad yn llofft Alfan ar draws y pen-grisiau. Nid oedd dim yn newydd yn hynny. Yr oedd wedi clywed Cecil yn mynd i mewn ac allan o lofft Alfan droeon er pan fu Alfan yno. Yr oeddent ill dau yn ffrindiau cyn iddi hi nabod Alfan erioed. Yr oedd yn ofni y gallai Cecil fod yn niwsans, y gallai fod yn rhwystr i Alfan weithio. Ond pan soniodd wrth Alfan, ni ddywedodd ef ddim.

Heno, fodd bynnag, yr oedd Cecil wedi bod yn llofft Alfan yn hir. Clywodd hwy'n siarad, ac yn siarad, ac yn siarad. Yn sydyn cododd eu lleisiau, a chlywodd y drws yn agor, ac Alfan yn gweiddi,

'Cer mas o'm stafell i, a chwilia am rywun arall i chware dy gastie brwnt!'

Cododd hi o'i gwely a gwisgo'i gŵn llofft ac aeth allan i'r pen-grisiau. Y peth a welodd oedd Cecil yn ei grys nos yn ymwthio i mewn yn ei ôl i lofft Alfan ac Alfan yn ceisio'i gadw allan. Yr oedd y ddau yn fyr eu hanadl gan y gwthio.

'Beth yn y byd sy'n digwydd yma?' ebe Ceridwen.

'Ewch yn ôl i'ch gwely,' ebe Cecil, rhwng anadliadau byrion. 'Dyw hwn ddim yn lle i fenyw.'

'Yn sicir ddigon, mae'n lle i wraig y tŷ,' ebe Ceridwen. A rhoes fonclust glywadwy iawn i Cecil a wnaeth iddo ollwng Alfan a gwyro yn erbyn y wal i gael ei wynt.

'Cadwch eich dwylo oddi arna i, ferch,' meddai, a'i fron yn codi ac yn gostwng, 'rhag ofn imi anghofio taw menyw ŷch chi a'ch bwrw chi'n ôl.'

'Wyddwn i ddim eich bod chi mor feddylgar,' ebe Ceridwen. 'Dyma'r ail dro ichi fod yn ymladd yn y tŷ yma. A dyma'r tro olaf. Oes gennoch chi ryw eglurhad?'

'Mae'n flin iawn gen i i hyn ddigwydd, Ceridwen,' ebe Alfan. 'Mae'n beth cas i chi—'

'Rydw i'n bur siŵr nad oes dim llawer o fai arnoch chi, Alfan,' ebe Ceridwen.

'O, nac oes,' ebe Cecil. 'Alfan Sant yw e, byth yn gwneud dim mas o'i le, perffaith yn ei holl ffyrdd. Pan ddewch chi i'w nabod e cystal ag yr wy' i, Ceridwen, fe ddewch chi i weld eich bod chi wedi crogi'ch hat ar y peg rong.'

'Pan fydd arna i isio testimonial i gymeriad Alfan,' ebe Ceridwen, 'fe ellwch fod yn siŵr nad i chi y bydda i'n gofyn. Rŵan, beth ydi'r helynt?'

'Rhag ichi feddwl bod dim gwaeth, Ceridwen,' meddai Alfan, 'Cecil oedd am ddod ata i i gysgu, dyna i gyd. Mae wedi bod yn cynnig dod ers tro, ond roeddwn i'n pallu gadael iddo—'

'Pam yr oedd e am gadw gwely dwbwl mawr newydd cysurus iddo'i hunan,' ebe Cecil, 'a finne'n sythu ar fatras gwellt yn y garet?'

'Yn y lle cynta,' meddai Ceridwen, 'nid matras gwellt ydi o. Mae'n un o'r gwelyau bach mwya cysurus yn un o'r stafelloedd bach mwya cysurus. Yn yr ail le, doeddech chi ddim yn rhynnu yno. Mae'n hollol gynnes yno rownd y flwyddyn. Yn y trydydd lle, chi'ch hun ofynnodd am gael cysgu yn y garat, yng ngolwg eich gwaith. Ac fe fuoch chi'n berffaith fodlon yno nes daeth Alfan. Wel?'

'Heno,' meddai Alfan, 'fe ballodd Cecil gymryd ei ddarbwyllo gan eiriau. Fe wyddoch chi'r gweddill. A'r peth nad ŷch chi ddim yn ei wybod, fe ellwch ei ddychmygu.'

'Celwydd bob gair,' ebe Cecil. 'Rŷch chi'ch dau wedi cynllwynio yn f'erbyn i. Eisie cael gwared â fi sy arnoch chi, er mwyn cael y tŷ i chi'ch hunain a'ch prancie.'

'Ewch i'ch gwely,' ebe Ceridwen wrtho. 'Mi'ch gwela i chi yn y bore.'

Agorodd Cecil ei geg i ateb, ond ailfeddyliodd, a mynd.

'Mae 'na allwedd yn eich drws chi, Alfan,' ebe Ceridwen. 'Nos da.'

Ac aeth hithau'n ôl i'w gwely, ond nid i gysgu. Dechreuodd feddwl am Alfan, ac am Cecil, ac am ddynion yn gyffredinol. Meddyliodd am y grym annirnad a oedd mewn cnawd, y grym a greodd y fath hafog ar hanes, a fynnai, pan warafunid iddo'i sianelau'i hun, ei fynegi'i hun mewn 'gwyniau gwarthus'. Cofiodd amdani hi a Jane Penclawdd, pan oeddent yn astudio'r Rhufeiniaid yn yr Ysgol Sul erstalwm, yn gofyn i John Jones yr athro beth yr oedd Paul yn ei feddwl wrth sôn am y 'gwŷr ynghyd â gwŷr yn gwneuthur brynti', a John Jones yn mynd yn goch yn ei wyneb ac yn dweud na wydde fo ddim. Yr oedd Paul yn gwneud pechod ohono ac yr oedd seicoleg fodern yn gwneud afiechyd ohono, ac ni allai'r ddau fod yn iawn. Ni wyddai hi; ni allai wybod; ond dechreuodd feddwl iddi fod yn greulon wrth Cecil lawer tro wrth wneud gwawd o'i wendid. Yr oedd yn ddigon tebyg ei fod yn groes y byddai'n rhaid iddo'i chario ar hyd ei oes, fel yr oedd yn rhaid i ambell un gario dau lygad dall neu grwb ar ei gefn. Ond yr oedd yn rhy hwyr i dosturio bellach. Yr oedd yn rhaid i Alfan aros, ac os oedd Alfan i aros yr oedd yn rhaid i Cecil fynd.

# 31

Pan oedd Cecil a hithau'n brecwasta fore trannoeth, daeth Martha i mewn.

'Rwy'n rhoi wythnos o notis, Mrs Morgan.'

Rhythodd Ceridwen arni.

'Be ddaeth drosoch chi, Martha?'

'Mae'r tŷ 'ma wedi mynd yn ormod i fi.'

'Mae wedi mynd yn ormod yn sydyn, Martha.'

'Ydi, falle, ond mae wedi mynd yn ormod.'

Dyfalodd Ceridwen am funud, yna dweud,

'Oes a wnelo'r twrw oedd yn y tŷ 'ma neithiwr rywbeth â'ch penderfyniad chi i roi notis?'

'Wedi clywed y row neithwr y gwnes i'n meddwl lan.'

'Ond fydd dim twrw eto, Martha. Mae Mr Matthews yn mynd.'

'Pwy wedodd 'ny?' ebe Cecil.

'Mi ga i siarad â chi yn y munud, Cecil. Os yw Mr Matthews yn mynd, wnewch chi gytuno i aros, Martha?'

'Wel . . . ond ffordd yr wy' i i wybod na ddaw Mr Matthews ddim yn ôl?'

'Mi ofala i am hynny.'

'Mae'n dod 'nôl o hyd ac o hyd—'

'Mi ofala i am hynny, Martha.'

'We-el, mi feddylia i dros y peth . . .'

'Ewch chi rŵan i feddwl,' ebe Ceridwen. 'Mi ddo i i'r gegin atoch chi cyn bo hir.'

Wedi i Martha fynd, dywedodd,

'Faint o amser sy arnoch chi'i eisiau i bacio, Cecil?'

'Ceridwen, beth yw'r dwli hyn? Mae—'

'Mae'n ddrwg gen i, Cecil. Rydw i o ddifri y tro yma. Mae'n gas gen i wneud hyn. Ond rydech chi'n gweld bod yn rhaid imi golli Martha neu'ch colli chi. Ac mae'n haws imi wneud heboch chi na heb Martha.'

'Ond dwy' ddim yma rownd abowt, dim ond weithie—'

'Mae'n ddrwg gen i, Cecil.'

'Pam na halwch chi Alfan o'ma? Newydd ddod 'ma mae e.'

'Mae gan Alfan waith yn yr ysgol 'ma.'

'Ond mae gen inne waith—'

'Cecil. Dyden ni ddim haws â dadlau. Dydi f'amgylch-iadau ariannol i ddim cystal ag y buon nhw. Fedra i ddim cario cynifer o bobol ar 'y nghefn. A chan eich bod chi wedi bod mor anodd yn ddiweddar, rydw i wedi penderfynu—yn ddigon naturiol, rwy'n meddwl—mai chi sydd i fynd. Dydw i byth wedi maddau ichi'n iawn am eich perfformans yma noson o parti—'

'Tipyn o sbri, dyna i gyd.'

'Fe gostiodd y tipyn sbri yn o ddrud i mi. Fydd gen i byth mo'r un parch yng Nghaerwenlli eto ar ôl y noson honno. Mae o'r math o beth y mae pobol yn ei adrodd wrth ei gilydd ac wrth eu plant.'

'Ceridwen, rhowch un cyfle imi eto. Mi—'

'Mae'n ddrwg gen i—'

Syllodd Cecil arni am funud, a'i wefusau'n crynu. Gan dymer, fel y tybiai hi. Ond yn sydyn, fe wnaeth beth nas gwelsai'n ei wneud erioed. Wylodd fel plentyn.

'Cecil, peidiwch.'

'Beth wna i?' meddai'n ddistaw i'w ddwylo. 'O, beth wna i? Dyma 'nghartre i . . . Rwy wedi gweithio yma . . . Rwy wedi caru'r lle 'ma . . . A nawr . . .'

Sychodd ei lygaid yn ffyrnig a dweud yn annaturiol galed,

'Nawr rhaid imi fynd mas i wynebu bywyd. Yn ei greulondeb. Heboch chi, Ceridwen. Rŷch chi wedi bod fel derwen a finnau'n cysgodi dani. Rŷch chi wedi bod yn bopeth imi, fel mam. A nawr . . .'

Yr oedd yn wylo eto. Brwydrodd hi yn erbyn tosturio. Châi o ddim aros. Newidiai hi mo'i meddwl. Yr oedd yn rhaid cadw Martha. Yr oedd yn rhaid cadw Alfan. Yr oedd yn rhaid cadw hunan-barch.

'Ewch i Gei Bach am y diwrnod, Cecil. Fe wna Martha a finnau bacio'ch pethau chi. Does gennoch chi ddim llawer. Ewch rŵan.'

Ac aeth. Aeth hi a Martha i fyny ar eu hunion i stafell Cecil yn y garat. Yr oedd mor flêr ag y gallai ac y dylai ystafell arlunydd fod. Galwodd ar Tomos a oedd allan yn yr ardd i chwilio am gistiau te a dod â hwy i fyny. Buont wrthi tan ginio yn eu llenwi.

Ar ôl cinio aethant i fyny drachefn i ddechrau pacio'i gynfasau. Dywedodd Ceridwen fod yn rhaid bod yn ofalus o'r cynfasau. Yr oedd yno rai wedi'u gorffen a heb eu gwerthu—un neu ddau o longwyr Cei Bach, un neu ddau o olygfeydd haf yn y wlad yng nghefn Caerwenlli. Yr oeddent yn debyg i gyd—yr un llinellau aneglur, yr un gwyrdd hollbresennol, yr un clytiau brown-a-phiws-ac-oren, gydag ambell glwt o goch neu felyn tanlli yn deffro'r llun, ambell glwt du'n ei farweiddio, yr un ffurfiau chwyddedig, ansylweddol. Yr oedd amryw o gynfasau heb eu gorffen. Yn sydyn galwodd Martha,

'Mrs Morgan, chi yw hon.'

Trodd Ceridwen a syllu'n syth i'w hwyneb ei hun. Nid oedd amheuaeth amdano. Yr oedd yn gynfas go fawr, heb ei orffen, ond yr oedd yr wyneb wedi'i orffen hyd y gallai hi farnu. Fe wyddai fod Cecil wedi bod yn ei thynnu droeon mewn pensil i lawr yn y stydi. Fe fyddai'n gofyn iddi edrych weithiau y ffordd yma, weithiau y ffordd acw. Gofyn iddi beidio â gwgu, gofyn iddi godi ychydig ar ei phen. Ond nid oedd wedi dychmygu bod Cecil yn gwneud portread olew ohoni. Ac ni allai ddeall paham y bu'n ei wneud mor ddirgel. Sylwodd, gyda phoen, fod yr wyneb yn hardd, yn harddach na hi. Yr oedd y llygaid yn dyner a'r gwefusau'n ffurfio tosturi. Yr oedd yr wyneb yn wyneb mam. Yr oedd yn eglur fod gan Cecil ddarlun ohoni yn ei enaid nad oedd mohoni hi.

Trodd ei chefn ar y llun.

'Paciwch o, Martha. Ddylech chi ddim bod wedi'i ddangos o imi.'

Synhwyrodd anghysur Martha, er na ddywedodd Martha ddim. Aeth Ceridwen i lawr i deleffonio at y cludwyr.

Daeth Cecil yn ôl yn hwyr yng nghar dyn na wyddai Ceridwen ddim amdano namyn ei fod yn byw yng Nghaerwenlli a'i fod yn un o gydnabod Cecil. Yr oedd Cecil yn feddw ac yn mwmial canu wrtho'i hun. Helpodd y dyn hi i fynd ag ef i fyny'r grisiau a'i roi yn ei wely.

Yr oedd bore trannoeth yn braf. Diwrnod o ha' bach, a bae Caerwenlli cyn lased ag y bu o gwbwl gydol y flwyddyn. Brithwyd yr awyr â chymylau bychain gwyn fel cywion. Gorweddai'r cysgodion yn leision hyd strydoedd y dref, a chyrn y moduron yn dod yn glir i fyny'r llethr. Yr oedd men y cludwyr wrth y tŷ a'r dynion wrthi'n cario.

Fel un ymgais olaf i roi taw ar ei chydwybod yr oedd Ceridwen wedi cael Jim i fyny i fynd â Cecil at y trên yn y *Rolls,* a dod â thocyn trên dosbarth cyntaf i Cecil gydag ef. Eisteddai Jim yn y modur yn smocio i godi'i galon, fel dyn ar fin mynd â llofrudd i'w grogi. Eisteddodd Ceridwen yn y lolfa yn darllen, ond heb ddeall gair. Agorodd y drws a daeth Cecil i mewn, yn ei got dwffwl felen a'i gap gwlanen coch am ei ben. Yr oedd yn welw gan effeithiau'r noson cynt, a'i lygaid gwyrddion yn ddifynegiant.

'Da boch chi, Ceridwen. Diolch ichi am bopeth wnaethoch chi imi erioed. A galwch i 'ngweld i yn y plas 'co pan fyddwch chi'n pasio.'

A chydag awgrym o wên, trodd, a cherddodd allan i'r haul, fel bonheddwr wedi colli'i stad ond heb golli'i fonedd.

Rhag edrych arno'n mynd, aeth hi'n ôl at ei llyfr, ac yr oedd y geiriau'n fwy aneglur na chynt.

# 32

'Mae Cecil wedi mynd 'te,' meddai Alfan rhwng dau sip o de.

Yr oedd Ceridwen yn rhy brysur i ateb, yn astudio sgôr *Les Djinns,* consierto gan Franck y bu'n freuddwyd ganddi ers blynyddoedd ganu'r piano ynddo. Ceisiodd glywed y gerddorfa yn erbyn llais Alfan, a'i gweld ei hun a'i bysedd byw ar ei harffed yn disgwyl am lygad yr arweinydd, a llond y neuadd o gynulleidfa dywyll yn disgwyl.

'Wrth gwrs,' meddai Alfan, 'roedd gydag e'i bwyntiau da. Roedd e'n arlunydd pur fedrus, does dim amheuaeth am hynny. Roedd e'n gwybod pwysau lliw. Roedd e'n arogli lliw o bell, fel ci'n arogli trywydd. Roedd e'n wybodus hefyd—yn ei ffordd fympwyol ei hunan. Ac roedd e . . . oedd, rwy'n meddwl ei fod e'n garedig, o dan y plisgyn hunanol 'na oedd gydag e—'

'Tewch, Alfan. Rydech chi'n siarad amdano fel petae o wedi marw.'

'Fydd e ddim marw i ni, fydd e, tra bydd ei ddarluniau ar y parwydydd 'ma?'

Edrychodd Ceridwen o'i chwmpas ar y darluniau a beintiodd Cecil. Yr oeddent bob un yn llygaid Cecil yn sbio arni o bob pared, a'r gwyrdd yn amlwg ynddynt fel yn ei lygaid ef. Ysgrwtiodd a dweud,

'Soniwn ni ddim rhagor amdano, os gwelwch chi'n dda.'

'Na wnawn,' ebe Alfan. 'Ddwedsoch chi fod Martha'n mynd odd'ma hefyd?'

'Mae hi wedi cytuno i aros am fod . . . am ei fod *o* wedi mynd.'

'Rwy'n gweld.'

Ni ddywedodd Ceridwen mo'r cyfan o'r sgwrs a fu rhyngddi a Martha y bore hwnnw. Dim ond fod Martha'n anhepgor a barodd iddi ffrwyno'i thymer. Yr oedd Martha wedi dweud,

'Nid antics Mr Matthews yn unig wnaeth imi feddwl rhoi notis, Mrs Morgan.'

'Beth arall, Martha?'

'Mae'n anodd gwybod sut i ddweud.'

'Na hidiwch. Dwedwch.'

'Rŷch chi'n rhoi lot o faldod i'r Mr Ellis ifanc 'na.'

'Martha!'

'Dŷch *chi*, falle, ddim yn gweld y newid sy ynoch chi.'

'Ond dydw i ddim wedi newid.'

'Rŷch chi'n ei drafod e fel petae'n blentyn ichi.'

'Ond *mae* o'n blentyn imi. Rwy'n teimlo'i fod o.'

'Mae'n beth peryglus.'

'Ond does a wnelo ddim â chi—'

'Dyw 'mwyd i ddim digon da iddo—'

'O, Martha. Feddyliais i ddim y cymerech chi o fel'na.'

'Ffordd arall y gallwn i'i gymryd e? Rwy wedi gwneud y tro ichi ers blynydde, ac i Mr Morgan druan, pan oedd e.'

'O'r gorau, Martha. Wna i ddim ymyrryd eto, os gwnewch chi aros.'

Ac fe benderfynodd beidio ag ymyrryd, er y byddai'n anodd peidio. Fe arhosai yn ei gwely y bore a gadael brecwast Alfan yng ngofal Martha. Yr oedd wedi synhwyro nad oedd Martha wedi cymryd at Alfan fel y dylai. Hwyrach fod bai arni hi, Ceridwen, am hynny.

Yr oedd hi'n canu'r piano tua saith, ac Alfan yn eistedd wrth y tân yn darllen, pan glywodd guro ar y drws a gweld Idris Jenkins yn cerdded i mewn. Heb Mair. Yr oedd ei wyneb yn ddiarth gan deimlad.

'Ceridwen, be yn y byd ddaeth drosoch chi?'

Cododd hi i'w gyfarfod.

'Nid dyna'r ffordd y byddwch chi'n arfer 'y nghyfarch i, Idris. Ga i'ch cyflwyno chi? Dyma Mr Alfan Ellis, athro Cymraeg newydd yr ysgol ramadeg—'

'O ie? Rydw i wedi clywed amdano.'

Ni chynigiodd ysgwyd llaw ag Alfan.

'Ceridwen, rydach chi wedi'i gwneud hi.'

'Eto?'

'Yn fwy difrifol nag erioed y tro yma. Be ddaeth drosoch chi i ddanfon Cecil druan?'

'Cecil *druan*? Chi gymerodd y cam cynta, noson y parti.'

'Doedd hwnnw'n ddim ond disgyblaeth amserol. Ddaeth o ddim i'm meddwl i alltudio'r dyn.'

'Dydech chi ddim yn deall—'

'Roedd y peth i fod yn gyfrinach,' ebe Idris, 'ond waeth imi ddweud y cwbwl rŵan. Roedd Cecil a finnau a Handel Evans wedi trefnu noson i'ch anrhydeddu chi ar eich pen-blwydd dair wythnos i fory—'

'F'anrhydeddu *i*—?'

'Wedi llogi'r *Royal* ac wedi argraffu tocynnau a rhaglenni. Drwy ryw wyrth ffodus, mi gollais y post neithiwr neu fe fydden wedi'u hanfon allan.'

'Beth rhwystrodd chi i'w postio nhw heddiw?'

'Cecil acw neithiwr, a dagrau yn ei lygaid.'

'O.'

'Roedd Handel wedi cyfansoddi pedwarawd llinynnol newydd i'w gyflwyno i chi. Mae pedwarawd y coleg wrthi'n ei ymarfer o. Roeddwn innau i roi dau ddarlleniad o'r nofel gyflwynais i i chi, ac roedd Cecil wedi peintio portread ohonoch chi—'

'Portread?'

'I'w ddadorchuddio y noson honno.'

Cofiodd Ceridwen y darlun yn y garat.

'A rŵan rydw i wedi gorfod diddymu'r trefniadau hefo'r *Royal,* ac—O, damia chi, Ceridwen!'

Gwasgodd Ceridwen yr emosiwn yn ôl a dweud yn ysgafn,

'Eitha gwaith â chi am fod yn gymaint o ffyliaid.'

Syllodd Alfan ar yr ymwelydd a dweud,

'Dyw Ceridwen ddim yn un hawdd i'w hanrhydeddu, ydi hi?'

Trodd Idris arno.

'Ofynnodd neb am eich barn chi, ŵr ifanc.'

'Idris,' meddai Ceridwen, 'nid fel'na mae siarad ag Alfan.'

Sylweddolodd ei bod fel dafad yn stampio'i throed rhwng ci bygythiol a'i hoen. Aeth wyneb Idris yn ddieithriach fyth.

'Mae'n ddrwg gen i,' meddai mewn tôn araf, ryfedd. 'Wnes i ddim sylweddoli bod parch *arbennig* yn ddyledus i Mr Ellis.'

Fe'i clywodd Ceridwen ei hun yn gwrido'n gyflym. Meistrolodd ei chynnwrf ddigon i ddweud,

'Eisteddwch, Idris. Rydech chi'n edrych yn sobor o ddiarth ar eich traed.'

'Hwyrach mai gorau po ddieithria. Doedd arna i ddim isio dweud peth fel'na, ond rydw i wedi fy siomi gymaint.'

'Hwyrach fod pethau lawn cystal fel y maen nhw, Idris. Rydw i'n sobor o ddiolchgar ichi am eich siom. Ond mae'n dda gen i amdani. Fedrwn i ddim wynebu hanner fy ffrindiau yn hanner f'anrhydeddu i, yno yn erbyn eu hewyllys ac yn trio bod yn neis. Fe fyddai'n fy lladd i'n fwy na hyn.'

Trodd Idris ei lygaid ar Alfan a dweud,

'Oni bai fod Mr Ellis yma, mi ddwedwn i wrthoch chi fod y siom o beidio â chael gwneud y peth yma i chi y siom fwya rydw i'n gobeithio'i chael byth. Nos dawch, Ceridwen. Rhaid imi fynd. Hwyrach y ca i sgwrs â chi eto rywbryd i egluro'r pam a'r pa fodd yn well. Hynny ydi, os na fydd fy sgwrs i wedi mynd islaw'ch sylw chi.'

Dechreuodd Ceridwen siarad, ond deallodd ei bod yn siarad â drws caeedig. Gwelodd fod Alfan yn edrych arni fel dyn wedi derbyn datguddiad bychan.

'Mae'r dyn niwrotig 'na sy newydd fynd allan mewn cariad â chi, Ceridwen. Ydw i'n iawn?'

'Hanner iawn,' meddai Ceridwen yn llesg. 'Dydi o ddim yn niwrotig. O leiaf, doedd o ddim. Ynglyn â'r peth arall . . . Mae braidd yn gynnar imi ddweud 'y nghyfrinachau wrthoch chi. Ond gan y bydd o'n help hwyrach i ehangu'ch profiad chi o fywyd fel gŵr llên . . . ydi, mae o mewn cariad â fi.'

'Hynny yw . . . ydi e'n *gariad* ichi, yn yr ystyr—?'

'Nac ydi. Peidiwch â siarad yn wirion.'

'Mae'n ddrwg gen i. Roedd yn rhaid imi gael gwybod hynny hefyd.'

'Pam?'

'Er mwyn . . . ehangu 'mhrofiad, am wn i. Pwy oedd e?'

'Idris Jenkins, y nofelydd.'

'Hawyr bach! Mor agos at fawredd heb sylweddoli.'

Cododd Ceridwen ei llygaid.

'Ydi o'n fawr?'

'Fe yw nofelydd Saesneg gorau'i genhedlaeth, onte-fe?'

'Un o'r goreuon. Mae 'na rai cystal. Hwyrach rai gwell.'

'Pam . . . ydi e wedi'ch brifo chi neu rywbeth?'

'Mae'r cwest ar ben, Alfan. Rwy'n siŵr fod gennoch chi waith.'

Cododd Alfan a chychwyn yn swrth tua'r drws. Dilynodd hi ef â'i llygaid, yn gwylio pob llinell yn ei wyneb. Cododd yn sydyn a chydio yn ei fraich â'i dwy law.

'Alfan. Peidiwch â chymryd eich siomi yno' i byth. Gwnewch addo.'

'Fel Idris Jenkins?'

'Dydi o ddim ots am neb arall. Peidiwch *chi*. Fedrwn i ddim diodde.'

Gwenodd ef arni. Gwên uchel, nawddoglyd; gwên dyn ifanc mewn awdurdod yn gynnar yn adolygu'i lwyddiant. Cydiodd hi yn ei wên am hydoedd wedi iddo fynd. Ail-gofiodd hi, ailsyllu arni yn ei meddwl, gwenu'i hunan yn beiriannol wrth ei hatgynhyrchu. Gofynnodd i'w duwiau ei chadw ar ei wyneb ef yn dragywydd. Mynnodd gredu mai gwên ddiolchgar oedd hi, addolgar, ffeind.

# 33

'Oes 'na ddigon o siwgwr yn eich te chi, Alfan?'

'Oes, Ceridwen, diolch yn fawr ichi.'

Yr oedd yn fis Tachwedd, ac Alfan yn bwyta'i de yng ngolau lamp. Y llenni melfed wedi'u tynnu a thân yn rhuo yng ngrât y stydi. Yr oedd yn gysurus, dim ond hi ac yntau yno yng nghlydwch y gaeaf, rhwng tri mur o lyfrau a'r llenni. Syllodd arno gan wylio'i bob ystum, heb symud, yn ofni gweld diflastod, ofni gweld anghymeradwyaeth o ddim. Pan orffennodd ei de gollyngodd hi'i hanadl yn rhydd.

'Sut aeth yr ysgol heddiw, Alfan?'

'Yn debyg i arfer.'

'Fyddwch chi byth yn sôn amdani.'

'Does gen i ddim diddordeb ynddi. Rwy'n ennill 'y nhamaid ynddi, dyna i gyd.'

'Oes rhyw waith arall y buasech chi'n ei hoffi'n well?'

'Un gwaith sydd i mi.'

'Rydech chi'n byw i farddoni, Alfan.'

'Mi fyddwn, pe cawn i.'

'Garech chi roi'ch holl amser i farddoni?'

'Wn i ddim. Does neb yn gwneud. Pam y dylwn i?'

'Ond petae'r peth yn bosibl?'

'Wn i ddim. Efallai y byddai'n gamgymeriad. Mae addysgu'n ddiflastod imi'n awr. Rhaid i artist gael rhyw ddiflastod yn ei fywyd. Mae'n ei yrru i greu.'

'Mae'ch meddwl chi mor ffres, Alfan.'

Gwelodd ei lygaid yn diolch iddi am ddweud. Yr oedd hi'n ceisio rhoi compliment amal iddo, heb seboni. Yr oedd hi'n chwarae'i rhan fel gwerthfawrogydd. Yr oedd yn rhaid iddi roi hyder iddo, mwy o hyder, hyder dyn mawr. Yr oedd yn braf ei weld yn datblygu dan ei thriniaeth. Yn magu'r ychydig lleiaf o ddirmyg at fywyd, yr ychydig lleiaf o snobeiddiwch deallol. Ac ar yr un pryd yn cadw'i gnewyllyn didwylledd. Yr oedd wedi harddu mewn blwyddyn, wedi harddu gan anoddefgarwch dyn sicr o'i fawredd. Yr oedd ei dalcen yn trymhau, ei lygaid yn arafu, ei wefusau'n pyrsio. Pum mlynedd arall, a dau lyfr llwyddiannus, ac fe fyddai'n bersonoliaeth fwy trawiadol nag oedd Bob Pritchard yn ei oed.

Clywodd siarad yn y neuadd.

'Rhywun wedi dod i darfu arnon ni, Alfan.'

'Pwy yw e?'

'Sirian. Rydw i'n nabod y tremolo.'

'A phwy yw Sirian?'

''Y ngweinidog i. Dyn sy'n cael ei dalu am fod yn Gristion. Cydwybod ar draed. Ac fel cydwybod, bob amser i'w glywed lle mae leiaf o'i eisiau.'

'Dŷch chi ddim yn swnio'n hoff iawn ohono.'

'Mae o wedi llwyddo i ddrysu 'niddanwch i gymaint ag undyn. Fe fyddai'n rhaid imi fod yn sant i hoffi dyn felly. A wela i ddim diben mewn bod yn sant.'

'Dŷch chi ddim wedi bod yn eich capel unwaith, Ceridwen, oddi ar pan wy' yma.'

'Nac ydw? Fydda i byth yn cadw cownt. Mae'n debyg nad ydi'r Brenin Mawr ddim chwaith. Ydech chi'n gapelwr?'

'Pan fydda i gartre, yng Nghaerdydd. Yn eitha selog.'

'Ydech chi'n gredadun?'

'Ydw. Rwy'n bendant taw Cristnogaeth yw'r unig ateb.'

'I beth?'

'Dyna gwestiwn, wrth gwrs. Gaf i ddweud: yr unig ateb i'r cythraul fyddwn i pe na bawn i ddim yn Gristion.'

'Peidiwch byth, Alfan, â llunio epigramau crefyddol. Mae 'na dwll ym mhob un.'

'Mae 'na dwll ym mhopeth, Ceridwen. Hyd yn oed mewn cyngor da.'

Gwenodd hi arno, ond tynnodd ei gwên yn ôl fel y clywodd Sirian yn dod at y drws. Rhoes Martha'i phen i mewn.'

'Mr Sirian Owen sy 'ma.'

276

'Ie, Martha, roeddwn i'n clywed. Ydi Mr Owen am ddod i mewn?'

Daeth Mr Owen i mewn.

'Wel, Mrs Morgan, sut yr ydech chi ers llawer o amser?'

'Yn ceisio 'nifyrru fy hun orau y medra i heb grefydd,' ebe Ceridwen. 'Dyma Mr Alfan Ellis. Mr Sirian Owen.'

'A dyma Mr Alfan Ellis,' ebe'r patriarch.

'Shwd ŷch chi, Mr Owen?' ebe Alfan. 'Mi . . . mi af i'n awr a'ch gadael chi.'

'Wnewch chi ddim o'r fath beth,' ebe Ceridwen. 'Rydech chi'n aros yma i f'amddiffyn i rhag 'y nghydwybod.'

Gwenodd Sirian arni y wên a oedd ganddo'n bàrod ar gyfer pob sefyllfa newydd, ac yna trodd yn ôl at Alfan a dweud,

'Wyddoch chi be, Mr Ellis? Chredwch chi byth mor chwilfrydig yr ydw i wedi bod i'ch gweld chi. Mae 'na ryw ddirgelwch wedi bod o gwmpas eich enw chi sy wedi 'nhemtio i droeon i roi tro i Drem-y-Gorwel yma. Rydw i wedi darllen eich gwaith chi, wrth gwrs. Ac wedi gwrando ar eich darllediad chi rai misoedd yn ôl. Mi garwn i ddweud, Mr Ellis, eu bod nhw'n ddiddorol iawn.'

Yr oedd Alfan yn ei ôl fel y byddai gynt, yn llanc surbwch, pendrwm, yn ymddiddori ym mlaenau'i esgidiau. Cododd ei olygon yn ddigon hir i ddweud,

'Diolch ichi am ddweud.'

'Yn ddiddorol iawn, 'machgen i. Dwedwch i mi, ydech chi'n dal i goleddu'r un syniadau . . . y . . . ffres am rai o'n beirdd a'u barddoniaeth ag oeddech chi?'

'Dwy' ddim yn ymwybodol fod gen i syniadau,' meddai Alfan. 'Roedd gen i farn.'

'Barn, ar bob cyfri,' meddai Sirian yn dawel. 'Barn sydd gan yr ifanc, rhaid cofio. Ydi'r farn, ynte, wedi newid?'

'Dydi Alfan ddim yn un da i'w groesholi,' ebe Ceridwen yn fyr ei hamynedd.

'Mae'n ddrwg gen i,' ebe Sirian, yn dechrau eto ar ei

277

bolisi marwor tanllyd. 'Yr unig ffordd oedd gen i yn f'anwybodaeth i ddangos diddordeb yn eich cyfaill oedd holi. Wna i ddim, wrth gwrs, os ydi 'ngwestiynau i'n annymunol.'

Gwingodd Ceridwen. Yr oedd Sirian yn ôl ei arfer yn ei ystum farmor, ei benelinoedd ar freichiau'i gadair, ei ddwylo dan ei ên, a'i lygaid gleision yr unig bethau byw yn ei berson.

'Mi fûm innau'n ifanc,' meddai.

Edrychodd Ceridwen arno, ac yr oedd ei wefus isaf wen yn crynu'r ychydig lleiaf. Aeth yn ei flaen.

'Does fawr neb yn gwybod hynny erbyn hyn. Mae cenhedlaeth wedi codi sy'n credu mai fel hyn y bûm i erioed, yn benwyn, esgyrnog, hen. Yn dringo'n fusgrell i bulpud i bregethu Efengyl foesegol diwedd y ganrif o'r blaen, ac yn codi fel tŵr tsieni yng nghynadleddau fy enwad i geisio sefyll yn erbyn ambell li. Mai fel hyn y bûm i ers cyn co' i neb sy'n fyw. Ond mi fûm i'n ifanc. Dydi hi ond fel doe er pan oeddwn i'n dair ar hugain oed . . . Faint ydech chi, Mr Ellis?'

'Tair ar hugain,' ebe Alfan yn ddifeddwl.

'Fel doe. A'r dyfodol o'm blaen i, a'r byd wrth 'y nhraed. A minnau'n dweud wrth y byd: "Fel hyn ac fel hyn y byddi di pan fydda i wedi darfod efo ti." Ond rydw i bron wedi darfod efo fo, ac nid fel'na y mae o. Mae o wedi mynd y ffordd y mynnodd o, Sirian neu beidio. Pe bawn i heb fyw a phregethu ac ymdrechu erioed, yr un fyddai'r byd.'

Oedodd funud, i'w ailosod ei hun yn ei gadair. Sylwodd Ceridwen fod Alfan yn edrych arno gyda diddordeb. Yr oedd hud Sirian yn dechrau gweithio arno yntau, y llais a'r llygaid yn dechrau'i gyfareddu—yn boeth y bo Sirian! Fe allai chwalu'r hyder y bu hi'n ei wau mor ddyfal i wead y bachgen â rhyw hanner awr o felancoli hen ŵr. Mentrodd greulondeb.

'Ond hwyrach nad ydi pawb yn eich oedran chi, Mr Owen, ddim yn teimlo mor ddiwerth?'

Trodd y llygaid gleision arni.

'Hwyrach nad ydi pawb, Mrs Morgan, ddim mor onest. Y llenor sy wedi sgrifennu ugain o lyfrau yn ystod ei oes; ydi, mae o wedi gadael rhywbeth. Fe ddywed yr Eisteddfod hynny wrtho wrth ei anrhydeddu. Fe ddywed y Brifysgol hynny wrtho wrth roi Doethuriaeth iddo. Fe ddywed o hynny wrtho'i hun. Ond petai'n onest, ydi o wedi gadael y peth y bwriadodd o'i adael pan ddechreuodd o? Ydi'r byd rywfaint yn wahanol am ei fod o wedi byw? Y gwleidydd sy wedi eistedd ar gopa'i wladwriaeth am flynyddoedd, wedi llunio deddfau ac arwyddo cynghreiriau a chofiannau iddo'n ffrydio un ar ôl y llall dros wefusau'r wasg—petae o'n onest, ydi o wedi gwneud yr hyn y breuddwydiodd o'i wneud pan oedd o'n llanc? Petae o heb ei eni erioed, fe fyddai'r byd wedi dilyn yr un cwrs. Ond am fod y byd yn rhwym o ddilyn yr un cwrs, yr oedd yntau'n rhwym o gael ei eni, neu rywun tebyg iddo dan enw arall. Mae'r dyn sy wedi llwyddo i dynnu gwair a cheirch o ddeg acer o dir sâl am drigain mlynedd yn fwy bodlon yn ei arch na'r dyn sy wedi torri'i enw ar femrwn hanes a breuddwydion ei ieuenctid yn rhacs.'

'Petai rhywun wedi dweud y pethau yna wrthych chi, Mr Owen, pan oeddech chi yn f'oedran i,' meddai Alfan, 'fyddech chi wedi plethu'ch dwylo ac ymroi i wneud dim?'

'Fe ddywedwyd y pethau yna wrtha i,' meddai Sirian gyda gwên.

'Felly,' meddai Alfan, 'dyw'r ffaith fod dyn deg a thrigain wedi methu ddim yn rheswm dros i ddyn tair ar hugain beidio â gwneud ymdrech, er taw methu wnaiff yntau hefyd?'

'Ga i gyffesu?' ebe Sirian.

'Os gwelwch chi'n dda.'

'Mae'ch pendantrwydd chi ynglŷn â beirdd a barddoniaeth heddiw yr un â'm pendantrwydd innau yn eich oed chi ynglŷn â phregethwyr a phregethu. Mae'r ffaith 'mod i wedi colli 'mhendantrwydd fy hun yn 'y ngwneud i'n flin

279

wrth eich pendantrwydd ifanc chi. Ond mae 'na ddarn arall ohono i, sy'n gwybod mai colli'ch pendantrwydd wnewch chithau. Rwy'n falch un funud, yn falch eich bod chi'n mynd i ddisgyn i'r un gors anobaith ag y disgynnais i. Ac rwy'n drist funud arall, eisiau'ch rhybuddio chi i fod yn barod rhag cael eich brifo. Rwy'n cenfigennu wrth eich ieuenctid chi heddiw, rwy'n gresynu drosoch chi am y dadrith sy i ddod. Rwy'n flin wrthoch chi am eich bod chi'n bwriadu llwyddo; rwy'n gwybod, er hynny, mai methu wnewch chi, ac rwy'n gwaedu drosoch chi.'

'Wnaiff Alfan ddim methu,' ebe Ceridwen.

'Rwy'n ffaelu gweld,' ebe Alfan, 'ffordd y galla i fethu. Dwy' *i* ddim yn bwriadu dim. Does gyda fi ddim i'w golli. Does gyda 'nghenhedlaeth i ddim i'w golli—dim ond anobaith, a meddwl gwag.'

'Mae gan fywyd,' ebe Sirian, 'ryw gast i'w chware â chithau ac â'ch cenhedlaeth. Mae'ch anobaith chi mor felys ichi ag oedd gobaith i 'nghenhedlaeth i. Feder bywyd ddim caniatáu ichi'i gadw o. Fe'i cymer o oddi arnoch chi a rhoi rhywbeth chwerw ichi yn ei le—anobaith arall, hwyrach, annisgwyl, anghynnes.'

'Ble mae'r Efengyl yr ydech chi'n ei phregethu bob Sul yn ffitio i'r siarad sinic yma?' ebe Ceridwen.

'Yn y defnydd y gall hi'i wneud o fethiant,' ebe Sirian, heb ei darfu. 'Ac o anobaith. Ac o wacter. Fe wyddoch, fel finnau, nad ym mlynyddoedd ieuenctid y mae Crist yn colli lliaws ei ddisgyblion, ond yn y canol oed. Yn y bwlch rhwng cyfanrwydd ieuenctid ac ail-gyfanrwydd henaint. Ym mwlch y dadrith, lle mae'r breuddwydion yn dipiau a'r bwriadau'n deilchion. Lle mae'r ysbrydol sy fel croen gloyw am fywyd wedi'i rwygo a dynion yn troi at gnawd bywyd ei hun—arian a chlydwch a gallu. Y rhai sy'n dal y dadrith, maen nhw'n mynd drwy'r cnawd ac yn cael fod yr ysbrydol nid yn unig yn groen a fu unwaith am fywyd, ond yn galon hefyd y tu mewn. Ac mae henaint Cristnogol yn ieuenctid newydd, yn byw yn y darn calon hwnnw.'

'Ac fe ddwedech chi,' meddai Ceridwen, ''mod i rŵan ym mwlch y dadrith.'

Nodiodd Sirian.

'Mewn ffordd braidd yn arbennig, Mrs Morgan. Mr Ellis—' Trodd at Alfan. 'Fyddai wahaniaeth gennoch chi pe bawn i'n cael gair â Mrs Morgan ar ei phen ei hun?'

Cododd Alfan. Bwriadodd Ceridwen ei rwystro, ond yr oedd Sirian wedi cyffwrdd â'i hunan hi, yn y lle'r oedd yn chwilfrydig yn ei gylch ei hun. Gadawodd i Alfan fynd. Yn y tawelwch wedi iddo fynd dywedodd Sirian, gan edrych yn bell i'r rhimyn tywyllwch lle'r oedd llenni'r ffenest heb orffen cau, 'Arglwydd pob enaid, rho d'arweiniad yn y munudau hyn'.

Yna trodd at Ceridwen ac edrych arni,

'Rydw i'n sobor heno, Mr Owen,' meddai hi.

'Mae hynny'n golygu, Mrs Morgan, nad oes gennoch chi ddim amddiffyn yn erbyn yr hyn sydd gen i i'w ddweud. Does gennoch chi'r un got flewog o ddideimladrwydd yn erbyn oerni geiriau.'

'A dim maneg am 'y nhafod.'

'Mi alla i fod yn gasach nag y medrwch chi.'

'Ydech chi'n siŵr?'

'Ydw. Am fod cariad bugail at ei braidd yn rhoi awdurdod imi.'

'Na hidiwch am y jargon crefyddol.'

'O'r gorau,' ebe Sirian. 'Fe'i gadawn ni o allan. Beth ydi'r bachgen yma i chi?'

'Alfan? Ffrind.'

'Hwyrach ei fod o'n llenwi'r un lle yn eich bywyd chi ag y mae Iesu Grist yn ei lenwi ym mywyd gwraig normal.'

'Pam Iesu Grist? Pam nad mab? Pam nad gŵr?'

'Am ei fod wedi dod i'ch bywyd chi drwy sianel annormal celfyddyd. Mae gŵr yn llithro i fywyd gwraig yn ei bryd trwy sianel ei serch hi, mae mab yn llithro i'w bywyd hi yn ei bryd drwy sianel ei chroth, ac mae'r ddau am fod eu dyfod nhw'n naturiol yn llenwi'r lle y mae natur wedi'i baratoi ar eu cyfer nhw. Mae Duw yn dod trwy ffordd nad oedd natur ddim wedi'i bwriadu, ac yn llenwi lle nad oedd natur ddim wedi'i baratoi. Am hynny mae o'n treisio personoliaeth y sawl sy'n ei dderbyn o. Pan fo Iesu Grist yn treisio personoliaeth mae bywyd yn dilyn, am fod natur wedi'i chreu i ymgyfaddasu i'w drais Ef. Pan fo unrhyw dduw llai perffaith yn treisio, mae 'na ddinistr.'

Ymwasgodd Ceridwen i geisio llonyddu'r llid o'i mewn. Ond yr oedd ei llais yn anwastad pan ddywedodd,

'Pe baech chi'n offeiriad pabaidd, Mr Owen, fe fyddai'n rhaid imi lyncu'r cwbwl ddwedsoch chi a rhoi f'enaid ichi mewn gwewyr i'w bannu ym mhandai'r Eglwys, on' byddai?'

'Mae'n bosibl.'

'Ond gan nad ydech chi'n ddim ond gweinidog ymneilltuol Cymreig, mi fedra i ddweud wrthoch chi am feindio'ch busnes.'

'Yn hawdd.'

'Ac rwy'n meddwl mai dyna wna i. Chewch chi ddim gwneud Alfan yn dduw a minnau'n hulpen dim ond er mwyn y pleser o lunio damcaniaeth ddiddorol. A'm defnyddio i a'm problemau preifat i foddio'ch ysfa fugeiliol.'

'Caru'ch lles chi rydw i, Mrs Morgan.'

'Lol i gyd. Caru'ch meddwl treiddgar eich hun. A'ch llais, a'ch llygaid, a'ch aparatws hypnotig tybiedig i gyd. Rwy'n meddwl mai mynd ydi'r gorau ichi, Mr Owen. Rydw i'n gwerthfawrogi'ch awydd chi i 'mugeilio i. Ond y bugeilio gorau y gellwch chi'i wneud o hyn allan ydi cadw o Drem-y-Gorwel, ac anghofio fod y fath le â Threm-y-Gorwel a'r fath berson â Cheridwen Morgan weddill eich dyddiau ar y ddaear. Ac os bydd Bob Pritchard yn eich temtio chi eto i ddod yma i ysbio drosto, dwedwch wrtho'ch bod chi'n llawer rhy brysur yn meindio'ch busnes eich hun. Rydw i wedi llwyddo i fyw heb unrhyw fath o grefydd ers rhai blynyddoedd, ac rwy'n meddwl y galla i bellach. Dyna'r cyfan, Mr Owen, sydd gen i i'w ddweud.'

Cododd Sirian, yn araf ac yn hen, a cherdded tua'r drws. Yno, trodd, a dweud mewn llais a oedd fel petai'n dod o rywle ym more'r byd ac yn mynd heibio iddi draw tua'i fachlud,

'Fedrwch chi mo fy rhwystro i weddïo drosoch chi.'

'Os mynnwch chi wastraffu'ch egni nerfol,' ebe Ceridwen, 'mater i chi ydi hynny. Ond fydda i ddim yn ddiolchgar.'

Pan drodd, yr oedd Sirian wedi mynd. Ni chlywodd mo'i draed ar y neuadd, ni chlywodd mo'r drws allan yn agor nac yn cau. Yr oedd fel petai ysbryd wedi bod ac wedi diflannu. Yr oedd ar fin amau o ddifri a fu Sirian ac a fu'r sgwrs rhyngddynt pan ddaeth Alfan i mewn.

'Ydi Sirian wedi mynd?'

'Mae Sirian wedi mynd.'

'Wyddoch chi beth, Ceridwen, rwy'n meddwl yr af i wrando arno'n pregethu y Sul nesa.'

'Wnewch chi ddim o'r fath, 'machgen i.'

'Ond mae . . . mae rhywbeth yn anghyffredin yn y dyn. Mae'n gyfareddol.'

'O ydi—'

'Ac mae fel petae'n gallu tynnu bywyd y tu chwith allan—'

'Dyna'n union, Alfan, y mae o'n ei wneud. Ond chaiff o ddim tynnu'ch bywyd chi y tu chwith allan. Os tyn o'r pagan ohonoch chi fe dynn y bardd ohonoch chi hefyd. Byddwch yr hyn ydech chi, a pheidiwch â gadael i grefydd o unrhyw fath eich fframio chi cyn ichi orffen tyfu, ac fe fyddwch chi'n fawr. Gwnewch addo i mi, Alfan, yr anghofiwch chi fod Sirian wedi bod yma heno. Anghofiwch eich bod chi wedi'i weld o erioed. Gwnewch addo.'

'Wel . . . os ŷch chi'n dweud, Ceridwen. Rŷch chi'n ei nabod e'n well nag yr ydw i.'

## 34

'Oes digon o ddillad ar eich gwely chi, Alfan?'

'Oes, Ceridwen, diolch.'

Yr oedd yn fis Rhagfyr ac yn noson erwin oer, y noson cyn i Alfan fynd adref dros y Nadolig. Yr oedd yn eistedd wrth y ddesg yn ei stafell mewn gŵn llofft sidan yr oedd Ceridwen wedi'i brynu iddo, yn marcio papurau arholiad. O leiaf, dyna y dechreuodd ei wneud, ond fe sylwodd Ceridwen fod ganddo ddarn o bapur o'i flaen a llinellau o farddoniaeth arno.

'Ydi'n rhaid ichi fynd adre dros y Nadolig, Alfan?'

'Wrth gwrs. Mae Mam yn edrych ymlaen at 'y ngweld i.'

'A . . . Nesta.'

'Nesta hefyd.'

'Ydech chi'n siŵr?'

Chwiliodd Alfan ei hwyneb.

'Pam rŷch chi'n gofyn?' meddai.

'Dydw i ddim yn cael blas ar godi bwganod, Alfan. Ond mae Nesta'n ifanc, cofiwch. Ac mae ar gariad ifanc eisiau'i borthi'n amlach na chariad aeddfed. Anamal yr ydech chi weld gweld Nesta er pan fuoch chi yma . . . rhyw un pnawn Sadwrn ym mhob pedwar, am awr neu ddwy yn Llanbedr. Dydi o ddim yn ddigon i gadw merch mor ifanc â hi ar dân.'

'Ceridwen, beth ŷch chi'n ddweud?'

'Fydde hi'n ergyd ichi ped aech chi adref a ffeindio bod Nesta yn eich absenoldeb chi wedi ymserchu yn rhywun arall?'

'Bydde. Fe fydde hi'n ergyd andwyol. Fedrwn i mo'i goddef hi.'

Tynnodd hi gadair i'w ymyl.

'Byddwch yn barod am bopeth, Alfan. Er eich mwyn chi, bron nad ydw i'n gobeithio y siomir chi yn Nesta. Does dim sy'n cyfoethogi bardd fel siomiant serch. Fe ellir troi siom yn brofiad, yn llenyddiaeth. Fe ellwch *chi* droi siom yn llenyddiaeth fawr.'

'Na. Na! Does arna i ddim eisiau siom. Fe fyddai'n well gen i gadw Nesta a cholli fy nawn—'

'Alfan! Chewch chi ddim siarad fel'na. Rydech chi'n cablu'ch mawredd wrth siarad fel'na. Collwch Nesta, ac fe gewch gariad arall. Collwch eich dawn, ac fe gollwch y cwbwl.'

Fe wyddai'i bod hi fel ciper syrcas yn clecian ei chwip ar ei genaw llew mwyaf addawol, ond yr oedd yn rhaid disgyblu Alfan. Yr oedd yn rhaid ei gael o afael pob merch arall, canys yr oedd merched diweledigaeth yn dirywio dyn. Yr oedd yn rhaid ei addysgu i golli Nesta a cholli'i fam heb golli'i draed. Yr unig siom yr oedd ganddo hawl i chwalu dani bellach fyddai'r siom o'i cholli hi, Ceridwen. Rhwbiodd Alfan ei dalcen yn wyllt.

'Alla i ddim deall, Ceridwen, pam rŷch chi'n dweud y pethau hyn wrthw i.'

Rhoes hi'i llaw ar ei fraich, ac aeth trydan drwyddi.

'Am fod arna i eisiau gwneud eich etholedigaeth chi'n sicir, Alfan. Rydw i'n credu'ch bod chi wedi'ch ethol gan eich ymennydd i fod yn fardd mwya'ch cyfnod. Un cam gwag, ac fe ellwch beidio â bod.'

'Ond fe ddwedodd Sirian yma pa noson nag yw dyn ddim haws ag ymdrechu—'

Tynhaodd Ceridwen.

'Fu Sirian erioed yma,' meddai. 'Welsoch chi rioed mohono. Ydech chi ddim yn cofio ichi ddweud?'

'Ydw, ydw,' griddfanodd Alfan. 'Ond ellwch chi mo fy rhwystro i *ddychmygu*'i fod e wedi bod yma ac wedi dweud nad yw dyn byth yn llwyddo i fod yr hyn yr oedd e wedi bwriadu bod, na'r hyn y mae neb arall yn bwriadu iddo fod.'

Ysgydwodd Ceridwen ef yn ofalus fel ysgolfeistres yn ysgwyd plentyn.

'Ddwedodd Sirian erioed mo'r peth, Alfan. Ddwedodd Sirian erioed mo'r peth. Fu Sirian erioed yma i ddweud y peth—'

'O'r gorau.' Cododd Alfan o'i gafael a chroesi'i stafell at y bwrdd ymdrwsio. 'Rwy'n fodlon actio'ch drama chi os ŷch chi am imi wneud. Ond does gen i ddim diddordeb ym mha mor fawr y bydda i, na pha effaith y mae 'marddoniaeth i'n mynd i'w gael ar neb. Does gen i ddim diddordeb mewn dim ond eistedd i lawr wrth y ddesg 'na ac ysgrifennu. Clywed argraff yn dod i mewn imi fel glöyn byw, clywed llinell yn codi i'm pen i fel brandi, tywallt cerdd ar y papur a theimlo'n hapus dost. Dim oll, rhaid ichi ddeall unwaith ac am byth, ond hynny.'

Ymlaciodd Ceridwen. Yr oedd ef o leiaf yn ei gadw'i hun yn lân, fel y bwriadodd hi iddo, oddi wrth frwydr pwy sydd fwyaf. Ac yr oedd hi'n fodlon. Fe ofalai hi'i fod yn cadw'i safle, cyhyd ag nad oedd teimlo'n ddinod yn ei gadw'n ddigynnyrch hefyd. Syllodd arno yno'n ffidlan â brws gwallt ar y bwrdd ymdrwsio. Yr oedd ei ŵn lloft wedi lled agor i ddangos mynwes heulog. Fe'i brifodd ei hun wrth ddychmygu Nesta'n dynn yn erbyn y fynwes yna, a dwy wefus goch ifanc yn rhwbio ar ei wefusau ef . . .

'Wnewch chi sgrifennu ata i, Alfan, tra byddwch chi i ffwrdd?'

'Gwnaf.'

'Pa mor amal?'

'Bob wythnos.'

'Pam na wnewch chi bob dydd?'

Edrychodd ef arni.

'Fe fyddai hynny braidd yn annaturiol, on' bydde fe?'

Twymodd hi.

'Beth sy'n naturiol?' meddai. 'Os ydi o'n annaturiol i chi sgrifennu ata i bob dydd, mae o'r peth mwya naturiol yn y byd i mi dderbyn llythyr oddi wrthoch chi bob dydd. Mi fydda i'n sgrifennu atoch chi bob dydd.'

'Ond Ceridwen—'

'Mi fydd yn rhaid imi gael gwneud.'

'Ond . . . dŷch chi'n gweld, fe fydd Mam yn gweld ac yn holi . . . Anfonwch nhw *post restante*, ynte. Fe'u casgla i nhw.'

'Bob dydd?'

Cododd hi'n sydyn a mynd ato a rhoi'i dwylo ar ei ysgwyddau.

'Dŷch chi'n gweld, Alfan, mi fydda i'n enbyd o unig y Nadolig yma. Alla i ddim disgwyl y ffrindiau fyddai'n arfer dod. Dydyn nhw ddim yn ffrindiau imi mwyach er pan ddaethoch chi. Ac am eich bod chi, mewn ystyr, wedi bod yn achos iddyn nhw gadw draw, mae arnoch chi ddyled i lenwi'u lle nhw yn 'y mywyd i. Rhaid ichi fod yma bob dydd, os nad mewn cnawd, mewn llythyr. Ac fe fydd yn rhaid i minnau gael cymdeithasu â chi bob dydd.'

Yr oedd ei gnawd ifanc agos yn ei thynnu, a llusgodd ei dwylo oddi arno a cherdded yn boenus i ffwrdd.

'Cofiwch fi at eich mam,' meddai o'r drws. 'Ac . . . at Nesta.'

'Mi wnaf.'

'Ac os daw rhyw eiliad o hiraeth amdana i, peidiwch â'i yrru o i ffwrdd.'

Trodd ef ei ben, ac yr oedd yn gwenu arni.

# 35

Nadolig digalon oedd hwn. Wrth y piano am oriau, gwrando'r radiogram, edrych drwy albwm ar ôl albwm . . . lluniau'r gwyliau yn yr Eidal, yn Sbaen, yn Sgandinafia, ym Marseilles. Trwy lyfr ar ôl llyfr yn sbio'n bŵl ar brintiau o ddarluniau'r meistri . . . gwrando'r radio . . . a neb yn dod. Dim curo ar y drws. Neb yn galw ar y ffôn.

Fe ddaeth y syniad gwrthun. Galw Bob ar y ffôn, a gofyn iddo ddod i ginio. Fe wnâi ginio fel yr hen giniawau bach, dim ond hi ac yntau. Er mwyn yr amser gynt. Ond yr oedd hi'n siŵr na wnâi ond ymesgusodi. Fe fyddai'n brysur, neu dan annwyd, neu â chur yn ei ben. Rhoes y syniad o'i meddwl. Meddyliodd am Harri a Chatrin, ond ni allai oddef clebar Catrin. Meddyliodd am Miranda a'i gŵr, ond ni allai oddef Miranda. Yr oedd pethau'n anos ar ôl y parti a ddifethodd Cecil.

Yr oedd wedi sgrifennu at Syr Madog a Lady Owen, wedi gobeithio y doent hwy ati dros y Nadolig, neu y câi hi ei gwahodd atynt hwy. Ond cafodd air yn ôl yn dweud eu bod yn treulio'r Nadolig yn Cannes—gyda chyfeillion iddynt.

Nid oedd neb arall ond Idris a Mair. Ac nid oedd hi'n siŵr nad ymesgusodi a wnaent hwythau. Ond fe addawodd y ddau ddod. Nid oedd Idris yn swnio'n frwd ar y ffôn wrth addo, ond o leiaf nid oeddent wedi gwrthod. Yr oedd y bwrdd yn barod, a Martha'n ôl a blaen yn y gegin ynglŷn â'r bwyd.

Eisteddodd Ceridwen yn y stafell ginio yn darllen llythyrau Alfan am y degfed tro. Dim ond pedwar mewn deng niwrnod ac yr oedd yn siom. Ond chware teg iddo, hwyrach fod disgwyl iddo sgrifennu bob dydd yn ddisgwyl gormod. Yr oedd yn ifanc ac yn fardd, ac nid oedd disgwyl iddo fod mor feddylgar â dyn hŷn a threfn ar ei foesau. Ac yr oedd y llythyrau'n dda. Yn hir ac yn ddiddorol ac, i'w thyb hi, yn hiraethus. Fe fyddai'n odidog ei gael yn ôl. Yr oedd ei bywyd yn graddol droi fwyfwy amdano fel am echel. Yr oedd hi gydag ef pan oedd hi'n ddiswydd liw dydd, pan fyddai'n effro y nos.

Cododd ei phen o'r llythyrau a syllu ar lun Ceredig. Yr oedd ef yma o hyd. Yr oedd Cecil wedi'i adael ef iddi yn ei greulondeb paent. Yr oedd y llygaid yn dal yn llymion, yr ên yn dal yn garreg. Nid oedd presenoldeb Alfan yn y tŷ yn ddim iddo ef. Hyd y gwyddai'r byd yr oedd hi'n driw, gorff ac enaid, i ddarlun olew uwch silff-ben-tân.

Clywodd gloch y drws yn canu, ac aeth drwodd i dderbyn Idris a Mair. Idris yn unig oedd yno.

'Mae Mair dan annwyd. Roedd yn ddrwg iawn ganddi fethu dod, ond fe adawodd imi ddod fy hun, rhag eich siomi chi. Mae gan Mair feddwl ohonoch chi.'

'Rydw i'n gwerthfawrogi hynna,' meddai Ceridwen wrth gymryd crafát Idris a'i got, 'ac mi garwn ichi ddweud wrthi.'

'Mi wnaf.'

Aeth Idris drwodd i'r lolfa, a gwyro i dwymo'i ddwylo wrth y tân.

'Diolch ichi am ddod, Idris.'

'Dim o gwbwl.'

'Rydw i'n . . . unig.'

Darllenodd Idris ei hwyneb.

'Balch o 'ngweld *i*'n arbennig ydach chi, Ceri, ynte fyddech chi'n falch o weld unrhyw un?'

'Rydw i mor falch o'ch gweld chi, Idris, â neb, fe wyddoch—'

'Dydi hynna ddim yn ateb. Dydw i ddim wedi anobeithio am eich cariad chi eto, wyddoch. Mi wn i, pe medrech chi 'ngharu i fel yr ydw i'n eich caru chi, mai cariad mewn cas gwydr fydda fo—bellach. Fyddai dim newid ar eich bywyd chi na 'mywyd innau. Dim ond caru'n gilydd o bell, dros gorff Mair, fel petae, heb gyffwrdd byth ond mewn edrychiad, ac awgrym y tu ôl i ambell air, cytuno i feddwl am ein gilydd ar ambell awr o'r dydd. Ond mi fyddwn i'n fodlon. Mi fedrwn i sgrifennu. Er na feiddiwn i ddim trafod fy nofelau hefo chi fel y byddwn i'n arfer, fe fyddwn i'n teimlo bod eich meddwl chi yna hefo mi pan fyddwn i wrth fy nesg, yn edrych dros f'ysgwydd i ac yn dweud wrtha i beth i'w roi i lawr—'

'Fe fyddai'n dda gen i, Idris, pe baech chi'n peidio â'ch tyrmentio'ch hun. Rydech chi'n chware efo breuddwyd peryglus. Fe all eich chwalu chi.'

'Rydw i'n chwalu rŵan. Fedrwn i chwalu'n ddim cynt. Mae'ch oerni chi, eich pellter chi . . . yr ansicrwydd yma . . .'

'Rydw i wedi'ch rhybuddio chi ddigon, Idris—'

'Fe ellwch chi rybuddio ymennydd dyn. Ellwch chi ddim rhybuddio'i reddfau o.'

'Ond roeddwn i'n meddwl mai cariad ymenyddol—'

'Cariad er hynny. Ac mae pob cariad yn fyddar i reswm. Dwedwch wrtha i, Ceridwen, eich bod chi'n barod i drio 'ngharu i, na wnewch chi o leiaf ddim rhoi fy lle i'r un dyn arall.'

'Ond mae Mair gennoch chi, does gen i neb.'

'Nac angen neb. Fe ellwch chi fyw fel yr ydach chi, Ceri; mae gynnoch chi bopeth y medar arian ei brynu, ac rydach chi'n medru byw uwchlaw nwyd corff.'

'Ydech chi'n siŵr?'

Syllodd Idris arni eto a dweud,

'Yn eich oedran chi—'

'Dydi o ddim yn oedran hawdd.'

'Ceridwen, pe bawn i'n meddwl bod arnoch chi eisiau—'

'Na, peidiwch â 'nghyffwrdd i. Beth bynnag fu rhyngoch chi a finnau, rhaid inni'i gadw o ar lefel deall. Ryden ni wedi bod yn ffrindiau'n rhy hir i fod yn gariadon rŵan.'

Trodd Idris eto tua'r tân, a phensynnu. Yna gwelodd ffotograff ar y fantell, a chymerodd ef yn ei ddwylo.

'Pwy ydi hwn?' gofynnodd.

'Alfan Ellis, sy'n lletya yma.'

'Yr hogyn welais i pan oeddwn i yma y tro diwetha? Dydach chi ddim yn arfer rhoi lluniau'ch ffrindiau yn eich stafelloedd.'

'Nac ydw, ddim yn arfer.'

Rhoes Idris y llun yn ôl, a syllu arno a golwg ryfedd ar ei wyneb. Yna rhoes dro o gylch y stafell a bodio'r peth yma a'r peth arall wrth fynd. Daeth Martha i ddweud bod cinio'n barod ac aethant drwodd i'r stafell ginio.

Bwytasant y cawl heb siarad. Daeth y cig rhost, a chymerodd Ceridwen wydryn Idris i dywallt gwin iddo. Ataliodd ef hi.

'Chymera i ddim gwin heno.'

'Ond dydech chi ddim yn arfer gwrthod.'

'Chymera i ddim heno.'

Trawodd Ceridwen y corcyn yn ôl ar y botel a'i rhoi o'r neilltu.

'Mi welais i Cecil y dydd o'r blaen,' meddai Idris.

Styrbiodd Ceridwen.

'Fu o yma, yng Nghaerwenlli?' meddai.

'Do. Fe arhosodd acw am noson. Fe gawson ni drafferth hefo fo. Roedd o'n chwil a heb ddim pres.'

'Does gen i ddim help am hynny.'

'Ddwedais i ddim bod.'

Bwytasant ymlaen heb siarad.

'Mi welais i Bob Pritchard ddoe,' meddai Idris.

Styrbiodd Ceridwen eto.

'Sut roedd o?' gofynnodd mewn llais gwneud didaro.

'Yn llond ei groen. Fel 'tae dim byd yn ei boeni o.'

'Rydech chi'n berffaith siŵr o hynny?'

'Nac ydw i. Dweud roeddwn i sut roedd o'n ymddangos i mi.'

'O.'

Bwytasant ymlaen nes gorffen y rhost. Estynnodd Idris at y caws. Daeth Martha â'r coffi a mynd â'r platiau.

'Beth ydi'r Alfan Ellis 'ma i chi, Ceridwen?' gofynnodd

Idris ymhen sbel, yn rhyw ddihitio, fel petai'n gofyn er mwyn gofyn.

'Mab,' meddai Ceridwen.

Rhythodd Idris arni.

'*Beth* ddwedsoch chi?'

Hanner chwarddodd Ceridwen.

'Na, does dim dirgelwch. Fu dim plant gan Ceredig a finnau, a fu gan yr un ohonon ni'n dau blentyn y tu allan i'n priodas. Fe ddaeth Alfan yma i letya, ac mae o wedi llenwi'r lle y buasai mab yn ei lenwi petai gen i fab. Dyna i gyd.'

'Fedrwch chi ddim gwneud peth fel'na,' meddai Idris. 'Mae'n annaturiol.'

'Dim o gwbwl. Mae'n digwydd i ddigon o wragedd yn f'oedran i.'

'Ond dydach chi ddim wedi'i fagu o. Dydi o ddim wedi tyfu i fyny hefo chi. Ydi'i fam naturiol o'n fyw?'

'Ydi.'

'Dach chi'n gweld? Fedrwch chi mo'i wneud o, Ceridwen. Mae o wedi dod i'ch bywyd chi'n sydyn ac yn annormal, ac fe all y berthynas gymryd tro afiach.'

'Er enghraifft?'

'Llosgach.'

'Rhag eich cywilydd chi, Idris.'

'Rydw i o ddifri—'

'Rydech chi'n siarad yn debyg iawn i Sirian.'

'Sirian?'

'Fe ddaeth o yma ryw noson, yn seicoleg ac yn ddiwinyddiaeth i gyd, a rhoi darlith imi ar beryglon y berthynas. Roedd o'n mynd gam ymhellach na chi. Roedd o am wneud Alfan yn dduw imi.'

'Mae Sirian yn siarad llawer o synnwyr.'

'O'r gorau. Mae Sirian yn siarad synnwyr. Beth wedyn? Ydech chi i gyd yn disgwyl imi anfon y bachgen yn ôl adre i Gaerdydd am ei fod o'n peryglu 'nghyflwr ysbrydol i?

Gwraig yn tynnu am ei hanner cant oed? Rydach chi mor naïf â'r *Rhodd Mam*.'

'Dydw i'n malio'r un botwm corn am eich cyflwr ysbrydol chi, Ceridwen. Fe gaech fynd hefo'r hen *Rodd Mam* i'r llyn yn llosgi o dân a brwmstan o'm rhan i. Ar un amod. Mai fi fyddai'n cael dod yno hefo chi, ac nid y . . . y glaslanc anwes 'ma sy gynnoch chi.'

'Cenfigen, Idris?'

'Yn hollol felly. Rydach chi wedi 'ngalw i'n naïf. Wel, rydw i mor naïf fel na fedra i ddim diodde gweld yr un gwryw arall yn gwneud ei nyth ynoch chi, nac fel cariad nac fel mab nac fel duw. Ci yn y preseb ydw i lle mae a wnelof i â chi. Os na cha i mohonoch chi fy hun, rydw i'n berffaith siŵr na chaiff yr un dyn arall mohonoch chi chwaith.'

'Rydech chi'n sylweddoli, Idris, wrth gwrs, fod y sefyllfa'n llwyr allan o'ch dwylo chi?'

'Ydw. Dyna sy'n ddamniol. Does dim y medra i 'i wneud ond sefyll draw a gwylio'r plentyn yma'n eich sugno chi a thorri 'nghalon.'

'Wnewch chi mo'i thorri hi.'

'Wna i? Gwnaf, ro i ddim cysur ichi. Ro i ddim ellyn yn 'y ngwddw na dim dramatig felly. Wna i ddim i borthi chwilfrydedd isel cymdeithas—wnes i ddim fel llenor, wna i ddim fel dyn. Ond mi edwinaf. Mi rof f'ysgrifbin i gadw ac mi af yn llo, fel y bobol o 'nghwmpas i. Mi fydda i farw, hynny ohono i sydd o werth, o genfigen.'

'Mi fydda i'n deffro mewn munud,' ebe Ceridwen, 'ac yn ffeindio mai cellwair y buoch chi.'

'Ddeffrwch chi ddim. Cellwair y bydd pobol fel rheol—meddan nhw—pan fyddan nhw'n dweud eu meddwl yn uchel, mi wn, ond nid cellwair yr ydw i. Wna i ddim galw 'nghenfigen yn rhywbeth arall er mwyn bod yn gredadwy—yn "garu'ch lles chi" na dim dwl felly. Rydw i'n ddigon o nofelydd i'm nabod fy hun ac yn ddigon onest i ddweud

293

y gwir. Rydw i'n genfigenllyd fel babi a does arna i ddim cywilydd. Ac am fod arna i eisiau bod y dyn pennaf yn eich bywyd chi, rydw i'n casáu pwy bynnag sy'n cystadlu â mi. Ac rydw i'n casáu Alfan Ellis.'

'Dydech chi ddim yn ei nabod o.'

'Does dim rhaid imi. Petae o'r sant nobliaf yn ffres o'r nefoedd, mae'n gas gen i'r cythraul bach.'

'Rydech chi'r dyn mwyaf afresymol adnabûm i erioed, Idris.'

'Rydw i'n swnio'r dyn mwyaf afresymol am mai fi ydi'r dyn fu fwyaf onest hefo chi erioed. Petai pawb yn mynegi'i adwaith greddfol i bob sefyllfa fe fyddai pawb yn afresymol. Ond mae cymdeithas wedi'i damnio er pan ddysgodd pawb ddweud yr hyn nad ydi o ddim yn ei deimlo a'r hyn nad ydi o ddim yn ei feddwl. Mae perthynas dynion â'i gilydd wedi mynd yn rhwydwaith o dwyll. Ond rydw i wedi torri'r rhwydwaith hefo chi heno. Rydach chi'n gweld gwaelod fy natur i trwy ddŵr clir siarad onest, ac rydach chi'n 'y ngalw i'n afresymol. Rydw i am fod yn fwy afresymol fyth a dweud y buaswn i'n tagu Alfan Ellis yn ei wely, ond nad oes gen i mo'r plwc.'

'A phetae'r plwc gennoch chi, beth fyddech chi'n ei ennill?'

'Y crocbren, a'ch iechyd chi. Mae'r hogyn 'ma wedi costio'n ddrud ichi'n barod. Mae o wedi costio'ch cymdeithas ichi. A chymerwch rybudd gen i heno—mae gan 'y nghenfigen i, hyd yn oed, rywbeth o werth i'w roi i chi. Os nad ymryddhewch chi oddi wrth yr hogyn yma rŵan, mae o'n mynd i gostio mwy ichi.'

Chwarddodd Ceridwen.

'Beth ydech chi'n feddwl ydw i?' meddai.

'Y ferch anwylaf, fwya deallus, y bu'n fraint imi'i nabod erioed,' meddai Idris. 'Dyna fuoch chi. Ond mae arna i ofn dychmygu beth fyddwch chi os na wrandewch chi arna i.'

Plethodd Ceridwen ei breichiau ar y bwrdd a syllu ar Idris yn syth yn ei wyneb.

'O'r gorau,' meddai, 'mi fydda innau'n onest efo chithau, gan eich bod chi'n gwneud ffetish o onestrwydd. Mae Alfan bellach nid yn unig y dyn pennaf yn 'y mywyd i, fo ydi'r unig ddyn. Does gennoch chi'r un siawns yn ei erbyn o. Rydw i wedi blino ar eich sôn parhaus chi am gariad. Rydw i wedi blino ar eich wyneb nofeletaidd chi. Rydech chi rŵan yn gweld gwaelod fy natur i trwy ddŵr clir siarad onest, a does dim pwrpas mewn twyllo'n gilydd, nac oes?'

Slempiodd Idris yn ei gadair fel dyn wedi'i wanu. Agorodd ei geg a'i chau drachefn rai troeon fel pysgodyn. Yna fe welwodd.

'Yr het fach wirion,' meddai.

'Afresymol, Idris,' meddai hithau, 'fel pob un sy'n mynegi'i adwaith greddfol i sefyllfa.'

Dywedodd Idris yn araf trwy wefusau gwelwon,

'Rydw i'n gobeithio y llosgwch chi'ch mymryn enaid. Dydi o'n dda i neb arall bellach. Ac am yr hogyn 'ma sy mor annwyl gynnoch chi, rydw i'n gobeithio y treulith o'i ddyndod yn ddŵr yn eich gwasanaeth chi.'

'Ewch allan o'r tŷ 'ma,' ebe Ceridwen.

Ni chollodd Idris ddim amser. Cyn pen dim yr oedd ei got a'i grafát amdano ac yr oedd y drws allan wedi cau ar ei ôl. Yn y neuadd, gwelodd Ceridwen ei fod wedi gollwng un o'i fenig ar lawr yn ei frys. Unwaith eto yr oedd rhagluniaeth yn gwneud maneg yn gyfle iddi. Dim ond agor y drws a galw arno'n ôl, ac yr oedd hi'n berffaith siŵr y deuai. Hwyrach iddo ollwng y faneg o fwriad. Yfory, fe fyddai'r ffrae wedi'i fframio yn y gorffennol, wedi magu hyd a lled a dyfnder. Ond unwaith eto, yr oedd hi'n falch. A ddywedwyd a ddywedwyd, a wnaed a wnaed. Tynnodd ei llaw oddi ar ddwrn y drws, taflodd y faneg i'r wardrob, ac aeth i'r stydi i sgrifennu at Alfan.

# 36

'Ydech chi'n falch o fod yn ôl, Alfan?'

'Ydw, Ceridwen . . .'

'Pa mor falch?'

Yr oedd yn fis Ionawr ac Alfan newydd gyrraedd, a'r ddau'n swpera yn y stafell ginio. Sylwodd hi gyda pheth blinder ei fod yn edrych yn well ar ôl ei wyliau, yn fodlonach ei ystum a'i osgo.

'Gawsoch chi lawer o gwmni Nesta?'

'Cryn dipyn, do.'

'Ydi hi'n dal i'ch caru chi?'

'Yn fwy nag erioed, meddai hi.'

'Mae tafod merch yn llithrig, Alfan.'

Taflodd Alfan lygad arni, ac ni ddywedodd ddim.

'Ddaru chi sgrifennu rhywfaint?' gofynnodd hi wedyn.

'Un gerdd, *Ffarwél Lencyndod*, ac un i *Fae Caerwenlli*.'

'Ga i 'u gweld nhw?'

'Mi'u hestynna i nhw ar ôl swper. Roedd yn haws imi sgrifennu ar 'y ngwyliau. Dim arall i feddwl amdano.'

'Beth am y diflastod sy'n symbyliad i greu?'

'Dwy' ddim mor siŵr erbyn hyn fod yn rhaid cael hwnnw. Lle ni bo diflastod, mae'r meddwl yn siŵr o'i greu.'

Chwiliodd hi'i wyneb am rywbeth gwerth ei ddweud.

'Oes gynnoch chi ddigon o gerddi i wneud llyfr?'

'Bron â bod. Mi fûm i'n siarad â'r Athro Pugh yn ystod y gwyliau. Fe fynnodd weld cerdd neu ddwy. Fe ddwedodd fod yn bryd imi ddechrau cyhoeddi. Mae e'n fodern, wrth gwrs.'

'Pwy sy am gyhoeddi ichi?'

'Rwy am ofyn i Wasg yr Wylan.'

'Fe fyddan nhw'n anodd,' ebe Ceridwen. 'Mae Idwal Arthur yn gofyn barn Bob Pritchard ar bob llyfr bron. A dyna hi wedi darfod lle rydech chi yn y cwestiwn. Wrth gwrs . . . mi fedrwn i dalu am ei argraffu o. Wnâi Arthur ddim gwrthod hynny.'

'Rwy'n ddigon dwfn yn eich dyled chi'n barod, Ceridwen.'

'Lol i gyd. Mae'n fraint imi.'

Ar ôl swper sylwodd hi fod Alfan yn aflonydd ac yn cuchio. Dechreuodd ddarllen llyfr, ac yna un arall, a rhoes hwy o'r neilltu. Yr oedd hi'n dyheu am gael nyrsio pa beth bynnag oedd yn ei boeni. Ni allai oddef i ddim ei boeni.

'Beth sy'n eich poeni chi, Alfan?'

'Yr ysgol 'na. Alla i ddim diodde meddwl am bore fory.'

Aeth hi i eistedd ar fraich ei gadair, y peth agosaf at eistedd ar ei lin.

'Alfan, 'y mhlentyn i, does dim rhaid ichi fynd i'r ysgol os ydi hi'n faich arnoch chi. Mi wn i bellach na anwyd mohonoch chi rioed i ddysgu plant.'

'Ond beth wna i?'

'Byw yn Nhrem-y-Gorwel, i wneud dim ar hyd y dydd ond fel y byddwch chi'n teimlo ar eich calon, a sgrifennu pan ddaw'r awydd.'

'Ond 'y mywoliaeth . . .'

'Mi alla i'ch cadw chi'n hawdd. Dydw i ddim yn dlawd, Alfan, a does gen i'r un artist i'w noddi rŵan ond chi.'

Yr oedd Alfan yn edrych yn syth o'i flaen, a'i wyneb yn newid o eiliad i eiliad gan yr adweithiau oddi mewn.

'Ceridwen, mae . . . mae'n freuddwyd godidog. Does dim fyddai'n fwy wrth fodd 'y nghalon i. Fe fyddai bod yn fardd teulu i chi yn rhamantus. Ond . . .'

'Beth?'

'Mi gollwn i f'annibyniaeth fel y collodd yr hen feirdd teulu'u hannibyniaeth nhw.'

'Peidiwch â meddwl yn nhermau'r bymthegfed ganrif. Y cwbwl yr ydw i'n cynnig ei wneud i chi ydi'r hyn y byddai senedd Gymreig yn ei wneud i'w beirdd os bydd hi'r hyn yr ydw i'n disgwyl iddi fod. Neilltuo swm bob blwyddyn at eich cadw chi heb ofyn dim oddi arnoch chi ond llenydda.

Ar unrhyw destun, mewn unrhyw ddull, heb ymyrryd dim â chi. Pwy ydw i i ymyrryd?'

Cododd Alfan i feddwl yn rhwyddach.

'Mae meddwl am gael dianc o'r ysgol a pheidio â dysgu byth yn . . . fendigedig. Ond mae meddwl am fyw ar gardod—'

'Peidiwch â'm sarhau i, Alfan. Dydi cardod ddim yn gardod ond i ddyn sy'n gardotyn wrth natur. Fe all yr un swm fod yn gardod i gardotyn, yn rhodd i gyfaill, yn deyrnged i frenin ac yn offrwm i dduw. Mae'n dibynnu ar ddull y derbyn, nid ar y rhoddwr nac ar y rhoi.'

'Mae'n wir, mae'n wir, ond . . . rhaid imi feddwl, Ceridwen. Rhaid imi feddwl am nosweithiau. Ond . . . rwy am ddiolch ichi am hyn . . . mae'n llawer haws mynd i'r ysgol fory a'r posibilrwydd arall gen i wrth gefn.'

Arhosodd Ceridwen ar ei thraed yn hir. Yr oedd darnau'i bywyd wedi dod yn ôl at ei gilydd fel gan dynfaen er pan ddaethai Alfan. Yr oedd ei thŷ wedi'i ddodrefnu unwaith eto, yr oedd lliw ar y muriau, yr oedd miwsig dan ei bysedd ar y piano. Nid oedd hi'n hapus; ni fyddai'n hapus byth, mwy nag unrhyw 'estron brith'. Ond yr oedd ganddi bwrpas, yr oedd ganddi'i bardd ei hun, a hwnnw'n faich mor felys ag a fu Bob Pritchard erioed. Ymffurfiodd ei phwrpas o'i blaen, ymwasgodd ei hegni a fu ar wasgar cyhyd i diwb o dawelwch. I hyn y bu hi byw, ac i hyn y byddai. Alfan, bellach, oedd ei chrefydd. Ei hedd.

## 37

'Ydech chi'n hapus efo fi, Alfan?'

'Ydw . . .'

Yr oedd yn fis Chwefror, Ceridwen newydd orffen canu'r *Sonata Pathétique* yng ngolau ola'r dydd, ac Alfan ar gadair yn ei hymyl a'i ên yn ei ddwylo, yn gwrando. Yr oedd hi wedi'i wanhau â'r miwsig, fe wyddai. Yr oedd ei wyneb wedi'i dyneru, a'r gweddill golau dydd yn ei gerflunio fesul cysgod yn ddelw a fyddai fel yna am byth yn ei chof hi. Pan eisteddai fel yna, a'i lygaid yn breuddwydio tua'r môr, yr oedd ei styfnigrwydd ar grwydr a'i ewyllys yn feddal. Yr oedd ei eisiau arni. Yn enbyd.

'Am beth ydech chi'n meddwl, Alfan?'

'Am y miwsig. Mae miwsig mawr yn 'y ngwneud i'n ddigalon. Pob celfyddyd fawr o ran hynny. Pan fydda i ar 'y mhen fy hun, wedi bod yn sgrifennu, mi fydda i'n meddwl taw fi yw'r bardd mwyaf gafodd y byd erioed. Fod nerthoedd yno' i sy'n disgwyl am leferydd na welodd y byd ddim tebyg iddyn nhw, y byddan nhw'n llosgi 'nghnawd i'n lludw os na chân nhw leferydd, ac na all neb eu llefaru nhw'n debyg i mi. Ac yna mi fydda i'n clywed rhywbeth gan Beethoven, neu'n gweld rhywbeth gan Titian, neu'n darllen rhywbeth gan Shakespeare, ac mi fydda i'n teimlo fel dim ar y ddaear. Fod gen i wyneb i fod o gwbwl mewn byd sy wedi gollwng y fath danau o'i grombil.'

Llyfodd ei llygaid ef fel buwch yn llyfu'r darn ohoni'i hun a orweddai'n newydd wrth ei hochor.

'Mae gwyleidd-dra, Alfan, mor anhepgor i fardd ag ydi o i sant, ac yn fwy creadigol.'

'Fel dim ar y ddaear . . .'

'Fe fyddwch chi'n fawr eich hun.'

'Ceridwen, rŷch chi'n anhygoel o garedig wrthw i.'

'Dydw i ddim wedi dechrau talu ichi eto am ddod i'm

byd i. Mae gen i lawer iawn iawn i'w roi ichi eto cyn y bydda i wedi talu 'nyled. Wnewch chi 'mhriodi i, Alfan?'

Yr oedd y stafell mor ddistaw, bron na ellid ei chlywed yn tywyllu. Nid oedd Alfan wedi symud gewyn. Dywedodd heb deimlad,

'Roeddwn i'n ofni ers tro eich clywed chi'n gofyn. Rwy wedi gweld y cwestiwn yn dod amdana i o bell fel corryn ar hyd coridor hir. Ac mi ddylwn fod wedi mynd cyn ichi gael cyfle. Euthum i ddim.'

Eisteddodd hi'n gynhyrfus ar fraich ei gadair.

'Alfan—'

'Na, peidiwch â 'nghyffwrdd i. Fe wyddoch na fedra i ddim.'

'O achos Nesta?'

'Yn un peth.'

Ymataliodd hi rhag tynnu'i llaw drwy'i wallt.

'Oes rhywbeth arall, Alfan?'

'Roeddech chi bron yn bump ar hugain oed pan anwyd fi.'

'Mae hynna'n brifo.'

'Mae'n flin gen i. Mae'n rhaid inni'i wynebu.'

'Os oes arnoch chi eisiau plentyn, fe allwn fabwysiadu un.'

'Doeddwn i ddim yn meddwl am hynny.'

Ni welai hi erbyn hyn ddim ond ei ffurf, yn dywyll yn ei hymyl, ac yn bopeth.

'Ro i mohonoch chi i fyny, Alfan, wedi dod cyn belled.'

'Rydd Nesta mohono i i fyny chwaith.'

'Petai hi'n eich rhyddhau chi, wnaech chi ystyried?'

'Wnaiff hi ddim.'

'Dydw i ddim yn disgwyl ichi 'ngharu i fel rydech chi'n caru Nesta. Dim ond caru'ch lles eich hun gymaint ag yr ydw i'n ei garu o. Fe fyddai'n rhaid ichi gynnal Nesta, rydech chi'n sylweddoli hynny?'

'Dyna fraint pob gŵr.'

'Pob gŵr diathrylith, feder doddi i'r dyrfa fara-a-chaws fel na fedrwch chi. Dydech chi ddim yr un fath â'r gweddill, Alfan. Rhaid i chi fod yn rhydd oddi wrth ofal cartre, i roi popeth sy ynoch chi i'ch cenedl. Bod yn ddim ond dawn bur, fel fflam, a finnau'n gannwyll i'ch cadw chi 'nghynn. Rydw i'n gwybod erbyn hyn mai i hynny y ganwyd fi.'

'Ffordd y gwyddoch chi?'

'Am 'mod i'n eich caru chi fel na cherais i neb erioed.'

'Eich gŵr?'

'Doeddwn i ddim yn caru Ceredig. O leiaf, ddim ar ôl wythnos gynta 'mhriodas. Ac os cariad oedd hwnnw, doedd o ddim byd tebyg i hwn. Mae hwn yn . . . yn 'y mwyta i'n fyw.'

Wedi saib dywedodd Alfan,

'Mi garwn i petaech chi'n rhoi'r golau.'

Croesodd hi at y swits a goleuo. Daeth Alfan yn fyw o'i blaen, ond nid oedd yn edrych arni. Yr oedd ei chalon yn curo'n annioddefol, ac ni allai fod yn siŵr a allai sgwrsio rhagor heb ddwaud pethau lloerig.

'Alfan, edrychwch arna i.'

Edrychodd ef arni.

'Ydw i wedi colli fy ieuenctid i gyd?'

Yr oedd ei llais yn ing pur. Gwelodd y fuddugoliaeth fer yn ei lygaid a'r edifeirwch yn dilyn. Dywedodd ef,

'Rŷch chi mor ifanc ag y gall penderfyniad eich gwneud chi, Ceridwen. Ond all moroedd o benderfyniad ddim troi'r cloc yn ôl yn eich bywyd chi nac ymlaen yn 'y mywyd innau. Fe fydd chwarter canrif rhyngon ni nes bydd un ohonon ni yn ei fedd, a chwarter canrif yw chwarter canrif.'

'Mi alla i sgwrsio mor ifanc â neb,' meddai. 'Mi alla i ddefnyddio geirfa unrhyw ferch coleg heddiw—'

'Na, peidiwch—'

'Ac mi alla i nofio'n ifanc a chware tennis yn ifanc. Ac mi alla i garu'n ifanc.'

Gwelodd y boen ar ei wyneb.

'Peidiwch â sôn am hynna, Ceridwen. Rwy mor erotig 'y nychymyg ag unrhyw artist, ond alla i mo'ch dychmygu chi yn y ffordd yna. Mae 'nghorff i'n annatod oddi wrth gorff Nesta cyn belled, dim ond 'y meddwl i sy 'nghlwm â'ch meddwl chi.'

'Chithau eto?' ebe Ceridwen.

'Pam?'

'Roedd dyn arall yn siarad yr un geiriau efo fi dro'n ôl. Doedd dim gwahaniaeth gen i am hwnnw. Ond mae clywed eich llais chi'n dweud yr un geiriau yn annioddefol. Ble bynnag y tro' i, mae corff rhyw ferch neu'i gilydd rhyngof i a byw. Ond mae gen innau gorff!'

A chyda'r gair, aeth allan, a gadael Alfan i edifarhau, neu i chwerthin. Neu i dosturio.

# 38

Ni chysgodd hi ddim y noson honno. Na nos trannoeth, na nos trennydd. Yr oedd ei fod ef am y pen-grisiau â hi bron â'i gyrru'n orffwyll. Murmurodd ei enw i'w gobennydd ganwaith, cofleidiodd ef yn ei gobennydd drosodd a throsodd. Cychwynnodd droeon i'w stafell wely, ac ymatal. Meddyliodd am ystrywiau. Mynd yn wael . . . ond pa mor wael? Yr oedd gan ragluniaeth ddawn i wyrdroi amcanion rhywun ac i chwarae castiau, ac fe gollai hi'i thipyn dengarwch i gyd ped âi'n orweiddiog am ei hoes. Ei thaflu'i hun o'r ffenest i'r cwrt yn y cefn. Ni châi Alfan wedyn ei hanghofio tra byddai byw, a'i gwaed hi ar ei gydwybod. Ond ni allai mo'i gynnal o'i bedd, ni fyddai llenyddiaeth Cymru ddim ar ei helw o'i hunanladdiad hi. Ac fe allai fethu, ac ni allai ddisgwyl i Alfan briodi efrydd. Diau y gwnâi, o dosturi, ond ni allai tosturi foddio'r nwyd a oedd ynddi hi drwy'r nosweithiau diderfyn hyn.

'O, 'nghariad i, pam na ddoi di? Wyt ti ddim yn gwybod 'mod i'n marw o d'eisiau di? Ydw i ddim wedi dangos iti, ym mhob ffordd y meder merch? Rwyt ti'n ffŵl, Alfan, yn gwrthod cyfle mawr dy fywyd, i fod yn fardd gwerth dy halen a'r dyddiau ar eu hyd gen ti i farddoni, yn lle bod yn ddim-byd o ysgolfeistr bach cringoch a phlant, plant, plant yn bwyta dy berfedd di ac yn dy wneud di'n biwis cyn d'amser. Rwyt ti'n ffŵl, ac yn haeddu bod yn ffŵl. Wn i ddim beth welais i ynot ti erioed, rhyw rimyn blêr, budur, sgryfflyd fel yr oeddet ti cyn imi dy newid di, na fuase gwrach ddim yn edrych ddwywaith arnat ti. O Alfan, rydw i'n dy garu di . . . dy garu di, wyt ti'n clywed, yr hogyn gwirion? Be wna i hebot ti, fedra i ddim byw trwy lawer o nosweithiau fel hon . . .?'

Yn ystod y dydd, fe wyddai mai meddwl fel geneth ysgol y bu hi yn ystod y nos. Yng ngolau dydd yr oedd hunanladdiad a llewygu a phethau o'r fath yn ffantastig.

Yng ngolau dydd yr oedd hi'n medru rhesymu. Rhesymu fel y medr merch a honno mewn cariad. Ac fe wyddai, fel y gŵyr cariad, fod yn iawn i un ddioddef er mwyn i ddau fod yn hapus. Gwneud drwg fel y delai daioni. Yn araf, drwy'r dyheu crasboeth, drwy'r meddyliau'n ei moedro, fe allodd feddwl yn glir. Yr oedd Alfan yn ifanc ac yn rhy ifanc i wybod beth oedd orau er ei les. Yr oedd yn rhaid iddi hi wneud drosto yr hyn na allai ef mo'i wneud drosto'i hun. Ac er cased ydoedd, fe wyddai beth yr oedd yn rhaid iddi'i wneud.

# 39

Yr oedd y Pasg yn gynnar. I lawr yng Nghaerwenlli yr oedd ychydig ymwelwyr i'w gweld yn cerddetian mewn cotiau mawr hyd y prom, yn herio'r rhewynt ac yn chwarae gwanwyn. O flaen y tŷ, yr oedd lliain gwyn o farrug ar y lawntiau bob bore tan ganol dydd, a rijmant o adar to yn prepian yn ddi-baid uwchben briwsion Martha. Yn stafelloedd y tŷ yr oedd tanau coed yn chwyrnu i'r cyrn, a fflamau glas yn nyddu yn eu conglau.

Edrychodd Ceridwen ar ei horiawr a setlo'n ôl i'w chadair o flaen tân y stydi gyda'i chylchgronau. Yr oedd hanner awr eto cyn y gallai ddisgwyl y ddau. Yr oedd hi'n gynhyrfus er ei gwaethaf. Drosodd a throsodd yr oedd hi'n dweud wrthi'i hun ei bod hi'n gwneud y peth iawn, nad oedd ganddi ddim dewis. Nid oedd dim da mewn bywyd nad oedd yn werth ymladd amdano. Ac wedi ymwadu â chymaint, gwan fyddai ildio bellach a'r pen-draw yn y golwg. A'r pen-draw hwnnw'n werth y byd.

Curo ysgafn ar y drws a daeth Martha i mewn.

'Pryd byddwch chi am gael cinio, Mrs Morgan?'

'Fe ddylen fod yma mewn llai na hanner awr, Martha. Mae Jim wedi mynd â'r car.'

'Te ynte coffi fyddwch chi eisie ar ôl, heddi?'

'Coffi fel arfer i Mr Ellis a finnau. Ond gwell ichi wneud te hefyd rhag ofn fod te'n well gan Miss Francis. Aiff o ddim yn ofer, nag aiff, os byddwch chi a Tomos o gwmpas?'

Ni wenodd Martha. Safodd yn betrus o gwmpas y drws.

'Oes rhywbeth ar eich meddwl chi, Martha?'

'Mrs Morgan . . . roeddech chi a finne'n arfer bod yn shwd ffrindie . . .'

'Eisteddwch i lawr, Martha, a dwedwch wrtha i.'

Yr oedd yn dda gan Ceridwen gael rhywun i siarad â hi. Pletiodd Martha'i ffedog wrth siarad.

'Fyddwch chi byth yn gofyn 'y marn i obeutu dim byd

nawr,' meddai. 'Ond falle, serch hynny, y dylwn i ddweud beth rwy am ei ddweud.'

'Ewch ymlaen, Martha . . .'

'Wel . . . mae'n eitha amlwg i bawb fod gyda chi lot o olwg ar Mr Ellis. Mae hynny'n eitha naturiol, wrth gwrs, ond . . . meddwl yr own i . . .'

'Ie?'

'Eich bod chi mewn cariad ag e.'

Yr oedd yn eitha peth paratoi Martha rhag i'r newydd fod yn rhy annisgwyl iddi pan ddôi, ac fe ddwedodd Ceridwen,

'Rydech chi'n graff iawn, Martha.'

'A falle,' meddai Martha, a'i llygaid tuag i lawr, 'eich bod chi'n bwriadu'i briodi e.'

'Mae'r peth wedi croesi 'meddwl i,' meddai Ceridwen. 'Pam?'

'Odych chi'n siŵr eich bod chi'n gwneud y peth gore?'

'Hwyrach 'mod i'n ddigon hen i benderfynu hynny drosof fy hun.'

'Mae e flynydde'n ifancach na chi.'

'Rwy'n sylweddoli hynny.'

'Wrth gwrs, os ŷch chi'n sylweddoli beth ŷch chi'n ei wneud, mae'n siŵr . . .'

'Oes rhywbeth arall, Martha?'

Dechreuodd Martha bletio'i ffedog eto.

'Os . . . os ŷch chi'n meddwl priodi Mr Ellis, pam rŷch chi wedi gwahodd ei gariad e yma? Mae'n beth od iawn i wneud, os ca i ddweud 'ny.'

Lledwenodd Ceridwen.

'Ydi. Mae o'n beth od i'w wneud. Ond hwyrach y bydd yn help i Mr Ellis benderfynu drosto'i hun pan wêl o Miss Francis a finnau efo'n gilydd.'

'Falle . . . Oedd Mr Ellis ddim yn gweld y peth yn od?'

'Oedd. Ond roedd o'n 'y ngweld i'n fawrfrydig yn croesawu'i gariad o yma a finnau'n ei garu o fy hun.'

'Yn fawrfrydig, ie, rwy'n gweld . . . Wrth gwrs, dyn yw Mr Ellis—'

'Beth ydech chi'n feddwl, Martha?'

'Peidiwch â bod yn gas wrthw i, Mrs Morgan. Rwy am ddweud beth sy ar 'y meddwl i'n blaen . . . Rwy'n teimlo'i bod hi'n ddyletswydd arna i, hyd yn oed petaech chi'n rhoi'r sac i fi am ddweud. Wa'th eich lles chi sy gyda fi mewn golwg. Rwy wedi bod yn ffond ofnadw ohonoch chi ers blynydde—rŷch chi'n gwybod 'ny. Ac er eich bod chi wedi pellhau oddi wrthw i ers blwyddyn neu ragor nawr— dŷch chi ddim yr un Mrs Morgan ag a fyddech chi—rwy'n dal i feddwl am eich lles chi o hyd. Chi'n gweld, menyw ŷch chi, Mrs Morgan, menyw mewn cariad yn yr oedran pan mae hynny'n beryglus.'

'Ydech chi'n meddwl Martha, na wn i ddim?'

'O, rŷch chi'n gwybod, siŵr o fod, ond dyw gwybod yn gwneud dim gwahaniaeth ichi. Un peth ŷch chi'n ei weld, mae'ch teimlade chi wedi'ch dallu chi i bopeth arall, a dyw sens yn golygu dim ichi pan ŷch chi fel'na—'

'Martha!'

'Gadewch i fi gwpla, Mrs Morgan. Er pan ddaeth Mr Ellis 'ma, mae'ch hen ffrindie chi i gyd wedi cadw bant. Dyw Dr Pritchard byth yn dod 'ma'n awr, na Mr Jenkins, na Mr Sirian Owen—'

'Ydech chi'n meddwl nad ydw i ddim yn teimlo?'

'Rwy'n gwybod eich bod chi'n teimlo, ond nag ŷch chi ddim yn dangos. Rŷch chi wedi teimlo colli Mr Matthews hyd yn oed, er nad oedd gyda fi ddim lot o olwg ar hwnnw. Creadur od oedd e. Ond roedd e'n fwy o gwmni i chi nag ŷch chi'n folon cyfadde. A dyna Mrs Prys-Roberts—'

'O'r gorau, Martha. Beth oeddech chi am ei ddweud?'

'Odi Mr Ellis yn werth colli'ch cyfeillion i gyd er ei fwyn e?'

'Does dim cysylltiad rhwng Mr Ellis a'r ffaith fod y lleill yn cadw draw.'

'Mae'n gyd-ddigwyddiad od iawn 'te, fod Trem-y-Gorwel wedi mynd mor wag er pan ddaeth e yma.'

'Yn wag i chi hwyrach, Martha, ond nid i mi.'

'Roedd rhywun yma o hyd, yn bwyta ac yn cysgu'r noson ac yn canu ac yn ein cadw ni'n fyw. Ond nawr rwy'n teimlo 'mod i'n byw mewn mynwent. Fydda i byth yn cael gwneud *pasta*'n awr, na chyrri, na *pilau* cyw iâr, ac rwy bron wedi anghofio shwd mae gwneud *hors d'oeuvre*. Dyw Mr Ellis yn lico dim byd gwerth ei baratoi—'

'Dydech chi ddim yn hidio llawer am Alfan, ydech chi, Martha?'

'Mae'n grwt bach eitha ffein, er nad yw e byth yn siarad mwy na dou air gyda fi. Ond does dim rhamant mewn coginio ar ei gyfer e, fel ar gyfer Dr Pritchard neu Syr Madog. A dyw e byth yn siarad am yr ardd gyda Tomos, dyw e byth yn sylwi ar flodyn na thomato na dim. Os bydd e'n ŵr Trem-y-Gorwel cyn bo hir, rwy'n siŵr y bydd Tomos yn rhoi notis. All e ddim gweithio i fishtir nad yw e ddim yn gweld yr ardd, medde fe. A fydd dim lot o gysur mewn bywyd i finne. Mrs Morgan fach, mynnwch gael Trem-y-Gorwel yn ôl fel yr oedd e, roedden ni mor hapus. Peidiwch gwneud dim byd dwl, rwy'n gofyn ichi . . .'

Cyn y gallai Ceridwen ddweud dim cas, fe welodd fod Martha'n wylo. Nid oedd wedi gweld Martha'n wylo ers llawer dydd, ac yr oedd yn ei dychryn. Fe'i caledodd ei hun, fodd bynnag.

'Rheolwch eich hun, Martha. Rydech chi'n gwneud môr a mynydd o ddim. Mae bywyd y peth y gwnawn ni o, a feder o byth aros yn ei unfan—'

'Beth ddwede Mr Morgan, druan bach, pe bai e yma—?'

'Does dim eisiau sôn dim rhagor am Mr Morgan, druan bach. Mae o wedi'i gladdu gyda phob dyledus barch a phomp, a chystal inni'i adael o mewn heddwch.'

Syllodd Martha arni'n syn.

Clywsant sŵn modur yn sefyll y tu allan. Cododd y ddwy.

'Fe gawn weld beth ddigwydd rŵan, Martha. Maen nhw wedi cyrraedd.'

# 40

Yr oedd Nesta'n dlysach nag yr oedd Ceridwen wedi ofni. Yr oedd croen mor lân a llygaid mor las a gwallt mor felyn yn perthyn yn nes i lyfr tylwyth teg nag i fywyd straenllyd yr ugeinfed ganrif. Safai'r eneth o'i blaen, yn bictiwr mewn siwt las ddel, yn ei gwawdio hyd yn oed â'i diniweidrwydd. Yr unig obaith oedd mai tlysni gwag ydoedd, ac y gallai hi ddangos i Alfan yn fuan pa mor wag. Safai Alfan yn ymyl ei gariad, yn gwylio ymateb Ceridwen yn bryderus, a chystal â dweud 'Ydych chi'n synnu 'mod i'n caru hon?'

Gwnaeth Ceridwen ymdrech i fod yn groesawus.

'Mae'n dda iawn gen i'ch cyfarfod chi, Nesta. Rwy'n gobeithio y ca i'ch galw chi'n Nesta?'

'Os gwelwch chi'n dda, Mrs Morgan.'

'Ceridwen ydi f'enw i.'

Gwenodd yr eneth, ychydig yn swil. Yr oedd ganddi ddannedd godidog. Ei dannedd ei hun, wrth gwrs.

'Ydi Alfan wedi edrych ar eich ôl chi'n iawn?' gofynnodd Ceridwen.

'Odi . . . cystal â gallech chi ddisgwyl i fardd, onte-fe?' meddai'r eneth, gyda chipolwg addolgar ar Alfan. Gwenodd Alfan arni.

'Alfan,' ebe Ceridwen, 'ewch chi â phethau Nesta i'w llofft hi, ac mi af i â hi i'r lolfa i dwymo. Rwy'n siŵr eich bod chi bron â rhynnu.'

'Na'n wir, roedd eich car chi'n dwym neis, Mrs . . . Ceridwen.' Y wên swil eto.

Yr oedd yr eneth yn siŵr o fod yn ddeniadol. Tebyg fod dynion yn llewygu wrth y degau yn ei sgil. A dyn oedd Alfan.

'Rwy wedi clywed Alfan yn sôn cymaint am eich tŷ ardderchog chi,' meddai'r eneth wrth eistedd ac ysgubo'r lolfa â'i blew-llygaid hirion, 'ond wnes i ddim dychmygu'i fod e mor ardderchog â hyn. Mae Alfan yn lwcus yn cael byw 'ma.'

'Ydech chi'n meddwl?' ebe Ceridwen.

'O, odi. Fe fydd yn anodd iawn iddo setlo lawr mewn . . . wel, mewn tŷ cownsil, dwedwch . . . ar ôl palas o le fel hwn.'

Gwenodd Ceridwen yn gynnil. Yr oedd yr eneth yn mynd i wneud pethau'n haws iddi. Sylwodd eto ar ei dillad. Er eu bod yn ddel eu toriad ac yn berffaith iddi hi—yr oedd hi'n gweithio mewn siop ddillad, wrth gwrs—nid oeddent yn ddillad drud. Fe wyddai fod yr eneth wedi sylwi ar ei dillad hithau unwaith neu ddwy ac wedi gweld y gwahaniaeth. Fe gaent sgwrs am ddillad rywbryd.

'Rwy'n clywed Martha'n mynd â'r bwyd i'r stafell ginio,' ebe Ceridwen. 'Y cŵc ydi Martha.' Pwysleisiodd y 'stafell ginio' a'r 'cŵc'. 'Fe awn i gael cinio rŵan. Rwy'n siŵr eich bod chi ar lwgu.'

'Diolch yn fawr,' ebe'r eneth. Yr oedd yn hawdd gweld na wyddai'n iawn beth i'w ddweud.

Yn ystod y cinio fe sylwodd Ceridwen nad oedd yr eneth yn gwbwl gysurus. Yr oedd ei moesau a'i synnwyr ymddwyn yn burion, ond yr oedd Ceridwen wedi gofalu y byddai digon o gyllyll a ffyrc a llwyau o'i blaen i'w hanesmwytho a digon o lestri arian a gwydr nadd o'i chwmpas i roi argraff o gyfoeth anghyfrif. Er blinder iddi, fe sylwodd fod Martha wedi hoffi'r eneth, a'i bod yn methu tynnu'i llygaid oddi arni pan ddôi i'r ystafell. Fe fyddai Martha'n gweld drwy'r steil ychwanegol ac fe fyddai'i chydymdeimlad gyda Nesta.

Yr oedd Alfan yn orsiaradus, yn ceisio argraffu ar Ceridwen ei fod yn falch o Nesta ac ar Nesta ei fod yn falch o Ceridwen. Bob tro yr edrychai ef ar Nesta, yn yr unig ffordd y gallai ef edrych arni, fe glywai Ceridwen wayw ynddi. Nid oedd ef yn ddigon hirben i ddogni'i sylw i'r eneth. Yr oedd ei fynych wenu arni yn chwyddo gwanc Ceridwen amdano, ac nid oedd hynny'n fwriad ganddo, yr oedd hi'n siŵr.

O'r awr hon ymlaen fe fyddai'n rhaid iddi ymroi bob munud i ddangos ei rhagoriaeth ar yr eneth. Yr oedd tridiau bwrw-Sul yn amser byr. Ac yr oedd yn rhaid crisialu'r dewis cyn y byddai'r tridiau ar ben. Penderfynodd ddechrau trwy fynd at y piano.

Canodd y piano am awr gron. Beethoven, Brahms, Chopin, Liszt. Canodd bob darn fel un yn canu am ei fywyd. Gallai weld wynebau Alfan a Nesta yn y coedyn disglair o'i blaen. Cynhyrfodd drwyddi wrth weld Alfan wedi ymgolli fel y gallai hi wneud iddo ymgolli. Yr oedd yn gwyro 'mlaen a'i ên yn ei ddwylo, a'i lygaid yn breuddwydio tua'r môr. Nid oedd yr eneth wedi sylwi ar ei ymgolli; yr oedd wedi ymgolli ei hun. Fe gâi amser i feddwl wedi hyn.

Pan dawodd y cord olaf yn yr awyr uwch eu pennau, dywedodd yr eneth,

'O! On'd oedd e'n fendigedig! O! Mi licwn i allu canu'r piano fel chi.'

'Ie,' meddai Alfan, yn dal yn breuddwydio. 'Trueni na allet ti.'

'Ond . . . hwyrach y gall Nesta ddysgu,' ebe Ceridwen.

'O na, allwn i byth ddysgu whare fel yna,' meddai'r eneth. 'Byth!'

'Rydech chi yn canu'r piano?' ebe Ceridwen.

'Dim ond tipyn bach, i ddiddori'n hunan.'

'Wel 'te, canwch rywbeth inni rŵan.'

'Na, paid,' meddai Alfan.

'Pam?' ebe Ceridwen.

'Roedd y gyngerdd yna mor berffaith,' ebe Alfan, 'rhaid inni beidio â'i difetha hi.'

'Lol i gyd,' ebe Ceridwen. 'Dowch, Nesta, canwch rywbeth inni. Na hidiwch am Alfan.'

'O, na, Ceridwen,' meddai'r eneth, yn gwrido fymryn, 'mae'n well 'da fi beidio, os nag yw wahaniaeth gyda chi.'

'Dydw i ddim yn gwrando,' ebe Ceridwen. 'Edrychwch. Dyma lyfr o ganeuon eitha syml.'

Rhwng bodd ac anfodd, aeth yr eneth at y piano. Yr oedd ael Alfan wedi crychu'n anfoddog. Dechreuodd yr eneth ar y darn cyntaf.

Aeth drwy'r Minwet yn G yn weddol ddianaf, a thrwy Suo-Gân Brahms. Ond pan ddechreuodd ar yr *Intermezzo* yr oedd yn amlwg mewn dyfroedd dyfnion. Mwynhaodd Ceridwen bob nodyn drwg a cham-amseriad. Nid nad oedd hi'n tosturio wrth yr eneth, ond yr oedd yn rhaid i hyn fod. Yr oedd y perfformiad drycsain yn un o'r pethau pereiddiaf a glywodd ei chlustiau. Yr oedd Alfan yn nyddu gan anfodd.

Rhoes yr eneth y gorau i'r darn cyn dod i'w ddiwedd, ac ymollwng i chwerthin am ben ei haflwyddiant, er ei bod yn gwrido. Yr oedd ganddi ysbryd hyfryd, ond nid oedd hynny, hyd yn oed, yn ddigon i'w hachub rhag y gwg ar wyneb Alfan. Canmolodd Ceridwen hi ac yr oedd yn rhy amlwg mai canmol nawddogol ydoedd, fel y canmolai arweinydd blentyn a anghofiodd ei adroddiad ar y llwyfan. Yn ddiplomatig, ni soniodd air yn rhagor am ganu piano.

Ar ôl te, awgrymodd i Alfan fynd â Nesta i'r sinema. Pan ofynnodd Alfan iddi hi fynd gyda hwy siglodd ei phen.

'Gwnewch yn fawr o'r amser gewch chi efo'ch gilydd,' meddai, ac ni chymerodd sylw o'r ffordd yr edrychodd Alfan arni.

Cyn iddynt fynd, fodd bynnag, pan oedd Nesta i fyny yn ei stafell yn gwisgo, aeth Ceridwen i fyny ati.

'Ga i wneud un awgrym?' gofynnodd, wrth weld Nesta'n ei hastudio'i hun yn y drych hir.

'Cewch . . . wrth gwrs,' ebe'r eneth.

'Fuaswn i ddim yn gwisgo'r brôtsh yna efo'r siwt ddel sy amdanoch chi. Rwy'n siŵr fod gen i un yn rhywle fyddai'n edrych tipyn bach gwell. 'Rhoswch funud.'

Daeth yn ôl gyda brôtsh ddiemwnt dda.

'O . . .' ebe'r eneth, bron yn ofni cyffwrdd ynddi, 'mae hon yn . . . fendigedig. Mi . . . gymera i ofal mawr ohoni.'

'Fe gewch ei chadw hi,' ebe Ceridwen, fel petai ganddi ddigon ohonynt.

Diolchodd yr eneth yn afrwydd.

'Cyn ichi fynd,' ebe Ceridwen, 'garech chi weld stafell Alfan? Mae o i lawr yn disgwyl amdanoch chi, fyddwn ni ddim dau funud.'

Aeth â hi i stafell Alfan, a gwyliodd hi'n ofalus. Lledodd llygaid yr eneth yn anghrediniol wrth weld dodrefnyn ar ôl dodrefnyn gosgeiddig, y llenni, y lluniau, y papur wal, y ddesg.

'Rwy'n meddwl,' meddai mewn sisial, 'taw hon yw'r stafell berta welais i erioed yn 'y mywyd. Wnaethoch chi . . . wnaethoch chi mo hon yn arbennig ar gyfer Alfan, do-fe?'

Nodiodd Ceridwen.

'Mae bardd mawr yn haeddu'r lle gorau posibl i farddoni, ydech chi ddim yn meddwl, Nesta?'

'Ydi . . .' Yr oedd llygaid gleision yr eneth yn dal i freuddwydio, 'ydi . . . wrth gwrs . . .'

'Wel, dowch rŵan, fe fydd Alfan yn methu deall ble rydech chi. Dim gair wrtho ein bod ni wedi sbecian yn ei stafell o, cofiwch.'

'Na, Ceridwen . . . dim gair.'

Pan aethant allan drwy'r neuadd i'r nos serennog, yr oedd Ceridwen wedi gofalu bod Jim yn disgwyl amdanynt yn y *Rolls*.

314

# 41

Bore trannoeth, fe gafodd Ceridwen fod Nesta wedi codi o'i blaen.

'Bore da, Nesta. Ddaru chi gysgu?'

'Allwn i ddim peidio, Ceridwen, mewn gwely fel hwnna. A'r stafell wely 'na, a'i *bathroom* a'i *dressing-room* ei hunan. Roedd y lle'n hala ofan arno i, roeddwn i'n teimlo bod gyda fi *cheek* i gysgu yno o gwbwl.'

'Peidiwch â phoeni. Mae'n rhaid defnyddio'r *suite* neu fe aiff yn llaith. Roeddech chi'n gwneud cymwynas â fi wrth gysgu yno. Ydi Alfan wedi codi eto?'

'Nag yw. Rwy'n ofni'i fod e wedi digio. Fe gwmpon ni mas neithiwr ychydig bach.'

'O?'

'Fe ddwedodd Alfan nag own i ddim yn trio gwneud argraff dda.'

Cododd Ceridwen ei haeliau.

'Fe ellwch ddweud wrtho drosta i eich bod chi wedi gwneud argraff dda iawn, Nesta.'

'O . . . mae'n dda iawn 'da fi nad wy' ddim wedi'ch siomi chi, Ceridwen.'

'Nac ydech. Dydech chi ddim wedi fy siomi i. Fe awn ni i gael brecwast rŵan, gawn ni, cyn i Alfan ddod i lawr?'

Ar ôl brecwast aeth â Nesta drwy'r tŷ. Aeth â hi i'r stydi.'

'O, mae gyda chi *gannoedd* o lyfre 'ma, siŵr o fod.'

'Miloedd, Nesta. Mae Alfan yn treulio llawer iawn o'i amser yma.'

'Ydi, rwy'n siŵr . . .'

'A dweud y gwir, fe gymerai flynyddoedd iddo hel cystal llyfrgell iddo'i hun â hon.'

Aeth â Nesta drwy'r neuadd ac ar hyd y pen-grisiau a thrwy'r llofftydd gan drafod y darluniau gyda hi.

'Ydech chi'n gwybod tipyn am ddarluniau, Nesta?'

'N-na, dim llawer, rwy'n ofni. O, y Mona Lisa yw honna, onte-fe? Fe ddwedodd Alfan wrthw i.'

'Ie, rydech chi'n hollol iawn.'

'Wrth gwrs, mae'n debyg taw copi welodd Alfan a finne pa ddiwrnod. Hwn sy gyda chi yw'r llun gwreiddiol, debyg iawn?'

Gwenodd Ceridwen oddi mewn iddi'i hun.

'Nage, Nesta. Yn y Louvre ym Mharis mae hwnnw. Copi ydi hwn hefyd.'

'O, dyna dwp ydw i. Rŷch chi'n gwybod llawer am ddarluniau, on'd ŷch chi, Ceridwen?'

'Tipyn bach.'

'Fe fyddwn i'n help i Alfan pe bawn inne'n gwybod mwy amdanyn nhw, on' byddwn i? Faint o amser mae'n gymryd i ddysgu?'

'Mae'n cymryd oes, Nesta.'

'O'r annwyl.'

Yr oedd yr eneth yn bur dawedog wrth ei dilyn o ddarlun i ddarlun, yn ceisio edrych yn ddoethach o flaen darluniau Cecil ac yn rhoi'i throed ynddi'n amal, yn dweud dyfrlliw am ddarlun olew ac olew am ddarlun dyfrlliw. Yr oedd ei hwyneb tlws yn o hir pan gyraeddasant yn ôl i'r stafell ginio lle'r oedd Alfan wrthi'n brecwesta.

Aethant allan i'r ardd. Yr oedd Tomos yn y tŷ gwydr yn trawsblannu blodau.

'Bore da, Mrs Morgan.'

Yr oedd yn hawdd gweld nad oedd mewn hwyl siarad.

'Tomos, rydw i am ichi gyfarfod Miss Francis.'

Trodd Tomos, a phan welodd yr eneth meddalodd ei wyneb a brysiodd i godi'i het.

'Bore da ichi, Miss. Rwy'n falch iawn i gwrdd â chi. Perthynas ichi, Mrs Morgan?'

'Nage. Ffrind i Mr Ellis.'

'O'n wir? Wel, Miss Francis, rwy'n gobeithio y gwnewch chi ddyn ohono fe. Mae eisie gwraig go gadarn i wneud

316

trefen ar y beirdd 'ma, dyna fydda i'n ei ddweud bob amser. Ie.'

'Ddwedais i ddim y byddai Miss Francis yn *wraig* i Mr Ellis, Tomos,' meddai Ceridwen, wedi'i phigo.

'Naddo-fe? O, mae'n flin 'da fi, Miss Francis. Rhyw feddwl yr own i . . . y . . . rhyw roi dou a dou gyda'i gilydd . . . a . . . wel—'

'Fe aeth eich dau a dau chi'n bump, Tomos, dyna i gyd,' meddai Ceridwen.

'Ond rwy *yn* bwriadu bod yn wraig i Alfan,' meddai Nesta'n betrus.

'O, wel, 'na fe!' Yr oedd Tomos yn llond ei groen.

'Hwyrach eich bod chi, Nesta,' ebe Ceridwen. 'Does dim eisiau i bobol hel meddyliau'n rhy fuan, dyna i gyd. Fe awn ni'n ôl rŵan.'

Wrth edrych drach ei chefn, fe welodd fod Tomos yn syllu ar Nesta bron yn weddigar, fel ar un a allai'i waredu ef o gyfyngder buan posibl. A hithau'n meddwl mai'i hunig gamgymeriad y bore hwnnw oedd mynd â'r eneth i gyrraedd Tomos, clywodd Ceridwen hi'n dweud,

'Maddeuwch i fi am ddweud hyn, Ceridwen. Wedi gweld drwy'r tŷ, a'r ardd 'ma, mae . . . mae'n rhaid eich bod chi'n gyfoethog iawn.'

'Dydw i ddim yn dlawd, Nesta.'

'Ac . . . rŷch chi'n bert hefyd.'

'Diolch yn fawr.'

'Rwy . . . rwy'n mynd i fod yn hyf nawr a gofyn . . . pam nag ŷch chi wedi ailbriodi?'

'Wel, Nesta . . . hwyrach y gellwch chi a finnau drefnu rhywbeth rhyngon ni cyn ichi fynd odd'ma. Beth ydech chi'n ddweud?'

Chwarddodd Nesta'n soniarus a dweud,

'Wel, fe fydde'n syniad da, on' bydde fe?'

Wedi mynd yn ôl i'r tŷ, galwodd Ceridwen o droed y grisiau,

'Alfan!'

'Wel?' ebe'r llais o'r llofft.

'Mae eisiau ichi ddod i lawr a dod â'ch cerddi efo chi. Mae Nesta a finnau am gael clywed rhai ohonyn nhw. Rydech chi wedi clywed amryw ohonyn nhw'n barod, Nesta, mae'n siŵr?'

'N-na, dyw Alfan byth yn darllen ei waith i fi. Chi'n gweld, sa' i'n deall llawer ar farddoniaeth, yn enwedig barddoniaeth Alfan.'

'Rwy'n siŵr eich bod chi. Dim ond cynefino ag o sydd eisiau, dyna i gyd. Fe gawn ni weld faint rydech chi'n ei ddeall.'

Sylwodd gyda phleser ar wrid yr eneth.

Eisteddodd y tri yn y lolfa, a darllenodd Alfan ei gerdd *Ffarwél Lencyndod*. Wedi iddo orffen, dywedodd Ceridwen,

'Rwy'n meddwl y gellwch chi wella'r gerdd yna, Alfan.'

'Alla i?'

'Cael mwy o undod ynddi, ei thynhau hi. Er enghraifft, rydech chi'n sôn am "oriau llawn palmwydd" a . . . "cric-crac y grisiau dan esgid fore fy nhad" . . . Dyden nhw ddim yn cydio, dyden nhw ddim yn berthnasol—'

'Ond rwy i'n meddwl eu bod nhw. Argraffiadau gwasgarog yw argraffiadau plentyn, dyw e ddim wedi dysgu unoli'i brofiad fel y mae gŵr—'

'Ie, ond sôn am lencyndod yr ydech chi, nid am blentyndod. Mewn llencyndod mae'r unoli wedi cychwyn . . . Beth ydech chi'n ddweud, Nesta?'

Deffrôdd yr eneth.

'Y . . . o, ie,' meddai. 'Rwy . . . rwy'n cytuno.'

'Yn cytuno â beth, Nesta?'

'Â chi. Mae . . . mae'n farddoniaeth dda iawn.'

'Mi ddarllena i gerdd arall,' meddai Alfan, yn cuchio. '*I Fae Caerwenlli*.'

*'Ni wybûm i ddim cyn fy nyfod o dwllwch croth*
*Am ormes glas a thrais gwyn*
*A brath haul ar heli . . .'*

Tra bu ef yn darllen gwyliodd Ceridwen ymateb Nesta.
Yr oedd yr arswyd yn hel ar ei hwyneb, ei dwylo'n
aflonydd ar ei gliniau. Yr oedd yn eglur fod arni ofn y
drafodaeth i ddod.

'Yn honna, Alfan,' ebe Ceridwen, 'rydech chi wedi osgoi
peth neu ddau y dylech chi fod wedi'u cyffwrdd. Beth am
y bae liw nos?'

'Amherthnasol.'

'Perthnasol iawn, ddwedwn i. Fe allech fod wedi gwneud
llawer iawn o liw'r sêr ar yr ewyn neu sŵn y môr yn
cadw'r nos yn effro neu rywbeth felly.'

'Ond doedd gwrthgyferbynnu dydd a nos ddim yn rhan
o'm bwriad i. Yr unig wrthgyferbyniad oedd gen i mewn
golwg, gwrthgyferbyniad oddi mewn yw e—rhwng dau
ymateb i'r môr fel y mae e mewn bae fel bae Caerwenlli,
wedi'i gaethiwo rhwng dau glogwyn fel y mae darn
aflonydd dyn wedi'i gaethiwo rhwng gormes ei ddoe ac
ofn ei yfory.'

'Ie, ond fe fyddai gwrthgyferbyniad arall eto wedi
chwanegu at yr effaith gwrthdaro roeddech chi'n anelu
ato.'

'Ie, roeddwn inne'n meddwl hynna,' ebe Nesta'n
annisgwyl, fel petai wedi'i weindio'n annioddefol i ddweud
rhywbeth.

'Roeddech chithau, Nesta, yn meddwl y gellid amlhau'r
gwrthgyferbyniadau?' ebe Ceridwen.

'Oeddwn . . . oeddwn . . .'

'Beth fyddech chi'n awgrymu?'

'Wel . . . sôn am . . . am long hwyliau a *liner* neu
rywbeth felly.'

'O, fflam!' gwaeddodd Alfan, gan daflu'i gerddi ar lawr.

'Pam na fuaset ti'n dal dy dafod, ferch? Rwyt ti'n berffaith tra wyt ti'n fud!'

'Ond . . . doeddwn i ond yn trio helpu, Alfan—'

'Helpu'r wir! Dwy' ddim yn disgwyl i *ti* fod yn awdurdod ar farddoniaeth. Pwy eisie iti roi dy big i mewn a dangos dy anwybodaeth a gwneud ffŵl ohono i? Rwy i'n gwybod dy gyraeddiadau di ac rwy'n fodlon arnyn nhw. Ond does dim eisiau i bawb weld dy fod ti'n dwp!'

'O, wydcwn i ddim, Alfan, wyddwn i ddim . . .!'

Torrodd yr eneth i lawr ac aeth yn gyflym o'r stafell. Edrychodd Ceridwen arno'n gyhuddol, ac yn fodlon iawn arni'i hun.

'Roeddech chi'n ffiaidd efo hi, Alfan.'

'Oeddwn,' meddai yntau, 'diolch i chi.'

Ac aeth yntau allan a'i gadael.

# 42

Aeth y Sul heibio'n ddiddigwydd. Nid oedd Alfan yn ei hwyliau gorau, ond fe ymddug yn eithaf boneddigaidd ar y cyfan. Yr oedd Nesta'n bur anesmwyth, yn ymateb yn nerfus i bob gair a ddywedid wrthi ac i bob cyfeiriad ati ar sgwrs, yn amlwg yn byw mewn hanner arswyd rhag gorfod ail-fyw profiad y diwrnod cynt. Yr oedd hi'n annwyl, ond nid ildiodd Ceridwen i'r demtasiwn o'i helpu ddim. Annwyl neu beidio, hon oedd yn sefyll rhyngddi a meddiannu Alfan ac yr oedd yn rhaid ei dileu. Yn garedig, ond nid yn feddal. Yr oedd yr eneth yn aeddfedu'n gyflym i'w dadrithio, er na wyddai hi, druan, mo hynny. Dim ond fod yn eglur arni ei bod wedi camu i fyd lle nad oedd iddi na lle na diddanwch.

Aeth Alfan â hi i'r Cymun yn y bore, a daethant yn ôl heb arwydd fod y Cymun wedi gwneud dim i'w hysbryd-oedd. Fe dreuliwyd gweddill Sul y Pasg yn gwrando ar recordiau ac yn darllen, pob un yn ôl ei chwaeth. Disgyn-nodd y nos amhersonol dros y dydd gwyn a'i sgubo at ei ragflaenwyr i wyll pob angof.

Fe gododd Ceridwen fore Llun wedi'i thiwnio i ladd. Uwchben y cawg ymolchi, o flaen y drych ymdrwsio, adolygodd y dasg o'i blaen yn fathemategol oer. Cyn y disgynnai nos arall fe fyddai wedi croesi'r ffos olaf a orweddai rhyngddi a byw. Nid tasg hawdd oedd llofruddio, yn enwedig fel y llofruddiai hi heddiw. Ond o beidio â bod yn sentimental, ac o beidio â meddwl am y gosb i ddod, yr oedd modd llwyddo. Ni feiddiodd hi feddwl am beidio â llwyddo. Rhoes y minlliw ar ei gwefusau gyda mwy o ofal nag arfer.

Yr oedd pethau o'i thu. A hithau'n Ŵyl Banc, nid oedd Tomos yn dod. Yr oedd Martha'n mynd i dreulio'r pnawn gyda'i chwaer. Yr oedd Alfan yn mynd i Fôn i ddarlithio ac ni fyddai'n ôl tan drannoeth. Fe fyddai hi a Nesta ar eu pennau'u hunain yn y tŷ, ac fe fyddai dwyawr yn ddigon. Cymerodd ddigon o amser i osod tonnau'i gwallt.

Yr oedd i fywyd ei riwiau a'i oriwaered. A'i wastadeddau, bid siŵr. Fe fu hi ar un o'r gwastadeddau'n ddigon hir. Byw fel dol mewn tŷ dol moethus, heb ddim yn y byd i'w blino ond bod heb bwrpas. Ceredig yn atgof a rhwystrediqaeth yn gwmni, a bodoli dow-dow o ddydd i ddiflas ddydd. Yn awr, fe ddaeth dringo sydyn, brwydr ac ymdrech a gwobr i giprys amdani. Tro i ferddwr ei bywyd, mellt yn ei gwaed, hallt a melys a chwerw wedi'r diflas hir. Ac wyneb yn wyneb â'r dasg heddiw, er cased ydoedd, er diefliced, yr oedd hi'n teimlo tang antur ar awel y môr drwy'r ffenest, ac yr oedd hi o'r diwedd wyneb yn wyneb â pheth a'i profai, o ba beth y gwnaed hi, i ba beth y bu.

Aeth i lawr i frecwast.

Yr oedd Nesta, mewn siwmper wlân wen at ei gwddw, yn anwylach ddiniweitiach nag a fu o gwbwl, yn oen Pasg gwyn mewn corlan yn ddiarwybod o drannoeth y cigydd. Yr oedd ei genau bach gwynion a'i hatebion bach petrus yn arfogaeth dila rhag unrhyw feddwl cryfach, cyfrwysach, na'r eiddi hi. Ac ni chafodd un cyfle i baratoi, i fod yn barod, dim siawns i ystumio'i honestrwydd i gyfarfod ag onestrwydd aeddfetach, i gau'i diffuantrwydd o gwmpas peth y mynnai diffuantrwydd mwy cymhleth ei ddwyn oddi arni. Bwytaodd, yfodd, ymgomiodd, gyda dim ond anesmwythyd lle y dylai fod arni ofn. Ei hunig wendid oedd bod yn syml; ei hunig bechod oedd caru dyn nad oedd ganddi ddim i'w roi iddo ond cariad. Mesurodd Ceridwen y pethau hyn ynddi heb ildio modfedd. Nid oedd yr hyn a wnâi iddi ond trugaredd â hi yn y pen draw, pan ddôi'r eneth yn ddigon hen i weld.

Aeth Martha o'r tŷ tua dau. Aeth Alfan tua thri. Yr oedd hi ei hun gyda Nesta yn y tŷ, ac nid oedd neb o gwmpas i weld nac i glywed dim.

Pan aeth i mewn ati i'r lolfa, yr oedd yr eneth yn darllen cylchgrawn.

'Mae arna i eisiau gair â chi, Nesta.'

Cododd yr eneth ddau lygad mawr. Yr oedd ei diniweidrwydd yn mynd i fod yn niwsans. Eisteddodd Ceridwen gyferbyn â hi.

'Rydech chi'n caru Alfan yn fawr iawn, on'd ydech chi, Nesta?'

'Odw'n ofnadw.'

'Sut gariad sy gennoch chi tuag ato?'

'Wel . . . cariad, am wn i. Jyst cariad.'

'Fyddech chi'n dweud mai lles Alfan ydi'r peth pwysica mewn bywyd i chi?'

'Mi wnawn i rywbeth er mwyn Alfan.'

'Beth ydi'r aberth mwya wnaech chi er ei fwyn o?'

'Aberth . . .?'

Gostyngodd Ceridwen ei llygaid.

'Fyddech chi, Nesta, yn barod i'w roi o i fyny pe gwyddech chi y bydde fo'n hapusach?'

Chwiliodd yr eneth ei hwyneb.

'Ei adael e . . . ŷch chi'n feddwl?'

'Dyna ydw i'n feddwl, Nesta.'

'Sa' i'n deall pam rŷch chi'n gofyn, Ceridwen.'

'Na hidiwch am funud.'

Byddai'n rhaid ei threio o gyfeiriad arall.

'Wn i ddim ydech chi'n sylweddoli, Nesta, dyn mor fawr ydi Alfan i fod? Roeddech chi'n dweud y bore o'r blaen nad ydech chi ddim yn deall llawer ar farddoniaeth, yn enwedig ei farddoniaeth o. Erbyn hyn, rydw i'n eich credu chi. Peidiwch â'i gymryd o'n angharedig, ond mae'n gwestiwn gen i a ddowch chi byth i synhwyro rhin barddoniaeth Alfan yn iawn. Dydi o ddim yn eich natur chi.'

'Odych chi'n meddwl 'ny, Ceridwen?'

'Dech chi'n gweld, mae rhai wedi'u gwneud i farddoni a

rhai wedi'u gwneud i werthfawrogi barddoniaeth, a rhai wedi'u gwneud yn y fath fodd nad ydi barddoniaeth yn golygu dim iddyn nhw. Fedran nhw mo'r help, a dydyn nhw ddim yn ddwl. Ond fel yna y gwnaed nhw.'

'Rwy'n deall.'

'Wel rŵan, ydech chi'n meddwl, Nesta, ei bod hi'n iawn i fardd mawr ei glymu'i hun wrth wraig nad ydi barddoniaeth yn golygu fawr ddim iddi, na all hi ddim mynd efo fo i'w fyd?'

'Mae Alfan yn dweud nad yw e ddim gwahaniaeth.'

'Mae Alfan yn dweud hynny rŵan, yn ei gariad cynta, pan mae'n eich gweld chi'n achlysurol. Fydd o'n dweud hynny wedi deng mlynedd o fyw efo chi?'

'Sa' i'n gwybod . . .'

'Roedd yn ddrwg gen i am a ddigwyddodd fore Sadwrn, Nesta. Roeddech chi'n amlwg allan o'ch dyfnder pan oedden ni'n trafod barddoniaeth Alfan. Fuon ni ddim yn deg efo chi. Fe fu Alfan yn gas efo chi. Fe aiff yn gasach fel yr aiff o'n hŷn—'

'Chi'n meddwl?'

'A pheth arall. Fe fydd pob math o bobol, Nesta, yn mynnu trafod ei farddoniaeth o efo chi. Ei edmygwyr o, ei feirniaid o, gwŷr y wasg—pobol fydd yn disgwyl i chi, ei wraig o, o bawb, ddeall ei farddoniaeth o a medru'i hegluro hi. Ac fe fyddwch chi'n teimlo o hyd ac o hyd fel yr oeddech chi'n teimlo fore Sadwrn—'

'O, na!'

Yr oedd yr eneth yn edrych yn wir ddychrynedig erbyn hyn.

'Ond falle y galla i ddysgu, Ceridwen?'

'Mae 'na adnod . . . hwyrach eich bod chi'n ei chofio hi . . . "A newidia'r Ethiopiad ei groen neu'r llewpard ei frychni?" Mae barddoniaeth neu ddiffyg barddoniaeth yn gymaint rhan o natur rhywun â lliw ei groen. Fedrwch chi ddim newid eich natur.'

Syllodd yr eneth hwnt ac yma.

'Ga i ofyn cwestiwn arall, Nesta?'

'Beth?'

'Allech chi gynnal Alfan?'

'Ei gynnal e . . .?'

'Fyddech chi'n barod i ganlyn ymlaen â'ch gwaith yn y siop ar ôl priodi, er bod gennoch chi blentyn neu ddau i'w magu, er mwyn i Alfan gael bod gartre drwy'r dydd i lenydda?'

'Wnes i ddim meddwl am hynna. Ond fydde Alfan ddim am roi'i waith lan yn yr ysgol—'

'Byddai, rwy'n meddwl, pe gallai'i wraig ei gynnal o. Fydde fo byth yn gofyn hynny ganddoch chi, wrth gwrs.'

Myfyriodd yr eneth am funud ac yna dweud,

'Mi fyddwn i'n barod i wneud pe . . . pe cawn i waith gwell. Odych chi'n meddwl, Ceridwen, y gallwn i gael gwaith â mwy o gyflog?'

'Mae'n amheus gen i, Nesta.'

'Faint o gyflog fydde eisie imi'i ennill i'w gadw e?'

'I'w gadw o'n gysurus, pymtheg, ugain punt yr wythnos.'

Ymollyngodd yr eneth a'i hwyneb tlws wedi hagru.

'Byth,' meddai. 'Fe fyddwn i'n folon gweithio 'nwylo'n rhacs i gynnal Alfan, os ŷch chi'n dweud y dylwn i, ond . . . allwn i byth ennill cymaint â hynna. Mi allwn i'i gynnal e pe bawn i'n gyfoethog fel chi . . .'

Edrychodd i fyny.

'Petai Alfan yr un oedran â chi, ac yn eich priodi chi, fe allech *chi*'i gynnal e'n hawdd, on' gallech chi?'

Nodiodd Ceridwen.

'Rydw i'n barod i'w gynnal o rŵan, yn yr oedran ydi o.'

Am y tro cyntaf, aeth rhywbeth tebyg i ddealltwriaeth dros wyneb yr eneth.

'Rŷch chi . . . rŷch *chi*'n barod i briodi *Alfan*?'

Nodiodd Ceridwen eto.

'Rydw i'n barod i wneud unrhyw beth alla i i roi'r cyfle iddo wasanaethu Cymru.'

'Ond . . .' Siglodd yr eneth ei phen. 'Fe allech chi roi popeth iddo, wrth gwrs, ar un olwg . . . ei gynnal e fel gŵr bonheddig, y tŷ 'ma, eich llyfrgell, ei stafell e . . . wrth gwrs . . . a deall ei waith e hefyd . . . rwy'n dechre gweld pethe'n awr . . . Ond . . . O, na, Ceridwen, mae'r peth yn amhosibl.'

'Pam?'

'Pam? Dŷch chi ddim o ddifri, odych chi?'

'Rydw i cymaint o ddifri, Nesta, ag ydech chi.'

'Ond . . . fe fydde'n rhaid ichi'i garu e.''

'Byddai.'

'Dŷch chi . . . ddim *yn* ei garu e, odych chi?'

Osgôdd Ceridwen ei llygaid.

'Rydw i'n barod i wneud hynny hefyd, os bydd raid.'

'Ond rwy *i*'n ei garu e, Ceridwen. Wyddoch chi ddim beth mae hynna'n ei feddwl. Alla i ddim â byw hebddo . . . does gyda chi ddim syniad—'

'Nac oes?'

'Wrth gwrs nag oes gyda chi ddim syniad. Peth rhwng pobol ifenc yw cariad; rŷch chi wedi mynd heibio'r oedran i bethe fel'na. Rwy i'n caru Alfan. Mae e'n bopeth i fi.'

Tynhaodd Ceridwen ei gwefusau.

'Mae'n bosibl eich bod chi'n iawn, Nesta. Ond mae'n amlwg mai meddwl amdanoch eich hun yr ydech chi. Roeddwn *i*'n meddwl am Alfan. Os gellwch chi'i gynnal o'n gysurus, fel na fydd raid iddo feddwl am ddim ond y cyfraniad mawr sy ganddo i'w wneud i lenyddiaeth, ac os gellwch chi fforddio llyfrgell iddo a dodrefnu stafell weithio iddo, a'i ddioddef o pan fydd o'n gas a pheidio â chymryd atoch pan fydd pobol yn trafod ei waith o efo chi—popeth yn iawn. Lles Alfan oedd gen i mewn golwg, dyna i gyd.'

Bu'r eneth yn ddistaw am sbel. Lleithiodd ei llygaid ychydig, crynodd ei gwefusau unwaith neu ddwy. Ac yna torrodd i lawr. Symudodd Ceridwen ati a rhoi'i braich am ei hysgwyddau. Ni cheisiodd yr eneth ei gwthio i ffwrdd. Gadawodd Ceridwen iddi lefain am ychydig, ac yna dweud,

'Nesta annwyl, mi wyddwn y gwelech chi reswm—'

Yna cododd yr eneth o'i gafael a sefyll a'i chefn ati yn y ffenest.

'Dwy' i ddim yn gweld rheswm,' criodd. 'Ceisio hala ofan arna i rŷch chi. Alla i ddim â dadle â chi. Rŷch chi'n rhy glefer i fi. Rwy i'n dwp, rwy'n gwybod, ond chewch chi ddim hala ofan arna i.'

'Fe fyddwch chi'n ddiolchgar imi ryw ddiwrnod—'

'Na fyddaf. Fydda i byth yn ddiolchgar ichi. Rŷch chi'n jelws wrthon ni sy'n ifanc am ein bod ni'n ifanc. Ond chewch chi ddim dod rhynton ni. Wnaiff Alfan ddim gadel ichi. Roedd Alfan a finne'n hapus gyda'n gilydd nes detho i 'ma. O, rŷch chi'n fenyw ofnadw!'

'Rydech chi'n gadael i sterics eich dallu chi, Nesta—'

'Sterics?'

Yr oedd dau lygad yr eneth yn ddwy fellten yn eu dagrau.

'Rŷch chi am gymryd popeth sy gyda fi oddi arna i, ac rŷch chi'n synnu 'mod i'n mynd i sterics. Beth ŷch chi'n disgwyl imi wneud? Wherthin?'

Cododd Ceridwen i ymresymu ymhellach â hi, ond trodd yr eneth a mynd o'r ystafell. Clywodd hi'n mynd i fyny'r grisiau a drws ei stafell wely'n cau. Clensiodd Ceridwen ei dwylo yn ei gilydd a'i methiant yn ei bwyta. Yr oedd hi wedi haeddu llwyddo. Yr oedd hi wedi cynllunio i lwyddo. Rhegodd fywyd a rhegodd ragluniaeth ac fe'i rhegodd ei hun am fethu. Yr oedd rhyw gam gwag yr oedd hi wedi'i roi yn rhywle a phe cawsai'r awr ddiwethaf yn ôl fe gerddai'n wahanol. Ond nid oedd amser byth yn dod yn ôl. Fel pe na bai dim wedi digwydd, cerddodd yn fwriadus at y piano. Cododd ei gaead. Eisteddodd wrtho. Canodd 'Noctwrn Alfan'.

# 43

Rywbryd ganol nos deffrôdd Ceridwen. Rywle yn un o'r llofftydd yr oedd rhywun yn wylo. Cododd ar ei heistedd. Methodd am funud â chofio dim. Ond fel y dad-gymylodd ei meddwl daeth y diwrnod cynt yn ôl. Ni ddaethai Nesta i lawr i de nac i swper. Anfonodd Martha i fyny â bwyd iddi. Yr oedd Martha wedi cerdded hyd y tŷ a'i cheg yn fygythiol dynn. Yr oedd y lle wedi bod fel lleiandy a'i leianod wedi addunedu mudandod.

Cododd Ceridwen a gwisgo'i gŵn llofft. Agorodd y drws a cherdded yn ddistaw draed-sanau ar hyd y pen-grisiau at ddrws stafell wely'r ymwelwyr. Nesta oedd yn wylo, gallai nabod ei llais. Yr oedd llais arall yno hefyd. Agorodd y drws yn araf, a gwelodd Nesta a'i phen ar ysgwydd Martha ac yn beichio crio. Trodd Martha pan glywodd y drws yn agor, ac yr oedd ei hwyneb yn dalp o her.

'Beth sy'n digwydd yma?' ebe Ceridwen.

'Rwy'n synnu atoch chi, Mrs Morgan.'

'Am beth, Martha? Yn eich gwely y dylech chi fod, beth bynnag.'

'Mae'r stori ddwedodd Miss Nesta wrthw i wedi codi gwallt 'y mhen i. Alla i ddim credu y gallech chi o bawb wneud beth wnaethoch chi.'

'Gwell ichi fynd i'ch gwely, Martha. Mi siarada i â Nesta.'

'O, na, Martha, peidiwch â 'ngadel i,' llefodd yr eneth. 'Peidiwch â ngadel i, plîs.'

'Mae ar y ferch fach eich ofan chi, Mrs Morgan.'

'Ofn y tŷ sy arni. Ofn nos.'

'Os felly, gwell imi gysgu yma gyda hi.'

'Ddim heb 'y nghaniatâd i, Martha.'

'Rwy'n cysgu yma gyda hi, caniatâd neu beidio.'

'Rydech chi'n fy herio i, Martha?'

'Ydw.'

'Rydech chi'n mentro.'

'Ddim mwy nag ŷch chi. Naill ai rwy i'n cysgu yma gyda Miss Nesta heno neu rwy'n gadael y tŷ bore fory. Dewiswch chi, Mrs Morgan.'

Clywodd Ceridwen dymer yn dringo drwyddi ac yn llosgi'i hymennydd fel gwirod. Ond fe wyddai fod Martha wedi'i threchu. Gydag un gipolwg lofruddiog ar y ddwy ar y gwely, trodd, a mynd yn ôl i'w stafell ei hun.

Bore trannoeth pan gododd, yr oedd Nesta i lawr o'i blaen, wedi cael brecwast ac wedi gwisgo i fynd allan.

'Bore da, Nesta.'

'Bore da.'

'Ydech chi'n gadael?'

'Rwy'n mynd adre.'

'Fe fydd Alfan yma ymhen yr awr.'

'Rwy'n mynd cyn iddo ddod. Dwy' ddim am weld Alfan eto.'

'Ond roeddwn i'n meddwl—'

'Does gyda fi ddim parch i chi am beth wnaethoch chi. Ond rwy wedi sylweddoli'r un pryd taw chi sy'n iawn. Alla i byth â gwneud gwraig i Alfan.'

'Nesta fach—!'

'Os ŷch chi am ddiolch i fi, peidiwch. Nid gwneud cymwynas â chi'r ydw i. Dwy' ddim yn credu y gwnewch chithe wraig i Alfan chwaith. Ond os byddwch chi, rwy'n gobeithio . . . y byddwch chi'n hapus . . .'

Yr oedd wyneb yr eneth fel y galchen, ond yr oedd ei llygaid yn sych, fel tir cras a fo'n gwrthod y glaw.

'Nesta, wnewch chi gymryd anrheg gen i? Mi garwn i wneud eich colled chi i fyny—'

'All arian ddim gwneud 'y ngholled i lan. Peidiwch â 'nghlwyfo i ddim rhagor.'

'Gadewch imi ffonio am Jim, beth bynnag, i fynd â chi at y trên.'

'Mae'n well gen i gerdded. Diolch i chi.'

A chyda'r gair, heb edrych arni, cychwynnodd Nesta a'i bag yn ei llaw i lawr y dreif, yn ffigur pathetig mewn siwt las ddel.

# 44

Gorweddodd Ceridwen yn ôl ar y glwth i ddisgwyl Alfan. Yr oedd yr egwyl felodramatig ar ben, a gallai'n awr fynd yn ôl i fyw ar ei lefel ei hun. Yr oedd yn resyn dros yr eneth fach, ond yr oedd ganddi ddigon o flynyddoedd o'i blaen i ailgydio mewn byw. Nid oedd hi yng ngefel canol oed, yn colli'i hud ar ddynion a'i natur yn gwrthod ildio. Fe gâi hi gariadon eto. Fe ddôi dynion eraill i'w bywyd, a'i chusanu, a mynd. Ac fe fyddai siom serch yn brofiad iddi. Yr oedd siom serch yn brofiad i bawb. Ryw ddiwrnod, pan fyddai'n hapus fel na allai ond merch fel hi fod yn hapus, fe fyddai'n ddiolchgar i Ceridwen am ei hachub o fydysawd lle nad oedd lle i'w thebyg hi, na diddanwch. Fe ddôi i wybod, fel na wyddai'n awr, mai byd mewn gwyll oedd y byd artistig, lle'r oedd y felan yn niwl parhaus ac anniddigrwydd yn haul ac anobaith yn lleuad. Ryw ddiwrnod fe wybyddai mai'r cyfan a gollodd wrth golli Alfan oedd siom, a blinder, a phoen.

Pan glywodd Alfan yn dod i mewn cododd Ceridwen a chymryd arni fod yn gynhyrfus, a mynd i'r neuadd i'w gyfarfod.

'Alfan, mae Nesta wedi mynd.'

Trodd ef ati.

'Wedi mynd?'

'Fe aeth yn sydyn efo'r trên ddeg.'

'Roddodd hi reswm?'

'Dim, ond fod arni eisiau mynd adre.'

Aeth ef heibio iddi ac i'r stydi.

'Oni bai 'mod i wedi cael taith lwyddiannus ac wedi blino,' meddai, 'mi fyddwn i'n grac.'

'Dydech chi ddim yn "grac"?'

'Faint gwell fyddwn i? Dwy' i ddim yn deall menywod. Tebyg 'mod i wedi gwneud rhywbeth i ddigio Nesta, er na wn i ddim beth. Os do-fe, alla i ddim â'i beio hi am fynd.

Ond mae cwerylon fel hyn wedi bod o'r blaen ac wedi dibennu'n iawn. Fe ddibenna hwn yn iawn eto.'

'Rydw i'n eich edmygu chi, Alfan, am fod mor dawel.'

'Rŷch chi'n edmygu popeth yno' i, on'd ŷch chi? Mi garwn i weithiau pe medrwn i wneud rhywbeth i beri ichi 'nghasáu i  Mae i ddyn gael ei edmygu'n awtomatig ddydd ar ôl dydd heb wneud dim i beri edmygedd yn anniddorol, ac yn anghreadigol.'

'Rydw i'n eich caru chi, Alfan.'

'Gadewch e i fod.'

Tynnodd ef un o'r *Cymru Coch* oddi ar ei silff a'i agor ar y ddesg ac ymgolli ynddo. Symudodd hi'n araf ato o'r tu ôl, a gwthio'i llaw ddwywaith neu dair trwy'i wallt. Yr oedd yn eiddo iddi'n awr. Pan sylweddolodd ef beth yr oedd hi'n ei wneud, trodd arni'n chwyrn.

'Beth sy'n bod arnoch chi, Ceridwen? Does dim hawl gyda chi i gyffwrdd yno' i.'

'Rydech chi'n 'y nhynnu i, 'nghariad i.'

'Ewch nawr, rhowch lonydd imi.'

'Rydw i'r meddwl amdanoch chi ddydd a nos.'

'Rŷch chi n eich brifo'ch hunan heb achos. Mae'r chwarter canrif yna'n wal rhyngon ni, rwy wedi dweud wrthych chi o'r blaen. El wch chi ddim neidio wal fel honna heb frifo.'

'Rydech chi yn 'y nyled i, Alfan.'

Sobrodd ef.

'Ydw, mi wn, ond . . . mi dala i ichi mewn unrhyw ffordd arall, ond nid—'

Safodd hi a'i llaw ar ddwrn y drws.

'Fe dalwch chi, Alfan, yn y ffordd y bydda i'n dewis.'

Caeodd y drws arno, ei charcharor hi. Yfory, fe anfonai Martha a Tomos i dacluso'r Bwthyn.

# 45

Pan gafodd Alfan y llythyr oddi wrth Nesta yr oedd fel dyn mewn breuddwyd. Gwrthododd ei frecwast, safodd yn hir yn ffenest y stydi a'i dalcen ar y gwydr, yn edrych allan i'r môr.

'Dowch, Alfan, dydi'r byd ddim ar ben.'

Ni chlywodd mohoni. Daliodd i sefyll yno heb symud, wedi'i rewi'n gerflun, pob gewyn ynddo wedi marw. Daliodd i syllu i'r môr, fel petai popeth a oedd o bwys wedi'i gladdu dan y gwastadedd dulas. Ymhen hir a hwyr dywedodd, heb symud dim ond ei wefusau,

'Roeddwn i'n ei charu hi.'

Meddyliodd Ceridwen, wrth edrych arno'n sefyll yno'n ddisymud, am y myrdd dynion o ddechrau amser a oedd wedi'u dadrithio fel y dadrithiwyd ef. Y rhai a adeiladodd ddelwau iddynt eu hunain o'r hyn y mynnent i'w cariadau fod, ac a dybiodd dros amser fod yr hon a garent a'r hyn a garent yn un. Y myrdd a ddelfrydodd ferch, a'i goreuro, a gwisgo'i gwendidau â sidanau'u serch fel na welent mo'r cnawd ynddi a'r twyll sydd yn genni mewn cnawd. Ac a wnaethant â duwiau hefyd, ac â mudiadau ac â ffasiynau yr hyn a wnaethant â'u merched, eu gweld fel nad oeddent, ac ymnoddi ynddynt, a'u dryllio ganddynt. Gwyn fyd pwy bynnag a allodd fynd yn ei ddellni i'w fedd, a allodd gredu yn rhagoriaeth ei gariad, yn hollallu'i dduw, ym mherffeithrwydd ei fudiad, hyd nes y peidiodd ag anadlu a chlywed a gweld. Hwy a adeiladodd y ddaear, y rhai a fedrodd gadw'u twyll yn ddianaf i'r diwedd. A'r lleill, a ddidwyllwyd, hwy oedd ei halen, yn hallt ar freuddwydion dynoliaeth, yn llosgi yn ei briwiau, yn puro. Ac yr oedd Alfan yn halen y ddaear.

'Alfan.'

Ni throdd mo'i ben.

'Alfan, mae'n rhaid ichi ddygymod.'

Trodd o'r diwedd, ac edrych arni.

'Roeddwn i'n ei charu hi,' meddai eto, fel dyn wedi dysgu adnod.

Tywalltodd Ceridwen goffi du a rhoi'r gwpan yn ei ddwylo. Rhoddodd ef y gwpan wrth ei wefus, a phrofi, a rhoddodd hi i lawr heb yfed.

'Roeddwn i wedi amau droeon,' meddai, fel dyn yn siarad drwy'i hun, 'ei bod hi'n rhy dlws i bara. Roedd hi fel blodyn; blagurodd hi'n sydyn yn 'y mywyd i, a nawr does dim ond ei haroglau hi ar ôl. Fydd hi byth mor dlws i neb arall ag oedd hi i mi. Does gyda neb arall y llygaid i weld.'

'Na hidiwch, Alfan—'

'Roedd rhai yn dweud nag oedd dim yn ei hymennydd hi. Fel petai hynny'n ddiffyg. Ond nid diffyg oedd e. Roedd hi'n ddigon syml i fod yn annwyl, ac yn ddirodres. Ac yn anhunanol, wa'th doedd ganddi ddim dawn fawr i'w gwneud hi'n bwysicach yn ei golwg ei hunan na'r bobol o'i chwmpas hi. Mi fyddwn i wedi bod yn dyner ohoni, pe bawn i wedi cael. Mi fyddwn wedi nyrso'i symylrwydd hi a dod yn ôl i'w hanwyldeb hi o bobman. Fe fydde hi'n wraig berffaith i mi.'

Safodd yn sydyn.

'A myn Duw, fe gaiff hi fod.'

Trodd.

'Pa bryd mae'r trên nesaf i Gaerdydd?'

Cododd Ceridwen a rhoi'i llaw ar ei fraich.

'Peidiwch â bod yn fyrbwyll, Alfan. Chewch chi ddim derbyniad gancddi—'

'Mi ymresyma i â hi.'

'Fe wnewch eich hun yn beth sâl yn ei golwg hi. Does gan ferch ddim parch i ddyn sy'n ei hymlid hi. Credwch fi, mi wn i sut y mae meddwl merch yn gweithio.'

'Ond cyw Nesta ddim yr un peth—'

'Ydi. Mae Nesta'r un peth. Yr un peth yden ni ferched i gyd.'

Syllodd Alfan arni'n dywyll.

'Dŷch chi, Ceridwen, ddim am ·weld Nesta a finnau gyda'n gilydd, ydych chi?'

Siglodd ei phen yn garedig.

'Rydw i am weld unrhyw beth a'ch gwna chi'n hapus, Alfan. Ond dydw i ddim am eich gweld chi'n cael eich brifo. Gwrandewch arna i. Does ar Nesta mo'ch eisiau chi. Gadewch iddi feddwl nad oes arnoch chi mo'i heisiau hi.'

'Ydych chi'n meddwl y daw hi'n ôl?'

'Hwyrach. Os anwybyddwch chi hi.'

Symudodd Alfan oddi wrthi, fel dyn yn dechrau cerdded ar ôl cystudd. Crwydrodd ei fysedd ar hyd y llyfrau yn ei ymyl. Tynnodd o'i silff *Yr Haf a Cherddi Eraill*. Agorodd ef, a darllen.

> '*Tafl y cwpan odanad,*
> *Nid yfi'n hir dy fwynhad.*'

'Mae 'na well llinell yn y llyfr at eich pwrpas chi,' meddai Ceridwen. '*Boed anwybod yn obaith.*'

Cododd ef ei ben.

'Am beth?' meddai'n bell. 'Mae rhai sy'n gobeithio cael byw, mae rhai sy'n gobeithio cael marw. Mae'n rhaid i ddyn obeithio am rywbeth. Gobaith ffŵl yw gobaith gwag.'

Cydiodd hi yn ei law a'i dynnu.

'Dowch,' meddai, 'peidiwch â threthu'ch meddwl rŵan o bob adeg. Fe awn ni at y piano. Mae miwsig cystal meddyg â dim.'

# 46

Tynnodd Ceridwen y siwt o'r drôr. Yr oedd aroglau lafant arni braidd yn drwm, ond yr oedd fel newydd. Dim ond unwaith neu ddwy yr oedd Ceredig wedi'i gwisgo cyn ei waeledd olaf. Hon oedd amdano pan aeth i'r Bwthyn y tro olaf hwnnw. Yr oedd ei deunydd a'i thoriad yn bopeth y gellid ei ddisgwyl. Ni fyddai Ceredig byth yn prynu dim ond y gorau.

Galwodd ar Alfan. Yr oedd hwnnw er y dydd y cafodd y llythyr weci bod fel mynwent. Yr oedd yn hawdd ei drin, yn rhy hawdd, ar wahân i bwl neu ddau o regi cwbwl annhebyg iddo ef. Wedi'r pyliau fe fyddai'n ymdawelu ac yn suddo'n ôl i'w iselder diwaelod. Nid oedd yn darllen dim, nac yn sgrifennu dim. Yr unig beth a'i tynnai fymryn ohono'i hun oedd iddi hi ganu'r piano iddo. Ond ni allai ganu'r piano'n ddiderfyn. Pan rôi hi'r gorau iddi fe lithrai yntau o'i gafael drachefn.

'Oeddech chi'n galw?'

'Oeddwn, Alfan. Mae arna i eisiau ichi drio'r siwt 'ma amdanoch.'

'Ond does arna i ddim angen siwt.'

'Na hidiwch. Triwch hon am funud. Ewch â hi i'ch stafell a dowch yn ôl pan fyddwch chi'n barod.'

Aeth yntau'n llywaeth, a'r siwt ar ei fraich. Fe dynnai hi'r gwelwder o'i wyneb. 'Nghariad i, meddai, mi wna i ddyn ohonot ti cyn y machluda'r haul deirgwaith eto. Fydd Nesta'n ddim ond enw iti, rhywbeth ddigwyddodd iti ganrifoedd yn ôl, rhywbeth ddarllenaist ti mewn nofel. Fe ddoi di i mewn imi fel llong i borthladd, a'r stormydd i gyd y tu ôl iti. Mi felysa i dy gwpan di, does gen ti ddim syniad faint. Mae d'adolesens di bron ar ben, rwyt ti ar drothwy d'aeddfedrwydd, a'r fath aeddfedrwydd! Efo fi, fe gei di Gymru lengar gyfan wrth dy draed. Fydd y beirdd a fu yn ddim ond cysgodion pan gerddi di ar lwyfan dy genedl. Ac ni waeth i'r beirdd a fydd beidio â bod. Mi aeddfeda i dy fawredd di fel aeddfedu gwin cyn ei gostrelu. Mae'r eples bron ar ben. Rwyt ti wedi dioddef, ond cyn pen tridiau fe fydd dy ddioddef di'n ystyr i gyd. Fe fydd pob deilen yn Nyffryn Llangollen yn gwybod pan gyrhaeddi di. Pan anwyd fi danyn nhw, fe wydden mai dim ond hanner person a anwyd. Pan ddoi di, fe fyddan yn gwybod bod y person yn gyfan, ac fe guran eu dwylo gwyrdd.

'Ydych chi'n bles?'

Trodd hi, a chyffroi. Oni bai am yr wyneb teimladwy a'r trwch gwallt cringoch, fe allai dyngu mai Ceredig oedd yno o'i blaen. Yr oedd y siwt yn ffitio Alfan mor berffaith. Trodd ei chefn arno.

'Tynnwch hi rŵan a gadewch hi ar eich gwely. Mae eisio'i heirio hi.'

Gwyddai, heb edrych, ei fod yn petruso cyn mynd. Pan aeth, agorodd hi ddrôr arall. Yr oedd crys nos i Ceredig yn rhywle, a oedd amdano noson Y Bwthyn. Un sidan du gydag ymyl wen. Yr oedd hi'n siŵr ei fod yma. Cododd bentwr o grysau, a chafodd ef. Aeth ias anghynnes drwyddi wrth ei gyffwrdd, wrth gofio. Rhoddodd ef o'r neilltu. Yr oedd gan Ceredig ŵn llofft hefyd, un brocâd porffor. Rhaid chwilio am hwnnw . . .

Wedi cael pentwr o bethau Ceredig, cymerodd allwedd fechan a datgloi'r drôr fach o dan y drych. A'i bysedd yn crynu er ei gwaethaf, tynnodd allan flwch bach du, a thynnu anadl ddofn cyn ei agor. Nid oedd wedi'i agor ers cyn iddo ef farw, ers cyn iddo fynd yn orweiddiog. Agorodd y blwch, a syllu ar y fodrwy ynddo fel ar neidr. Modrwy ddyweddïo Ceredig. Y fodrwy a oedd i ddod â chymaint hapusrwydd iddi, a ddaeth â chymaint loes. Fe gâi'r fodrwy ail gyfle. Nid oedd i fethu y tro hwn.

Pan aeth â'r dillad i lawr i'r gegin i'w hawyru, syllodd Martha arnynt gyda pheth syndod.

'Dillad Mr Morgan?'

'Ie, Martha.'

'Dŷch chi ddim yn mynd i 'madael â nhw?'

'Rydw i'n eu rhoi nhw i Mr Ellis. Roedd Mr Morgan ac yntau'r un faint.'

Yr awgrym ar wyneb Martha oedd mai ychydig iawn o ddyrion oedd yn deilwng i wisgo dillad Mr Morgan, ac mai go brin yr oedd Alfan yn un ohonynt. Ni ddywedodd ddim, a throdd yn ôl at ei smwddio.

'Oedd Y Bwthyn yn weddol deidi, Martha?'

'Mae'n deidiach nawr nag oedd e.'

'Roesoch chi'r dillad eiri ar y gwely?'

'Do, a photeli dŵr twym ynddyn nhw. Maddeuwch i fi am ofyn, Mrs Morgan. Odych chi'n mynd i aros yn Y Bwthyn eich hunan?'

'Nac ydw. Mae Mr Ellis yn dod efo fi.'

Rhoes Martha'i haearn smwddio i lawr.

'Ocych chi a Mr Ellis yn mynd i aros yn Y Bwthyn gyda'ch gilydd?'

Rhoes Ceridwen chwerthiniad cwta.

'Wna i ddim aros yno fy hun, ar ôl noson y storm y llynedd. Peidiwch â phoeni, mae'n debyg mai yn y *Collen Arms* yr arhoswn ni'n dau.'

'Mi allwn i feddwl, wir. Mrs Morgan, mae gen i rywbeth y mae'n rhaid i fi'i ddweud.'

'Ewch ymlaen.'

Lledodd Ceridwen y dillad ar y lein uwch y gegin.

'Fe ddaeth Tomos mewn bore heddi a dweud, os byddech chi'n . . wel, mae'n beth personol ofnadw . . .'

'Fydd dim byd yn syndod i mi.'

'Na, wel . . . fe ddwedodd, os byddech chi'n priodi Mr Ellis, y bydde fe'n rhoi notis.'

'Mae wedi dweud rhywbeth tebyg o'r blaen, on'd ydi?'

'Odi, ond roedd e'n dweud yn fwy penderfynol heddi. Mae rhywbeth yn benderfynol yn Tomos.'

'Wel, mae o yn ymyl riteirio, p'un bynnag.'

338

'Mae wedi bod yn weithiwr da ichi, Mrs Morgan.'

'Da iawn. Dydi o ddim yn hoff iawn o Mr Ellis, nac ydi?'

'Falle nag yw e. Teimlo mae e, rwy'n credu, na alle fe ddim gweld neb yn fishtir yn Nhrem-y-Gorwel ar ôl Mr Morgan.'

'A beth amdanoch chi, Martha?'

Pesychodd Martha'n anghysurus.

'Wel . . . gan eich bod chi'n gofyn, Mrs Morgan, teimlo rhywbeth yn debyg rwy inne.'

'Fyddech *chi*'n rhoi notis, Martha, pe bawn i'n priodi Mr Ellis?'

'Licwn i ddim dweud yn bendant nawr—'

'Ond fe wnaech.'

'Falle gwnawn i.'

'Wel, dyna fi'n gwybod ymhle rydw i'n sefyll, beth bynnag,' ebe Ceridwen, yn gorffen sythu'r dillad. 'Rydw i'n rhydd i ddewis, o leia. Mr Ellis . . . neu Tomos a chi. Peth creulon ydi rhyddid weithiau, Martha.'

# 47

Yr oedd y ffordd i'r Bwthyn yn hwy nag a fu erioed o'r blaen. Er bod y car yn esmwyth fel gwely, ac er bod cywion gwyddau ar yr helyg a gwylanod ar y ffriddoedd yn llachar gan haul, ni welodd Ceridwen ddim ynddynt ond dodrefn creal. Yr oedd ei synhwyrau hi wedi mynd o'i blaen i'r Bwtyn, ac yno'n carpedu'r tawelwch ar gyfer ei chariad a hithau.

Edrychodd ar ei chariad. Yr oedd ef yn edrych ar y gwylanod a'r cywion gwyddau. Hwyrach ei fod yn eu gweld a hwyrach nad oedd. Yr oedd y cywion gwyddau'n felyn fel gwallt Nesta a'r gwylanod yn wyn fel ei dannedd. Tebyg mai Nesta a fu gydag ef ar hyd y daith, gan mor ddistaw ydoedd. Ymladdodd Ceridwen yn erbyn yr ofn ei bod wedi methu wedi'r cyfan. Nid oedd y marw'n marw wrth farw, fe wyddai hi. Yr oedd yn amlwg nad oedd yr anwylyd yn cilio wrth gilio chwaith. Yr oedd grym mewn cas a chariad a wnâi i'r hwn a gaseid a'r hon a gerid fyw, a byw'r hir, wedi iddynt beidio. Nid oedd dim ond amser hollalluog a allai'u rhoi i orffwys, ond yr oedd cas a chariad a oedd yn drech hyd yn oed nag amser.

'Mae'r gaea'n para'n hir, on'd ydi, Alfan?'

'Yn hwy nag arfer, Ceridwen.'

Fe fynnai hi drechu, fodd bynnag. Nid oedd ei hymdrech hithau yn erbyn cig a gwaed, ond yn erbyn atgofion, yn erbyn dylanwadau, yn erbyn awyrgylchoedd, yn erbyn syniadau'n cysylltu ac yn cyfuno ac yn creu syniadau newydd cyfrwysach, cieiddiach na hwy'u hunain. Siawns eiddil oedd gan un cnawd yn erbyn haid o haniaethau wedi magu bob un ddyfnder a dwyster personoliaeth ac yn ymdrefau o'i hôl ac o'i blaen ac o'i chwmpas ac yn bwriadu difodiant. Ond fe fynnai hi drechu.

'Rydech chi'n edrych yn well heddiw, Alfan.'

'Dyw golwg ddim yn bopeth.'

Yr oedd ei sioc gyntaf ef wedi'i adael ac wedi rhoi'i lle i hunandosturi. Fe allai hunandosturi roi lle i surni, a surni i anghyfrifoldeb. Gorau oll, os gallai hi lywio'r anghyfrifoldeb i'w chyfeiriad hi. Fe ddywedodd Idris wrthi rywdro iddo ef, pan gwerylodd Mair ag ef un noson yn Llundain cyn iddynt briodi, fynd i dreulio'r noson gyda phutain. Yr oedd gwaeth ffyrdd i natur gwryw ddial sarhad. Gobeithiodd fod gwrywdod Alfan yn debyg.

'Oes arnoch chi isio bwyd, Alfan?'

'Wn i ddim. Efallai y bydd, pan wela i beth sydd i'w fwyta.'

'Fyddwn ni ddim yn hir eto.'

Yr oedd Dyffryn Llangollen yn dadlapio o drofa i drofa, a'r coedwigoedd noethion yn cracio'r haul hyd y llech-weddau. Yma y ganwyd hi, ac y dysgodd hi gerdded, a galw 'dada' a 'mama' a chanu 'Iesu Tirion' am bisyn tair. Yma y darllenodd hi *Gwen Tomos* dan y dderwen fawr ar hirddydd haf a mynnu aros ar ei thraed nes meistroli'r *Blue Bells of Scotland* ar yr hen biano, a sefyll o flaen drych hir y wardrob â'r crac ynddo yn hanner-rhyfeddu, hanner-arswydo wrth y datblygiadau dieithr yn ei chorff deuddengoed. Oddi yma y cychwynnodd hi i'r coleg un diwrnod heulog, oer, a'r dail yn diferu oddi ar y coed, wedi dadrowlio carped coch dros nos o'r tŷ i'r ffordd iddi gerdded hyd-ddo i ddal y bws i fywyd.

Yr oedd hi'n dod yn ôl yn awr i gyflawni'i thynged. Y nwyd a ddeffrôdd ynddi gyntaf rhwng y llethrau hyn, yr oedd hi'n dod adref i'w digoni. Pa atgofion bynnag oedd yn Y Bwthyn, yr oedd yr atgofion eraill, atgofion y ffriddoedd a'r coed a'r afon, o'i thu bob un. Eu plentyn hwy oedd hi, ac fe fyddent yn annwyl ohoni. Bychan a wyddai Ceredig pan brynodd Y Bwthyn ei fod yn mentro i'w chadarnle hi. Os bu ef yn feistr arni yno, ni fyddai'n feistr am byth. Yr oedd y dyffryn ynddi hi fel yr oedd hi yn y dyffryn; y bywyd a dyfodd ei goed a'i weiriau, ac a yrrocd ei afon i lawr am ganrifoedd dros graig a charreg, a roes fod idci hithau. Rhyngddynt, fe drechent Geredig. Ac fe godai haul ac fe godai lleuad ar ei Dyffryn hi, heb fod Ceredig o fewn ei derfynau i drwblo mwy.

# 48

Cawsant bryd yn Y Bwthyn, Alfan a hithau, cyn anfon Jim yn ôl i Gaerwenlli. Yr oedd Martha pan fu yma wedi tynnu'r llwch oddi ar bopeth, ac oddi ar lun Ceredig ac wedi'i roi'n ôl yn ei le ar ganol y silff-ben-tân. Nid oedd hi am i Ceridwen anghofio'r hwn a'i gwnaeth, beth bynnag oedd ei chynlluniau pellach.

Ar ôl cinio fe wnaeth Ceridwen i Alfan wisgo siwt Ceredig, hyd yn oed y crys a'r tei a'r esgidiau a fu am Ceredig pan oedd yma y tro olaf.

'Ond Ceridwen, dwy' ddim yn deall y gêm.'

'Mi eglura i ichi heno. Mi ddweda i'r stori i gyd wrthoch chi heno. Gwisgwch nhw rŵan petae ddim ond i 'mhlesio i.'

Yr oedd Alfan yn ddiewyllys fel cwch heb lyw, ac fe'u gwisgodd. Yr oedd yn union fel yr oedd hi am iddo fod, yn glai yn ei dwylo. Yr oedd pob ildio iddi yn ei chynhesu, yn ei chynhyrfu. Aethant allan am dro i fyny'r llwybr i ben y mynydd.

Cydiodd hi ym mraich Alfan wrth fynd i fyny, a gadawodd ef iddi. Ni chafodd gyffwrdd ynddo fel hyn o'r blaen, ac yr oedd yn drydan. Dringo, heb siarad, i fyny dros y gwreiddiau noethion a thros yr asennau craig yn ymwthio i wyneb y llwybr. Dan y cangau mawr cynnar, rhwng y perthi moelion pigog, drwy un llidiart gam a thrwy un arall rydlyd, i fyny i'r fan sydyn agored lle cythrodd y gwynt i'w gwalltiau, lle'r oedd y gwynt yn gyrru seirff tywyll drwy'r grug wrth ei rannu.

Yno, wrth y llidiart uchaf honno, fe safodd Ceridwen. Yma, cyn iddi briodi, pan ddaeth Ceredig ar ei ymweliad cyntaf â'i chartref yn Llwyn-y-Barcud draw yn y mynydd, a sefyll, a gweld oddi yma y rhyfeddod o ddyffryn ag ydoedd, y cusanodd Ceredig hi. Yma, yn ifanc, yn rhamantus ennyd gan degwch bro a thegwch ei gariad ynghyd. Yma, cyn i'r byd ailgydio ac ailfasnachu'i fymryn enaid, bu'i wefusau'n feddal fel y dylai gwefusau fod. A hithau, a'i hieuenctid ar dân, yn ymddiried ei hyfory i'r teicŵn gyda'r cusan hwnnw.

'Alfan, mae arna i eisiau ichi 'nghusanu i yn y fan yma.'

'Pam yn y fan yma?'

'Na hidiwch pam. Trystiwch fi. Fan yma, Alfan.'

Trodd tuag ato, a chydio yn ei ddwy fraich ddifywyd. Syllodd yn wastad i'w lygaid poenus, a'u tynnu. Cerddodd ei bysedd i fyny'i freichiau nes cyfarfod y tu ôl i'w ben, a'i dynnu tuag ati. Yr oedd ei wefusau ar y cyntaf yn galed ac yn oer. Yna, clywodd hwy'n llacio, meddalu, cynhesu. Clywodd ei freichiau yntau'n cloi amdani. Cyfarfu'r newyn ynddi hi â'r siom serch ynddo yntau ac fe'i clywodd ei hun yn suddo i fôr o gusan diwaelod.

Rhyddhaodd ei gwefusau i anadlu, a sibrwd,

'Eto, Ceredig. Ddaw Nesta ddim yn ôl.'

Ac yr oeddent yn ôl yn y cusan drachefn. Yn ddyfnach . . . ddyfnach . . . ddyfnach . . . Daeth Ceridwen ati'i hun a gweld cymylau gwynion yn yr awyr las uwch ei phen a chlywed braich Alfan yn esmwyth rhyngddi a rheiliau celyd y llidiart. Yr oedd Alfan yn syllu arni, ei lygaid yn newydd a'i wefusau'n lleithion ac yn anadlu'n gyflym.

'Rydech chi'n gariad, Alfan. Beth am y chwarter canrif 'na rŵan?'

Hanner-wenodd ef.

'Wyddoch chi, Ceridwen, taw "Ceredig" galwoch chi fi gynnau fach?'

Ymsythodd hi.

'Chreda i mohonoch chi.'

'Mae'n wir. Doeddwn i ddim yn rhy anymwybodol i glywed.'

'Mae'n ddrwg gen i . . . am y camgymeriad. Dowch, fe awn ni'n ôl.'

Aethant yn ôl, drwy'r llidiart rydlyd, i lawr drwy'r mwsog

mynydd, drwy'r llidiart gam, i lawr y llwybr dros yr asennau craig, dros y gwreiddiau noethion. Yr oedd Alfan yn cerdded ychydig o'i blaen yn awr, wedi ysgafnu. O'r tu ôl, yn y dillad amdano, petai'i ben yn fwy crwn, petai'i wallt fymryn tywyllach, Ceredig fyddai. Yr oedd bron yr un osgo wrth gamu dros y gwreiddiau, wrth ddal ei freichiau o boptu i gadw'i gydbwysedd. Yn rhyfedd iawn, i fyny yna ar y mynydd, wrth y llidiart, fe ddigwyddodd rhywbeth. Yr oedd hen gusan Ceredig yn yr un fan flynyddoedd yn ôl wedi peidio â brifo. Yr oedd rywfodd wedi ymgymysgu â chusan diwenwyn Alfan, ac yr oedd hi'n cael na allai'n awr wahaniaethu'n glir rhwng y ddau. Gwyrodd i lawr, a chodi carreg fechan, a'i thaflu'n chwareus at gefn Alfan. Trawodd y garreg ef yn ei feingefn, a throdd.

'Pam y gwnaethoch chi hynna, Ceridwen?'

'Ond Alfan, chwarae roeddwn i.'

'Ŷch chi'n sicir? At beth roeddech chi'n taflu'r garreg? Ataf i, ynte at y dillad sy amdana i?'

'Dydw i . . . dydw i ddim yn siŵr.'

Erbyn meddwl, doedd hi ddim yn siŵr. Carreg fechan oedd hi, ac yn chwareus y taflwyd hi. Ond erbyn meddwl, yr oedd hi'n rhyw synhwyro mai o ddwfn ei hisymwybod y daethai'r garreg, o'r echdoe arteithiol hir. A'i hechdoe a'i hisymwybod oedd yn ei harwain hi bellach, yn ei gyrru'n hytrach, trwy wyll nad oedd hi'n ei ddeall, tua rhyw olau nad oedd hi'n credu ynddo, y golau anniffodd anweledig a elwir gobaith.

# 49

Ar ôl swper eisteddodd y ddau yn y gwyll yn siarad am hyn ac arall, popeth ond y peth o'u blaenau, beth bynnag oedd hwnnw. Yr oedd hi'n gynhyrfus i gyd ac yn ceisio celu'r cynnwrf y tu ôl i frawddegau fflat, stacato. Sylwodd fod Alfan yn ceisio'i gadw'i hun yn llonydd, fel dramodydd yn gwylio drama o'i waith ei hun ac yn gwybod bod llygaid ei gyfeillion arno.

'Dyffryn tawel ydi hwn. Distaw,' meddai Ceridwen.

'Ie,' meddai Alfan, 'yr un peth ag oedd e cyn i ddynion ddod, a'u sŵn a'u pechod—'

'Pam pechod?'

'Dim, ond ei fod e'r unig beth nodweddiadol o ddynion, am wn i.'

'Rydw i'n credu mai dychymyg ydi o.'

'Ydi beth?'

'Pechod.'

'Os ŷch chi'n credu hynna, Ceridwen, rŷch chi'n colli'ch synnwyr cyfrifoldeb moesol. Mae'n rhaid bod rhyw bethau'n iawn a rhyw bethau heb fod yn iawn, ac os yw dyn—neu fenyw—yn ymroi i'r pethau sy heb fod yn iawn, beth galwch chi'r ymroi hwnnw ond "pechod"? Mae'n rhaid cael rhyw enw arno.'

'Does gan artist ddim busnes.'

'Ddim busnes i beth?'

'I wahaniaethu rhwng pechod a beth sy ddim.'

'Mae'n rhaid iddo—'

'Mae'i natur o'n rhy eang. Rhy lawn o gydymdeimlad.'

'Ond fe all fod â chydymdeimlad â'r pechadur heb fod â chydymdeimlad â phechod.'

'Jargon pulpud.'

Tawodd Alfan. Buont yn fud am sbel, ac yna gofynnodd Ceridwen yn sydyn,

'Ydech chi'n credu mewn ysbrydion?'

Dyfalodd Alfan.

'Wel, charwn i ddim gwadu'u bod nhw. Welais i'r un erioed, er i 'Nhad dyngu'i fod e un tro wedi gweld ysbryd lawr y pwll, un o'i gydweithwrs e laddwyd mewn tanad.'

'Oedd eich tad efo fo pan laddwyd o?'

'Oedd, pam rŷch chi'n gofyn?'

'Wnaeth eich tad bopeth fedre fo i achub y dyn?'

Edrychodd Alfan arni.

'Rŷch chi'n awgrymu taw cydwybod 'y nhad greodd yr ysbryd.'

'Wn i ddim. Os oedd yr ysbryd yn ysbryd dialgar, fe dynnodd eich tad i'r un diwedd, hwyrach. Fe laddwyd eich tad yn y pwll hefyd, on'd do?'

'Dwy' ddim yn credu mewn pethau fel'na. Hawyr bach, mae'n afiach.'

'Mae bywyd wedi bod yn ffeind wrthoch chi.'

'Ffeind?'

'O, mi wn i nad ydech chi ddim yn teimlo hynny ar hyn o bryd, ond does gennoch chi ddim profiad o ddim na feder rheswm ei esbonio.'

'Pam, ydych *chi* weld gweld ysbryd 'te?'

'Mae'n amser gwely,' ebe Ceridwen.

Yn gyfrwys, yn lle trydan, goleuodd hi ganhwyllau, a'u gosod un yma, un acw, yn y ddwy ystafell. Melynodd y goleuon simsan y muriau a'r dodrefn, a gadael y conglau'n dywyll lle y gallai unrhyw beth lechu. Yr oedd yn olau i greu rhamant neu i greu arswyd.

'Fe ellwch ddadwisgo rŵan, Alfan. Gwisgwch y crys nos du yma, a'r gŵn llofft brocêd porffor sy ar y gwely yn y stafell nesa.'

'Ble mae'ch gwely chi?'

'Mi wna i wely i mi fy hun yma tra byddwch chi'n dadwisgo.'

Aeth Alfan drwy'r cysgodion i'r stafell arall, a golau gwan y stafell honno'n meinhau fel y caeodd ei ddrws.

347

Cododd Ceridwen a'i dadwisgo'i hunan. Gwisgodd ei choban nos o sidan lliw clared, a chribo'i gwallt yn gyrls rhydd. Agorodd botel fach o bersawr a brynodd ym Mharis ar gyfer y noson hon, a fu heb ei hagor tan heno, a dabiodd beth o'r persawr ar ei chlustiau, dan ei cheseiliau, ar ei bron.

Galwodd ar Alfan.

Agorodd drws y stafell arall a safodd Alfan yn y sgwâr golau melyn.

'Dowch i mewn,' ebe Ceridwen. 'Does arnoch chi ddim ofn?'

Daeth Alfan drwodd a syllu o'i gwmpas.

'Am beth rydych chi'n chwilio?' gofynnodd hi.

'Dŷch chi ddim wedi gwneud gwely i chi'ch hunan fel y dwedsoch chi.'

'Mae gen i stori amser gwely i'w dweud wrthoch chi'n gynta. Dowch i eistedd fan yma, ata i.'

Daeth ef yn betrus, yn arswydus debyg i Ceredig yn y gŵn brocâd porffor, yn enwedig pan oedd ei wyneb yn gysgod uwchlaw'r golau cannwyll. Yr oedd ei chalon hi wrth ei weld yn curo ddigon i'w thagu. Tynnodd ef i lawr i'w hymyl ar y soffa. Yr oedd yntau'n edrych arni ac yna oddi wrthi, yn amlwg ar drothwy rhywbeth nad oedd hyd yn oed ei ddychymyg toreithiog ef erioed wedi'i wynebu'n iawn.

'Mi wyddoch, Alfan,' meddai hi, 'imi fod yn briod unwaith.'

'Gwn,' meddai yntau.

'Roeddwn i'n ei garu o'n enbyd nes dadrithiwyd fi.'

Ni ddywedodd Alfan ddim, dim ond plethu a dadblethu'i fysedd. Aeth hithau rhagddi.

'Dyn caled oedd o. Dyn busnes dienaid. Ond roedd ei ddawn o i wneud arian ac i reoli pobol, a'r ysblander o'i gwmpas o, wedi mynd yn gyfaredd arna i. Roedd popeth roedd o'n ei gyffwrdd, fel Midas, yn troi'n aur. Mi es i'n wallgo amdano. Ddwedais i mo'r pethau yma wrth neb o'r blaen.'

Edrychodd Alfan arni a gostwng ei lygaid drachefn. Ail-ddechreuodd blethu a dadblethu'i fysedd.

'Welais i mo'no fel yr oedd o nes 'mod i wedi'i briodi o, ac wedyn roedd hi'n rhy hwyr. Ym Mharis, ar ein mis mêl, yn yr hotel, fe ddwedodd . . . fe ddwedodd . . .'

'Beth, Ceridwen?'

'Wel, fe ddwedodd "Nid er mwyn art yr ŷch chi'n mynd i fyw o hyn allan, Ceridwen, ond er mwyn busnes. Cofiwch bob amser taw'r peth sy'n talu sy'n cyfri, nid y peth sy'n neis." Mi laddodd 'y nghariad i'n farw pan ddwedodd o hynna.'

'Ond . . . fe adawodd ichi ymhél ag art?'

'O, mi gefais i'r piano gorau y gallai arian ei brynu, ac roeddwn i'n cael gwahodd beirdd ac arlunwyr . . . roedd o'n eu gwahodd nhw'i hun . . . roedd o'n hoffi pobol alluog o'i gwmpas. Ond os soniwn i am gadw cyngerdd, roedd o'n mynd yn wallgo. Mi fygodd 'y nghyfraniad cyhoeddus i. Fe'i claddodd o dan feddfaen o grandrwydd di-greu.'

'Mae'n flin gen i amdanoch chi, Ceridwen, ond alla i ddim gweld beth sy a wnelo'ch gorffennol anffodus chi â fi.'

'Dydech chi ddim wedi clywed y cwbwl. Mi'i dioddefais o am rai blynyddoedd. Roedd o'n blino cymaint yn ei waith ac yn cael y fath foddhad yn ei fusnes, roedd o'n llonydd yn ei wely. Ond ar yr adegau prin . . . roedd o'n atgas. Mi'i dioddefais o, fel y dwedais i, cyhyd ag y gallwn i, ond o'r diwedd mi es i'm gwely fy hun. Faddeuodd o byth imi, ac mi aeth i edliw imi 'mod i'n ei osgoi o am fod arna i gywilydd 'mod i'n amhlantadwy. Ac yna fe aeth yn wael.'

Yr oedd Alfan yn astud erbyn hyn.

'Ei galon o, meddai'r meddygon. Pan aeth yr ymosod-iadau'n amlach, fe riteiriodd. Fe gododd Drem-y-Gorwel, ac fe aethom yno i fyw. Mi es i gysgu yn ei lofft o rhag ofn i'r ymosodiadau ddod. Ond fe ddechreuodd fanteisio ar hynny, a gwneud niwed iddo'i hun yn y fargen. Mi es i gysgu yn y llofft lle rydech chi rwan, a gadael 'y nrws yn agored, a rhoi cloch iddo wrth ei wely. A dweud y gwir, doedd dim llawer o wahaniaeth gen i p'un a fydde fo byw neu farw. Wedyn, fe brynodd y Bwthyn 'ma.'

Cododd hi, ac aeth i eistedd ar gadair gyferbyn ag Alfan.

'Roedd hi'n noson debyg i heno, yn nechrau Ebrill. Does neb yn cofio ond y fi, ond yr ydw i'n cofio'n iawn. Ar gyfer heno oedd hi.'

Yr oedd Alfan yn edrych yn rhyfedd arni, ac yn brathu'i wefus.

'Fe fynnodd inni'n dau ddod yma, er 'y ngwaetha i. Dianc heb i'r meddygon wybod. Fe helpodd Lewis fi i ddod ag o i fyny—Lewis oedd yn gyrru'r car inni'r adeg honno —ac wedyn fe aeth Lewis i aros yn y *Collen*. Fe gawsom swper, fe dynnodd o amdano a gwisgo'r crys nos a'r gŵn sy amdanoch chi rwan—'

Rhythodd Alfan.

'Y rhain hefyd!' meddai.

'Ac mi wisgais innau'r goban 'ma sy amdana i. Roedd o'n gorwedd ar y soffa lle rydech chi rwan. Mi ddwedais i wrtho fod arna i eisiau'r soffa i wneud gwely i mi fy hun. Ac fe aeth yn lloerig. Mi ddwedodd nad oeddwn i ddim wedi bod yn wraig iddo, bod yn fwy na thebyg 'mod i'n cario 'mlaen efo dynion eraill ac yntau'n wael—doedd dim gwir yn hynny—ac mi gododd a dod amdana i a gweiddi y dangosai imi pwy oedd piau fi petai'r peth ola wnâi o. Canhwyllau oedd gennon ni y noson honno fel sy gennon ni heno, roedd y trydan wedi methu. Rydw i'n cofio achos mi drawodd y gannwyll oedd wrth eich penelin chi fan yna wrth godi, a'i diffodd hi.'

'Rydech chi'n cofio pob dim,' meddai Alfan.

'Mi waeddais i arno i gofio am ei galon, ond fuasai waeth imi weiddi ar y gwynt. Mi gydiodd yno' i, a 'nghodi i, a 'ngharic i i'r stafell 'na—wn i ddim sut, ac yntau yn y cyflwr yr oedd o—ac wedyn . . . O'r nefoedd, alla i ddim meddwl . . .'

Yr oedd wedi cuddio'i hwyneb â'i dwylo.

'Peidiwch, Ceridwen, rŷch chi'n eich dryllio'ch hunan.'

'Mae'n rhaid imi ddweud. Roeddwn i'n ymladd yn ei erbyn o, ond roedd o'n gry fel deg. Mi . . . mi roth ei ddwylo am 'y ngwddw i, a gwasgu . . . Pan oeddwn i'n llipa, bron yn anymwybodol, fe'm treisiodd i. Chafodd o ddim boddhad achos fe'm trawodd i lawer gwaith ar draws 'y ngwyneb, ac wedyn . . . pan oedd o'n codi, dyma fo'n rhoi gwaedd—mi alla i 'i chlywed hi rŵan—ac mi ddisgynnodd dros erchwyn y gwely, a phan edrychais i, dyna lle roedd o a'i ewinedd yn ei frest a'i wyneb yn ddu las . . . yn ofnadwy.'

Caeodd ei llygaid am eiliad rhag yr atgof.

'Yn lle gadael iddo farw mi rois dabled iddo, a rhoi dillad drosto lle roedd o, taro cot dros 'y nghoban a mynd i lawr i'r ciosg yn y drofa i deleffonio am feddyg, ac wedyn i'r *Collen* i nôl Lewis.'

'Da am ddrwg . . .' murmurodd Alfan.

'Mi fu byw am flwyddyn ar ôl hynny. Neu'n hytrach, mi fu farw am flwyddyn, achos tra oedd o yn y llofft ofnadwy 'na yn Nhrem-y-Gorwel, roeddwn i'n gallu mynd allan weithiau a'i anghofio. Ond cyn gynted ag y bu o farw, roedd o ym mhobman. Mae o wedi 'nilyn i ar hyd y pum mlynedd ddiwetha 'ma, does neb ŵyr, fedra i ddim bwyta nad ydi o'n eistedd wrth f'ochr i, fedra i ddim canu'r piano nad ydi o'n sbio arna i dros ben y piano, fedra i ddim deffro'r nos nad ydi o yno, yn 'y nhreisio i, yn 'y nghuro i . . . Ac yma . . . Pan ddo i yma, mae yntau yma . . . mae o yma'n fwy nag yn unman arall, am mai yma y . . . y daru o . . . O Alfan!'

'Am mai yma y torrodd e'ch ysbryd chi. Ceridwen, pam rŷch chi'n dweud hyn?'

Cydiodd hi ynddi'i hunan, ac wedi tawelu beth, atebodd,

'Am ei fod o wedi dweud peth arall. Y peth ola ddwedodd o fel cig a gwaed. "Wnewch chi ddim priodi eto, Ceridwen. Er y bydda i yn fy medd, mi fydda i'n eich rhwystro chi . . ."'

'Ddwedodd e hynna?'

'Do, fe ddwedodd. Roedd o'r dyn mwya cenfigennus, mwya meddiannus, welais i erioed. Roedd ei genfigen yn rhy gry i farw efo fo. Mae o wedi 'nilyn i fel pâr o lygaid ers . . . Fe'm rhwystrodd i, wrth gwrs, nes daethoch chi. Roedd yr atgof . . . y noson honno . . . yn ddigon i wneud imi gasáu meddwl am gyffwrdd â dyn byth. Ond pan ddaethoch chi . . . rydech chi wedi trechu'r atgasedd hwnnw . . . rydech chi wedi gwneud imi unwaith eto fod isio byw.'

'Ceridwen, peidiwch â dibynnu arna i—'

'Rydw i *yn* dibynnu arnoch chi, Alfan. Chi ydi'r unig un bellach feder f'achub i rhagddo fo.'

'Ond all neb eich achub chi ond chi'ch hunan. Rhaid ichi'i drechu e yn eich meddwl eich hunan—'

'Mi wnaf, efo'ch help chi. Dyna pam, Alfan, yr ydw i wedi gwneud ichi wisgo'i ddillad o. Rydw i'n gofyn ichi actio'r noson honno drosodd eto yn ei manylion i gyd, a'r tro yma, yn lle'i bod hi'n artaith fe fydd hi'n orfoledd. Pan wêl o chi, yn ei ddillad o, yn llwyddo lle methodd o, ac yn 'y nghipio i oddi arno o flaen ei lygaid, fe'i trechir o i'w dragwyddol orffwys. Ac mi ga innau lonydd i fyw.'

'Dduw mawr,' meddai Alfan yn ddistaw. 'Ond,' meddai'n uwch, 'dewiniaeth yw peth fel hyn. Alla i ddim cymryd rhan ynddo, wa'th dwy' i ddim yn credu mewn dewiniaeth. Rwy'n eitha parod i wneud unrhyw beth fel jôc—'

'*Jôc* . . .?'

'Ie, ond pan yw'r peth yn fater bywyd i un ohonon ni, dyw e ddim ond cabledd. Dwy' i ddim yn credu bod eich gŵr chi yma, a phetai e yma, dwy' i ddim yn credu taw hon yw'r ffordd i'w drechu e—'

'Alfan.' Yr oedd ei llais hi fel iâ. 'Mi wnewch chi'n union fel yr ydw i'n dweud. Mae Ceredig yma, ac rydech chi a finnau'n mynd i'w drechu o. Rydw i wedi edrych ymlaen at y noson yma'n fwy nag y gellwch chi na neb arall ddychmygu. Rydw i wedi gwybod trwy reddf nad oes ond y ffordd yma i fywyd. Rydw i'n eich caru chi, rydw i'n caru'r ddaear dan eich traed chi, ac ildia i monoch chi i ddyn nac i ddiawl. Chi'n unig feder f'achub i o'i afael o, ac fe wnewch. Cyn hynny, mae 'na un peth arall.'

Estynnodd flwch bach du oddi ar lintel y ffenest rhwng y llenni. Aeth i eistedd ar y soffa yn ei ymyl, ac agorodd y blwch. Rhythodd Alfan ar y fodrwy.

'Dyma'r fodrwy roddodd o ar 'y mys i pan ofynnodd imi'i briodi o. Wrth y llidiart yn y mynydd lle cusanoch chi fi y pnawn 'ma.'

'Oedd y cusan hwnnw hefyd yn rhan o'r ddrama?' meddai Alfan yn araf.

'Roedd y cusan hwnnw hefyd yn rhan o'r feddyginiaeth. Wnewch chi gymryd y fodrwy yn eich llaw?'

Yn awtomatig estynnodd ef ei law am y fodrwy, a thynnodd hi'n ôl.

'Does a wnelof fi ddim â modrwy dyn arall.'

'Does gen i ddim dewis felly ond ei rhoi hi yn eich llaw chi.' Rhoes hi'r fodrwy rhwng ei fysedd. 'Wnewch chi 'mhriodi i, Alfan?'

Darllenodd ef hi'n wyllt â'i lygaid. Yr oedd fel dyn yn mynd o'i go'. Edrychodd tua'r drws, yna'n ôl ati hithau, yna ar y fodrwy. Cododd yn sydyn a mynd drwodd i'r stafell arall.

'Alfan, ble'r ydech chi'n mynd?'

Dim ateb o'r stafell arall. Cododd hi a mynd drwodd ar ei ôl.

'Alfan, beth . . .?'

Yr oedd yn tynnu'i ddillad amdano dros ei grys nos.

'Beth ydech chi'n wneud?'

Nid oedd yn ei hateb. Nid oedd yn edrych arni. Yr oedd yn gwthio i bethau i'w fag. Rhuthrodd hi ato a chydio yn ei fraich. Gwthiodd ef hi i ffwrdd yn arw.

'Mae'n ddrwg gen i, Ceridwen. Alla i wneud dim ichi.'

'Ond—'

'Mae'n flin calon gen i amdanoch chi. Rŷch chi wedi diodde mwy na'r un wraig y gwn i amdani. Ond mae gyda fi fy mywyd fy hun i'w fyw. Alla i mo 'nghlymu fy hun am oes wrth seicopath—'

'Seicopath!'

'Rwy'n ddiolchgar ichi am bopeth wnaethoch chi imi—'

'Chithau eto—'

'Ond rŷn ni wedi dod i'r groesffordd, a man hyn mae'n llwybrau n 'n gwahanu.'

Cipiodd ei fag oddi ar y gwely a symud tua'r drws. Ceisiodd hi'i ddilyn, ond yr oedd plwm yn ei chymalau.

'Alfan . . .'

'Da boch chi, Ceridwen.'

A chaeodd ddrws yr ystafell arni. Rhwygodd hi'i thraed o'r llawr a 'hedeg at y drws. Ceisiodd ei agor ond yr oedd Alfan wedi i glymu o'r tu arall â rhywbeth, gallai'i glywed y tu arall yn gwneud rhywbeth . . .

'Alfan!'

All neb wneud peth fel hyn a dianc. All neb ysbeilio meddwl a thwyllo cnawd a mynd heb ei gosbi. Amddifadu'r weddw a gadael yr unig, ei gadael yn ysbail ysbrydion, i grafangau'r fwlturiaid-atgofion a'u hadenydd yn curo, dyrnu, tabyrddu'n ddi-baid ar y drysau eiddil, ar y muriau, ar y ffenestri. All neb wneud hyn ac anghofio, mynd, dihengi heb losgi o'r goddaith a gynheuodd, gadael y weddw yn uffern lle mae'r eneidiau coll yn crio, yr ysbrydion yn dynesu, y fwlturiaid yn tyrru, yn tywyllu'r ffenestri . . .

'Alfan!'

Dim ateb, dim ond sŵn pethau'n symud, siffrwd dillad a halogwyd gan nwyd heb ei phuro gan foddhad, pechod a arhosodd yn bechod yn y meddwl, nas sancteiddiwyd gan weithred, sŵn sibrwd meddyliau'n pwyllgora ac yn chwalu rhwng y parwydydd tywyll, crawcian greddfau ar eu cythlwng, hisian breuddwydion a dwyllwyd, udo gobeithion dan draed dreng, a dyddiau'r gobeithio wedi tyrru'n dwr amddifad llygatrwth ac yn dyheu ac yn crynu dan y ddyrnod ac yn troi'n newynog i ffwrdd . . .

'Alfan!'

Torrodd rhywbeth, ac agorodd y drws a'i gyrru'n bendramwnwgl ar lawr y stafell. Cododd ac aeth drwodd i'r stafell arall. Dim Alfan. Dim golau. Dim. Ymbalfalodd am fatsys. Dim matsys. Ymbalfalodd am swits. Llond stafell o olau trydan. Glân. Oddi wrth gliced y drws y daeth drwyddo, cordyn gŵn llofft yn hongian, y clymodd Alfan y drws ag ef yn ei herbyn. Agorodd y drws allan. Nos dywyll. Sŵn gwynt. Sŵn afon. Sŵn . . . sŵn traed yn rhedeg, ymhell . . . bell . . . bell . . . Chwarddodd. Daeth yn ôl i'r tŷ a chwarddodd. Gorweddodd ar y soffa a chwarddodd.

Peidiodd â chwerthin. Dim isio chwerthin. Isio meddwl. Anodd meddwl. Methu meddwl. Codi llygaid. Ceredig ar y silff-ben-tân. Yn sbio. Dal i sbio . . . ers blynyddoedd . . . ers erioed . . . cyn erioed. Rwyt ti yma o hyd, y syrffed. Ddoe. Heddiw. Am byth. Am dragwyddoldeb. Wna i ddim ymladd yn d'erbyn di ddim chwaneg. Rydw i wedi blino. Cymer fi os oes arnat ti f'isio i. Mae Alfan wedi 'ngadael i. Mae pawb wedi 'ngadael i. Pawb ond ti. Cymer fi gan fod arnat ti gymaint o f'isio i . . . cymer fi . . . cymer fi . . .

# 50

Deffro. Agor llygaid. Golau dydd. Rhywun yn y drws. Dau. Martha a Jim. Martha'n cythru amdana i.

'O, Mrs Morgan fach, odych chi'n iawn? Caewch y drws 'na, Jim, cyn iddi sythu i farwolaeth. O'r mawredd, dyma olwg ar le! Mrs Morgan, ŷch chi'n iawn? Dyna sy'n bwysig.'

'Ydw i, Martha. Ydech chi?'

'Odw i, diolch.'

Martha'n edrych yn rhyfedd. Beth sy'n bod arni? Yn edrych i ffwrdd. Martha'n dweud,

'Cyneuwch y gas 'na, Jim, da fachgen, os oes matsys 'da chi. Rhaid inni gael bobo ddysgled o de cyn mynd o'ma, ta beth. O, fe'i ca's y crwt 'na hi gen i.'

'Do, Martha, dŷch chi wedi dweud dim arall ar hyd y ffordd.'

'Yr Alfan Ellis 'na'n ei gadel hi man hyn ar ei phen ei hunan drwy'r nos a hithe'n drysu yn ei synhwyre. Beth alle hi ddim bod wedi'i wneud iddi'i hunan?'

'Ie, rŷch chi'n reit.'

'Odych chi wedi dodi'r tecil 'na mla'n?'

'Odw. Fydd e ddim dwy funud.'

'Reit. Fe wnila' i'r cwpane a'u dodi nhw ar y ford.'

Martha'n mynd o gwmpas y tŷ. Prysur . . . brysur . . . Wyneb Jim yn dod rownd dros ei ysgwydd fel hanner lleuad ac yn sbio. Pam mae Jim yn sbio? Ydw i'n ddeniadol i Jim? Rhy hwyr, was i. Mae Ceredig Morgan wedi bod o dy flaen di. Jim yn gwenu. Bachgen neis ydi Jim. Dim ond tu ôl i'w ben o rŵan. Martha'n mynd . . . mynd . . . mynd . . . O, 'nhen i!

Cwpanaid o de yn ei llaw. Poeth. I lawr 'y mherfedd i. Martha'n dweud,

'Odych chi'n siŵr eich bod chi'n gynnes, Mrs Morgan?'

'Ydw. Ydech chi'n olreit, Martha?'

Martha'n sbio.

'Odw i.'

'Rydech chi'n ffwndro, Martha.'

'Y fi . . . odw i?'

Jim yn sbio hefyd. Beth sy ar bawb yn sbio, sbio? Fel pobol mewn seilam. Mae eisiau edrych ar eu holau nhw. Mi edrycha i ar eu holau nhw. Chaiff neb mo'u . . . mo'u . . .

'O, Mrs Morgan fach, peidiwch â chodi'n syden fel'na. Fe haloch chi ofan arna i. 'Shgwlwch, rŷch chi wedi colli te hyd eich ffrog. Na feindiwch, mi sycha i hwnna'n awr.'

Martha'n sbio ar Jim. Jim yn sbio ar Martha, Sbio, sbio . . .

# 51

Mynd am reid mewn car.

'Dyma gar cyfforddus, Martha. Pwy bia fo?'

'Chi'ch hunan, Mrs Morgan. Dŷch chi ddim yn ei nabod e?'

'O, on'd ydw i'n lwcus? Nid pawb sy â char fel hwn.'

'Nage'n wir.'

Yn gyfforddus yn ymyl Martha. Piti'i bod hi'n ffwndro. Hen eneth ffeind hefyd.

'Wyddoch chi rywbeth, Martha?'

'Na wn i. Beth?'

'Rydw i'n mynd i briodi.'

'Erioed! Wel dyna neis. Odw i'n ei nabod e?'

'Na, dydw i ddim yn meddwl. Ceredig Morgan ydi'i enw o—'

Beth sy ar Martha?

'Dyn ifanc glân iawn. Lot o bres hefyd, meddan nhw. Ond mae pobol yn siarad, on'd ydyn?'

'Odyn . . . maen nhw . . .'

'Pam ydech chi'n crio, Martha?'

'O, dwy' ddim yn llefen . . . Tipyn o ddrafft yn tynnu dŵr o'n llyged i, dyna i gyd. Mi gaea i'r ffenest 'ma, welwch.'

Martha'n cau'r ffenest. Hen eneth ffeind hefyd. Piti.

'Pa bryd mae'r briodas i fod, Mrs Morgan?'

'Yfory.'

'O, ie-fe?'

'Rydw i wedi ordro'r blodau. Costiwm fydd gen i, wrth gwrs, dim ffýs. Mi ddylwn i weld y gweinidog hefyd.'

'O, fe ddaw Mr Owen i'ch gweld chi, rwy'n siŵr. Mi ffonia i amdano pan gyrhaeddwn ni'n ôl. Faint o bobol fydd 'da chi, Mrs Morgan?'

'Pobol? Gwahoddedigion?'

'Gwahoddedigion, ie.'

'Dim ond . . . dim ond Dr Pritchard ac . . . Idris Jenkins . . . Diar, rydw i wedi anghofio anfon atyn nhw—'

'O, mi adawa i iddyn nhw wybod, Mrs Morgan, peidiwch chi â becso.'

'A Tomos a chithe.'

'Wel?'

'Tomos a chithe.'

'O, yn wahoddedigion?'

'Nage, yn was a morwyn.'

'Wel, diolch yn fawr, Mrs Morgan. Mae'n anrhydedd fawr i Tomos a fi, rwy'n siŵr. Ŷch chi am gysgu, Mrs Morgan?'

'Ydw, rwy'n meddwl. Cha i ddim llawer o gwsg nos yfory, na cha i, Martha? Rydw i wedi clywed, yn ddistaw bach rhyngoch chi a fi, fod y Ceredig Morgan 'ma'n dipyn o dderyn.'

'O, odych chi? Wel, gwell ichi gysgu nawr 'te, rhag ofan.'

'Ie, rwy'n meddwl y gwna i.'

# 52

Diwrnod braf. Trugaredd fawr. Trem-y-Gorwel ar ei orau. Haul yn tywallt drwy'r ffenestri ffrâm-bictiwr i'r stydi, i'r lolfa, i'r stafell ginio. Haul ar y fodrwy . . .

'Dyma 'nghostiwm newydd i, Martha?'

'Ie, Mrs Morgan. Wel . . .,' dan ei llais, 'bron yn newydd, ta beth.'

'Mae hi'n ddel.'

'Odi, fach, yn ddel iawn.'

'Ydw i'n ddel, Martha?'

'Rŷch chi mor ddel ag oe'ch chi . . . ag y buoch chi rioed.'

'Yden ni'n barod rŵan?'

Martha a hithau'n mynd i lawr y grisiau. Ar draws y neuadd. I mewn i'r stafell ginio. I'r haul.

'Pwy ydi'r dynion 'ma, Martha?'

'Mr Owen y gweinidog. A Dr Jones. Fe ddaethon i'ch gweld chi ddoe, dŷch chi ddim yn cofio?'

'O, ie.'

'Sut ydech chi, Mrs Morgan fach?'

On'd ydi'r gweinidog yn dal? Ac yn wyn. Wyneb ffeind. Deallus.

'Mae gennoch chi ddiwrnod mawr o'ch blaen, Mrs Morgan.'

'Diwrnod mwya 'mywyd, Mr . . .'

'Yn siŵr ddigon. Rydw i'n dymuno'r gorau ichi, fel y gwnes i bob amser.'

'Diolch yn fawr ichi. Sut ydech chi, Doctor?'

'Shwd ŷch chi, Mrs Morgan? Yn olreit?'

'Yn berffaith olreit.'

'Dyna'r ysbryd. Rwy i'n barod i gychwyn pan fynnoch chi.'

'Pam . . . ydech chi'n dod i'r briodas?'

Martha'n dweud yn ffwdanus,

'Dr Jones sy'n dod gyda chi yn y car, Mrs Morgan.'

'Ond rydech chi'n dod, Martha?'

'Fe ddo i ar eich ôl chi.'

'Ond wnewch chi ddim anghofio, na wnewch?'

'Na wna, Mrs Morgan. Wna i ddim anghofio.'

'Does dim isio ichi grio, Martha.'

'O, dwy' ddim yn llefen. Dim ond tipyn o annwyd . . . dyna i gyd . . .'

Drws yn agor. Dyn diarth yn dod i mewn, yn edrych yn wyllt. Ymhle'r ydw i wedi'i weld o o'r blaen? Y dyn yn dod yn bryderus . . .

'Ceridwen fach, sut ydach chi?'

'Dydw i . . . ddim yn eich nabod chi . . .'

'Ddim . . . ddim yn fy *nabod* i?'

Martha'n dweud,

'Odych, rŷch chi'n ei nabod e. Mr Idris Jenkins, eich ffrind chi.'

'O, ie.' Fflat. Dideimlad.

Y dyn yn edrych yn ymbilgar ar y gweinidog, ar y doctor. Y doctor yn siglo'i ben arno. Y dyn yn crychu'i dalcen, yn brathu'i wefus, yn cerdded at y ffenest.

'Wel nawr,' ebe'r doctor, 'fe awn ni, Mrs Morgan, os ŷch chi'n barod.'

Ysgwyd llaw â'r gweinidog. Y gweinidog yn gweddïo â'i lygaid. Ysgwyd llaw â'r dyn Jenkins.

'Fyddwch chi ddim yn hir, na fyddwch, Martha?'

'Na fydda, Mrs Morgan, fydda i ddim yn hir.'

Allan oddi wrth bawb. Allan i'r haul. I'r car sy'n mynd â fi drwy'r haul, drwy'r glas tanbaid, drwy'r sŵn yn 'y mhen i, at Ceredig.

* * *

Ymhen hir a hwyr dywedodd Idris Jenkins,

'Doedd hi ddim yn fy nabod i.'

361

Atebodd Sirian o'r gadair freichiau lle'r oedd yn eistedd, ei benelinoedd ar freichiau'r gadair a'i ddwylo ymhleth dan ei ên,

'Doedd hi'n nabod neb ohonon ni.'

Dywedodd Idris Jenkins wedyn,

'Fe ellid bod wedi rhwystro hyn.'

'Hwyrach y gellid.'

'Doedd neb ohonon ni'n ei deall hi.'

'Does neb yn deall neb . . . yn iawn.'

'Ydech chi'n meddwl y daw hi o'r sbyty meddwl 'na?'

'Mae Dr Jones yn dweud y daw hi. Mae pob gobaith. Fe gaiff hi'r driniaeth orau.'

'Fe fyddwch chi'n gweddïo drosti, Mr Owen.'

'Byddaf.'

Ymhen sbel dywedodd Idris Jenkins,

'Rydw i am sgrifennu nofel am Ceridwen.'

'Ydech chi?'

'Ond fydd hi ddim yn gorffen fel hyn. Fe fydd hi'n trechu'i hanawsterau i gyd ac yn dod drwyddyn nhw a'i natur wedi'i newid ond a'i meddwl heb ei amharu.'

'Fydd hi ddim yn wir.'

'Bydd. Fe fydd hi'n wir am Ceridwen fel yr oeddwn *i*'n ei nabod hi. Doedd pawb ohonon ni ddim yn nabod yr un Ceridwen. Welsoch chi bortread Cecil ohoni, Mr Owen?'

'Do.'

'Dydi o ddim yn debyg i Ceridwen, nac ydi?'

'Ddim yn debyg iawn.'

'Ond mae Cecil yn dweud mai fel'na roedd Ceridwen yn edrych—iddo fo.'

Daeth Martha i mewn â choffi i'r ddau. Dywedodd Sirian,

'Os oes rhywbeth y galla i'i wneud, Martha, fydda i ddim ond yn rhy falch. Ac mae'r Dr Pritchard yn peri imi ddweud yr un peth drosto fo.'

'Rwy'n gwybod 'ny, Mr Owen. Rwy'n gwybod y galla i

droi atoch chi bob amser. Mae Syr Madog yn dod lawr pnawn heddi i roi'r ochor ariannol i bethe mewn trefn.'

'Châi hi neb gwell. Ydi Alfan Ellis wedi mynd yn ôl?'

'Fe aeth gartre i Gaerdydd bore heddi. Fan honno'r oedd ei galon e ar hyd yr amser.'

'Miss Francis ydi'i henw hi?'

'Ie. Fe wnaiff hi ddyn ohono fe.'

Yfodd y dynion eu coffi heb siarad. Wedi gorffen, cododd y ddau i fynd. Yr oedd Tomos yn dod drwy'r drws â llond ei freichiau o goed i'r tân.

'Mae golwg brysur arnoch chi, Tomos,' meddai Sirian.

Edrychodd Tomos arno, â rhyw gymaint o her yn ei lygaid.

'Wn i ddim llawer am lyfre,' meddai. 'Na phregethe, a barddoniaeth, a phethe fel'ny. Ond mae 'na waith i greaduriaid twp fel fi. Mae'n rhaid i rywun gadw'r tane 'nghynn nes daw Mrs Morgan yn ôl.'

A gwyrodd i daflu'r coed yn daclus, fwriadus, i gôl y tân.

Gwenodd Sirian, a chydio ym mraich Idris Jenkins, ac aeth y ddau allan i'r dydd. Casglodd Martha'r cwpanau ac aeth â hwy drwodd i'r gegin i'w golchi. Pan ddaeth yn ôl, taclusodd y clustogau ar y cadeiriau, tynnodd ychydig lwch oddi ar y llyfrau ger y tân, a thynnodd y llenni'n ôl i ollwng cymaint o haul ag a oedd modd drwy'r ffenest ffrâm-bictiwr.